故事会

2009 · 34

（总第 442-445 期）

合订本

I0553277

STORIES

上海故事会文化传媒有限公司　出品

（00242）

图书在版编目(CIP)数据

2009《故事会》合订本.34/《故事会》编辑部编.
上海: 上海锦绣文章出版社,2009.10
ISBN 978-7-5452-0475-9

Ⅰ.2… Ⅱ.故… Ⅲ.故事-作品集-中国-当代 Ⅳ.I247.8

中国版本图书馆CIP数据核字(2009)第180534号

责任编辑 朱 虹
装帧设计 李宝强

故事会 2009 年合订本 34

(总第 442-445 期)

《故事会》编辑部 编

上海锦绣文章出版社·上海故事会文化传媒有限公司出版
地址: 上海绍兴路 74 号

电子信箱: gushihui@263.net
网址: www.slcm.com

中国图书进出口上海公司发行
地址: 上海市广中路88号
电话:36357888
字数 280,000

ISBN 978-7-5452-0475-9/G · 141

442

2009
SEMIMONTHLY
上半月刊

7月

STORIES

欢迎登录本刊主办的"故事中国网"（www.storychina.cn）

故事会
—STORIES—

2009 年 7 月
上半月·红版

社　长·主　编：何承伟
常务副主编：吴　伦
副主编：姚自豪（上半月·红版）
副主编：夏一鸣（下半月·绿版）
本期责任编辑：姚自豪　叶小萌
电子邮箱：xiaomeng.ye@gmail.com

红版发稿编辑：
郑继文　吕　佳
美术编辑：李宝强
电脑制作：郭瑾玮
通　联：归依玲

本社办公室电话：021-64375030
上半月刊编辑部电话：021-64332325
下半月刊编辑部电话：021-64336469
（上海市绍兴路 74 号　邮编：200020）
主管、主办：上海文艺出版总社
出版单位：《故事会》杂志社

制作、发行总监：张　凯
电话：021-64313938
广告业务：上海故事会文化传媒有限公司
广告总监：张　淮
广告业务：021-34010383
广告投诉：021-64333738
广告经营许可证
沪工商广字 3100320050022 号
发行：中国图书进出口上海公司

心思不一

王护士正在医院的注射室里专心织毛衣，一会儿进来一位要注射的女青年，她十分怕打针，解开腰带后便背过身去，十分紧张地等着这一针。

王护士正要打针，却发现女青年的毛裤用的是一种新颖的针法，便对身边的李护士说："她这针特殊，一上一下，一左一右，少说也得一百多针……"女青年一听，吓得顿时休克过去……

（苏 童）

（本栏插图：李 加）

人狗颠倒

长假到了，大伟想去瑞士旅游，但他舍不得将宠物小狗独自丢在家里，所以写了一封信给瑞士一家旅馆，询问是否可以让小狗住进去。

大伟很快收到了旅馆的回函："尊敬的先生，我店已有三十余年历史，从未将有任何不规行为的狗赶出去，也没有任何一条狗给我们带来麻烦，因此，狗将受到热烈欢迎；另外，假如您的狗能够担保您行为端正的话，您也可以随它一起来。"

（曹祈东）

算人数

小王负责一次会议的会务，这天，他准备给与会代表预订返程车票，他不知道确切人数，就去询问会议主持者。

主持者皱着眉想了老半天，豁然开朗，他兴奋地对小王说："我知道人数了！这几天，他们一共凑齐了八桌麻将，四八三十二，肯定是三十二个人！"

（杨 峰）

等待手术

病人："护士，我都等了好几天啦，什么时候给我做手术啊？"

护士："要手术必须先有'医嘱'，你没有'医嘱'，就不能手术，出了事谁负责啊？"

第二天，病人向护士出示了一张字条："本人自愿手术，如出意外，与医生、护士无关。特立此遗嘱！"（杨 峰）

嘻嘻哈哈

嘻嘻和哈哈是一对好朋友。

有一天，哈哈死了，嘻嘻很难过，他走到哈哈的坟前，说："哈哈，你死了……"

（李彦锋）

走回来

一个村民在外面待了一个星期后，脚步蹒跚地回到家里，衣履不整，精疲力竭。妻子问他："你到哪里去了？"

村民回答说："我到树林里去查看酿酒的蒸馏器，突然，一只大熊出现在我面前，我拼命逃跑，终于摆脱了它，我从来没有跑得那样快！"

"那是一星期以前的事，后来你到哪里去了？"

村民倒在椅子上，说："走回来。"

（金胡杨）

打 折

阿明本科毕业后还待在学校里读研，两年里，有些同学陆续结婚，阿明出了不少份子钱。

这天，读本科时同宿舍的小顾给阿明打来电话，邀请阿明下个月参加他的婚礼，阿明先是祝贺了一番，然后便和他调侃起来："你这结婚日子选得真不是时候，这几个月我已经包了五个红包，现在正囊中羞涩呢……"

小顾接着说道："没问题，你不还是学生吗？到时候凭学生证来，打个八折！"

（蓝献伟）

·笑话·

快乐的寡妇

布朗先生到一家剧院看戏，开演前，他周围的一群中老年妇女嘻嘻哈哈的，有的聊天，有的打闹，其中一位觉得同伴实在太吵了，有点过意不去，便对身旁的布朗先生道歉说："对不起，我们实在太快乐了，你知道吗？我认识她们好几十年了，她们的先生都去世了，她们成立了一个'快乐寡妇'的俱乐部，我很想加入这个团体，可是一直到前天，我才具备了入会的资格。"

（秋 叶）

狗 跑 了

妻子正在屋里忙着做家务，一会儿，她想知道时间，便对丈夫说："你到院里看看日头到哪儿了。"

以前农村钟表很少，人们时常用"看日头"来估计时间。丈夫到院子里看了看，回来对妻子说："日头在桶跟前。"

妻子一怔，又发话了："再去看看桶在哪里。"

丈夫又到院里去望了望，回来说："桶在狗跟前。"

妻子说："你再去看看狗在哪里。"

丈夫第三次出去，看了看，回来认真地说："狗跑了！"　（付瑜芳）

感动女人的三个字

早上，小丽春风满面地到单位上班，一走进办公室，就对女友说："你知道吗？我老公昨天对我说了三个字，让我感动得不行！"

女友一听，就知道小丽说的是哪三个字了，便把嘴一撇，满脸的不屑："不就是一句'我爱你'吗？看你感动的！"

谁知小丽直摇头，说："老土了吧？不是这句！昨天我过生日，老公给了我一张银行卡，并对我说了三个字——'使劲刷'！"　（每 天）

猜谜

甲和乙在说笑，甲举起右手，跷起食指，一动一动地对乙说："你说这像什么海洋动物？"乙想了半天，说不知道，甲告诉他是海马。

一会儿，乙同样举起右手，跷起五只手指，同时一动一动的，笑着对甲说："这又是什么海洋动物呢？"

甲想了半天也猜不出，乙笑了笑，说："是五只海马呗！"

（牛 蛇）

担心过度

一对夫妇到一家旅馆投宿，老婆想要洗澡，却担心地对老公说："我看到报道，说是一些旅馆或饭店有隐藏式的摄像头，万一真的被拍到，那该怎么办？"

老公一脸不屑，头也不回地说："放心！你这种身材，即使被拍到也会剪掉的！"

（海之风情）

枪的作用

一个山民发现一棵树上有一只大猩猩，他马上打电话给动物园求助。很快，来了一名专业人员，那人带着全套的装备：一根木棍、一条狗、一副手铐，还有一支猎枪。

来人对山民说道："现在你可听仔细了——我先爬到树上去，用这根木棍捅大猩猩，当大猩猩落地后，你瞧，这条狗训练有素，它会立即扑上去将大猩猩制服，当大猩猩出于本能将双手交叉护在胸口的时候，你立即用这副手铐铐上它，有问题吗？"

"没问题，"山民点了点头，又指了指那支枪，"你没有说这支枪的用途。"

来人说："噢，关于枪么，是这样的——如果是我先从树上掉下来，你就用这支枪干掉那条狗。"（曹龙彬）

本栏欢迎来稿，读者、作者可将有新鲜感、有精彩细节的笑话佳作投寄给我们。来稿一经采用，最高稿费为一则100元。本期责任编辑电子信箱：xiaomeng.ye@gmail.com。

□云玲

抢先一步

于新乐给牛经理当司机快三年了，一直兢兢业业：给牛家换矿泉水桶、运煤气罐、修灯泡……样样及时到位，可牛经理最近新聘了个秘书，叫段明，面子活做得更是出色，而且每次都能抢先一步，做在于新乐的

前面，简直就是在和于新乐抢饭碗！

这天黄昏，于新乐出来散步，路过牛经理家门口，见牛经理四岁的儿子冬冬正饶有兴趣地玩玩具，一问，才知道是段明给他买的，冬冬还说："段叔叔说了，只要我们家有什么活儿了，给他说一声，他就奖给我一个玩具。"

于新乐一下明白了：这段时间，难怪段明每次都能抢先一步，把擦玻璃、换矿泉水的活儿都做完了，原来他在牛经理家安了"眼线"啊！不行，下一次说啥也要把活儿抢过来，这么一想，于新乐就接着对冬冬说："冬冬，告诉叔叔，你最喜欢什么玩具？叔叔我也可以给你买。"

冬冬抬起头，问："真的？"

于新乐点点头，说"叔叔绝对不骗你。"冬冬歪着小脑袋想了想，说："芭比娃娃，有小房子的那个。"

于新乐说："叔叔可以给你买，不过，你要答应叔叔，下次家里再有什么活儿，你就先告诉我，好不好？"

冬冬说："好，可是，我们家里没什么活儿了，玻璃刚擦了，矿泉水有好几桶呢，你说说还有什么活呢？"

于新乐耐心地引导了一番，说："冬冬，不急不急，有什么活儿先告诉我就行。"冬冬似乎有点失望，他自言自语地嘀咕着："活儿都没了，芭比娃娃什么时候能买呢？"

过了几天，一直没有冬冬的消

意外横生的

晚上

事，这故事中的意外一个接一个，丝丝相连，环环相扣，绝对好听！"

人生难免有"意外"，席先生的观点是：大凡"意外"，一半"天意"，一半人祸。董事长想起前年发生车祸时，自己确实没有系保险带，确是"人祸"，一时默然。

席先生笑了笑，打破了沉默："董事长，今天给您讲一个'意外'的故

有个男人，名叫闵生，聪明能干，事业有成，但是这天晚上，他的心情糟透了，他出了门，上了自己的越野车，一边发动车子，一边给老朋友卢健打电话，可电话总是占线。闵生挂掉电话，将车开出了车库，就在这时，他发现油表显示油不多了，便找了家加油站，把车开了进去，也就在此刻，卢健的电话来了，与此同时，加油站的服务生也走了过来，那是一个年轻的女孩。

息，于新乐有点耐不住性子了，就想过去看看，刚走到牛经理家附近，就见门口围了不少人，人们议论纷纷，说牛经理家午睡时有人煤气中毒了。

于新乐听了大吃一惊：他家怎么会煤气中毒呢？于是赶紧上前打听，

有人说："牛经理的儿子把煤气罐的开关打开了，他说，把煤气放完了，就有人给他买玩具了……"

于新乐听后，吓得腿肚子发软，差点瘫倒在地……

（题图：安玉民 梁 丽）

闵生一边接听电话，一边钻出车子，女孩立刻告诉他，这里不能打电话，于是闵生交代她"加满"，然后打着电话走出了加油站。卢健好像有什么事，但在闵生的邀请下，两人约定在酒吧见面。闵生打完电话，走到车子旁边，女孩已经加满了油，闵生这才注意到那小姑娘长得很甜，闵生付了钱，说了声"谢谢"，将车开出了加油站——这时候，第一个意外已经发生了，只是闵生不知道而已。

一路上，闵生还在想着加油站里那个漂亮的女孩子，想着想着，一愣神，鬼使神差，车尾挂倒了一个光头小伙子，闵生走下车，见那个光头痛

苦地叫着，表情十分夸张。闵生看出那光头是个"碰瓷"的，有些厌恶又懒得理论，便掏出两百块钱扔给了他。碰了人，这是第二个意外。

赶到酒吧，卢健还没到，闵生自己先要了一杯轩尼诗，一个人坐在那里。像闵生这样帅气的男人独自一人坐在酒吧里，又点了高档的白兰地，是很引人注目的，果然，很快，一个女孩走了过来，她衣着暴露，闵生没有搭理她，女孩搭讪了几句，见没什么戏，起身离开了。这时候，卢健来了，等到卢健坐下，闵生才发现自己放在桌子上的手机不见了，显然，手机是被刚才那个女孩顺手牵羊偷走了。丢了手机，这是第三个意外。

两人坐下来都是一副心事重重的样子。闵生和卢健的关系，说有多好，就有多好。他们是高中同学，睡上下铺，亲如兄弟，甚至连考大学时填写志愿，他们都做了完全一致的选择，后来两人如愿考上了同一所大学。意想不到的是，在大学里，两个好兄弟同时爱上了同一个女孩，她叫画儿。得知彼此的心事后，两人不约而同地选择了退出，画儿却坚持跟着闵生，在卢健的极力劝说下，闵生接受了画儿。闵生后来创业，卢健全力参与，画儿也一直和他们同甘共苦。过了几年，闵生的公司做大了，前不久，闵生还投资买下了一栋写字楼，事业辉煌，爱情结果，闵生也在去年和画儿

备，又没有系保险带，于是一头撞在挡风玻璃上，额头上顿时血流如注，挡风玻璃全碎了。卢健伤得很厉害，因为安全气囊没有打开，但这并不是一个意外，因为闵生昨天找人将安全气囊拆掉了，为什么要拆掉？因为他不需要安全，他要车毁人亡！

闵生趴在方向盘上，并无大碍。这时，车熄了火，闵生一动不动，眼睛看着前方，冷冷地说："卢健，这些年我有没有做过对不起你的事？"

卢健捂着额头，忍痛说道："你怎么回事？今晚一直怪怪的。"

闵生冷冷地"哼"了一声："我们在一起这么多年，还装糊涂有意思吗？你喜欢画儿，我可以把她光明正大地让给你，但是你们为什么要背叛我？卢健啊，前面就是月亮桥，如果不是那条狗，现在我们已经葬身月亮河底了！"

听了这话，卢健倒吸了一口凉气："阿生，你误会了，你绝对误会了！"闵生突然一拳捶在方向盘上，大声吼着："我误会？你们俩一起去宾馆开房间我都看见了，这是误会吗？"

卢健恍然大悟，他说："好吧，我都告诉你——上次你投资的那栋写字楼被人算计了，那是一栋违章建筑，只是因为卖家在房地局有人，才办到了相关证件，那个卖家的后台已经垮

举行了婚礼，宴会上，卢健喝了个大醉，他是高兴，还是伤悲，只有他自己心里清楚。

今晚，气氛有些沉闷，他们始终在默默地喝着酒，尤其是闵生，喝了七八杯后，他觉得一股热血向脑门涌来，他猛地站起身，对卢健说："跟我走，带你去个地方。"

卢健便跟着闵生出了酒吧，一路上，闵生把车开得飞快，卢健看出来，这车是往城外去的，窗外的景象越来越偏僻，灯光也越来越稀少，而且渐渐地起了雾，很浓。猛然间，路中间窜出一条流浪狗来——这是第四个意外。

见到有狗，闵生下意识地一打方向盘，车子撞上了路旁的一棵白杨，卢健坐在副驾驶座位上，他毫无防

了，这栋建筑可能很快就要被拆除了。"

闵生听了大吃一惊，问卢健是怎么知道的，卢健说，在大学时，有个喜欢穿白西装的家伙曾经疯狂追过画儿，这"白西装"现在调到了本市的房地局，他知道了内幕，又不知怎么打听到了画儿的消息，于是告诉了她。白西装说他能够解决问题，但前提条件是画儿必须去宾馆跟他会面，画儿为了闵生，决意前往，卢健怕有意外，一直陪着，只是怕闵生猜疑，所以一直瞒着，没想到会这么巧，去宾馆时竟然被闵生看见了！

闵生半信半疑，问："后来呢？"

卢健捂着鲜血淋漓的脑袋，喘了

口气，说："那个家伙见我跟画儿一起去，就没了兴致，他还没有最终答应，今晚，我一直在跟他通电话。"

闵生歇斯底里地摇着头："我不相信，我不相信！"就在这个时候，卢健的手机响了，卢健将手机递到闵生眼前说"正好，那个白西装的电话来了。"

卢健按下了免提键，听筒里传来白西装的声音："卢健，看在画儿的面子上，我答应帮你们这个忙了……"这是第五个意外。

白西装的话说到这儿，手机突然没电了，"嘀嘀"两声就关了机。这是第六个意外。

到了这个时候，闵生才明白自己冤枉卢健和画儿了，他突然握住车钥匙猛地打火，车却打不着了，刚才的撞击，车子并没有大的损伤，但现在却发动不了，为什么？这就是前面说的第一个意外。因为闵生这辆越野车是柴油系统的，在我们的故事刚开始时，闵生曾经去加油站加油，当时闵生只顾着接听电话，没注意就把车停在汽油加油机旁，加油站的那个女孩子自然也不知道这辆车需要加柴油。等闵生打完电话，油已经加满了，加了汽油的柴油车能够跑上几十公里，但熄火后，就再也打不着了。

闵生发疯一般地踩着油门，喊道："怎么办？我给画儿喂了安眠药，又打开了煤气，她现在睡在家里！"

卢健大惊，叫道："你……你怎么

可以这样啊？画儿可是你最爱的人哪！"

闵生自负而孤傲，果断而有魄力，他这种男人，做起事来有时就会走极端，可他想不到自己竟然冤枉了画儿和卢健啊！

现在火烧眉毛的事是打电话报警，可卢健的手机没电了，已经无法开机，闵生的手机却在酒吧里被偷了！卢健伤得重，不能动弹，他推了一把闵生："快去附近找电话啊！"闵生冲下车，拼命地寻找着……

下面我们说说即将要发生的第七个意外——先前那个玩"碰瓷"的光头，闵生走后，他一个人在街上闲逛，无意中遇上了自己的女朋友，巧得很，这女朋友就是在酒吧里偷闵生手机的女孩。两人碰了头，说了刚才的事，光头用闵生的手机拨了自己的手机号码，再一看自己手机上的来电显示，竟然是刚才"碰瓷"后要来的那个号码，你说巧不巧？

这时候，巡警小王路过，看见他俩，忍不住说道："你们俩又干什么坏事没有？"

光头嬉皮笑脸地连声说着"没有"，他突然灵机一动，将手机递给小王："王警官，我们还做好事呢，捡了一部手机，正准备交给警察叔叔呢！"其实这手机值不了什么钱，光头借花献佛，为的是在警察那里留个好印象，光头把手机交给警察，这是

第七个意外，正是因为这个意外，才使我们的故事石破天惊——

小王拿着光头交来的手机，心中想道：这两个小混混怎么拾金不昧了？他正纳闷着，一边随意地在手机的电话本里找了个电话拨出去，一问对方，他发现这个手机的主人他认识，叫闵生，闵生和老婆画儿都是小王的大学同学，去年小王还去参加过他们的婚礼，只是闵生现在有钱了，小王也不太爱跟他们来往。不过，闵生的家小王倒是认识的，一帮同学还去闹过洞房，于是小王决定把手机给闵生送过去，进楼道的时候，小王是跟着一个开门的大姐顺道进去的，在闵生家门口，小王还没按门铃，便闻到了一股浓浓的煤气味……

（本期作者：梅永远）

（题图、插图：安玉民 梁 丽）

征稿启事

　　"新一千零一夜"是本刊"红版"的重点栏目，希望广大读者能喜欢。"红版"编辑部热忱欢迎作者惠赐原创佳作，要求：1.题材不限，能以较新的视角反映生活，立意独到；2.核心情节新鲜、奇巧、生动 3.篇幅在2000字左右。来稿可从邮局寄发，也可发电子邮件，请在信封或电子邮件的主题栏内注明"新一千零一夜"字样。红版编辑部各编辑邮箱见第90页。

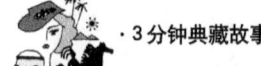

墓门打开后

一位考古专家,在荒凉的深山中发现了一座一千多年前的古墓,通过考证,他确认里面埋藏着价值连城的陪葬品。那位考古专家费尽千辛万苦,终于推开墓门,就在这时,眼前的景象令他魂飞魄散:棺木上方有很多吊灯,其中竟然有一盏还燃烧着,有谁见过燃烧了一千多年还不熄灭的灯?考古专家十分惊骇,转身便逃,再也不敢回到墓中。

其实,当年墓穴被封闭后,耗尽了氧气的灯全部熄灭,但灯的燃料里含有磷,磷的燃烧点很低,一千多年后墓门重新打开,新鲜的空气进入,那盏灯正好对着门,它就开始自燃,如果那位考古专家在那里再稍稍等一会儿,灯就会熄灭的。就这样,那位考古专家因为恐惧而与重大考古发现擦肩而过。

固定的思维模式是人生的大敌。

(作者:佚 名;**推荐者**:赵景亮)

在路上

儿子小时候最喜欢的一件事情,便是躺在母亲怀里看动画片,那时候的农村是特别容易停电的,每当屋内漆黑一片而无法看动画片时,儿子就会问妈妈:"什么时候才能来电啊?"妈妈总是笑笑,说:"别急,快了,电在路上呢!"就从那个时候起,妈妈那善意的"哄骗"使儿子懂得了什么叫充满希望的等待。

光阴似箭,一晃十多年过去了,儿子走上了一条艰难的写稿之路。前段时间,他一连几个星期都没有收到稿费单,心中很郁闷,甚至对自己的写作水平产生了怀疑,就在这时,妈妈走过来,微笑着拍拍儿子的肩膀"稿费在路上呢。"

这一瞬间,儿子突然明白,母亲一生的处事哲学只有简单的三个字:在路上。美好的日子在路上,生活的希望在路上。

(作者:瞿 杰;**推荐者**:吕桂秀)

大王寨的
最高礼遇

□一　冰

走进大王寨

十多年前，我曾受到过毕生难忘的最高礼遇。

那年我卫校刚毕业，就被分配到一个边远乡镇卫生院做疾病防治工作。上班没多久，我和护士马姐一同被派去大王寨村，给适龄儿童接种预防流行性脑膜炎疫苗。我俩即刻动身，直奔大王寨！

大王寨地处偏远深山，在离村十多公里的地方我们就只能弃车步行、

开始爬山了。存放疫苗的冷冻箱非常沉重，我是城里长大的，没吃过苦，背着重物爬山，自然十分吃力。可马姐是当地人，背着箱子不觉得累，为了帮我解乏，就跟我说起大王寨的事。原来那村子过去豪门望族很多，规矩严厉，现在虽然解放了，但有些规矩却在村里流传了下来，比如他们现在有一个最高礼遇——如果来了尊贵的男客人，就要找一个村里最漂亮的姑娘，给他敬三大碗白酒。

我并不在意，说"我哪是什么贵客，我这是工作嘛！"

马姐扔给我一包饼干，说"我讲的都是真的，现在乡里的干部都害怕到大王寨来，就是过不了这一关，你先吃点饼干垫垫肚子吧，说不定一到村里酒就端上来了。"

"不会是真的吧？"我有点紧张了，我刚从学校毕业，还从来没有正儿八经地喝过酒呢，哪能喝得了三大

碗白酒？

正说着，忽然听见"咩咩"几声叫，一个约摸八九岁的孩子赶着几只羊迎面走过来，我随口问他："喂，小家伙，你是大王寨的吗？"

那孩子瞪着眼睛看着我，"嗯"了一声，就从我身边继续往前走，我忽然想起今天是星期一，他怎么没上学呢？我又问道："你怎么没上学？"

那孩子没有搭理我，赶着羊匆匆走了，最后又回头扫了我一眼。我看出来了，他看中了我手里的饼干，我忙举着饼干喊道："你回来呀，我给你饼干吃！"那孩子果然回来了，我把那袋饼干全都给了他，又问他为什么不上学，他说家里没钱，不让他上学；问他想不想上学，他说想，但是家里没钱，上不起。他狼吞虎咽吃饼干的样子，让人看着不由一阵心酸。

和那孩子分手后，我们继续向前走。我又想起喝酒的事，便问马姐能不能不喝，或是少喝，马姐说："当然不行，那是对主人的不尊敬！"见我紧张的样子，马姐乐了，她又说："喝酒这规矩还不算啥，大王寨还有一个更厉害的待客规矩……"

"什么规矩？"

"凡是到大王寨的贵客，如果是当夜住宿在村里，而且那贵客又是男的，村里就会……"马姐说到这里突然住了口，不说了，而且还笑个不停，神色间显得有点诡秘。我一个劲地催

问，可马姐就是神神道道地不肯说。说话间，不知不觉已经到了大王寨。也正好是吃中饭的时间了，我知道中午一定会喝酒，喝了酒就什么事都干不成了，接种预防，事关重大啊，我就说先把活儿忙完再吃饭，马姐也同意了。

接种的地方安排在孩子集中的大王寨小学，村主任老刘和学校的老师已经在等我们了。这所村小学只有两个老师，一个校长，其中一位老师是个挺年轻的姑娘，姓田。田老师他们早已接到通知，做好了准备，一会儿，就把到场的适龄儿童全部接种完毕。

到场的儿童全接完种后，我忽然想起了那个放羊的孩子，就说了这事，并且强调他也是适龄对象，必须接种。村主任老刘挠了挠脑袋，问田老师："那会是谁家的孩子？"田老师想也没想就说："那肯定是石头，村里只有他一个孩子没上学了。"

老刘对我说，石头放羊时满山跑，不太好找，还是等吃完饭到他家里去找，我忙接话："不行，时间不能再拖，再拖延下去，冷冻箱的冰块就要化了，药也会失效，必须立即找到他。"田老师自告奋勇地说："我知道他在哪里，我带你去。"于是我背起冷冻箱，跟着田老师在山里找那个叫石头的放羊孩子。

路上，田老师给我说了石头的情况：他家里很穷，他爸爸在工地上干

活摔断了腿，成了什么都干不了的残疾；妈妈跟别人跑了，现在家里的生活就靠年迈的爷爷奶奶干农活支撑……

我听了后心里酸酸的，问："他一年的学费是多少？"

田老师说一共一百多元钱，想着石头家的境况，我情不自禁地说："他的学费我交了，让他上学行不行？"当时我刚拿了第一个月的工资，正想着怎么把这钱花得更有意义一些，这正是个好办法。田老师看了我一眼，连声说道："谢谢你了！我代表石头一家谢谢你了！"

后来我们找到石头，给他接种了疫苗，田老师拉着石头说："走，我们上学去，你的学费有着落了，这位好心的大哥哥愿意帮你。"

最高礼遇

午饭是在村委会吃的，我一进门，就感觉到了不一般的气势：屋子里有一张大方桌，大方桌上已经摆满了菜，可是，却只有方桌上首位置放着一个长条凳，其他三边都没有凳子，屋里的人都站着。老刘把我拉到长条凳旁边，将我按着坐下，我感觉马姐说的可能是真的了，马上跳起来，可老刘又把我按下去，神态肃然地说："鲁医生，你是我们的贵客，你不坐没人坐。"

我只好坐了下来，这时，老刘高

叫一声："上酒！"话音刚落，进来了一个姑娘，穿着一件大红的外套，嘴上还涂抹了口红，脸上还化了妆；她举着一个木托盘，缓步到了我面前，单膝跪下，把酒举到我的面前。"田老师！"我想不到一会儿的工夫她把装束全换了，因为她是村里最漂亮的姑娘，这次仪式

就由她来主持，我一下子懵了！屋里一片寂静，我被这种气势震慑住了，连话都说不出来，我的手机械地伸出去，端起一碗酒，带着如同忍受酷刑一般的心情，把酒碗凑到嘴边，喝了一口，我的大脑一下子清醒了——碗里并不是酒，而是蜂蜜水！

我看了田老师一眼，她的眼里笑意盈盈，我明白了，一定是她帮我把

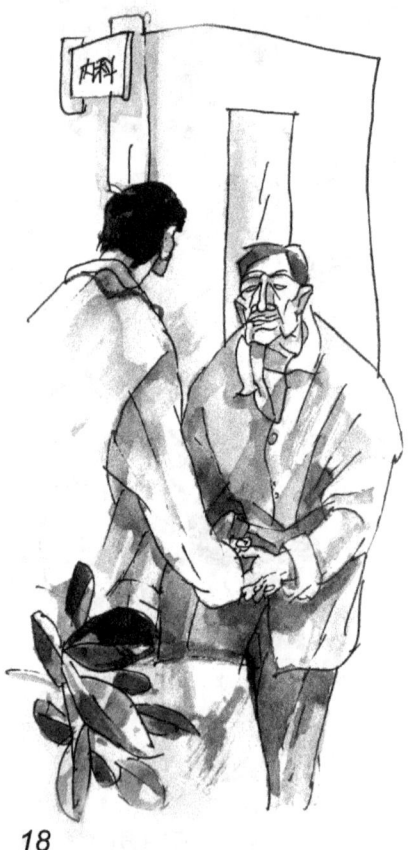

酒换成了蜂蜜水！我不再犹豫，一口气将三碗"酒"一饮而尽，老刘肯定还被蒙在鼓里，他伸出大拇指赞道："鲁医生真是好酒量！"

饭后我们没有走，因为还有很多工作要做：大王寨太偏僻了，以前的卫生医疗档案不健全，这次都要建立起来，还要对村卫生员进行培训，协助村卫生员对所有儿童完善预防接种登记，对那些心有疑惑的家长还要上门做工作……所以我们要逗留一夜，到次日才能离开。

一直忙到晚上，该睡觉了，我走进安排给我的房间。山里还没有通电，房间里点着一盏煤油灯。正是初冬天气，山里要更冷一些，我粗略地打量了一下房间，想上床睡觉，可走到床边，忽然一个声音响了起来："你回来了——"接着，一个人从被窝里钻出来，吓了我一跳，仔细一看，居然是田老师！

怎么会出这种事呢？我窘得要命，转身就要出去，一边尴尬地解释着："对不起，我、我走错房间了。"

田老师说："没错，这是你的房间，我是给你暖床的。"

我的脑袋"嗡"地响了一下："暖床？什么叫暖床？"

"就是暖被窝。"田老师解释说，"暖床"是很早就流传下来的习俗，是大王寨款待贵客的最高礼遇……

我想，现在都什么时代了，田老

师这个受师范教育的知识分子，也兴这一套？她可还是个没出嫁的姑娘啊！可是她却毫不害羞、从从容容、不紧不慢地穿好衣服，打开门出去时，她还打了个寒噤……

我躺在温暖的、散发着少女馨香的床上，脑子里乱七八糟的：田老师她不会是喜欢上我了吧？可是，虽然她是村里最漂亮的姑娘，但我还是不敢有那想法的，我可不想在乡镇呆一辈子，我要调回城里去的；还有，"暖床"虽然是大王寨的风俗，但男女住进了一个房间，谁能说得清楚？这种事对她、对我都有不好的影响，以后绝对不能说这事。

第二天，我很怕见到田老师，匆匆结束了工作，就回去了。后来，我尽量避免再去大王寨，也再没见到过田老师。两年后，我如愿调回城里一家医院工作。

又过了几年，我结婚了，又有了孩子。有一天，忽然一个老头找到我，他问我："鲁医生，你还记得我吗？"

我端详他半天，有点面熟，但想不起是谁，最后他豪爽地一笑，说："真是贵人多忘事，我是大王寨的老刘啊！"

我一下子想起来了，果然是老刘啊，原来他有一个亲戚生了病，要到城里来检查，他就找到我上班的医院来了，图个人熟好办事，我当然义不容辞，做检查的空闲，我们又扯起了当年的事，我问："那个三碗酒的规矩，现在还有吗？"

"没有了。"老刘一笑，说，"这还不是因为你啊，以前我们都是三碗酒，喝得客人人事不知，后来你来了，田老师偷偷换成了蜂蜜水，田老师说，我们村里的习惯不好，虽然礼数到了，但客人都受不了。客人来我们村都是想为我们办事的，喝得干不了工作，对谁都没有好处，后来我们就把酒换成了蜂蜜水。"

"田老师还好吗？"提到田老师，我想起她给我暖被窝的事，忍不住又问，"还有那个暖床的习俗，现在也该取消了吧？"

"暖床？"老刘说，"暖床的习俗早在刚解放时就废除了……"

我沉吟了很久，最后还是开了口："可是……可是田老师给我暖了被窝……"

老刘点点头，脸上又露出了当年主持那个"仪式"时的肃穆，他说"那是她为了报答你啊，你帮了石头，让他又能上学了，作为老师，让失学的孩子上学是她最大的心愿，但她一直没办法实现，因为她当时也已经一年多没有拿工资了，她家的生活也非常困难。山里的姑娘思想纯朴，只好用这种古老的方式来报答你了……"

我终于明白了，当年为我暖被窝的，是一颗纯洁的心……

（题图、插图：谭海彦）

让羊儿看瓜

□ 王兴菜

李彩凤才三十五岁，却年纪轻轻守了寡，可这寡妇难当，家里柴米油盐、自己一个女人还带着个半大的孩子，样样都难。彩凤心一横，把三千块家底子钱拿出来，一千块一亩，包了河滩的三亩沙滩地，说是要种西瓜！

这一下，全村人都怔住了：那片沙滩地有四五里，就是拴个老虎也看不住瓜，以前几个包地种瓜的人，搭了瓜棚子，扛着猎枪都看不住瓜，她一个年轻的寡妇，外加一个七八岁的儿子，娘俩绑在一起也看不住这三亩瓜田啊！

其实，彩凤敢这么做，是有原因的：丈夫死后这几年，家里的担子一溜杆地全压在了她身上，幸亏村东的单身汉杨二，时常来帮彩凤的忙。杨二今年也三十有三了，早年因家里穷，一直没娶妻，就这样一来二去，两人之间有了些微妙的情感。彩凤把自己准备包地种瓜的想法对杨二讲了，杨二一听，立马拍着胸脯说："彩凤，你就包吧，到时我去帮你看瓜。"

有杨二壮胆，彩凤便开始忙活了，挖坑、种瓜、施肥……大半个夏天下来，彩凤晒得脸都黑了，眼见西瓜从鸡蛋大长到拳头大，可还没等瓜瓤有红意，就有人偷偷拧起了彩凤的瓜，偷瓜的贼专拣大个的拧，结果彩凤眼睁睁地看着第一茬大点的瓜全被糟蹋了。

彩凤赶紧去找杨二，没想到杨二头摆得像拨浪鼓，原来这段时间，村里不少青皮小子不断同杨二开玩笑，借着"替寡妇家看瓜"的话题说三道四、冷嘲热讽。杨二这人，一辈子坏就坏在要面子上，他钱挣得不多，始终没有足够的勇气来接受这对孤儿寡母，所以当他听别人说自己要去给彩凤看瓜，他立马脸涨得通红："我凭什么给她看瓜？你们瞧着吧，说不定到时候我还会去偷瓜呢！"

彩凤本来就是个急性子，见杨二这副德行，顿时气不打一处来："杨二，你听着，没有你，我的瓜也有法儿看！"说完，她怒气冲冲地走了。

彩凤回到家，越想越生气，两天前，她已经在瓜田边搭了个瓜棚子，于是便准备铺盖一卷自己去看瓜，可冷静下来一想，觉得不行，村里本来就有几个泼皮小子、愣头后生，平日里没脸没皮地找她说话，现在半夜三更自己一个女人住在那里，不是羊入虎口吗？彩凤在家里哭了一天后，眉头一皱，她用稻草和木棍扎了两个歪歪扭扭的稻草人，在太阳落山前插到了瓜地两头。

村里的人见彩凤弄了个稻草人看瓜，有笑她傻的，有看不懂的，更多的则是叹气，到底是个寡妇啊，种了几亩瓜，被逼急了，弄团稻草去给她看瓜，可怜啊！再说杨二见了这个稻草人，脸像被人狠狠抽了几耳光，他知道这个稻草人是扎给自己看的，彩凤是在骂他连个稻草人也不如啊，所以连续好几天，他都没敢到河边溜达。

瓜一天一天大了，来河边洗衣洗澡的人多了起来，见满河滩上碧绿碧绿的西瓜，有些人又动心了，再说那两个稻草人立了二十来天，风吹日晒，不成样了，村里村外的人当初心中的内疚也一点点没了，就这样，瓜又开始少了起来。

这一天，彩凤铁青着脸，拿着一根棍，怒气冲冲地来到瓜地里，二话不说，抢起手中的棍子，打起了稻草人，一边打一边骂："我扎你立你，别人偷瓜你连个屁都不放，我留你个废物有什么用？"说完，她拔起稻草人，往河里一扔，转身回村去了。

彩凤疯疯癫癫地回到家里，竟直接进了羊圈，羊圈里养着两头羊，一黑一白，一大一小，彩凤弄根绳子套住了那只白羊的脖子，连拉带拽，儿子小缸子跟在后头连踢带打，娘俩把那头白羊弄到了瓜地旁。彩凤往瓜地里竖了根橛子，小缸子把羊往橛子上一拴，让这只白羊帮她看起了瓜，白羊吓坏了，"咩咩"直叫，不安地扯着绳子转来转去。

半个村的人都听说彩凤急眼了，把自家的羊弄到瓜田里去看瓜，狗能看门，羊能看地？这可是从来没听说过的稀奇事啊，一传十，十传百，大家争先恐后地跑过来看热闹。彩凤蹲在地上，抓住羊耳朵，认真地对它说："羊啊，平时麸子水俺没少给你喝，就委屈你在这帮我看看瓜地吧，谁偷我们家的瓜，你就记在心里，偷偷告诉我，你没爪没牙的，打不过那些偷瓜

贼的。"说完，她拉着儿子小缸子的手，挤出人群，半疯半傻地回家了，留下了百十来口看热闹的人和一只吓傻了眼的羊。

水灵灵的瓜越长越大，谁看着谁咽口水，一只羊怎么能看得住这么大一片瓜田？羊拴到地头后，彩凤连续几天都能看到瓜田里留着新脚印，这天，彩凤起了个大早，来到瓜田，见又少了几十个瓜，顿时气不打一处来，她怒气冲冲地回到家里，弄了几

根麻绳，掺着几根长茅草，搓成鞭，然后带着这根茅绳鞭子来到瓜田，她二话不说，抢起鞭子就朝羊身上抽去，顿时白羊的身上就多了一道血红的道子，羊没命地嚎叫起来，彩凤不管羊叫得有多惨，只是不停手地抽打那头羊，羊凄厉的惨叫声惹得村里的人都跑过来看热闹。

羊被绳拴着，只能顺着那根橛子绕圈圈，彩凤跟在羊后面边打边骂，村里的人都看得沉着个脸，杨二也挤在人群里看着，可他不敢抬起头来正儿八经地看，因为他只觉得彩凤的目光似剑一般，时不时地往他这边逼来，他只好耷拉着个脑袋，胆怯地瞟上几眼……

彩凤没命地打了上百鞭子，那头羊身上已是血迹斑斑了，彩凤打着打着突然大哭起来，一边哭一边撕心裂肺地喊道："羊儿啊，你别怪我心狠，我用三千块钱换回这块瓜地，这是我的命呀，你答应我看好瓜的，现在你对得起谁啊？你可知我的苦楚？你挨打还亏吗？你还好意思吗？"这句话刚落音，人群顿时鸦雀无声，而挤在人群中的杨二像被雷击中了一般，木然地立在那里，他听出来了，彩凤嘴上念叨的是"羊儿"，其实骂的是他"杨二"哪！

那羊越跑越慢，彩凤手中的鞭子却越打越狠，羊的嘴角开始往外冒血沫，白眼珠子满是血丝，嚎叫声很低

沉，充满了绝望。一会儿，人打累了，羊也趴下了，彩凤来到河边，把抽红的鞭子在水里蘸湿了，然后又在沙地上划拉了几下，接着回到羊的身边，又往羊身上抽打起来。蘸湿的鞭子上沾满了细小的沙粒，像铁刺一样打在羊的伤口上，羊疼得跳了起来，把头一仰，冲着蓝天凄厉地嚎了几声，嚎得周围的人没一个心里不发毛的，有人小声劝彩凤别打了，彩凤只当没听见："羊啊，我一个人挑水浇瓜，肩膀的皮磨没了，血把白褂子都染红了，起的老茧都能当镜子了，你说说，你吃我的喝我的，替我分担一点没有？"说着，她又高高抡起了鞭子……

这时的羊，浑身上下已是鲜血淋漓，它绝望了，喉咙里"呼哧呼哧"地响着，却不再嚎叫，它把头顶在地上，前面两个蹄子不停地刨着土，突然，羊的瞳孔猛地放大，瘦弱的身子慢慢歪下，死了，这头羊居然被彩凤活活用鞭子抽死了，再看人群中，杨二的身影早不见了。

彩凤见羊死了，把鞭子一扔，回头对站在不远处的儿子小缸子说："去，回家把那头黑羊牵来，让它接着看瓜！"说完，她像没事人一样，拎着水桶去河里拎水浇瓜去了。不一会儿，黑羊被小缸子用绳子拽来了，拴在那头死去的羊旁边。

当天晚上，杨二抱着一床旧棉絮来到了瓜地旁的棚子里，和那只黑羊一起看起了瓜，这一看就一直看到彩凤家收瓜的前夕，也就在这个时候，彩凤和杨二的婚事办了，接着，杨二摇着乌篷船，彩凤坐在船头，两人把皮绿瓤红的大西瓜从河边运到了几十里外的城市，赶上这一年附近种瓜的农民少，瓜卖了个好价钱，这对新婚夫妇腰间顿时鼓了起来。收瓜时节，杨二笑嘻嘻地拉着平板车，给每家每户送去了几十斤瓜，他笑着对村里人说："来，吃吃自家种的瓜！"

等到末茬瓜摘完，那头小黑羊也长大了，彩凤让儿子把黑羊牵着，同杨二一起先回家，等两人走远了，彩凤来到瓜秧深处，扒开即将枯死的瓜秧，眨眼间，一个二十来斤的青皮西瓜露了出来，她摘下瓜，然后抱着这个沉甸甸的瓜，来到河滩一个凸起的土包前——那是当时埋那头白羊的地方，彩凤把瓜放下，然后捡起一块石头，猛地砸了下去，顿时鲜红的瓜汁流了开来。彩凤满眼是泪，低头轻声道："羊啊，对不住了……我知道你死得冤，可我一个寡妇不这么做，有啥法子呢？都说过去的寡妇难当，可有谁知道，现在的寡妇更难当啊！我不是在打你，我是在打一个男人的良心啊……这是三亩地里最好的瓜了，你就尝尝吧……"

（题图、插图：魏忠善）

这块石头有灵

□ 罗蜀疆

一块带来好运的石头

姜宽办了一家农资销售公司，顾同是他的一个重要供货商。这天，姜宽带顾同去天山的一个新景区转转，两人带上些食物、背上旅行包，一块上了山，天山层峦叠嶂、云横雾绕，两人转转悠悠地迷了路。山里手机没信号，人影儿也见不着，气候又多变，还常有野兽出没，能不能活着出去？两人谁也没底儿。

到了傍晚，气温骤降，他俩怕碰见狼群，就升了一堆火，准备熬到天亮再说。夜里，顾同怎么也睡不着，他想：人们都说生意场上无父子，姜宽还欠自己几万元钱，他会不会故意制造了这次迷路事件、借机把自己扔在这个人迹罕至的大山里？他是本地人，应该知道怎么出去，而自己一旦困在山里，恐怕喂了狼也没人知道，因此，他紧紧盯着姜宽的一举一动，

晚上一直没睡安稳。

天亮后，他们下山找水，看见一条河沟，就着河水吃了一点干粮，就在这个时候，姜宽在河沿上发现一块石头，青绿色的，上面有刻痕，刻的像是少数民族文字。在这荒无人烟的地方，谁会在这上面刻字？刻的又是什么呢？姜宽抱起石头掂掂分量，大约十来公斤，他笑道："我得带回去找人破译一下，也许这块石头让人施了魔法，能给咱们带来好运呢！"说着，便把石头装进随身带来的背包里，也就在这个时候，姜宽往四周看了看，忽然惊喜地说："这石头果然有灵，我知道怎么回去了！"

顾同一脸疑惑地看着姜宽，姜宽说，他们住的城市在天山北边，这儿的水应该是向北流的，跟着水走再不会迷路了。这本来是一个常识，说是什么石头有灵，未免牵强了些，不过，

总算找到出去的办法，顾同心里踏实多了，于是他俩打起精神，顺着河沟向下游走。

山上没有像样的路，他俩只好有时蹚河水，有时爬悬崖，走走歇歇，疲惫不堪，顾同几次要姜宽把石头扔掉，姜宽就是不肯。

眼看太阳偏西，食物也快没了，还不知道什么时候能出去，顾同暗暗着急，他不满地对姜宽说："你花这么大气力带它回去，这恐怕是一块宝石吧？"

姜宽喘着气说："要是宝石的话，在上面刻字的人早就拿走了，不过，这上面刻的字，一定有什么用意，我得弄明白。"

两人一路说着话，走着走着，姜宽眼睛一亮，过去一看，面前一块大石头上放着一只金灿灿的馕，这是本地人喜欢吃的一种烤饼，还有一只水壶，里面装了不少奶茶！

姜宽大喜："哈哈，我们有救了，这块石头又给我们带来了好运！"

一块不愿人知的石头

两人就着奶茶吃了一些馕，精神大振，趁着尚未天黑，继续前行。

路上，有两条岔道，一条向上，通往树林子；一条向下，通往河边。岔道口有一个用小石头摆出来的"箭头符号"，指向往下去的小道，他俩就按照箭头指示的方向往下走。走到河边，发现一个石洞，进去一看，洞里居然放着一口小铁锅，还有小半袋面粉和半包食盐，见此情景，两人十分惊疑，你看看我，我看看你，半天回不过神来！这里有锅有面，旁边还有水，吃的问题解决了；而且这个洞子可以遮风避雨，住的问题也解决了，这一切，就好像有人知道他们会在这里受困，故意给他们准备好的！

顾同说："我猜想，刚才的馕、路标，还有这些东西，一定是山里的牧

民，给他的同伴准备的，正巧让咱们碰上了。"

姜宽神采飞扬地说："有道理，但咱们不是正巧碰上，是包里这块有灵气的石头，把咱们带到这里来的！"

两人找来一些柴禾，在河边做了饭，美美地吃了一顿，又在洞里生了一堆火，舒舒服服地睡了一觉。

第二天，两人将面粉全部做成饼子，带在身上，顺着河沟继续赶路。

走着走着，从头顶上方传来一个声音："喂，你们哪个地方去？"两人抬头一看，坡上站着一个人，是一位年轻的牧民。

两人对那牧民说了自己迷路的情况，牧民说，他叫巴图尔，这里的路他都知道，他可以给两人带路。

姜宽和顾同一听，便跟着巴图尔走，果然一路上好走多了，不再蹚河水，也不爬悬崖，不过姜宽背着那块石头爬坡上坎，走一会儿就累得够呛，只好坐下来休息。

巴图尔身强力壮，又是当地人，走路很轻松，他要帮姜宽背包，姜宽连忙推辞，顾同心想：莫非这真的不是一块普通的石头？或许姜宽对自己隐瞒了什么？顾同想趁机让巴图尔分辨一下石头，他一把扯过那个背包说："人家好心帮你，你就别扭扭捏捏的了，不就一块石头么，你还担心人家抢你呀？"他一边说，一边打开包，让巴图尔看看这到底是一块什么石头。

巴图尔把石头捧起来，在手里翻转着看了看，然后微微一笑，说："这样的石头嘛，山上有，有时能捡到。"

顾同追问到底值不值钱，巴图尔支支吾吾地没有明确回答。

其实，姜宽费这么大的劲儿要带走这块石头，并非对石头上刻的东西感兴趣，而是因为他曾经见过这种石头，这是一种玉石，叫做"天山碧玉"，他听说过，这两年有些牧民在山上捡到过这种玉石，卖了不少钱。现在尽管巴图尔没有明说这到底值不值钱，姜宽还是不肯轻易放手，他还是自己背着那包，费力地走着。

天黑前，姜宽和顾同到了巴图尔的家——一个牧场的场部所在地。

一块会说话的石头

晚上，巴图尔煮肉上酒，盛情款待了姜宽和顾同，并请了一位中年男子作陪。

席间，姜宽和顾同得知那个男子姓王，也是生意人，就叫他老王。饭后，姜宽和顾同随着老王到了牧场的招待所住宿。

老王把两人带到他的房间，说："咱们坐下聊一会儿吧，有件事，我想应该让你们明白。"

姜宽和顾同坐下，面面相觑，不知道老王要说什么。

老王指着姜宽的背包说："我不知道你们清楚不清楚，这里面的石头，其实是一块玉石，虽然不是什么稀世珍宝，但能值一点儿钱，不过，在你们发现它之前，它已经有主人了，它的主人就是巴图尔。"

姜宽大惊，霍地站了起来，老王淡然一笑："你坐吧，听我把话说完。我是一个诚实守法的玉石商人，经常来这个牧场，请放心，我对你们没有任何恶意。"

姜宽忐忑不安地坐下，听老王继续说。

老王说，就在姜宽和顾同迷路的时候，巴图尔正在那一带河沟里寻找玉石，并找到了这块石头。在他们迷路的那天晚上，巴图尔发现山上有烟火，担心引发森林火灾，就赶了过去。巴图尔发现了姜宽和顾同，不知他们是什么人，怎么会出现在这里，就一直悄悄跟随，并暗中帮他们解决了吃、住问题，从种种迹象看出他们是迷路的人，就将他们带来牧场。

姜宽和顾同这才明白他们为什么连连遇上"好运"。

姜宽接着问："可是我不明白，你说这块玉石是巴图尔发现的，他当时为啥不带走呢？"

老王说："这里的一些牧民，暖季时节会去山里寻玉石，他们出去一趟，可能会找到大大小小的不少玉石，但因为路上难走，马也进不去，他们不能立即带出来，就放在河边，等冬天河沟里冰冻后，大伙儿齐心协力

地用爬犁子运出来。"

姜宽和顾同都深感意外，说："放在外面几个月，他们不害怕别人弄走？"

老王笑笑，带着姜宽和顾同进了套间，指着地上的一堆石头说"这些都是我收购来的，你们先看看吧。"

姜宽和顾同一看，果然每一块石头上都有他们不认识的文字，有的是用油漆写的，有的和姜宽包里那块一样，是用铁器刻的。

老王说"这上面都是人名，第二个发现玉石的人，一见上面的名字，

2009年"《故事会》最有影响力的故事"征文启事

为鼓励多出优秀作品,《故事会》杂志社决定继续举办2009年"《故事会》最有影响力的故事"征文大赛,并对优秀作品实行四大奖励措施:

1. 入选作品除在杂志上发表外,还将收入《第一推荐·最具人气的故事E》一书;
2. 入选作品可得两笔稿酬: 在《故事会》杂志发表的作品,首发稿酬每千字400元; 获"《故事会》最有影响力的故事"优秀作品奖,再追加每千字1000元; 3. 入选作品均颁发奖励证书; 4. 本刊将邀请有关作者参加年底的颁奖大会,所有费用均由编辑部承担。

征稿范围: 1. 具有现实感、新鲜感且可读性强的中短篇(包括超短篇)原创作品;
2.故事性强、有口传性、能引起读者兴趣的推荐作品。

超短篇(如"幽默故事")的字数一般在1500字以内,短篇(如"中国新传说")的字数一般在5000字以内,中篇故事的字数一般在15000字以内。

来稿方法: 1. 从邮局寄发,请在信封上注明"征文大赛"字样,本刊地址: 上海市绍兴路74号《故事会》杂志社,邮编: 200020。

2. 从网上传递,可寄各责任编辑信箱,请在主题上注明"征文大赛"字样,本期责任编辑的信箱是: xiaomeng.ye@gmail.com。

就知道石头是谁的了,再没有人会打它的主意。"

姜宽和顾同十分惊讶: 竟有这样路不拾遗的事?

老王看了看两人,知道他们在想啥,便说:"这里的牧民,有好多事你们可能都无法理解,比如说吧,人们带到山里去的生活用品,没用完的,就找地方保存起来,让以后来的人随便使用,你们在河边做饭用的东西,就是别人存放在洞里的,是巴图尔取出来让你们使用的。"

顾同说:"这么说来,我们带回来的那块石头上,刻的一定是巴图尔的名字了,可我还有一点搞不懂,他知道我们捡了他的石头,为啥不明说呢? "

老王说:"我想,他是不想让你们觉得没面子。"听了这话,姜宽和顾同的脸上顿时火辣辣地发烫。

第二天,姜宽和顾同坐上牧场的班车下了山,他们留下了那块石头,请老王转交给巴图尔。

在车上,顾同改变了一个主意: 他原本计划低价弄来一批过期农药,换了标签后发给姜宽; 姜宽也改变了一个主意——最近他的生意很不顺利,连交房租都困难,这次带顾同出来玩,是为了联络联络感情,然后"套"来顾同的农药,接着,他计划将所有的货物倒腾出去,来个人间蒸发,让顾同和其他几家供货商上百万元的货款打个水漂,是那块石头的故事告诉他们: 人和人之间应该有一种很好的相处方式……

(题图、插图: 魏忠善)

平安电话

□ 陈登岭

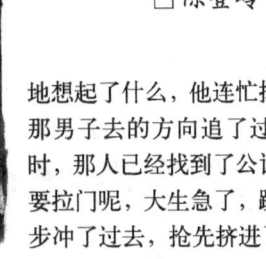

大生是个蹬三轮车的，平时就靠替人送送货赚钱过日子。这天，他替雇主送完货，已是下午一点多钟，眼看天要变了，妻子还躺在出租屋里，等他回去做饭呢。大生把空三轮蹬得飞快，急急地往回赶。突然，迎面过来一个中年男人，背着挎包，叫住了大生："兄弟，请问这附近的公话亭在哪？"

这一片，巷口岔道比较多，只有一座公话亭，位置还特偏，难怪他找不到。大生给那人说了方位，男人道完谢，转身走了。大生刚蹬了几脚三轮，猛地一拍脑袋，刚才那个人的耳后有一块胎记，看到这胎记，大生猛

地想起了什么，他连忙掉转车头，朝那男子去的方向追了过去。等赶上时，那人已经找到了公话亭，正伸手要拉门呢，大生急了，跳下三轮，大步冲了过去，抢先挤进了电话亭。

"对不起，我要打电话！"大生不管那人乐不乐意，摘了话机，摁了一串号码，就自顾自地打起了电话。

男人站在亭外，对大生的举动有点意外，他茫然地望着大生，张了张嘴想要说什么，可大生好像没看见似的，换了个姿势，背对着他，继续打电话。

男人没办法，只好耐心地在外面等着。下雨了，雨点儿"噼里啪啦"地打在电话亭的玻璃上，也淋湿了那男人的衣裳。过了好一会儿，男人有点急了，见大生仍然没有结束的意思，只好无奈地转身走了。

大生见那人一走，"叭"地挂了电话，一副很解气的样子，谁知就在这个时候，冷不丁从亭子后面冒出一个人，原来那男人并未走远，大生回过

神来，立马又抓起电话打了起来。

外面没有躲雨的地方，男人又没带雨具，很快便成了落汤鸡。

大生一边"哼哼哈哈"地通话，一边抬手看时间，过了差不多半个小时，见外面的雨渐渐停了，他才搁下话筒。

那男人小心翼翼地问："你……打完了？"

大生冷冷地一笑，一副挑衅的样子，说道："你，也知道等电话的滋味了吧？"

男人愣了片刻，脸上立刻露出了惊喜的微笑："兄弟，真的是你呀！一年不见了，家里还好吧？"

"好个屁！俺老婆的两条腿都没了！"大生猛吼一声，蹲在地上，孩子似的哭了起来。一年前的5·12，仿佛就在昨天，至今仍让大生刻骨铭心。整整一年了，大生的脑子里深深地烙着眼前这男人耳后的那块胎记，心中无时无刻不在诅咒着他！

记得地震一发生，灾区的通讯就全部瘫痪，直到震后第三天，各家通讯公司才陆续到达，搭建起了临时通讯站。那个通讯站还未建好，灾民们心急如焚，已经排成长龙候在那里，等着给亲人打电话，报个平安。由于急着打电话的人太多，所以临时规定只要电话一通，都要长话短说，尽量节约时间。

当时，大生急于想知道妻子的下落，地震发生时，他妻子刚好在回娘家的路上。大生震后余生，沿途一路寻找过去。几天来，他从废墟中救出了十多个人，但是没有妻子的消息。他记得妻子身上带着手机，而这个临时通讯站的信号刚好覆盖这一带。整整三天了，已经过了72小时的黄金救援时间，妻子是不是还活着？她的手机是不是还能打通？这是最后的希望了，大生急得都要发疯了！

大生排在队伍的最前面，就在这命悬一线的紧要关头，电话通了，大家欢呼雀跃，可负责测试的通讯站负责人，也就是眼前这个男人，却没有立即把电话给灾民用，他居然利用职务之便，抢先给自己的老婆打起了电话，在得知他老婆没事后，仍然对着话筒喋喋不休地唠叨着。大生快等不及了，他盯着那男人耳后的那块胎记，把牙齿咬了又咬，拳头攥了又攥，就在大生忍无可忍、准备一拳捶过去时，那男人才把话筒递到大生手里。

大生拨通了妻子的手机，奇迹发生了，妻子居然没有死，她被困在废墟中，靠雨水和带给娘家的食物活了下来。大生忙问她在哪里，谁知妻子说了一半手机没电了。那一刻，大生终于明白"时间就是生命"这句话的含义，就差一句话的时间呀，而这男人不但抢了第一个电话，还说了那么多屁话！

由于地点不确切，大生费尽周折，才找到被埋在废墟中的妻子，拼尽全力将她扒出来。这一来，又耽搁了整整一天，他妻子的两条腿最终未能保住，不得不高位截瘫。

听大生断断续续讲完了事情的缘由，男人沉吟了很久，最后终于像是鼓起了极大的勇气似的，走上前去，扶起了大生，说："兄弟，对不起，都是我不好，耽误了弟妹。"他一边说，一边连声道歉。

大生一甩胳膊，满是怨气地说："怎么，你也到这里打工了？该不是被公司炒了吧？看来这做人呀，得有起码的道德良心！"说完，他又狠狠地瞪了那男人一眼。

那男人呆呆地立在那儿，一声不吭，好一会儿，他轻轻地叹了一口气，默默地走进公话亭，伸手去拿话筒，这时，大生的火气也消了些，他突然喊道："等一等，其实……那电话早坏了。"

男人愣了一下，随之淡淡一笑，从挎包里取出了工具："今天俺第一天上班，就是来统一检修它们的，这条线路信号不太稳，刚才你又一直用着，我还以为没啥大问题呢。"

大生的心猛地一紧：其实，刚才他拿起电话时，就发现有故障，不过为了报复对方，他才故意装着打电话，好让那男人也尝尝等着打电话的滋味。

男人技术不赖，不一会儿工夫，电话便修好了，只见他很熟练地按了几个号码，对着话筒，激动地叫道："老婆……"可只吐出两个字，却再也说不出话来了，他呆呆地立在那儿，泪水"吧嗒吧嗒"地滴落下来。

大生吃惊地问那男人："家里都还好吧？"

"她……已经睡了一年啦……"男人终于忍不住呜咽起来。

原来，那一天，电话那端刚有回应，等着打电话的灾民都以为线路通

了，他们不知道通讯站收到的只是临时调试信号，紧接着上级基站方面通知，说是网络拥堵，需要紧急疏通调整，才能正常使用。那个时候，因见电话迟迟不通，早有人等不及了，他们不排队了，盲目地冲向埋着亲人的废墟，而妇女和儿童则开始啼哭起来，一时间，悲伤和绝望的情绪迅速蔓延。那男人是通讯站的负责人，他为了稳定灾民情绪，也为了给大家留一点温暖和希望，情急之下，他隐瞒了网络暂时拥堵的消息，利用调试的间隙，占着电话，装着和老婆聊天，好让大家都有个盼头。其实，那时他已经知道老婆身受重伤，命在旦夕，而且，直到今天她还未醒来，已经成了植物人！

大生听罢，脑袋"嗡"地一声炸了。一年了，这男人在自己心中，一直是一个自私、卑微的影子，大生恨极了他，再三投诉他，最后终于迫使他停了职，想不到竟然是自己冤枉了他！想到这里，大生突然"扑通"一声跪了下来："大哥，对不起，俺不是人啊！"

男人搀起了大生："兄弟，不用自责了，这不都过去了嘛。如今，我们都有了自己的新生活，向前看，好好活出个人样来，才对得起爱咱、关心咱的亲人们。"

大生猛地抹了一把眼泪，脱下外套，三下两下地擦干了三轮车上的雨水，一摁车铃，回头叫道："走，大哥，快上车！"

"去哪？"

"下一个公话亭也不好找，俺这就送你去。尽早把电话都检修好了，好让从灾区出来打工的老乡们给亲人们报个平安……"

（题图、插图：谢　颖）

·本刊信息传真·

《故事会》增刊征稿启事

《故事会》将在今年9月推出一期增刊，现向广大故事作者和爱好者征稿。

增刊将由故事中国网（www.storychina.cn）负责选稿编辑。在保持《故事会》的故事特点基础上，力求在作品的题材和风格上有所突破，并融入更多新颖的时代元素，无论是故事报刊的老作者还是来自网络的新写手，都欢迎前来一展身手！

增刊入选作品稿费标准和《故事会》期刊相同，并可参加年底《故事会》优秀作品评奖，挑战千字千元的奖金！

原创稿件要求：短篇故事一般不超过5000字，中篇故事不超过15000字。只要故事精彩，随你采用何种讲述方式。已发布在故事中国网，且未在其他刊物正式发表的作品也可应征。投稿信箱：storychina@gmail.com，截止日期：7月15日，具体栏目设置及要求请登录故事中国网了解。

·传闻逸事·

笤帚疙瘩

□ 张国心

早年间，关东大石镇上有个王氏棺材铺，几代经营，是个老字号。传说王家有个祖传的宝贝，是个笤帚疙瘩，看上去普通，却有着令人惊悚的魔力：如果铺子里的棺材卖不出去，只要半夜里用这笤帚疙瘩在棺材上敲一敲，第二天，这个棺材准保就能卖出去，可王家有祖训，宝贝不可随便使用，平常一年敲一次，闰年敲两次。王家一直牢记祖训，从不随意敲棺，所以，王家棺材铺虽然没有发大财，但倒也挺兴旺的，不愁吃喝。

这一年，老掌柜得了重病，不得

不把掌柜的位子让给了儿子王决，同时也交出了那把神奇的笤帚疙瘩，他再三叮嘱王决：千万要记住祖训，否则，天理难容。王决表面虽答应了父亲，心里却暗想：能多卖而不卖，谁和钱有仇啊？

当天午夜，王决偷偷地从被窝里爬了起来，偷偷地进了棺材铺，他要试试这宝贝疙瘩是否灵验。王决走进店里，只见三口朱红的棺材一溜儿摆在那里，他举起笤帚疙瘩对准第一口棺材"梆梆"连敲了几下，然后满腹狐疑地回到家里睡觉。果然，天还蒙蒙亮的时候，突然响起了一阵敲门声，王决刚开门，几个人鱼贯而入，说昨晚上死了人，急着用棺材。生意上了门，王决大喜，领着那些人来到棺材铺，来人也没挑选，付了钱后，抬起最边上那口棺材，匆匆而去。

王决捧着钱惊出了一身冷汗：卖掉的棺材，就是昨晚自己用笤帚疙瘩敲的那口呀！他痴痴地站在那里，心里想道：宝贝真是灵验啊，要是这样

的话，我不是发大财了吗？他嘲笑自己的那些前辈，为什么平常年头只敲一回、闰年敲两回？这不是守着金饭碗过穷日子吗？好不容易捱到了午夜，王决又用笤帚疙瘩敲了另一口棺材，天一亮，那口棺材果然也被卖了、抬走了！

王决心里乐开了花，他马上招聘木匠增加人手，一夜间棺材铺就扩大了规模，一口口棺材被打造出来，因为他有那个宝贝，天天夜里"梆梆"地敲，所以一口棺材也没存下。久而久之，亲朋好友、四邻八舍知道了这其中的奥妙，都咬牙切齿地恨他，可又无可奈何，只能提心吊胆地过日子，怕王决一敲棺材，下一个就会轮到自己，于是就流传出了一段顺口溜：不怕闹天灾，就怕王决敲棺材。

王决棺材铺的生意一天比一天火，财源滚滚，后来，王决的爹知道了这事，他躺在病榻上说："不要再敲了，再敲要遭雷劈的！"可王决早已掉进钱眼里了，哪里听得进老人的话，半夜里，王家棺材铺仍然时常传出"梆梆"的敲棺声，让人毛骨悚然。

这天，王决逼着伙计们加班加点，一连做了四口棺材，晚上，他早早地拿着笤帚疙瘩进了棺材铺，打算挨个敲一遍，明天统统卖出去，那可就是一堆白花花的银子呀！

棺材铺里阴森森的，王决摸着黑，找准第一口棺材，举起了笤帚疙瘩，这时，猛然听见身后有人大声骂道："小兔崽子，你又敲，你、你要气死我是不是？"王决吓了一跳，回头一看，黑暗中，只见老爹拄着拐杖站着，王决很生气，心想，现在我是掌柜的，你就好好地养老过清闲日子吧，干吗管这么多？于是，他也没顾老爹的劝阻，再次举起笤帚疙瘩，没想到老爹竟不顾一切地扑了上来，把他撞了个趔趄，他手中的笤帚疙瘩刚好落在棺材盖上，老人的脑袋也结结实实地砸在棺材的前墙上，只听"砰"的一声，老人倒了下去……

王决再没有去敲剩下的那三口棺材，急忙把老爹背进屋里，一看，爹已经脑浆迸裂，早已断气，他悔恨万分，悲痛不止，毕竟是自己的爹呀，他抱着老人的尸体痛哭，后来，就用那口棺材装殓了老爹，吹吹打打地送亡灵上了去西天的路。

大伙儿全看得清楚、想得明白：王决的爹，是被他儿子"敲"死的，这是报应，众人都以为王决这一下会迷途知返。开始，王决也像翻然醒悟似的，没再去敲棺，说也奇怪，他不敲，摆在铺子里的棺材还真卖不出去了，看着一口口棺材摆在那里变不成银子，王决心里那个急呀，他再也忍不住了，把老祖宗的话一股脑儿地全忘了，这天晚上，他又偷偷地进了棺材铺，举起笤帚疙瘩向一口棺材敲去，"梆——"刚敲一下，响声未落，棺材里竟然传出了说话声："敲什么敲，有主了！"

王决吓得魂飞魄散，再也不敢敲下去了，他急急忙忙跑回家，一头钻进被窝里，动也不敢动，迷迷糊糊中，他做了许多恶梦。第二天早晨，王决从被窝里探出头来，向窗外一看，昨晚下了厚厚的一场大雪。王决出了屋，来到院门边，推开大门，这时，王决突然发现门口的雪地里倒着一个人，身上盖了厚厚的积雪，脸已青紫，身子僵硬，王决心中暗自想道：昨晚敲棺时，棺材说"有主了"，难道说的就是这个死人？想得倒美，一口棺材几十两银子，能白白送给一个无名鬼？他马上找来了一个爬犁，把死人搬到上面，拉起爬犁就往山里走。

雪厚路陡，王决使出了吃奶的力气，才把爬犁拉到大黑岭的山坡下，看看四周是一片旷野，他低头冲着爬犁上的死人说："伙计，这里是个好地方，你就在这里睡吧。"他刚要伸手去拽那死人，不料那人气若游丝般地醒过来了，竟然开口说起话来："别把我扔在这里，救我一命，我会给你钱的。"王决吓了一跳，伸手一探那人的鼻子，还有气，听那人说给钱，他眼睛一亮，脱口问道："你给多少钱？"那人说："只要你救了我，你要多少，我就给你多少钱。"

王决心里可乐了，心想，我今天可遇到财神了！王决拉起爬犁就往回

跑，拉着拉着，王决放慢了脚步，回过头来细细打量那人，见他穿戴倒是不错，可他身上到底能有多少钱？我得弄个清楚，不能无利起早，于是王决问道："你身上带了多少钱？"

那人有气无力地说"我身上没有钱，如果你救了我，我会把钱给你送来的。"一听这话，王决什么都明白了，原来这个主是在拿话诓骗自己，救了他后，他没钱，我又能把他怎么？再说了，就他现在这个样子，八成是活

不了啦，让他死在自己家里，说不定就得搭上一口棺材，我可不能做那种傻事！想到这里，王决回过头来又往回走，爬犁上的人急着说："你要干什么？我给你钱，会给你钱的！"

王决再也没有听那人的鬼话，不管他怎么哀求，头也不回，一直把爬犁拉到山坡下，用力一推，那人"噗"的一声，落进了雪坑里。

也不知道是拉爬犁上山时受了凉还是咋的，王决回家后就得了一场大病，一连几天不吃不喝，身体虚得像一团棉花，实在没有力气半夜里去敲棺材，摆在那里的几口棺材也就一直没有卖出去。王决喝了一碗又一碗的苦药汤子后，病才好了些。这天，王决走进了棺材铺，围着那口会说话的棺材，转来转去，心里想：它为什么会说话呢？难道里面有人？他叫人把棺材盖打开，一看，里面什么也没有。

开始时，王决心里很害怕，总觉得棺材说话是不祥之兆，可日子一天天地过去了，什么事也没发生，悬着的一颗心也就渐渐地落了地，他自我安慰道：也许听错了，或者是幻觉，棺材怎么会说话？全是自己吓唬自己。

这天半夜里，王决又起来了，他要把所有的棺材统统敲一遍，可还没等走出屋，就见外面火把通明，人叫马嘶，门窗被砸得山响，"不好，来土匪了！"王决抱着钱匣想躲藏起来，

但他马上就镇定下来，因为他想起来了，土匪是有规矩的，不抢棺材铺，肯定是他们弄错了，于是就大摇大摆地走了出去，大声地说："我是开棺材铺的，你们搞错了……"但是，他的话还没说完，就被人用一只麻袋装了起来……

第二天，镇上的人全知道昨晚土匪抢了王家的棺材铺，谁也不明白，为什么土匪这一次竟然会破了自己的规矩、抢起棺材铺了？可大家来到棺材铺一看才知道，其实铺子里的钱财并没有被抢掠，只是丢了一口棺材，除此之外，就是王决失踪了。没过多少时间，有人在大黑岭下的雪地里发现了那口棺材，上面压着一块大石头，搬走石头，打开棺材一看，里面有个死人，身上一处伤痕都没有，是被活活冻死的，那不是别人，正是王决！

从此，王氏棺材铺破落了，后来渐渐的就在关东地面上消失了，那个神奇的笤帚疙瘩也没了下落。再后来，一个当过土匪的人说出了一个秘密：原来，当年倒在王决大门口的人，是个土匪头目，那天晚上，他一个人去"插扦儿"，也就是"侦察"，不承想走到半路犯了重病，昏死在王家棺材铺门口，他被王决扔到山里后，又被一个打柴人救活了，那土匪头目对王决恨得咬牙切齿，这才下手报复……

（题图、插图：刘斌昆）

□ 马 超

藏

在杯子里

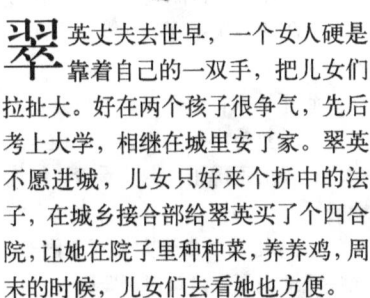

翠英丈夫去世早，一个女人硬是靠着自己的一双手，把儿女们拉扯大。好在两个孩子很争气，先后考上大学，相继在城里安了家。翠英不愿进城，儿女只好来个折中的法子，在城乡接合部给翠英买了个四合院，让她在院子里种种菜，养养鸡，周末的时候，儿女们去看她也方便。

这天一大早，女儿小菊开着她那辆白色小轿车，眼泪汪汪地来到四合院，见了翠英三句话没说完，就"哇哇"大哭起来。

翠英赶紧对女儿说："看看你像

啥样子，快四十岁的人了，还哭哭啼啼的，有啥事好好对妈说，哭有啥用啊？"翠英嘴上这么说，心里早猜出个十之八九了，女儿心气硬，从来不服输，虽是个女儿家，却很少掉眼泪，眼下这情形，一定是和她丈夫闹别扭了。

果然，小菊吞吞吐吐地说道，昨天她无意中从别人那里得知丈夫和单位上的一个女人好上了，等丈夫回来，她狠狠逼问了一番，最后丈夫低着头承认了，说是一年前的事了，现在他已经和那个女人断了。小菊哪儿受得了这气，摔碗砸盘子，整整闹了一晚上。

翠英安静地坐在院子里，默默地听女儿说完了这番话、发完了一通牢骚，然后对她说："小菊，你到妈屋里去，把床边柜子里咱家那个玻璃杯子拿来。"

小菊擦着眼泪问："妈，您渴了？您干吗用那个杯子喝水，那不是您的宝吗？"

翠英说："我不渴，让你拿你就去拿，你拿来后我有话说。"

小菊只得进屋去取那个杯子，翠英让她拿的是一个厚厚的老式玻璃杯，别看那杯子不起眼，来历可不普通。早年在农村，陶瓷和搪瓷杯子不值钱，谁家都有，但玻璃杯子却很少见，翠英手上的这个就更少见了，玻璃壁上印着一对红双喜，还有两朵盛开的大牡丹。

这宝贝，翠英一家平时很少用它，平常日子，翠英总会把它擦得干干净净，用布包好放起来，只有逢年过节的时候，才把它拿出来用一次，不是斟酒，只是倒上一杯普通的开水，那个时候，孩子们都已经上学了，谁考试成绩好，谁才有资格用这个杯子喝水，每一次，翠英都要说上这么一句："谁能用这个杯子喝水，谁以后就能进城，就能吃上肉，吃大米饭，住高楼。"所以虽然是普通的一杯水，但谁喝到了就特别开心，就这样喝着喝着，两个孩子最后居然都进了城，离开了穷乡僻壤。

一会儿，小菊把杯子拿来了，递给翠英。

翠英接过来，仔细打量了一番，对小菊说："这么多年娘也没对你说

过，其实这个杯子是你爹临死的时候买的，那时家里穷，你爹年纪轻轻又得了绝症，那一天，你爹拿了钱到城里去看病，可他没舍得，进了医院转了一圈，又把钱揣回来了，回来的时候走进百货大楼，花五毛钱买了这个玻璃杯，他说，杯子上的喜字和牡丹好看，喜气……几十年了，我就守着这个玻璃杯子过日子，现在我想明白了，我是拿这个杯子当我男人呢，所以平常的时候不敢让你们拿着它喝水，我怕你们不小心把'爹'给摔碎了。你呢，现在比妈幸福多了，男人一辈子哪有不犯点错的？可只要他能守在你身边就好，遇着事能帮你扛着就好，只要你待他好，他就能不犯错，少犯错，就是错了也能改，你说是不是啊？"

一番话说得小菊的心透亮透亮的，她陪着翠英吃了顿饭，开着车回家了。

到了周末，小菊一家三口开着车来了，尤其是小菊的丈夫，做饭、洗碗，积极得不得了，翠英看着，偷偷地笑了。

没过几天，儿子大伟开着汽车，气呼呼地来了，口口声声要同妻子小敏离婚。

翠英听他唠叨完，自然又让他进屋拿杯子，没想到大伟张口就说："妈，您是不是要给我讲你把杯子当成我爹的事儿？您老人家就省点力气

吧，杯子的事我妹给我讲过了，婚姻和杯子是没有关系的，这一次我非离不可……"

这时，翠英自己走进了屋，把那玻璃杯子取了出来，她颤颤巍巍地拿着杯子，然后朝地上狠狠摔去，"哗啦"一声，杯子被摔成了无数的碎片，大伟顿时吓坏了，他万万没想到母亲会发那么大的火，甚至把那个当作命一般的杯子给摔碎了，他惊恐地看着怒气冲冲的老母亲和一地的碎玻璃片，一句话都不敢说。

翠英问儿子："你和小敏结婚多少年了？"

大伟赶紧答道："快二十年了。"

翠英紧接着问道："你知道这杯子多少年了吗？"

儿子摇摇头说："不知道。"

翠英叹了口气，说"它在我手上已经有三十八年了，在这三十八年里，这个玻璃玩意儿随时都可能被摔碎，可我用心把它保存下来了，你们俩在一起才二十年，连个玻璃杯子都比不过，你还有脸来对我说离婚吗？现在我把它给摔碎了，想粘都粘不到一起去了，从此我再也不会和你讲把杯子当你爹的事了，你的事我管不了，你回去吧！"说完，翠英回头进了屋里。

儿子的眼泪瞬间就流了下来，他痛苦地喊了声"妈"，可任凭他怎么喊，翠英还是没出来，大伟没办法，只

能开车回城里去了。

当天晚上，儿媳妇小敏给翠英打来了一个电话，她哭着说了一句："妈，谢谢您，周末我和大伟一起去看您……"

挂上电话，翠英满是皱纹的眼圈红了，她慢慢走到床边，打开床头边的柜子，拿出一个布包，小心翼翼地打开来，里面裹着的就是白天摔碎的杯子碎片。翠英把玻璃碎片拨到一边，从底下拿出一个发黄的纸条，其实翠英没对儿女们说实话，那个玻璃杯子和纸条是翠英的一个"心上人"

送的，这人不是两个孩子的爹，而是一个叫李茂的下乡知青。

丈夫死后不久，在给知青派饭的时候，李茂喜欢上了翠英，那个时候，年纪轻轻的翠英已经守了寡，对这个叫李茂的多少也有点意思。后来知青回城，李茂要翠英和他一起回去，翠英不忍心把两个年幼的孩子扔给年迈的公婆，分别之际，李茂送给了翠英一个玻璃杯子，在杯子里塞了个纸条，然后回城去了。翠英虽然不识字，但她很有心眼，把纸条上的字分别抄下来，一个一个去问人，总算是把纸条上的意思弄明白了。

李茂回城之后，对翠英仍然念念不忘。一年后，李茂不远千里，借着回"老家"看看的名义，回到当年插队的农村，想把翠英带走。

那天晚上，在昏黄的油灯下，翠英看着两个熟睡的孩子，抹着泪问了李茂一句话："我进城了，孩子咋办？"

李茂说："咱们可以寄钱给他们啊！"

翠英说"没人疼没人爱了，寄钱有啥用啊？"其实翠英心里想：我进城了，两个孩子怕永远进不了城啦，当妈的要把进城的希望留给孩子们，这样才对。

就这样，翠英守着这份藏在玻璃杯子里的爱，过了大半辈子，每当自己遇到难处的时候，她总会把那个玻璃杯子拿出来，把杯子里的纸条掏出来，认真地看一遍，想着自己也是能进城的人，给自己打气……就这样，她一辈子都盼着进城，却没进城，后来等儿女都进城了，她年纪大了，就不愿进城了……

这样一个意义非凡的杯子，翠英为啥摔了呢？

就在昨天晚上，翠英吃完饭，打开电视机，无意中看见正在播放新闻，那个在城里当了大官的李茂，得病去世了。

如今，翠英已经不需要再进城了，她老了，无所谓了，最关键的是，现在那个盼她进城的人也没了，这个宝贝似的藏了三十八年的杯子还有什么用？杯子是碎了，可是那行用蓝色墨水写的字却无论如何也不能从她心里抹去："翠英，我永远在城里等着你……"

（题图、插图：谢　颖）

一千多年前，我们的祖先就已经能对病入膏肓的患者开膛剖肚、做"换心"手术了，手术居然能妙手回春，病人竟然能康复如常，你信不信？别说不信，看完这个故事再说……

□ 刘显盈

七窍玲珑心

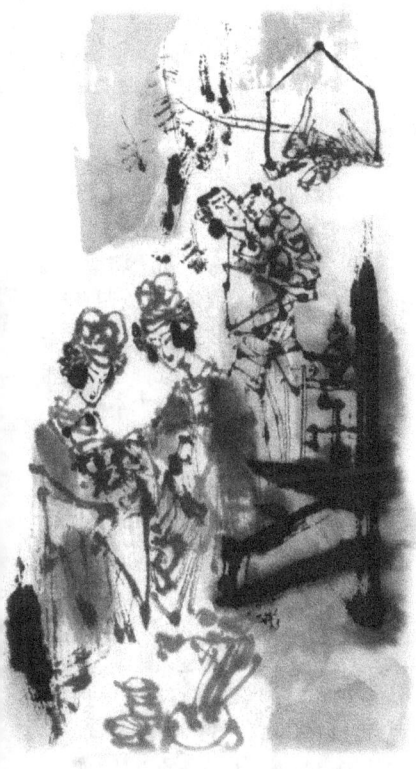

咱中国历史上称作汉朝的政权实在太多，光正史承认的就有八个，其中就有五代十国时的南汉，那皇帝是高祖刘岩，首辅大臣叫赵光裔，赵家身份特别，一是因为赵光裔在朝廷中的地位非同一般，二是他的夫人是皇帝的宠妃马贵妃的妹妹。

公元918年，这一天是元宵节，高祖刘岩心血来潮，邀请满朝文武在御花园观赏花灯，赵光裔一家自然也应邀去了。赵夫人在看灯之前先去拜见姐姐马贵妃，说来也巧，这姐妹俩前不久都生了个男孩，一前一后没差几天，都是刚满月。赵夫人抱着孩子来到西宫，与马贵妃促膝长谈起来。

一说到孩子，姊妹两人不禁眉飞色舞，你可别说，这两个孩子也实在讨人喜欢，赵家的儿子赵洪深，生得活泼可爱，再穿戴上皇家御赐的衣帽，更是显得富贵逼人；而太子刘玢，只比赵洪深大几天，他们穿着同样的服饰，看上去就像一对双胞胎，要是换了别人肯定分辨不出来。一屋子的人正在说说笑笑，不料祸事来了：西宫里养着一只鹦鹉，见宫里的人光顾着和客人聊天，没人搭理它，不乐意了，竟然猛一伸脖子，在太子的后脑勺上偷偷地啄了一口，疼得小家伙直翻白眼，偏偏这时候朝鼓擂动，庆典已经开始，马氏姐妹准备前往，根本没有看到太子的后脑勺被鹦鹉啄了，而且留下了一个不小的鸟嘴形血斑，然而这一切，却被一旁的侍女秦玲儿看在眼里……

这一个细节十分重要，我们暂且搁下，先说眼前的事儿，马贵妃见庆典开始，便当即宣旨：移驾御花园。

到了御花园，只见高祖刘岩已经端坐在观礼台上，姐妹两人给刘岩叩拜请安，刘岩赐坐。君臣们居高临下看得清楚：京城戏班的艺人们已把大红的灯笼高高挂在旗杆上，旗杆上架起了一层层的木板，然后再自上而下地泼洒铁汁，红通通的铁汁泼在木板上，就会溅起一层层的烟花，这个节目美其名曰："芝麻开花节节高"。

就在大家喝彩的时候，旗杆上的艺人们突然几声怪叫，紧接着，他们一齐把通红的铁汁冲着观礼台倒了过来，滚烫的铁汁这么倒下来谁还会有命？眼前的意外之变使众人措手不及，侍卫们高呼"护驾"，簇拥着高祖刘岩退却，这时，铁汁倒在观礼台上，很快就烧了起来，观礼台旁边就是西宫，没过多久，浓烟已经顺着火势蹿进了西宫，马贵妃突然想起了困在宫里的两个孩子，大惊失色，拉着妹妹向西宫奔去。这时候，高祖刘岩已经在命令群臣救火，但毕竟火势太大，

未必能及时扑灭，马贵妃奋不顾身地冲进火海，冒死抱出两个孩子，自己却被一根倒下的柱子砸到头上，可怜一代贵妃，当场身亡。

大火扑灭了，纵火的叛匪们也处决了，但是，太子刘玢虽然绝处逢生，却变得痴痴呆呆；赵光裔夫妇的儿子赵洪深也是一样，为了医治太子和赵洪深的怪病，不知惊动了多少御医、郎中，两人却依然是痴痴傻傻的。

公元937年，朝廷派大将率兵南征，平定了南方的叛乱，凯旋归来时，那统兵的将领带回来一名怪医，据说那人能够剖头换心，起死回生，高祖刘岩大喜，他当场传旨让那个怪医为太子瞧病。

这位怪医有一个绰号，叫"怪扁鹊"，怪扁鹊有一个怪癖：病不怪不救，人不死不救。听到皇帝宣召，怪扁鹊便进宫诊断太子的病情，然后上殿面见了高祖刘岩，他说："请问陛下，太子儿时可曾受过大惊？"高祖刘岩想起那年御花园起火的往事，说："确有此事，那又如何呢？"

怪扁鹊说，太子爷的心是被吓碎了，要想医好，必须要换上一颗亲人的心脏，此人必须身体强健，七窍玲珑，也就是传说中的"七窍玲珑心"。

高祖刘岩听这么一说，不觉犹豫起来，他说："皇室龙脉单薄，健全男丁只有朕和顺天王两人，顺天王忠勇仁义，你难道要朕去取他的心吗？你

这岂不是挑拨离间、欺君罔上！"怪扁鹊天生梗直，说道："那草民就无能为力了！"说完，便伸出脑袋往大殿的雕龙石柱上撞去，几个殿前侍卫连忙把怪扁鹊拉住，怪扁鹊被下到天牢，但每天都是大鱼大肉享用着。

第二天，高祖刘岩留下首辅赵光裔私下交谈，说起了"七窍玲珑心"的事，赵光裔低声说："微臣觉得此事可为。据说十九年前的那场大火就是顺天王私下指使的，只是事隔多年无从查起罢了！"刘岩想了想，问道："那朕该如何是好？"于是，赵光裔便说出了自己的想法。

几天后，首辅大臣赵光裔便来到了顺天王刘成的封地南郡，刘成接见了赵光裔，怪扁鹊隐匿在随从之中，他不动声色地观察着刘成，看面相气

色，确定刘成身体健康，怪扁鹊便偷偷地向赵光裔点了点头。宾主落座，赵光裔示意刘成屏退左右，接着便说了一番引诱刘成上钩的话：高祖皇帝年老体弱，将不久于人世，当朝太子愚钝无知，不能担当治国安邦的重任，为了预防朝纲突变，高祖授意顺天王入京辅佐，早登大典。刘成心中暗喜，自己密谋这么多年，谁知道"得来全不费工夫"，他装作万分悲痛的样子，说道："我刘成对天起誓，绝不会辜负皇兄的重托。"刘成盛情款待赵光裔一行，然后点了五千精兵，向京城开去。

赵光裔是先行一步的，他刚进城门，城头上的官军便拉起了吊桥，把顺天王刘成和随后跟着的五千精兵挡在城外，门将问清了城外人马的藩

属，急忙奔进金銮殿向皇上报告，满朝文武并不知道高祖刘岩和赵光裔的密谋，顿时大惊失色：这还了得？藩王之师擅离守地，当以谋反论处！刘岩即刻传旨禁军首领带兵出城，缉拿反王。禁军首领手持八楞大铜锤东挡西砸，几个回合之后，刘成就被他一锤击落马下，刘成的部队一触即溃，死伤无数。

赵光裔早已偷偷给禁军首领下了密令，把刘成押进自己府中听候发落，而此时的赵府，"换心"的所有准备工作都已齐备，为了避人耳目，赵夫人以"皇姨"的身份，亲自入宫请出太子刘玢，又偷偷进了赵府。顺天王的身高、体形都和太子相仿，怪扁鹊将他们两人的身体清洗过后，便亮出了形态各异的利刃、银针。他先给刘成和太子麻醉了，然后扎针止血、开膛破肚，最后才把刘成的心脏取下来。这颗心像拳头大小，青筋如玉，最为奇特的就是这心从刘成体内取出后，过了半炷香的工夫，依然能够在特制的药液里"怦怦"颤动，七条主血管就像七条不干之泉，这就是"七窍玲珑心"的奇特之处！

和刘成这心相比，太子刘玢的心却是干瘪弱小，怪扁鹊用利刃切下了刘玢的心，意想不到的情况发生了：太子刘玢腔体的刀口里已没有活血了，就像一具枯尸了，怪扁鹊马上施救，最终还是回天无力，太子死了，怪

扁鹊赶紧向赵光裔通报了太子的死讯，同时捎带了另外一句话："速速带上公子赵洪深一起过来！"

赵光裔听说太子死了，如同五雷轰顶，他马上带上妻儿来到偏厅，怪扁鹊对着赵光裔长跪不起，说："草民罪该万死，把太子给治没了！"赵光裔说："医者父母心，想来你也是无心之过，神医赶紧逃命去吧！"

怪扁鹊虽然古怪，却也仁义，他说，他要是跑了，赵光裔一家就要满门抄斩，他于心不忍，赵光裔双手扶起怪扁鹊，说："车到山前必有路，我们毕竟算是皇亲国戚，说不定事情还会有转机的。"听赵光裔这么说，怪扁鹊感到了一些宽慰，他说："换心之术最忌讳的就是患者遭受颠簸，以致全身血脉亢奋，今日太子来得匆促，草民又求胜心切，这才使手术失败，但是，七窍玲珑心还在，顺天王、太子和你家公子的血象又非常相似，我想把七窍玲珑心换给公子，不知你们意下如何？"

怪扁鹊这么一说，赵光裔夫妇顿时发呆了：顺天王的"七窍玲珑心"换给太子，却把太子给治死了，现在要换给自己的儿子赵洪深，自然风险不小，但当然也会有另一种可能，那就是治好了，如果这样，儿子就会一改现在的傻样，这虽是冒险，却也值得！赵光裔夫妇反复斟酌，最后同意了。

于是，怪扁鹊把赵洪深麻醉以

后，绑在木床上。他像变戏法似的把七窍玲珑心放进了赵洪深的胸膛里，手起刀落，飞针走线，只一炷香的时间便缝合完毕！大约一盏茶的工夫，赵洪深缓缓睁开双眼，重重地咳嗽了一声，紧接着又吐出一口鲜血，整个人便由昏迷而酣睡，继而又苏醒过来。怪扁鹊大喜过望，他连忙叫过赵光裔夫妇，两人走到儿子床前，只见赵洪深面色红润，慢吞吞地说："爹爹，娘亲，你们怎么会哭了？"两人听了，不禁高兴得热泪盈眶，看来这孩子是真的变聪明了！

再说高祖刘岩，听说太子换心不成而死，马上晕倒在寝宫里，经过御医急救，刘岩终于苏醒了，他望着前来负荆请罪的赵光裔，怒不可遏地下旨道："速速将逆臣拿下，打入天牢！"侍卫一拥而上，当即把当朝首辅给绑了起来，赵光裔的夫人、儿子和怪扁鹊也被一并绑拿归案。

三天以后，京城万人空巷，这一天，德高望重的首辅，风华绝代的皇姨，妙手回春的怪医，传奇公子赵洪深，这四人就要在午门斩首示众！这个时候，高祖刘岩在皇宫里如坐针毡，他想：赵光裔忠心耿耿，赵夫人又是贵妃的妹妹，人非草木，怎能无情？刘岩叫来了秦玲儿，这时的秦玲儿，已经不是早些时候西宫马贵妃身边的侍女了，她已经被刘岩收为嫔妃，封为"玲贵人"，刘岩说道："玲

儿呀，今天你就替朕前去送送赵氏一门吧！"秦玲儿知道皇帝的心思，就应了一声，带着宫女奉旨出宫了。

午门外三声炮响，刽子手高高举起了鬼头刀，"喀嚓"一声，怪扁鹊先被斩了，赵光裔双眼一闭，准备赴难，眼见刽子手已把鬼头刀举过头顶，就在这时，远处却传来了一声高喝："刀下留人——"

玲贵人奉旨前来法场送行，赵氏一门感激涕零。玲贵人拨开赵洪深散落在颈后的头发，为他系上黄绫围巾，以示皇恩浩荡，这一伸手不打紧，哪想到竟然会拯救了整个南汉王朝！为什么？因为玲贵人发现了一个细节：赵洪深的脑后，竟然有一块隐藏在发间的鸟嘴形血斑，这正是十九年前太子刘玢被鹦鹉咬伤时留下的特殊印记，这也就是说，太子刘玢和赵洪深这对如同双胞胎的孩子，在当年的那场大火中，竟然阴差阳错地被调换了，一错就错了十九年，今天跪在法场上候斩的，其实并不是赵洪深，而是真正的太子呀，秦玲儿当即下令：犯人暂押天牢，自己回宫请命。

真相大白，因为抚养太子有功，赵光裔被加封为"一字并肩王"，并赐亲王府第；怪扁鹊也被追封为"天下第一神医"，可是他的独门绝技"换心术"却从此失传了……

（题图、插图：黄全昌）

一只黑色塑料袋

□ 鲍 璐

马老汉的钱

马老汉是个捡垃圾的，他十五年前好不容易才得了一个儿子，夫妻俩含辛茹苦地将儿子拉扯大，不料前不久他的儿子却被查出患有尿毒症，一家人顿时懵了!

儿子住进医院后，马老汉的一点积蓄立刻就被抽干了，可那是个无底洞，必须要进行肾脏移植才能挽救儿子的生命。马老汉决定把自己的肾捐一个给儿子，但高昂的手术费用，让马老汉陷入了绝望，十万块，马老汉一辈子也没见过那么多钱!

马老汉失魂落魄地走在大街上，这时他看见一场募捐活动正进行着，一群小学生正在为他们的一个同学举行募捐活动，那同学患了白血病，现场站满了围观的人群。一个小女孩走到马老汉身边，怯生生地说："好心的爷爷，你帮帮我的同学何可可吧，他得了白血病，没有钱治，好可怜的。"

马老汉看了看小女孩手中的照片，那是一个笑容灿烂的男孩，马老汉想到自己的儿子，心中一阵酸楚，他鬼使神差地从口袋中掏出仅有的一把零钱，塞进了小女孩捧在胸前的募捐箱内。马老汉苦着脸离开了那里，他边走边想：我在帮助别人的儿子，可是又有谁来帮助我的儿子呢？他叹了一口气，走到一个街口的垃圾箱旁，翻弄起来。他看见一个黑色塑料袋扔在垃圾箱里，这种袋子太常见了，马老汉没想什么就把它拿了过来，随即又打开了，一看，里面是一个扎紧的方纸包，不知道是什么东西。

马老汉已经意识到情况有点异常了，垃圾箱里塑料袋子多见，但是塑料袋子里放着扎紧的方纸包，那可不多见呀！马老汉将那个纸包撕开了一角，他立刻如同触电一般缩回了手：里面露出的是一扎扎整齐的百元大钞！马老汉又赶紧伸手拿起塑料袋，慌慌张张地向四周打量，他的心都要跳出来了，抱着塑料袋撒腿就跑，一边跑，一边还忍不住回头看两眼，没有人在追他……

回到家后一数，整整十万块！直到马老汉的儿子被推进手术室，马老汉的心还在狂跳不已，可是已经过去几天了，不仅没有人讨要这笔巨款，连个相关的新闻报道都没有。

几个月后，马老汉的儿子顺利出院。马老汉在心中无数遍地感谢着老天，他也一直心神不宁，毕竟这是捡来的钱，不是光明正大得来的，按理说自己绝对不该拿，可为了救自己的儿子，他只得昧着良心做一回错事！结算住院费的时候，医院还退还了马老汉七千一百块钱。尽管儿子在手术后正需要营养，但马老汉良心不安，他还是决定将这笔钱捐出去，他不敢去寻找失主，因为他没办法归还十万元巨款，他还记得当初那个得白血病的小男孩叫何可可，于是他千方百计地找到了给何可可治疗的医院，在病床前，马老汉将七千一百块钱依旧包在那个黑色塑料袋里，塞给了何可可的妈妈，何可可的妈妈看到衣衫褴褛的马老汉送来这么大一笔钱，顿时感激得掉下泪来，她哭着说："大爷，你真是好人啊！你生活也不容易，拿回去一些吧！"

马老汉局促不安地说："这不是我的钱，这是老天赐的，你儿子一定会好起来的！"

王总的儿子

王总拥有一家自己的装潢公司，他长得虽胖，气量却很小，为人相当抠门。

这天，市里邀请他参加一个募捐活动，王总到会场一看，还有本市一些其他的企业家，他们都是受到政府的邀请参加会议的。这是一场公益事业的募捐活动，受捐助的对象是那些无法享受医疗保障的低收入患者。

王总可是舍不得捐款的，要知道他的每一分钱都是千方百计抠出来的，现在公司做这么大可不容易，而且现场捐款最低的就是十万，这简直让他如同割肉一般，于是王总趁着捐款活动举行得如火如荼之际，偷偷地溜出了会场。

决定将抠门进行到底的王总回去后，又开始动起了员工年终奖的脑筋。虽然当初有过承诺，王总还是想尽一切理由克扣了员工的年终奖，这让大伙儿很恼火，尤其是小李，小李可不是一盏省油的灯，当即宣布不干了，然后他气势汹汹地冲进王总的办公室讨要奖金。

王总趾高气扬地说："辞职可以，但年终奖就是没有，现在金融危机，我不扣你们薪水就不错了。"小李肺都要气炸了，三言两语后就大吵起来，小李抓起桌上的烟灰缸狠狠地摔

在地上。王总报了警，警察将小李带回了派出所，还好好教育了一通。

过了几天，王总还在为自己的行为得意不已时，他却发现自己的儿子不见了，那可是他唯一的宝贝儿子，他看得比自己的命还重要。正当他找得火急火燎、准备到派出所报案时，他接到了绑匪的电话：想要你儿子活命，准备十万块钱！

王总可不敢冒险报警，他生怕宝贝儿子有任何闪失，于是乖乖地按照绑匪的吩咐，包好十万元现金，装在一个黑色塑料袋里，远远地就下车，走到了约定的那个街头垃圾箱旁，将黑色塑料袋扔了进去，然后忐忑不安地回到了家中等待消息。

还好，这个绑匪挺讲信用，当晚，他的宝贝儿子就一个人跑回了家，儿子说了被绑架的经过：去同学家的路上稀里糊涂晕倒了，醒来后发现自己的眼睛和嘴巴都被蒙住了，后来有人又放了他，他扯掉蒙眼的布条，发现自己一个人被扔在离家不远的小巷子……

其实，这个"绑匪"就是小李，小李从派出所出来后十分愤怒，突然有了一个可怕的计划：绑架王总的儿子！他在王总家附近蹲了两天，终于等到一个机会，将孤身一人的王总儿子迷昏，然后蒙住眼睛带到出租屋绑了起来，接着，小李在公用电话亭给王总打了个电话，约好提取赎金的时

间和地点。他料定王总不敢报警，因为王总很宝贝自己的儿子。接下来，事情的发展有点不太顺利：小李守在一处隐蔽的地点监视着那个垃圾箱，看到王总将那个黑色塑料袋放进去后打车离开，然后小李放心地走过去，就在这时，他看见一个捡垃圾的老汉捡了那个塑料袋，小李大惊，赶紧朝那个老汉跑去，想夺回塑料袋，可是他突然发现一个人也亦步亦趋地跟着自己，小李觉得那人有点面熟，马上意识到那是个便衣，因为他上次似乎在派出所里见过他！难道王总报警了？容不得多想，小李赶紧跑进了旁边一条巷子，终于摆脱了那个便衣的追踪。

小李回到住处后就害怕起来，他知道警察迟早会找到这里，他不能因为这个毁了自己一辈子，思前想后，小李决定放了王总的儿子，于是他趁着夜色，将睡梦中的小孩丢到了王总家附近，然后，小李乘车离开了。在另一座城市，小李忐忑不安地生活了一段时间，还好，没有人找过他的麻烦，他渐渐地就把这事淡忘了，老老实实地工作、生活……

而王总这边，即使儿子安全回来了，王总也不敢报警，他很害怕被绑匪报复。王总从此以后把儿子看得牢牢的，不让他一个人出门。

想到那十万块钱，王总心里有些痛痛的，有时候就安慰自己：时常听到有人生了绝症没钱看病，唉，算了，就当这钱捐了、救治了一个白血病人吧……

杜警官的升迁

杜警官是派出所的一位民警，一直得不到升迁，让杜警官很是郁闷。最近局里下了一个通知，说是抓到小偷将会作为升迁的指标之一，于是，杜警官整天都在街上巡逻，但一连几天过去了，都毫无所获，他急了，连觉都睡不安稳了。

这一天，杜警官又穿着便衣在街上寻找目标，突然，他看见一个胖子抱着一个黑色塑料袋，走得满头大汗，杜警官打量了一下胖子的穿着，应该是个有钱人，但也就在这时，杜警官看到胖子身后跟着一个人，面孔很熟悉，那是一个惯偷，绰号叫红毛，看来红毛认定胖子手中那个黑色塑料袋里应该装着什么值钱的东西，于是杜警官紧盯着红毛，准备抓他个现行。

突然，胖子走到一个垃圾箱旁，将黑色塑料袋扔了进去，这让红毛大失所望，原来是袋垃圾，害得他白跟了一路，其实更失望的是杜警官，因为红毛暂时不会出手了，看来抓个小偷的指标又泡汤了。

"死胖子，一堆垃圾也抱这么紧！"红毛骂着，他忽然有些好奇，想上前去看看这袋子里到底装着什么。

虽然红毛是个小偷，但去翻垃圾箱，他还有些不好意思，于是红毛朝四周看了半天，这时，一个捡垃圾的老头已经拿走了那个黑色塑料袋，红毛刚想上去说这个垃圾袋是他丢的，却猛地看见杜警官穿着便衣跟在后面，红毛在局子里几进几出了，对杜警官自然脸熟，糟糕，身上还有两个钱包没有处理，想到这些，红毛慌忙逃窜。

杜警官正在失望，却看见红毛开

始逃了，这让他马上意识到红毛身上可能有赃物，于是便追了上去，这个时候，旁边还有个人，那人看见杜警官后也拔腿跑了，钻进了一条小巷子，其实这个逃跑的人就是小李，小李的行为让杜警官有些疑惑，这一瞬间，红毛已经在人丛中消失得无影无踪了，杜警官十分懊恼。

过了一个月，所里公布了提拔人员的名单，果然没有杜警官，杜警官更加郁闷了，回到家中，女儿对他说："爸爸，我们去看看我的同学何可可吧，他马上要做手术了。"

杜警官不耐烦地说："我今天累了，明天再去吧！"

女儿撅着嘴对杜警官说："爸爸，你没有爱心。"于是，杜警官带着女儿来到了医院，当他们走进何可可的病房时，杜警官看见一个老汉将一个黑色塑料袋塞给了何可可的妈妈，杜警官觉得老汉和那个黑色塑料袋似乎有点眼熟，却怎么也想不起来。

杜警官的女儿早已跑到病床前，拉住何可可的手，关切地问道："可可，你痛不痛？"说着说着，眼泪就"吧嗒吧嗒"掉下来了……

杜警官牵着女儿从医院中走出来，外边天气晴朗，他做了一个深呼吸，心想：自己有这样一个善良的女儿就足够了，何必苦苦追求什么升职？

（题图、插图：谭海彦）

　　暑热难耐的夏天，你在路上行走，一时口渴难忍，嗓子眼冒火，突然看到路旁有一杯凉茶，端起来一饮而尽，那会是什么样的感觉？肯定会是一个字：爽。于是，有关路旁茶庵的故事便发生了，这个故事，在豫西密县已经流传三百多年了……

为瓜皮打人

□ 魏锦池　郑国顺

先从一桩命案说起

　　康熙三十五年盛夏，密县东边三岔口的关帝庙前发现一具死尸，接到报案后，知县于兆麟带着刘典史和一帮衙役来到现场查看。

　　死者是经常在关帝庙前摆摊卖西瓜的老汉，年近六旬，头部被击伤致死，尸体横于庙前，僵卧于路旁。这关帝庙位于云蒙山东边的一道石岭上，方圆五里之内都没有住户，庙前只一条大路，东通省府汴梁，西往古都洛阳。

　　再说这个于知县，正黄旗人，新官上任不久，就遇上了这起人命案，他暗下决心，一定要把这个案子办个水落石出。

　　于知县踱着方步，在现场搜寻着每一件物证。忽然，前边不远处一块石板上刻的几个字引起了他的注意，他走过去一看，那几个字像是用石头刻划，刻的是："为瓜皮打人。"

　　啥意思？于知县脑子里"骨碌碌"地转开了圈：是一个叫"为瓜皮"的打了人，还是因为瓜皮打了人？是"为瓜皮"打了人后自己刻划的字，还是看见"为瓜皮"打人的人刻划的字?"为瓜皮"打了卖瓜老汉后,老汉是当时死的还是后来死的?于知县想啊想,脑袋都快想炸了,也没想出个所以然来,那就先找"为瓜皮"吧。

刘典史说本县没有姓"为"的,于知县说有枣没枣打三竿再说,兴许会打出个姓"为"、"魏"或者姓"韦"的人呢!

刘典史没办法,答应了一声,便屁颠屁颠地一路跑去,找来了当地的"地方",于知县问他"此处可有'为'姓人居住?"

"地方"回答说:"有。从这里往北五里是魏寨,住的都是魏姓的人;往南五里是韦家门,住的都是韦姓的人。"

"先去魏寨打探。"于知县一声令下,一队衙役、捕快便来到了魏寨。

抓住了凶手

要不,咋说于知县断案如神呢?他来到魏寨,逐户登门,对每一家的人口、名字、性别、年龄、职业等等,来了个一一过目,很快就发现了嫌疑犯。

嫌疑犯是谁呢?是一个叫魏振坡的人。瞅瞅他那名字,字面上就带着"瓜皮"的影子。

这个魏振坡三十岁出头,满脸络腮胡,一身疙瘩肉,生得膀大腰圆,让人望而生畏,一开口说话就带着一股子火气,家里一贫如洗,想钱都快想疯了,不是他图财害命还会有谁?于是,于知县让衙役们把魏振坡锁了,带回县衙审问。

魏振坡果然不是一盏省油的灯,于知县问他:"昨天干啥了?"

魏振坡回话的声音比知县最少高出三倍:"昨天去北山姐姐家串亲戚,咋啦?"

于知县觉得心里很不舒服,这小子,是我审你还是你审我呀!他便把惊堂木一拍,厉声喝道:"不对!昨天你是去了南岭,还在关帝庙前打死了卖瓜老汉,还不从实招来,免得皮肉受苦!"

魏振坡的声音更高了:"青天大老爷,捉奸捉双,捉贼捉赃,你说我打死了卖瓜老汉,有何凭据?"

于知县又把惊堂木一拍:"还真是块茅坑里的石头,又臭又硬,看来不动大刑,你是不招的,来呀,大刑伺候!"

众衙役立即如狼似虎一般把魏振坡按倒在地,"噼哩啪啦"就打了起来,直把他打得皮开肉绽,鲜血淋漓。

魏振坡禁不住打,只好供认,如何如何打死了卖瓜老汉,又是如何如何抢走了老汉卖瓜的钱,于知县让他画押结了案。

这一案子,经过层层上报核准,魏振坡图财害命,打死卖瓜人,证据确凿，判了刑，秋后将在县城开刀问斩。

有一个人投案

转眼之间到了秋天。这一天，秋高气爽，县城城隍庙前人头攒动，热闹非常，大家都在争相观看庙前墙上张贴的告示："魏振坡图财害命，打死卖瓜人……明日午时开刀问斩。"

这时候，从西边过来一个壮年男人，他见一群人围在那里，也就挤进去瞧热闹，他看了告示，立即惊讶得张大了嘴巴，半天合不拢。

他是谁？他叫牛全，县东人，是个皮货商。今年夏天，牛全挑了个日子，前往洛阳贩卖皮货，走到三岔口关帝庙前，又饥又渴，想买一个西瓜吃吃，不料身上的现银不知道什么时候丢了个一干二净。他想先赊一块瓜，待返回时双倍付钱，可卖瓜老汉却死活不赊，非要现钱不可。牛全实在无法，想把地上的西瓜皮捡起来啃，卖瓜老汉又说他是故意给自己难堪，站起身来，踮起脚来，"啪、啪、啪"，竟将西瓜皮踩得稀烂。牛全也是血气方刚之人，如何忍得下这口气？他操起卖瓜老汉的扁担，抢了过去，不料正好打在老汉的脑袋上，老汉往地上一躺，不再搭理牛全。

牛全说道："想讹我是不是？中，等俺做生意回来咱再算账！"说罢，他捡起一块石子，在一旁的石板上刻下了五个字——"为瓜皮打人"，然后便去了洛阳。

好在这趟生意做赚了，牛全从洛阳返回，想到城隍庙里烧炷香，谢谢城隍老爷的保佑，此刻一看墙上的告示，这才知道那个卖瓜的老汉竟然死了，更了不得的是那个魏振坡竟然成了杀人凶手，还要在明天午时开刀问斩，这可不行，哪能让别人为自己顶罪呢？

牛全想到这里，"嗵嗵嗵"，跑到县衙门外，抓起鼓锤，把堂鼓擂得震天响，一边擂一边喊："冤枉啊——"

于知县听得有人击鼓喊冤，立即升堂问案，不料于知县还没张嘴，牛全倒先开了腔："敢问县老爷，魏振坡打死的可是关帝庙前的卖瓜老汉？"

于知县说"是"，并问他为何击打堂鼓，如有冤情，尽快诉来。

牛全就把自己如何为了西瓜皮、失手打死卖瓜老汉的经过，从头到尾细说了一遍，于知县直听得头皮发麻，浑身冒汗……

牛全说得头头是道，不像是瞎话，于是于知县又审理了一遍，然后重新作出了判决：卖瓜老汉见难不救，有失为人之德，既然已死，也就罢了；牛全打人事出有因，且能投案自首，说明真相，算是救了魏振坡一命，判处流放，押往云南服刑，魏振坡无罪释放。

又经层层上报，朝廷批准了他的改判，至此，这个"为瓜皮打人"的案子总算了结。

知县是个明白人

案子是彻底弄明白了，可又一个问题出来了，什么问题？于县令判了一起错案呗，用现在的话说，既要追究责任，又要进行国家赔偿，可旧时是"刑不上大夫"啊，况且，于知县办了错案后还是自己主动纠正过来的，所以朝廷也就没怎么追究。

不过，于知县倒是个明白人，知道自己办错了事，对不起百姓们，就决定来个自己罚自己，怎么罚呢？于知县想：这个案子是因为一块瓜皮打死人的，如果那里有个茶水摊，行路之人有口水喝，还能因为吃块瓜皮打死人吗？于是，他坐上四人小轿，在全县境内查访，最后确定：在县东关帝庙、县西石坡口、县南石羊岗分别设立茶水摊。于知县还从自己的俸禄中拿出五十两银子，算是自罚，在上面说的三个地方每处置地五亩，由设立茶摊的人自耕自食，并保证茶水供应。为了遮风避雨，设立茶摊的人还在路边盖起了草庵，时间久了，人们就叫这些地方为"茶庵"。

（题图、插图：黄全昌）

《故事会》第十四期故事创作研讨班在沪举办

2009年5月20日至26日，《故事会》第十四期故事创作研讨班在沪举办，来自全国各地的33位作者参加了学习。

《故事会》主编何承伟以及其他编辑、专家分别为作者讲课。研讨班期间，学员们还进行了座谈、小组讨论、采风等活动，详情可见"故事中国"网的相关报道。

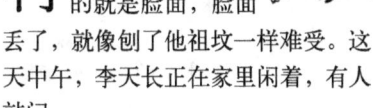

真的

小瞧你了

□ 张晓晖

村主任李天长最在乎的就是脸面，脸面丢了，就像刨了他祖坟一样难受。这天中午，李天长正在家里闲着，有人敲门……

来人名叫余志远，是个刚考上大学的孩子，他见了李天长就局促不安，可怜兮兮地说："李叔叔，快开学了，家里实在凑不出学费，我……想问您借五千块钱。"听余志远这么说，李天长心里乐开了花，他之所以恨余志远，并不是余家有谁得罪了他，而是因为余志远太有出息了，考上了重点大学，而他的儿子连个二本都没考上。

这时，余志远又开了口："李叔叔，你借给我的钱，一年后我加银行十倍的利息还给你。"李天长不相信，可看余志远把借条写好了，李天长心软了，答应了。

可过了几天，余志远又来借钱了，他说自己想做生意，要问李天长借一万五千块钱，一年后还两万块。李天长怒了，心想：你小子还没去上大学，做事就这样不知轻重，好，我倒要看看你多有本事！李天长免了余志远所有的利息，作为交换，他又提出了一个条件："如果你一年后不能还完所有欠款，你就得退学，回来给我免费打工一年。"余志远想了片刻，竟然答应了。

转眼开学了，余志远顺利地去

了学校,放假时,余志远回来了,他做出了一个惊人决定:他和亲戚商量,把家里的种粮卖了,去买葵花种子,种葵花。到春播的时候,余志远居然雇了人,人工播种。李天长见了,满脸疑惑:人家种的葵花都是一行行整整齐齐的,可是余志远家种得横不成横,竖不成竖,全都弯弯曲曲的,如同八卦阵!

余志远接下来做的事更令人看不懂了:他领着人,又在葵花地的外面用柳条围起了栅栏,还糊上了泥,村里人都来看热闹,差点笑掉了大牙,还有人说余家的儿子脑子出了问题,不种粮食种葵花,种葵花还花钱在外面垒墙。李天长心里又在寻思:这小子到底玩什么花样?

开学了,余志远走了,留下亲戚照看那些葵花,葵花长势很好,很快就长到了一人高。这天,余志远请假回来看了看,让亲戚通知村里人,说是马上就到五一了,赶紧把家里屋子收拾干净,多准备些吃的,可能会有许多游客来一日游,吃农家饭,然后余志远领着当初种葵花的那些人,在园子里进进出出,不知搞什么名堂。

到了五一,果然一车一车的人来了,余志远早安排人候在葵花园子大门外,竖好了牌子,上面写着"植物迷宫"四个大字,然后让人守在门口收钱。城里的游客进了园子,就像玩游戏一样寻找出口,找到就退门票,找不到的,因为提前给游客发了香和火柴,只要点着香,就会有工作人员把他们领出去。游客们出了迷宫,累了一身汗,就跑到村民家吃喝休息,农家饭可口,泉水甘甜,有的游客留连忘返,又留下来,住一晚才走。

之后的日子,游客越来越多,村民们全发了不小的财,到了秋天,葵花收了,但植物迷宫一直到冬天还有游客来,村民们的农家菜也做得更地道了,房间也都收拾得一尘不染。

到了春天,余志远来还钱,李天长接过钱,对余志远说:"孩子,以前真是小看你了,没想到你居然是经商的天才!"余志远不好意思地笑了:"李叔叔,这也是旅游公司献的策,我正好赶上这个机遇。我想,那些迷宫有些人已经走熟了,我准备把葵花拔了,再重新设计一座新的迷宫,里面不仅种葵花,还种蔬菜、瓜果,然后游客可以一边摘蔬菜、瓜果,一边找出口,这样可以吸引更多的游客。"

李天长听了,不由得向余志远跷起了大拇指:"你小子真是个奇才呀!"李天长又把钱还给余志远,说:"小子,你刚才说要搞新花样,这些钱,就作为你的流动资金,算是我这个村主任给你的投资吧!"

余志远有些诧异,感动地说"李叔叔,我真的小瞧你了!"

(题图:刘斌昆)

飞来的儿子

□ 严岐成

鲁 绍福是一家木器加工厂的老板，那天他在单位突然接到一个电话，电话那头传来一个冷冰冰的男人声音："你儿子放炮伤了人，你要赔偿!"

这简直是当头一棍，打得鲁绍福辨不清东南西北。这是哪儿跟哪

儿啊？鲁绍福和妻子刘宁只有一个八岁的女儿，女儿乖巧、懂事，两口子视为掌上明珠，每天上学都是两口子亲自开着宝马接送，她怎么能放炮伤人呢？停了半响，鲁绍福冷静下来，对电话那边的人说："先生，你打错了吧？"说完，他挂了电话。

下了班，鲁绍福回到家，又是吓了一跳，只见妻子刘宁蓬头垢面，正悲伤地抽泣着，鲁绍福不解地问："怎么啦，出什么事了？"

刘宁阴沉着脸，甩给他一张照片，鲁绍福拿起来一看，照片上是个小男孩，鲁绍福更加摸不着头脑，他问："这是谁？你给我这个什么意思？"

"你在外面干的好事，还有脸问我？"刘宁火气很大，不依不饶地指着照片上的小男孩说，"你说清楚，他是谁？"

鲁绍福再次看看照片，确实不认识，他想起了白天那个奇怪的电话，

说"这世上就有无聊的人，别睬他。放心吧，我没做亏心事，不怕鬼叫门。"

听丈夫如此说，刘宁也有些动摇了，随后便说了事情的来龙去脉，原来，今天下午，有个男人送来一张照片，要刘宁转交给她的丈夫。那个男人说：照片上的那个孩子是鲁绍福的亲生儿子，叫丛小福，前些日子，一帮小孩玩炮，丛小福把那男人的孩子炸伤了，而且伤的是眼睛，现在要鲁绍福拿钱赔偿，还留下了电话号码。

原来是这样！鲁绍福听了火冒三丈，他对刘宁说："你听风就是雨，哪儿有这事？我一不喝酒，二不抽烟，三不上夜总会，天天下班就回家，我们除了婷婷，哪儿还有什么儿子？"

鲁绍福说完，抓过那个电话号码，当着刘宁的面，就给对方打电话。

对方这个电话是外县的，接电话的，就是给鲁绍福打电话的那个男人，面对鲁绍福的指责，那声音不紧不慢，可说出来的话让鲁绍福立刻平静下来，那声音说："知道丛雨吧？"

丛雨？这两个字犹如一声惊雷在鲁绍福头上炸响，他怎么会不记得丛雨？那是他人生中难忘的一段经历。

鲁绍福是农民出身，十多年前，为了改变自己的命运，他外出打工，在工厂里结识了丛雨，两个人孤身在外，难免会互相照顾一点，时间一久便产生了恋情，后来就住在了一起；

再后来，丛雨竟然怀了孕，这时鲁绍福一心想要混出个人样来，还顾不上结婚生子，于是在要不要这个孩子的问题上，他和丛雨发生了激烈的争吵，那天，鲁绍福下了最后通牒："你要是非要这个孩子，我们就分手！"

见鲁绍福如此决绝，丛雨有气无力地说道："好吧，你给我一万元，我去做掉这个孩子。"

那时，鲁绍福为了创业，正巧攒足了一万元，他头也不回地拿出了这些钱，扔在丛雨的铺板上，负气而走。可让鲁绍福没想到的是，从那儿以后，丛雨就离开了那座工厂，而且，他再也没有见到丛雨，丛雨就像一阵风一样，在他的人生路上消逝了，可哪承想十多年后，丛雨竟然又出现了！

鲁绍福拿着电话筒张口结舌，好半天没说出一句话来，他的大脑里一片空白。

不久，法院来了一张传票。

原告叫吕琳，是个十多岁的孩子，他的法定代理人叫吕玉辉，是吕琳的父亲，吕琳因人身伤害向法院起诉，要求丛小福的父亲鲁绍福为其子的伤害行为予以赔偿。

事情的经过很简单：丛小福晚间放炮，用一个"掌手雷"无意间炸伤了吕琳的眼睛。经法医和评残委员会鉴定，他眼睛失明，已经残疾。

法院择日开庭，鲁绍福想了很

久，觉得这件事不能瞒着妻子，于是，他带着刘宁一起来到了法庭。

原告席上坐着一名中年男子，他大概就是吕玉辉了，鲁绍福不自然地向他点点头，那人也没多说，眼睛投向了法官。丛雨没到庭，她委托了一个律师。

经过法庭辩论，鲁绍福才明白这是本案件的第二次诉讼：吕玉辉曾经为儿子眼睛致残一事将丛雨告上法庭，法庭早有宣判：丛雨赔偿吕琳20万，可在执行时出了难题，丛雨单身一人，下岗待业，家中只有一所房子，根据《最高法院关于查封、扣押、冻结财产若干规定》中第五条第一款，无法执行。

可这个吕玉辉也是真有办法，他不知怎么打听到丛小福有个生父，而且这个生父是个老板，因此，吕玉辉以吕琳法定代理人的身份将鲁绍福告上了法庭。

鲁绍福很难接受这个事实，他申辩道：当初他和丛雨分手是有口头协议的，给了丛雨一万元，那也是要求她做掉孩子的费用，而且，他们没有结婚，没有法律保护，他不能赔偿。

结果，法院根据《最高法院关于贯彻民法通则若干问题的意见》第158条和《婚姻法》第25条做出判决：由被告鲁绍福赔偿原告吕琳人民币20万元，依据就是确认鲁绍福就是丛小福的父亲。

案件结束了，鲁绍福一肚子的怨气，倒是妻子刘宁善解人意："丛雨不容易，这么些年，她一个人带着孩子，自己又下岗待业，她哪儿有能力赔偿人家20万哪？实际上是咱们欠人家的，你不但要赶紧给人家拿上这20万，你还要对小福负起责任来。"

看到妻子此刻平静的脸庞，鲁绍福感到了一丝内疚，判决之后，他不但迅速还给了吕琳20万元，而且，他带着刘宁风尘仆仆地去了丛雨的家……

律师点评：

父母对未成年子女的管教和保护，既是权利，也是义务。父母没有管教好子女，子女造成他人损害的，父母要承担赔偿责任，这是法律的基本准则。我国《婚姻法》规定，非婚生子女享有与婚生子女同等的权利，任何人不得加以危害和歧视。故《婚姻法》有关父母子女间的权利和义务的规定（包括管教保护等），同样适用于父母与非婚生子女之间。

在《飞来的儿子》这个故事中，丛小福的直接监护人丛雨依据法律首先应当承担民事赔偿责任，当她的履行能力受到限制而无法进行赔偿时，鲁绍福作为丛小福的生父则有义务与丛雨共同承担民事赔偿责任。

（题图：谭海彦）

最漂亮的一个

凯里养了一条黑色猎犬，他和妻子都很喜欢它。不久，狗怀孕了，那天夜里，它艰难地生产了。凯里只觉得那是一个漫长的夜，他靠在狗的笼子边，一刻不离地守护着，如果需要，他会立刻送狗去宠物医院的。

六个小时后，小家伙们陆续出生，"一、二、三、四、五……"凯里一边数着，一边起身去卧室里叫醒妻子，告诉她一切正常。

凯里和妻子从卧室出来，回到院子，再走到狗笼旁，那个时候，第六只狗仔已经生出来了，正独自趴在笼子的一角，凯里把它捧起来，放到正等着吃奶的那堆狗仔前面，但母狗立即把这只最小的狗仔推到一边，竟然不愿接受这个孩子，妻子见此情景，说："有点不大对劲呀！"

凯里走过去，抱起那狗仔仔细观察，不觉心里一沉，原来这只小狗仔的上唇和上腭都是裂开的，是"兔唇"，它的嘴根本无法合上！

第二天，凯里带着那只小狗去了宠物医院，大夫说他也无能为力，除非凯里愿意花一千美元试着给它做一下矫正手术，但他说这只狗仔活下来的可能性不大，因为它没法吃奶。回到家后，凯里和妻子商量后，觉得不能花这笔冤枉钱，因为连兽医本人也没有把握能保住狗仔的性命，尽管如此，凯里还是买来一支注射器，捧着这只小狗仔给它喂食。他每隔两小时给狗喂一次，日夜不停，这样一连喂了十多天，这只小狗仔终于活了下来，而且还学会了自己吃东西，但只能吃柔软的罐装食物。

狗仔们出生五个星期后，凯里便在报纸上登出了广告，不到一个星期，就有不少人表示他们对这些小狗有兴趣，但没人看中兔唇那只。一天下午，凯里在回家的路上，忽然看到一位老太太正向他招手，她是住在凯里家附近的一位退休教师，她说在报纸上看到了出售狗仔的广告，问是否可以为她的孙子买一只。凯里告诉她，所有的狗仔都已有了新主人，如果有人送回不要，他会通知她的。几天后，四只狗仔都被新主人们陆续抱走，只剩下一只棕色的，和那只兔唇小狗仔。

几天过去了，说好要买这只棕色狗仔的先生没来，于是凯里给那位老太太去了电话，告诉她还有一只狗仔，欢迎她来看看，她说晚上八点将带着孙子一同来看。

晚上七点半，凯里和妻子正在吃晚饭，忽然听到有人敲门，凯里打开门，一看，站在门口的竟然是那位先生，就是他在前些天预定了那只棕色狗仔的。凯里带着那先生进了屋，对他讲了喂养的方法，然后把小狗仔抱到他怀里。那先生走后，凯里和妻子坐立不安，一会儿老太太来了怎么办？八点整，门铃响了，是老太太领着她的孙子来了。凯里歉疚地向她说明了缘故，解释说，现在一只狗仔也没有了，老太太觉得十分遗憾，她对孩子说："对不起，杰弗瑞，小狗都有主人了。"

就在此时，那只没人要的小狗仔"汪汪"地叫了起来，这时，小男孩从他祖母身后跑了过来，叫了起来："我的小狗！我的小狗！"他飞快地冲到

了"汪汪"叫着的小狗仔旁边，把它抱在了怀里，小男孩对祖母说："奶奶，他们只剩下这只了，你看他长得多像我。"

老太太转过身问凯里："这只小狗卖吗？"

凯里回答说："这只你们可以抱走。"

小男孩抱着小狗在一旁插话说：

"奶奶告诉过我，这样的小狗非常贵重，而且要更精心地爱它。"

老太太拿出钱包，但凯里握住了她的手，没让她把钱掏出来，凯里转过头问男孩："你看它值多少钱？一美元行吗？"

男孩说："不，这样的小狗非常非常的贵。"

"一美元不够？"

"对，肯定是这样！"小男孩说着，并把小狗抱着贴在脸上。

"你说得对，这是只最漂亮的小狗，我们不能低于两美元卖给你们的！"妻子说着，并望了望凯里，要知道，先前的那五只，每只也不过是两美元呀，但凯里知道妻子这么说，绝不是因为想赚钱的缘故。

老太太掏出了两美元递给小男孩，说："这是你的小狗了，你来付钱给这位先生。"

小男孩一只手紧紧抱着小狗，另一只手骄傲地把钱递到凯里跟前。

小男孩抱着小狗的情景让凯里和妻子永远都忘不了，他们对这只小狗未来的担心烟消云散，因为他们注意到这个小男孩也是兔唇……

（作者：〔美〕罗杰·迪恩·凯瑟；**推荐者：**百合花）

（**题图、插图：刘斌昆**）

（本栏目欢迎来稿。来稿可从邮局寄发，也可从网上传递。如为电子邮件，请发以下信箱：xiaomeng.ye@gmail.com。）

当你在欣赏川剧变脸演出并为那高超、精湛的技艺惊叹时，你或许也同时在为现实生活中你身边那一张张不断变幻着的脸而感叹——善良或凶恶的，美丽或丑陋的，崇高或渺小的……

九张脸

□ 冯 舒

1.一张脸

这一天，小区对面的广场上来了一个跑江湖的草台"歌舞团"，傍晚时分，两个劣质高音喇叭叫了起来，没过多久，在刺耳的乐曲声中演出开始了，先是几个衣着暴露的年轻女子懒洋洋地跳了一会儿舞蹈，算是暖场，接着，一个身着戏装的川剧演员上了台，这演员脸上戴着厚厚的脸谱，身上披着红色披风，上台就表演了一个"吐火"，这一下，立即把本来稀稀拉拉站在远处观望的观众吸引到了台下。

见人越来越多，这演员也来了劲，披风一展，脸一扭，立即变成了另外一副面孔。

"变脸！"台下的观众一边叫好，一边按照演员脸谱的变化齐声数了起来："……三张脸、四张脸、五张脸……"

"好啊！他能变五张脸，真了不起！"演员刚一变完，台下便响起了一阵欢呼声，听到欢呼声，那演员露出了满意的笑容。

台上表演变脸的小伙子叫马铭，以前是一个川剧团的演员，五年前那

剧团歇业，因为不会别的手艺，他加入了一个跑江湖的草台歌舞团，表演变脸，虽然四处漂泊的生活有些艰苦，但是可以表演自己的变脸绝技，他还是觉得非常开心。

马铭变完脸，下到后台，拿起水杯，绕过看戏的人群，走到小区里，打算找户人家要点开水。他走着走着，突然看到有个黑影，在一户人家门外，正躬着身子，悄无声息地在门上捣鼓着什么。

"小偷！"马铭一惊，三脚两步跨上前去，一把将那人扭住，大喝一声："干什么？"

那黑影没料到身后突然跳出个人来，吓了一大跳，双腿一软，颤声求道："兄弟，放我一马……"

马铭一听声音，心里"咯噔"一下，不觉叫出声来："刘三？"

那人转过身来，果然就是刘三。这刘三以前也在马铭的那个剧团里，是负责服装道具的后勤，离开剧团后，他便混迹到社会上，和一帮小偷小摸的混混搅在了一起，掐指算来，两人已有几年不见了。马铭拉着刘三来到街边的一家小饭店，要了几瓶啤酒，就着两样小菜，喝了起来。

几杯酒下肚，刘三的话渐渐多了起来，他告诉马铭，自己不久前因为盗窃被关进看守所，而他之所以被抓，全坏在一张脸谱上。

马铭有些奇怪："脸谱？这是怎么回事？"

"你也觉得不可思议吧？说实话，我也一直在纳闷呢，所以昨天从看守所出来后，我就专门过来，打算再摸进去瞧瞧。"说着，刘三讲起了一件往事——

那天晚上，刘三摸进刚才那户人家去偷东西，进屋后，一阵翻找，却什么值钱的东西也没找到，就在这时，他看到床下有个上了锁的箱子，刘三琢磨着，猜想这箱子里说不定藏着什么宝贝，于是取出工具，撬了锁，打开了箱子，刘三一看，箱子里有一块颜色有些老旧的锦缎，锦缎里似乎裹着一团软软的东西。刘三将锦缎捧起来，刚一揭开，却见锦缎里突然露出一张人脸来，两眼空洞，苍白骇人，刘三吓得大叫一声，将锦缎一扔，转身就跑……

刘三的叫声惊动了隔壁屋里的人，好几个小伙子冲出来一把将他抓住，把他扭送到派出所。

在派出所里，刘三将那户人家箱子里藏有人脸面皮的事告诉了警察，警察一听，也觉得事关重大，立即派人前去调查，那房屋的主人是一个白发老头，那老头告诉警察，刘三看到的并不是什么人脸面皮，而只是一张川剧变脸用的脸谱！

刘三自然不会相信这种说法，他以前在剧团天天和道具打交道，什么脸谱没见过？那些变脸用的脸谱，都是用油彩在丝绸上描画而成的，可他在老头家里摸到的那张面皮却是软软的，有一种触摸到皮肤的感觉；还有，变脸用的脸谱都是色彩鲜艳，大红大绿，可他看到的那张脸却像真人面孔，这怎么可能是变脸用的脸谱呢？刘三觉得，这个老头一定隐藏着什么重要的秘密，所以，他一出看守所，就又来到这里，打算摸进去，看看箱子里那个东西到底是人皮面具还是变脸用的脸谱。

听了刘三的讲述，马铭眼睛一亮，他突然想起了一个在变脸艺人中流传已久的传说，据说天下最好的变脸脸谱叫"九变神脸"，是百年以前一个醉心于变脸的世外高人所制，和其他变脸脸谱不同的是，"九变神脸"是用幼狐肚上最柔软的皮削薄以后制成，一共有九张，分则薄如蝉翼，合则柔如肌肤，而且每张都精心描绘，精美绝伦，一共可以变幻出九种不同的面孔；更奇特的是，这脸谱最上面的一张是按照常人的容貌绘制的，平日戴在脸上，就如常人面孔一般。

传说百年以来，所有变脸艺人对这副"九变神脸"都梦寐以求，只要得到它，变脸技艺就会大增，变出常人无法变出的九张脸来，不过，传说归传说，谁也没有见过，难道刘三看到的就是传说中的"九变神脸"？如果确是如此，那只要将它弄到手，恐怕新一代的"变脸王"就非自己莫属了！想到这里，马铭立即向刘三问清了白发老人居所的具体位置。

第二天晚上，马铭的表演一结束，他顾不上卸装，便绕过人群，朝小区里刘三所说的那个屋子走去。

马铭走到屋前，见里面亮着灯，便上前敲了敲门，叫道："老乡，有人在吗？讨点开水！"

随着一阵脚步声，一个须发皆白的老头打开了门，老头看到马铭似乎并不惊奇，他往屋里一指，对马铭说"你先坐，我这就给你提开水来。"说

着，他转身走到另一间屋里。

马铭走到床边，见刘三所说的箱子正在床下，就在这时，老头已经提着水壶进来了，马铭只得把盯着箱子的目光收了回来，将手中的茶杯递了上去。

老头接过马铭递上来的茶杯，问道："你就是那个变脸的演员吧？变得好！喝杯茶再走吧。"

马铭求之不得，他客气了几句，就坐了下来。

一会儿老头开口说道："说起变脸，不知道你听说过'九变神脸'的事没有？"

一听"九变神脸"，马铭眼睛一亮：看来这老头箱子里面藏着的肯定就是传说中的那个宝物了！马铭心里激动，脸上却不露声色，他淡淡地答道"那不过是个传说而已，现在的绝顶高手，也不过能变七张脸而已，哪

里会有什么'九变神脸'啊？"

"任何传说都是有一定依据的。"老头面无表情地说道，"我将这'九变神脸'的来龙去脉讲给你听，你自然会相信它的存在了！"

老头喝了一口茶，讲了起来……

2. 三张脸

一百多年前，当这"九变神脸"第一次出现在世人面前时，就掀起了一场轩然大波，那时变脸才刚刚走上川剧戏台，还不为人所知。

川东有一个叫陈家坝的小山村，很偏僻。这天傍晚，族长陈六爷正站在村头老槐树下，焦急地望着进村的山路，等待着。明天就是八月初六，那是陈家坝一年一度祭祖的日子，每年这一天，方圆几十里陈姓人家都要聚集到陈家坝的宗祠里祭祖，照例，从祭祖前一天晚上起就要请戏班来，连唱两夜大戏。戏班是去年就定下了的，是跑江湖的喜乐班，可是，不知道为什么天都快黑了，还看不到戏班的人影，好多人都等着看戏呢，戏班不来，今年的祭祖可就冷清了。

陈六爷叹了口气，正要转身回村，却见不远处的山道

66

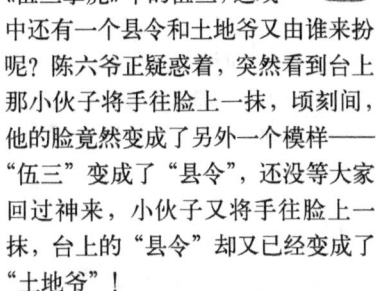

上，一个黑影正急急忙忙地往这边赶来。

"戏班来了？不对，戏班怎么可能只有一个人呢？"陈六爷正在疑惑，那黑影已经走到了跟前，陈六爷这才看清来者是一个三十来岁的小伙子，他脸色苍白，全身湿漉漉的，背上还扛着一个大包裹。小伙子走到陈六爷跟前，对着他作了个揖，问道："老人家，这里就是陈家坝吧？我是喜乐班的……"

"喜乐班的？就你一个人？"陈六爷的心顿时凉了下来，"你一个人怎么唱戏？"

小伙子神色平静地答道："老人家别担心，我自有办法。"说着，他扛着包裹朝祠堂旁的老戏台走去。

这个时候，陈六爷跟在小伙子身后，心里直打鼓：这一场戏，至少也得两个人来演，他一个人，怎能把一台戏唱下来？而且，他说自己是喜乐班的，可去年怎么没有见过他？

陈六爷心里嘀咕着，满腹狐疑地来到戏台下，在中间的一张太师椅上落座，而那小伙子则走到戏台后面，放下包裹，装扮起来。

此时，戏台下早围满了前来看戏的村民，一会儿，从邻村请来帮忙的鼓师敲响了开场锣鼓，鼓点声中，刚才那个小伙子一身戏装踱上台来。

小伙子开口一唱，陈六爷不由赞许地点了点头，要说这小伙子的唱腔还真不错，不过，他唱的是《伍三拿虎》中的伍三，这戏中还有一个县令和土地爷又由谁来扮呢？陈六爷正疑惑着，突然看到台上那小伙子将手往脸上一抹，顷刻间，他的脸竟然变成了另外一个模样——"伍三"变成了"县令"，还没等大家回过神来，小伙子又将手往脸上一抹，台上的"县令"却又已经变成了"土地爷"！

这是怎么回事？台下的陈六爷和所有人一样，顿时惊得目瞪口呆！一个人居然能变化出三张脸来，这真是闻所未闻的怪事！

这一个晚上，陈六爷和所有看戏的人一样，只看到台上那人如同鬼魅一般，面孔不断地变来变去，一个人同时扮演着三个角色，台下所有的人似乎都忘记了是在看戏，他们不停地揉着眼睛，怀疑自己是否在梦境之中。

台上的戏唱完后，陈六爷让手下的人把那个演戏的小伙子请到戏台后的草棚里休息，自己疑神疑鬼地走回了家，他一直想不明白：戏怎么会有这么唱的？是自己见识太少，还是这小伙子有什么古怪？这一夜，陈六爷没有睡安稳。

快天亮的时候，陈六爷突然被一阵狗叫声惊醒，紧接着就响起了急促的敲门声，一个村民慌慌张张地前来禀报：全村十几只鸡一夜之间全都不见了！

原来，因为这天要祭祖，所以这个村民一大早便去鸡窝抓鸡，一看，鸡窝里一只鸡也没有，而更让人惊奇的是，全村的鸡全没了，鸡窝旁边的地上还有鸡毛和鸡血，那村民觉得事关重大，急忙前来禀报。

陈六爷眉头一皱，他怀疑是黄鼠狼把鸡吃了，于是喊了几个青年，打起了火把，顺着鸡笼外的血迹，一路往村头寻去。

地上的鸡血在村头老戏台前消失了，就在大家仔细辨认地上的血迹时，戏台后传来一阵"窸窸窣窣"的声音，陈六爷示意大家不要出声，然后轻手轻脚地绕到戏台后，原来声音是从戏台后的草棚里传出来的，里面还隐隐透出一丝灯光。

那个唱戏的小伙子不是被安排在这里住宿的吗？他这么早起来干什么呢？陈六爷疑惑地走上前去，凑近门缝往里一看，这一看，真的把陈六爷吓得魂飞魄散：昏暗的灯光下，一个面目狰狞的人正将桌上的一副面具往自己脸上贴去，细细贴好后转过来，那张脸便变成了那个唱戏的小伙子！

陈六爷脸色大变：这……这小伙子竟然戴着面具，怪不得昨天傍晚刚看到他时脸色苍白，敢情那是一张人皮面具！

跟随陈六爷一起来的几个青年也吓坏了，有人小声问道："六爷，这不会就是《聊斋》里面的画皮吧？说不定偷鸡的就是这个妖孽！"

陈六爷摆了摆手，一声断喝："是人是妖，问问便知！"说着，他将门一推，带着几个青年闯了进去，那小伙子被突然闯进的人群吓了一跳，慌忙捂住自己的脸。

陈六爷盯着那人仔细打量一番，问道："你究竟是何人？脸上为何戴着人皮面具？"

"我说过了，我是喜乐班的，人称胡花脸。"小伙子迟疑了一下，说道，"至于我脸上戴的，也不是人皮面具，只是表演变脸的脸谱。"

"胡花脸？我怎么以前没有听说过你？"陈六爷越发觉得可疑，他厉声喝道，"既是脸谱，唱戏才用，为何平日还戴在脸上？"

"这……"胡花脸一时答不上来。

"六爷，别和他啰嗦！唱戏的脸谱都画在脸上，哪能够像他一样变来变去，他一定用的是妖术！"跟随的青年们齐声吆喝。

"不，不是妖术！"胡花脸被眼前一张张愤怒的脸吓坏了，连声解释道，"这叫变脸，只不过用了一定的技巧而已……"

几个青年要胡花脸当场表演"变脸"，胡花脸不肯，于是他们认定这胡花脸是变作人形的妖孽，不除掉他，遭受祸害的恐怕就不只是村里的鸡，而是整个陈家坝了！于是，他们拉着陈六爷，离开了草棚子，然后扣上房门，将火把扔到草棚顶上，陈六爷要想阻止已来不及了，火立即燃烧起来……

天亮的时候，火渐渐熄灭了，陈六爷正打算找人清理被烧毁的草棚废墟，忽然有人来说：村外又来了一个戏班！

陈六爷迎到村口，发现来的正是去年喜乐班的那帮人，为首的一个老者走到陈六爷跟前，左右看了看，问道："六爷，我们班主呢？"

陈六爷觉得有些奇怪："张二爷，你不就是班主吗？"

那老者笑了笑，说道："我老了，这喜乐班已经交给我义子胡花脸了，他昨天不是一个人先来了吗？怎么，你们没有看到他？"

陈六爷猛地觉得脑袋"轰"的一声，半天说不出话来，许久后，他才喃喃道："他真的是喜乐班的班主？"

张二爷点头称是，他说那小伙子是去年投奔到喜乐班的，小伙子唱功了得，还会变脸，那可是从没见过的绝技啊！

张二爷见小伙子老实可靠，就把班子交给了他。昨天来的路上遇到岷江发了百年难遇的大水，冲毁了浮桥，过不来，大家都说，等桥修好了再来，可胡花脸说，应下了的戏，不能不按时开锣，所以一个人绕到上游趟水过河，来撑陈六爷的场子……

听到这里，陈六爷悲哀地长叫一声，一头栽倒在地，等他苏醒过来的时候，喜乐班的一帮人已经将胡花脸的尸体从废墟中抬了出来。

从张二爷的哭诉声中，陈六爷才知道胡花脸早年被强盗划伤了脸，幸遇一个高人传了他变脸绝技，还专门为他制作了一副精美的脸谱，这脸谱，最外面是一张平常人的脸，平日戴在脸上，可遮住脸上的伤痕；上台则是变脸的道具。正是有了这副脸谱，面相丑陋的胡花脸才能站在戏台上，可没想到，最后他会因这副脸谱丢了性命！

可还有村民觉得怀疑，不是吗？村里丢的那些鸡又是怎么回事呢？但这个时候陈六爷心里已经明白了，那是黄鼠狼干的，岷江发大水，将山下的黄鼠狼赶了上来，果然，没过多久，有村民在老戏台背后的树林里找到了黄鼠狼新打的洞，洞口还有不少鸡毛。

陈六爷仿佛一下苍老了许多，有村民劝慰道："六爷，您别生气，这事也不全怨我们，谁叫他不告诉我们这脸是如何变出来的呢？"

张二爷气得浑身哆嗦："他能告诉你们吗？这变脸和变戏法一样，多少艺人指着这技艺吃饭啊，他要是把变脸的诀窍说出去，不只是犯了行规，还砸了所有同行的饭碗啊，他这是宁死也不愿意破了规矩啊！"

当天夜里，陈六爷在家中上吊自杀了！

讲到这里，老头停了下来，端起茶杯慢慢喝了起来。

马铭见他很久不说话，忍不住问道："照你这么说，那胡花脸烧死时戴着的就是'九变神脸'了？人都烧死了，脸谱不会还存在吧？"

"你问得好！"老头点点头，笑着说道，"那'九变神脸'确实没有被烧毁，在大家找到胡花脸的尸体时，发现他竟然在烧死前将脸谱取了下来，将它用锦缎包好，压在自己的身下，这'九变神脸'才躲过一劫，也才有了后来的一连串故事。"

说到这里，老头放下茶杯，又讲出了另一段奇事……

3. 五张脸

自从陈家坝的惨剧发生后，没有人知道这个脸谱的下落，直到几十年后，它才出现在川南一个小镇的茶馆里。

这天是小镇赶集的时间，在镇上最大的一家茶馆里，一个川剧戏班正准备开锣唱戏，眼看台下的观众都已经坐满，戏班的班主老杨才发现表演变脸的鲁大春不知跑哪里去了，老杨急得赶紧让人四处去找。

催场的锣鼓响了两遍，鲁大春才满头大汗地跑进后台，眼看时间紧迫，老杨顾不上问他去了哪里，赶紧帮他换上服装，又从箱子里取出一个变脸用的脸谱，帮他戴在脸上，看着鲁大春踏着鼓点蹦上了戏台，老杨这才舒了口气，让伙计沏上一杯茶，慢慢地喝了起来。

头道茶还没有喝完，街上突然响起了一阵杂乱的脚步声，接着就有人喊道："快跑哇，张大胡子抓壮丁来了！"

老杨一听，将茶杯一扔，对众人叫道："收拾起家伙，快跑！"话音未落，后台的人全都往外逃去，茶馆里的茶客也都一窝蜂地朝外面拥，老杨一边回头招呼台上的人快跑，一边跟着众人往外挤，出了茶馆，只听镇东头一阵马蹄声传来，街上的人群又一窝蜂地往西街跑。

众人一口气跑到了镇外，见后面没有人追赶，大家这才停了下来。老杨将戏班的人都聚到一起，一点数，惟独少了鲁大春。这鲁大春是班子里最年轻力壮的，别人都跑出来了，他怎么没有跑出来呢？他要是落在张大胡子的手里，那可就糟了！

张大胡子是本地的一个军阀，本是靠打家劫舍起的家，如今带了一帮人马，自封师长，他为了和别的军阀争地盘，不时到镇上来抓壮丁补充兵员，这些临时抓来的士兵，除了几个成了残废的，几乎都死在了外面，所以，镇上的人一听张大胡子进城，就马上躲起来，今天，鲁大春看来是凶多吉少了!

稍后传来的消息证实了老杨的猜测，鲁大春真的被张大胡子抓走了，但是，出人意料的是，茶馆里跑来报信的人告诉老杨，张大胡子这次是带着人直奔茶馆去的，而且抓了鲁大春后，便带着队伍回去了，似乎就是专门来抓他的，更不可思议的是，在大家都逃走后，鲁大春居然没有跑，而是一个人在台上，一直唱到张大胡子的人将他捆起来，鲁大春是穿着戏装、戴着脸谱被抓走的!

鲁大春不是疯了吧？老杨实在想不明白他为什么不跑，不过，现在顾不上想那么多了，重要的是先想办法把他弄出来。

老杨说了自己的想法，大家也都同意将鲁大春赎出来，说着，众人就你一块、我两块地开始筹钱，不一会就凑起了几十块大洋。

老杨又回到茶馆，取出自己积攒的钱，凑齐一百块大洋，老杨带着钱，甩开大步，往城外张大胡子的庄园走去。

到了张大胡子的庄园，老杨找到一个认识的门房，一打听才知道鲁大春被抓的缘故：张大胡子的一个亲兵在街上调戏小媳妇，被鲁大春看到了，他就把那亲兵打成了重伤，鲁大春抓起来后被狠狠教训了一顿，现在关在牢里。

鲁大春怎么会糊涂到去打张大胡子的人呢？老杨想不明白，他塞给门房两个银元，门房就带他去看鲁大春。

到了牢里，只见鲁大春身上还穿着戏装，脸上的脸谱摘下来了，油彩却还没擦掉，不过已经被打得伤痕累累、气息奄奄了。

老杨一阵心痛，埋怨道："谁都知道张大胡子心狠手辣，都对他避之不及，况且，这种事连县太爷都不管，你管它做什么？"

鲁大春不假思索地答道："戏里不是都说'路见不平，大丈夫当拔刀相助'吗？"

"你这个戏痴啊!"老杨一时不知该说什么，许久才叹了口气，"就算你打人有理，见人家来抓你，也该赶紧逃啊，哪里有等着别人来抓自己的傻子呢？"

鲁大春的头突然昂了起来，他望着老杨，不解地问道："你不是常告诉我们'戏大如天'吗？哪怕只有一个观众都得把戏唱完，这不是咱们这行的规矩吗？你们可以跑，可那台下还有一个观众，我不能丢下戏跑了啊!"

"人不是都跑了吗？哪里还有观众啊？"老杨有些不解，不过，他不愿再去追究这些了，现在最要紧的还是去求张大胡子放过鲁大春，老杨托门房引见，终于见到了张大胡子。也许是看在一百块大洋的份上，张大胡子答应放了鲁大春，不过，他有个条件，要鲁大春当着全体士兵的面，向他跪地道歉，否则就以殴打军人的罪名将他处决。

老杨回到牢里，将消息告诉了鲁大春，令他没想到的是，鲁大春不但一口答应了张大胡子的条件，还主动提出要专门给张大胡子表演一下他的变脸绝活。

"对对对，他饶了你一命，你是该专门给他表演一下。"老杨赞同地连连点头，"我这就回去把琴师、鼓师叫来！"

"我就变一下脸，不用叫他们！"鲁大春淡淡地说道，"让张大胡子把

我那变脸的脸谱还给我就可以了。"

听说鲁大春同意向自己当众跪地道歉，还要表演变脸以示感谢，张大胡子非常满意，于是，鲁大春戴好脸谱，穿着戏装，被人押到校场，那个时候，张大胡子已经将部队集合了起来，自己端坐在校场中央的太师椅上，等着看戏。

老杨带着鲁大春走到张大胡子跟前，要他给张师长道歉，可鲁大春站在原地一动不动，眼看张大胡子的脸色越来越难看，老杨急得连连跺脚。

就在这时，鲁大春突然指着自己脸上的脸谱，对张大胡子大声说道："这是杨八郎的脸……"说完，他抬起手来，一手将披风一展，一手往脸上一抹，脸上顿时变成了另一副脸谱，这时，鲁大春又指着脸谱对众人说道："这是关云长的脸！"

鲁大春变了一张又一张，每变出一张脸，他就对众人朗声报道："这是忠武岳飞的脸，这是霸王项羽的脸，这是青天包拯的脸……"一共变出了五张脸，鲁大春这才停下来，对张大胡子说道："张师长，这一张张可都是大仁大义、大忠大孝大英雄的脸啊，就算我想向你道歉，这五张脸也不肯啊！"

老杨这时才明白鲁大春要给张大胡子变脸的目的，他上前一把拉住鲁大春，连声劝道"大春，你可别傻了，那些不过是几张脸谱而已，你抹一抹

脸不就变成其他的了吗？快，快向张师长道歉！"说着，老杨推着鲁大春要他跪下，鲁大春将老杨的手一甩，断然说道："可我鲁大春就变不出贪生怕死的脸来！"

此时，张大胡子已经明白了怎么回事，他铁青着脸站了起来，老杨见状，知道不妙，赶紧"扑通"一声跪下，对着张大胡子求饶："张师长，我替他道歉，你饶了他吧！"

可这时鲁大春却还直挺挺地站着，张大胡子的脸上一阵青、一阵白，他使了个眼色，几个士兵拿着棍子冲了上来，朝鲁大春的腿上狠狠打去，鲁大春两腿吃了几棍，连退两步，又稳稳站住，昂起头盯着张大胡子，吼道："打死我，我也变不出跪地求饶的脸来！"

张大胡子似乎也没有料到会是这样的结果，他又打量了鲁大春一阵，这才说道："说实话，你是条汉子，我真不忍心杀你，可我这帮兄弟就要上前线了，尚未出师，士兵就先受了辱，如果没有个交代，我这军心就散了，就没法打仗了。"说到这里，他叹了口气，转过了身去，"对不住了兄弟，你来世再变脸吧！"说着，他一挥手，两个士兵扑上来，将鲁大春拉了出去。

那个时候，老杨已经急得昏过去了，等他从地上爬起来、跑去给鲁大春收尸的时候，鲁大春脸上的那副脸谱已经不见了，老杨四处找人打听，

都没有探听到那副脸谱的下落，打听到的却是：张大胡子抓人那天，所有人都跑了，可茶馆里真的还有一个观众没有跑，不过，那个没跑的观众居然是一个从其他地方流浪来的又聋又傻的疯子，大家都不住地叹息，说可惜了鲁大春那手变脸绝活了！

老杨找人将鲁大春的尸体运了回来，张大胡子派人送来了一副上等棺材，老杨啥也没说，等埋葬了鲁大春后，他便带着戏班离开了那个小镇。

几年以后，张大胡子的队伍被整编了，随即出川抗战，在一次对日军的阻截战中，张大胡子一个师的人马在和日军激战三天三夜后，终于弹尽粮绝，最后只剩下了十几个人，眼看鬼子就要扑上来了，张大胡子的神色突然变得怪异起来，他从随身带着的包裹里取出一副脸谱戴上。

刚开始，张大胡子的手下还以为他想化装逃跑，没想到张大胡子戴上脸谱后，捡起一把大刀便朝鬼子冲去……日军见敌方阵地上突然冲出一个面目怪异的人，一时惊讶得忘记了开枪，而这时，张大胡子剩下的十几个部下也挥着大刀扑了上来，不过，就在他们快要冲到敌军跟前时，日军反应了过来，一时枪声大作，张大胡子和他的十几个部下全都倒在血泊之中，而此时，张大胡子的脸上戴的正好是岳飞的脸谱！

消息传开后，大家都觉得很奇怪：张大胡子怎么一下变得如此勇猛了呢？

后来，有人说，张大胡子在戴上脸谱杀向日军的时候，突然像变了一个人，动作和声音都极像早已死去的鲁大春！还有人说，张大胡子倒下后，还用手摸了摸脸上的脸谱，确信没有损坏后，这才闭上了眼睛，于是，民间便有了这样的传说，说是鲁大春的魂魄已经附在张大胡子身上，所以，戴着脸谱杀向日军的，其实并不是张大胡子，而是复活的鲁大春！

这副脸谱，正是"九变神脸"！

马铭听到这里，忍不住问道"后来呢？那脸谱难道又失踪了？"

老头神情黯淡了下来："是的，从此再也没有人知道那副脸谱的下落。有人说，那副脸谱和张大胡子的尸体一起掩埋在战场上，有人说是被日本人一把火给烧了，还有人说那脸谱被一个戏子冒死从日军军营中偷了出来……不过，每一种说法都没有依据，反正谁也没有再见到过那副脸谱，直到几十年后，它再次出现，又引出了一段故事……"

4.七张脸

这天清晨，川剧团的退休老演员老郑去公园锻炼，刚回到家，就接到剧团团长打来的电话。原来，最近剧团要组织一次慰问演出，团长想请老郑这个有名的"变脸王"也一道去参加。

老郑退休以后，已经很久没有上过舞台了，想到马上要演出，他决定将自己变脸的行头取出来，自己先练习练习。

老郑的变脸行头一直放在一个带密码锁的箱子里，箱子藏在一个上了锁的大柜子里面。老郑将行头放得这么隐蔽，倒不是这行头值多少钱，而是因为变脸的秘密全在那副脸谱上面，脸谱的秘密曝了光，变脸也就没有什么神秘可言了，所以，每个变脸艺人都会细心地将自己的脸谱藏好，这也成了一个不成文的行规了。

关上房门，打开柜子，取出箱子后，老郑将箱子提到客厅里，然后输入密码，将箱子打开。

以前，老郑不但练功从来不让家里人看，连脸谱也不让家里人摸一下，不过，现在老伴已经过世了，儿子也出国留学去了，家里再也没有别人，老郑倒不用担心有谁看他练功了。

打开箱子，正要取出脸谱，老郑突然觉得有些不对头：以前，每次用完脸谱，他都会将它一层一层理好，按顺序戴在一个木头雕的人头上，这样做的目的是为了让脸谱保持平整，可今天打开箱子，却发现戴在"人头"上的脸谱有些不对头，好像和自己装进去时有些不一样，老郑愣了片刻才将脸谱取出来。

按理说，这装脸谱的箱子也就只

有自己能打开，不可能有别人动过，看来自己真的老了，放了几十年的顺序都弄错了。

老郑苦笑一下，取出脸谱练了起来，练完以后，他特别小心地将脸谱一层一层戴在那个木制的人头上。

这一次，老郑特别注意了脸谱的顺序：最里层是"包公的黑脸"，然后是蓝脸、黄脸、红脸……将脸谱戴好后，他又检查了一遍，确认顺序没错，这才将戴上脸谱的"人头"放进箱子，然后将箱子锁上，放到柜子里。

令老郑没有想到的是：第二天一早，当他再次打开箱子准备练功时，发现戴在"人头"上的脸谱顺序又变了……

现在只有两种可能 要么碰上了鬼，要么有人动过脸谱了，鬼是没有的，那就是被人动过了，可这怎么可能呢？家里房门锁得好好的，柜子也上了锁，箱子更是用只有自己知道的密码锁上的，要想动这个脸谱，就得开三道锁，即使是小偷，也要费九牛二虎之力，但问题是——真要偷这脸谱，费了那么大的劲，为何只是将摆放脸谱的顺序改变而不拿走脸谱呢？

这脸谱一定有什么古怪！于是，老郑将箱子抱出来，重新藏到了自己的床下，可第二天，当他再次打开箱子的时候，发现箱子依然完好无损，而里面脸谱的顺序又变了！

老郑决定查个水落石出，这天早上，他按照往日的惯例，一大早就出去锻炼，可刚走出门没多久，他就转身返回，到了家门口，他看了看房门，锁得好好的，没有被撬的痕迹；再看看窗户，也关得好好的，可就在这时，他听到屋里传来一阵轻微的声响，老郑一惊，从门缝朝里一看，顿时惊得目瞪口呆：只见一个人站在自家客厅的镜子前，正摆着姿势对着镜子左看右看的，老郑看到的虽然只是背影，但从镜子里可以看到那人正戴着脸谱在变脸！

他到底是谁？老郑惊讶得说不出话来，他连忙悄悄地掏出钥匙捅入锁

孔，紧接着一脚将门踢开，闯了进去，大吼道："谁？"

那人吓了一跳，顿时僵立在原地，半天才回过神来，低声说道"爸，是我，小健！"

"小健？真的是你？"老郑疾步冲上去，一把揭下那人脸上的脸谱，只见果然是自己的儿子小健，看到许久不见的儿子，老郑又惊又喜，儿子一直在日本读书，一周前来过电话，说过一阵会回来看望父亲，没想到他竟然提前回来了，老郑搂着儿子的肩头开心得说不出话来"小健，你什么时候回来的？怎么不对家里说一声呀？"

小健一时不知道该如何回答，他低下了头，喃喃说道"爸爸，对不起，其实我已经回来几天了，但是一直不敢告诉您……"

"为什么？到底发生什么事情了？"老郑突然有了一种不祥的预感。

"我、我是回来学变脸的……"小健将父亲扶到椅子上坐下，这才开口讲了起来……

原来，小健在日本读书期间，有一次偶然在一个拍卖会上见到了一副川剧变脸用的脸谱，这副脸谱材料特殊，制作精美，很可能就是传说中的"九变神脸"。

小健从小便从父亲那里听过许多关于"九变神脸"的传说，知道这是川剧艺人的宝贝。

为了让这件珍宝不至于流失，小健通过拍卖方找到了脸谱的所有者——一个对中国戏曲很有研究的老人，这副脸谱是老人从一个日本老兵手上买来的。

老人不但知道这副脸谱的价值，而且他还会变脸，在小健的再三恳求下，他答应小健，暂时撤拍，但是，老人要求小健和他进行一次变脸比赛，只要小健胜过他，就将这副脸谱无偿赠送，否则就会在半年以后进行拍卖。

小健虽然是"变脸王"的儿子，但从小父亲就不让他学变脸，而是一心要让他出国留学，小健只是在小时候父亲练习的时候偷看过几次，并不真的会变脸。如今，为了让"九变神脸"重回祖国，小健决定学习变脸，可他知道，如果为了学变脸而放弃学业回国，父亲一定不会同意，更何况，他深知变脸绝技是不外传的，即使是自己的儿子，如果不是以变脸为谋生的职业，也不会传授，而且父亲是最重行规的人，父亲常说，别人可以瞧不起唱戏的，可唱戏的人不能坏了自己的规矩。所以，小健考虑再三，在向学校请假后，悄悄提前几天回来，打算趁这几天先背着父亲用脸谱练习练习，等练得差不多了，再告诉父亲，那时，父亲想反对也来不及了。

回来后，小健悄悄住在朋友家里，每天趁父亲早上出去锻炼时摸回家来，用一直留着的钥匙打开房门和柜子，至于那个箱子的密码，他用家里所有人的生日作为密码试了几次，终于侥幸打开。

听到这里，老郑终于明白了，他长叹了一口气，说道："你知道爸爸为什么一直不让你学戏吗？是爸爸太知道这行的辛苦了，我是不愿意你像我一样吃那么多的苦啊！"

小健点点头，连声应道："我知道，爸爸，可是我们不能就这样让'九变神脸'流失在海外吧？这可是几代川剧变脸人梦寐以求的神物啊！"

"我知道！"老郑想了想，问道，"那日本老人现在能变几张脸？"

"六张，"小健有些不好意思地答道，"可我从来没有正式学过，现在也就只能勉强变两张脸，您还是教教我吧！"

老郑没有回答儿子，沉默了许久，他才难过地摇摇头："可是行规重如山，我不能违背啊！"说完，老郑便走回自己屋里去了。

这一夜，老郑父子俩都没有睡着，第二天一早，两人的眼圈都红红的，父子俩同时决定请来剧团的同事，举行一个拜师仪式，小健正式拜自己的父亲为师，学习变脸。

几个月后，小健回到日本，找到了那个老人，当他当着老人的面、一口气变出七张脸后，老人决定不再和小健举行比赛，而是直接将脸谱交给了他，随后，还将自己研究中国川剧的几本专著也赠送给了小健。

5. 九张脸

听到这里，马铭终于明白过来："你就是老郑？"

白发老人笑了笑，说道："那已经是二十多年前的事情了。"

马铭一听，眼睛不由朝床下的箱子瞟了瞟："这么说，那个'九变神脸'还在你这里？"

老人没有回答，站起身来，郑重地对马铭说："小伙子，我看你基础不错，随随便便就能变五张脸，你努力

一下，变九张脸应该没有问题的。'九变神脸'不是九张吗？你变不了九张，拿来也没用……你回去练练再来吧！"

马铭心中大喜，这已经明确告诉他，只要他能变九张脸，老人就会将那副脸谱送给他。马铭喜滋滋地向老人告辞，转身离开了。

回去后，马铭离开了那个草台歌舞团，重新找到自己以前的师傅，认真练习起变脸，而且还四处遍访名师，向变脸名家讨教诀窍。

一年后，在马铭的刻苦练习下，他终于能变出九张脸来了！

马铭根据记忆，找到了白发老人的家里，只见开门的是一个中年男子，马铭看了看他，觉得这可能就是老人故事里那个从日本回来的儿子小健，于是就问道："请问你父亲在家吗？"

中年男子摇摇头："我父亲已经在半年前过世了，请问你是谁？"

马铭一听，脑子"嗡"的一下，过了许久才说道："他、他让我能变九张脸后，来拿'九变神脸'……"

中年人笑道："'九变神脸'？哪有什么'九变神脸'啊，那不过是个传说而已！"

马铭不解地问道："那不是你从日本带回来的吗？"

"你说什么啊？"中年人笑了起来，"我什么时候去过日本啊？告诉你，我父亲一个人很孤独，他喜欢和人说笑话、讲故事……"

马铭不解地说道："怎么会这样呢？那个东西明明就在他床下的箱子里嘛！"

"你是说箱子里那个像人体皮肤的面具？"中年人想起了什么，解释说，"我是从事化工行业的，那是我用有机硅仿人体皮肤制作的一张假脸，用来给我父亲试验油彩的。"

原来，老人的确一直在剧团里工作，因为看到演员用油彩化装损伤皮肤，因此想研制一种对皮肤无害的油彩，这才让儿子制作了一张假脸给他试验。

马铭失望地问道："这么说，真的没有'九变神脸'？"

见中年人肯定地点了点头，马铭失落地朝门外走去，他刚走了几步，那个中年人突然走了上来，一把拉住他，说："这是我父亲临死前给我的，要我交给来找脸谱的年轻人，我想，那就是你吧。"说着，他递给了马铭一封信。

马铭接过信，打开一看，见信上只写着两行字："小伙子，原谅我骗了你。世上根本就没有什么'九变神脸'，那只是流传在变脸艺人间的一个梦想而已，不过，如果你收到这封信，说明你已经有了神奇的'九变神脸'，不是吗？"

（题图、插图：杨宏富）

主持婚礼很好玩

□ 岩朵朵

金融危机，公司裁员，阿P被放在了砧板上：惨遭辞退，但阿P毕竟是个人物，依旧豪爽，跟大伙一一握手道别后，便甩甩头、意气风发地离开了公司。阿P暗自鼓劲："我就不信，我一个大男人，还不能养活自己？"

可现实是残酷的，失业的阿P一连应聘了好几家公司，都被无情地拒绝了。

这天，阿P正漫无目的地在街上走，一个人过来塞给他一张小广告，阿P随意打开一看——"司仪速成"！上面说，学成后，可以做专职婚礼主持，一场主持最少收入600元。当主持，阿P以前想都没想过，可是现在，他却动了心，一场主持600元，顶以前半个月工资了。只要敢于尝试，一切皆有可能，于是阿P决定去学做婚礼主持人。

时间过得很快，阿P学了一个月，拿到了学校颁发的《主持人上岗证书》，拿着这张证书，阿P心里有了底，哈哈，马上就可以赚钱啦！可是，阿P对形势的估计还是太乐观了些，一场主持600元，是指那些有名气、大牌的司仪，阿P，一个初出茅庐的新手，不要钱人家都不敢用他！

两个月过去了，阿P一场活都没有接到，就在他快要绝望的时候，机会来了——楼下张大爷儿子结婚，可是事先请好的司仪突然摔伤了腿，明天就要结婚，现请司仪也来不及了，于是张大爷突然想到了阿P，听说他现在也在做婚礼主持，跟家人一商量，得，就请阿P来主持吧。

阿P一听，这个激动啊，赶紧把

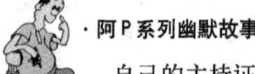

自己的主持证、普通话合格证掏给张大爷看，张大爷说："阿P，明天就看你的了，你可要给大爷争脸啊！"

为了能让自己在这场婚礼中一举成名，阿P足足准备了一晚上。

第二天，婚礼开始了，阿P开始还有些紧张，渐渐地，他找到了感觉，越来越放松了，不时冒出几个经典搞笑段子，把大家逗得哈哈大笑。张大爷在台下看到阿P把现场气氛搞得这么轻松，直冲阿P伸大拇指，可是又有谁能想到，这看似平静的背后，竟然正酝酿着一场出人意料的重大事故！

到了交换戒指的环节了，新郎、新娘拿出戒指，深情款款地准备为对

方戴上。大家都屏住呼吸，见证这永恒的时刻，就在这个时候，突然，阿P喊了一声："停！"

这一声"停"，把大家吓了一跳，阿P歉意地笑笑："不好意思，吓着大家了。钻石恒久远，一颗永流传。现在，让我来鉴定一下钻戒的真假。"说着，他从两位新人手里把钻戒拿了过来，对着灯光，左旋右转地看起来。

即将戴到手上的戒指被阿P拿走了，两位新人很意外，以前他们参加过不少婚礼，主持人从来没有这样的设计，但是他们又只能听从阿P的安排。所有人都好奇地盯着阿P，看看他要搞什么花样，只见阿P一边点头一边说："嗯，不错，是真的。"说着就转过身，准备把戒指还给新人，就在十分之一秒的瞬间，阿P的手突然颤抖了一下，戒指竟掉到了地上！阿P赶紧以迅雷不及掩耳之势蹲下去寻找，可是，他的手在地上划拉了半天也没有找到！

刚开始时，新郎、新娘还保持着微笑的神态，后来看到阿P找了半天还没有起来，这才知道事情真的麻烦了，他们急了，这可是结婚的钻戒啊，他们看看阿P，见他的脸涨得通红，他也不顾主持人的形象了，正撅着屁股在地上找，脸都快贴到地上啦！

台下开始很安静，后来，大家坐不住了，开始骚动，有人嘀咕着："从哪找来的主持人啊，不好好主持，搞

这时，张大爷强忍怒气，故作镇定地说："戒指先不找了，毕竟婚礼重要，继续吧，有什么事等婚礼结束再说。"这个时候，也只能这样了，新郎、新娘只好调整情绪，装作没事一样，硬着头皮把节目进行下去。

婚礼的下一个节目是"剥糖果"，新郎、新娘相互为对方剥一块糖放到嘴里，预示以后的日子甜甜蜜蜜。糖果拿上来后，阿P给每个人拿了一块，然后示意他们可以开始了。两位新人脸上的表情木然，心不在焉地剥着糖纸，心里却在想着他们的婚戒，突然，现场只听见两声惊叫，那是从两位新人的嘴里发出的，他们先是愣了一会儿，然后，紧紧地拥抱在一起……大家的心又被揪了起来，这是怎么了，剥块糖果，用得着这么激动吗？

新郎、新娘久久地拥抱后，转过身来，高高地扬起了手，向众人举起了一样东西，这个东西在两人手中闪闪发光——钻戒！

紧接着，一旁的阿P微笑着及时地为这一幕配起音来："婚戒失而复得的过程，像不像两对新人的相恋过程？初见时心跳，追不上时心急，吵架时忍耐，相恋时幸福。守得云开见月明，经历了坎坎坷坷，一对新人终于走到了一起。此时此刻，新人幸福相拥，让我们祝福这对新人的幸福像

什么鉴定嘛！"新人的亲属赶紧指挥现场："服务员不要靠近，所有人都不要靠近台子！"

新郎、新娘忍不住了，一起蹲下找，可是，这两只戒指就像长了腿一样，怎么找也找不到，双方亲家也急了，都离开座位站了起来，张大爷的脸色都变了，这可是儿子大喜的日子啊，这个阿P，竟然出了这么大的丑！

找了半天，还是没找到，阿P直起身，脸色难看地自言自语道："明明掉在脚边，怎么就不见了呢？"台下的人齐刷刷地盯着他，都不相信会发生这种事情，阿P面色尴尬地说："各位，不好意思，我去洗个手，洗完手再回来找。"说完，他就要往后台走，大家开始没反应过来，突然有人喊道："拦住他，别让这小子离开现场！"就这样，阿P刚走出几步，又

冷 笑 话

◆ 为什么蚕宝宝很有钱？因为它会结茧（节俭）。

◆ 小黑、小白、小黄、小红4人搭飞机，请问谁会晕机会吐？小白兔（吐）。

◆ 巧克力和西红柿打架，为什么是巧克力赢？因为巧克力棒嘛！

◆ 为什么冰山只有一角？因为另一只角被撞断了。

◆ 林黛玉是怎么死的？摔死的。天上掉下个林妹妹嘛！

◆ 土豆捅了包子致命一刀，怎样了？变成豆沙（杀）包。

◆ 什么动物最爱贴在墙上？海豹（报）。

◆ 狐狸为什么经常会摔跤？因为狐狸很狡猾（脚滑）。

◆ 4个人在屋子里打麻将，警察来了为什么带走5个人？因为他们打的人叫"麻将"。

◆ 小明和小华到海边比赛说笑话，说完笑话后，他们就死掉了，为什么？因为海啸（笑）了。

◆ 有一个鸡蛋去茶馆喝茶，后来怎么样了？变成了茶叶蛋。

◆ 有一只公鹿，它走着走着，越走越快，最后怎么样？变成了高速公路（鹿）。

◆ 绿豆自杀从5楼跳下来，流了很多血，怎么样了？变成了红豆。

◆ 为什么飞机飞那么高都不会撞到星星呢？因为星星会闪啊！

（推荐者：张 涛）

钻石一样永恒！"

台下沉默了几秒钟，突然爆发出热烈的掌声：这个阿P啊，竟然在婚礼上学刘谦变魔术，差点把人吓死！

张大爷也长长地吁了一口气，原来是虚惊一场！他见阿P走下台来，便激动地走上前去握手，张大爷正要说点什么，突然眼皮一翻，一下子倒在阿P身上，张大妈叫道："坏了，这一惊一乍的，老头子受不了，心脏病复发了！"

阿P见张大爷双目紧闭，双眉紧皱，这下可真急了：天哪，闯祸了，把老爷子的心脏病整出来了！阿P盯着张大爷的脸大声喊叫："老爷子，你可别吓我啊！"

突然，老爷子睁开一只眼，冲阿P一眨："小样，也知道害怕了？光兴你吓我，我也吓吓你！"

来宾先是为张大爷担心，一听到张大爷的这番话，"哗"地全笑了。阿P一屁股坐到地上："老爷子啊，以后咱俩搭档吧，你可跟我有一拼啊！"

还别说，这场独特的婚礼，让阿P名声大振，他主持的婚礼好玩，有创意，而且每次都不重样。他现在可抢手了，请他主持，要提前一个月预约……

（题图、插图：顾子易）

花生油的

□ 何建新

爱

老王头是个农民，种了一辈子的庄稼。这天，他来到油坊对老板说："打油。"油坊老板问："打多少？"老王头把酒瓶子向上一举，说"三两。"老板一愣，他从来就没做过这样小的生意，平时来打油的最少也要三五斤，可是生意再小也要做，老板不太乐意地给老王头打了三两花生油。

老王头把油提到家里，又提着一个空瓶子来到另一家油坊，还是打三两花生油，老板说："大爷，都什么年代了，哪还有打三两油的，能吃几顿呀？你以为是眼药水呀？"老王头把酒瓶子往前一递："怎么着，还不卖？

就三两。"老板不痛快地打了油。

老王头的家乡产花生，所以油坊特别多，接下来的几天，老王头提着空瓶子连续跑了四家油坊，每次都是打三两。六个油瓶子放在灶台上排成队，老王头在瓶子上做了标签，上面写着"张三油坊"、"马五油坊"——

这六瓶子油全放在灶台上，每天王老太炒菜时，这次用这瓶油，下次用那瓶油，每次炒完菜，老两口就巴唧着嘴品尝味道。原来这老两口精明得很，他们通过做实验，挑选花生油，通过反复对比，他们认为马五油坊里的花生油最好。

选出最好的花生油后，这一天，老王头带着八个塑料桶来到马五油坊，每个塑料桶盛十斤油，足足打了八十斤花生油。马五奇怪地问老王头："怎么？你家里要开饭店？"老王头笑而不答，骑着三轮车回家了，回到家，老王头把油桶放到屋角，用一块布盖起来，就再也没动过。

转眼两个月过去了，有一天早上，老王头到农田里转了一圈，由于老王头年龄大了，就把自家的田转包给了别人，可是他种了一辈子田，对农田有很深的感情，还常常到田里去看看。中午，老王头回到家里，家里好热闹，他的儿女们全都回来了。

老王头有四个孩子，他们都挺争气，全在城里，平时工作忙，儿女们难得回一次家，今天他们相约回家来看父母。老王头的几个孩子都很孝

顺，每次回家都带回大包小包的礼品，今天他们照样带了不少的礼物，大箱小箱地堆在一起。老王头一看这些礼物，突然变了脸色，指着那一桶桶油，奇怪地问："这——这是怎么回事？"

老王头的大女儿说："爸，这是我们送您的花生油。"老王头说："你们送油干什么？咱家田里种着花生，能榨出香喷喷的油，吃也吃不完哪！"

大儿子笑了笑，说："爸，咱家的田转包给人家了，哪来花生榨油呢？"大儿子说完，其他几个孩子都笑着称是，老王头看了看四个孩子，轻声说："这事你们知道了？"儿子说："我们都知道了，村主任进城时告诉我们的，所以我们才买了油。"听到这里，老王头一声长叹，本来他不打算把转包田地的事告诉孩子的。

小女儿说："爸，过去，您常常对我们兄弟姊妹几个说，咱家田里种的花生，榨出的油香喷喷的。我们每次回城，您都让我们从家里带油，这些年我们也没买过油。现在，咱家没有田了，以后，我们买油给您吃。"

老王头拍拍小女儿的头，说"孩子，有你这句话，我心里觉得舒坦，不过，今年的油我早就给你们准备好了。"说着，老王头走进里屋，指着两个月前买的那八桶油说："你们每家两桶，临走带着呀！"

（题图、插图：安玉民　梁　丽）

出差回来

□ 李 勇

现 如今，出门在外的人多了，留守在家的人自然也多了，比方这家，男的叫邵杰，女的叫惠子，这天，邵杰正出差在外，夜里十二点多，有人敲响了惠子家的门，敲得很急，敲得让人心颤。敲门的是这栋楼里的李大姐，一会儿，惠子打开了门，李大姐慌慌张张地说："你家邵杰倒在前面，头直流血呢，快去看看！"惠子一听，整个人一下子懵了：丈夫邵杰在外出差，他说要明晚回来，怎么今天就回来了？还居然出事了？

惠子神情慌乱，说："好，我穿好衣服就下来！"李大姐在外面等，很快，惠子就穿好了衣服，和李大姐一起急匆匆地下了楼，来到楼前的空地

上，惠子看到丈夫邵杰头上血糊糊的，鼻子一酸，眼泪就下来了："你怎么伤成这样？邵杰，到底出了什么事？"

邵杰的神志倒还清楚，他见惠子很伤心的样子，嘴角咧了咧，没说什么。紧接着，惠子就送邵杰去医院检查，到了医院，医生说，邵杰只是头部表皮受伤，没有大碍，伤口清洗、包扎好后就可以走了，惠子这才放下心来。

一会儿，医生处理完伤口后，惠子看着头上缠满纱布的邵杰，问到底怎么回事，邵杰笑了笑说，怪自己多管闲事，他说事情是这样的：他下了火车往家赶，到巷口的时候，忽然听到呼救声，一看，有人在欺负一个女孩，邵杰大喝一声"干什么"，然后就冲了上去，对方有两个人，见邵杰独自一人，不但没有害怕的意思，反倒迎了上来，一个恼羞成怒地说："你他妈多管闲事，想见义勇为，是吧？"一

个家伙倒是没吭声，从路边捡了半块砖，照着邵杰的脑袋就是一下，邵杰当即就倒在地上，头上的血不断地淌出来，这空当儿，女孩却趁机跑了……

惠子听了很生气，要报警，她说这样的混蛋不抓起来，迟早又要祸害人。邵杰不主张报警，他说人证物证都没有，只有脏兮兮的半块砖头，怎么查？好在这小子下手不狠，另外，两个歹徒可能以为砸重了，闯祸了，立马就跑了，居然没有动他的挎包，也算是幸运了。惠子想想，也就不再坚持了。

从医院出来，邵杰和惠子向家走去，路上，惠子问："你不是要到明晚

才回来的吗？怎么提前了？"邵杰说："原计划是这样的，但没想到事情办得很顺利，你知道，在外面我是一天都不想多呆，还是家好呀！"惠子责怪他，怎么不告诉她今晚回来，邵杰笑笑说："唉，手机没电了，本想到电话亭打电话的，一想，不如给你一个惊喜吧。"

到家门口了，就在这个时候，邵杰和惠子几乎是同时看到一辆熟悉的轿车在楼道口停着，邵杰问惠子："这不是你们公司王总的车吗？"

惠子的脸上露出了惊异的神情："对呀，是他的车，这车怎么在这呢？"

正说着，从他们的楼道里走出一个小伙子，很快走向轿车，打开车门，惠子很惊喜，赶忙喊住他："咦？这不是小周吗？你这是……"说着，她对邵杰介绍道，这是公司才来的小周。小周告诉惠子，他是到一个朋友家来，借了王总的车，说着，他扬手招呼一声"拜拜"，轿车开走了。

这时，邵杰长长地舒了口气，惠子很敏感，她很快察觉了丈夫这一细微的表现，她沉默了片刻，感叹道："真有他的，竟向王总借车！不过，王总平时挺随和的，也很慷慨。"邵杰不以为然地说："嗯，这样的老总还真不多见。"

回到家，邵杰不顾惠子的反对，一定要在浴缸里泡澡，说是旅途实在

晨，还有什么可解释的呢？邵杰不得不接受这样的事实，他恼怒得想冲上去，但马上又改变了主意，他想，那样做，无疑是在加快他和妻子离散的速度，而更主要的是，他还爱着惠子，黑暗之中，邵杰默默地站立了很久很久，最后，他毅然转身，沮丧地向巷子走去……

现在，邵杰头上的伤还在，不过，心里的耻辱已经消除，因为他看到了小周，王总的车子是小周开来的，自己的妻子是清白的呀！

第二天，惠子正忙着，王总打来电话，问："办公室现在是不是就你一个人？"惠子说"是"，于是，王总在电话里压低声音说道："把门关上，我有话问你——昨晚，邵杰究竟是怎么回事？"

说起昨晚，惠子禁不住一阵后怕：李大姐敲门的时候，王总正在房里，激情过后，他正睡得香，李大姐敲门时他不敢声张，直到两人下了楼、又眼看着惠子陪着邵杰去了医院，王总才偷偷溜出房间，离楼而去。惠子和邵杰回家后，趁着邵杰泡澡的时候，惠子急忙收拾了房间，这才没留下一丝痕迹。现在王总在电话里追问昨晚邵杰是怎么回事，惠子就告诉他，邵杰是"英雄救美"，才被歹徒砸了一砖头。

惠子想起了什么，说："我正要问你呢，小周开走车子怎么回事？"

是太累了，泡泡解乏。邵杰躺在浴缸里，身心疲惫，其实，他这次提前一天回来是另有用心的：在这之前，已经有知情人透露说，在他出差期间，惠子的老板王总常来他家，两人的关系已非一般，但邵杰不愿意相信这是真的，他很想验证一下，他多么希望妻子是清白的，所有的传言都是捕风捉影，可是快到家的时候，邵杰非常悲哀地发现王总的车正停在自家的楼道口，他怕看错，又仔细地检查了牌照，没错，而且这里并没有王总的任何亲戚朋友，很明显，只有一种可能——王总在自己的家！时间已近凌

电话那头的王总"哈哈"地笑了起来"要说这女人呀就是女人，遇到一点儿事就乱了方寸。昨晚，我估计邵杰十有八九是看到我的车了，那时候要是把车开走，不是不打自招吗？我只有将计就计了，喊来小周，反正他是才来，大家都不认识，我让他在楼道里盯着，你们什么时候回来，他就什么时候从楼道里出来，一定要当着你们的面把车开走，哈哈……"

"亏你想得出！"过了一会儿，惠子说，"唉，说真的，我真有些……"

王总说话的语气很轻松："别担心，小周那儿我吩咐过了，不会走漏任何风声的。"

"我不是这个意思，我、我是觉得真有些对不住邵杰的……"惠子还想说什么，那边王总的电话已经挂了。

下班时，天已擦黑，惠子正走着，有个人喊住了她，一看，是小区里的一个邻居，那大嫂把惠子往边上拉拉，小声地问道："你家邵杰是不是受了什么刺激，头脑有些问题？"

惠子一时愣住了："怎么了？怎么可能呢？"

那大嫂一边看看四周有没有人，一边压低喉咙说"是这样的，昨天夜里我下夜班回来，走到巷口，远远看到一个人往外走，像是你家邵杰，他走着走着，突然捡起地上一块砖头就往自己的脑袋上砸，然后，他又转身晃晃悠悠地往回走，一会儿遇上了李大姐，把她吓坏了，这时陆陆续续围起了一堆人，李大姐让旁人照看一下邵杰，自己赶紧跑去喊你……"

惠子听着，眼前一黑，差点栽倒，那大嫂走后好半天了，她还是头晕目眩。回到家，惠子看到邵杰头上还是缠着纱布，正围着围裙，在厨房忙乎着，和平时没有两样。

不知为什么，惠子的心突然像是被蚂蚁咬了一下，两滴冰凉的泪水滴落下来，她擦去眼泪，轻轻地走到邵杰的背后，一把将他拦腰抱住，泪水像雨点一般打湿了他的后背，惠子的心里翻江倒海：眼前这个一向宽厚的男人，现在却变得狡猾了，狡猾到了会编一个似乎天衣无缝的故事了，现在也变得狠心了，狠心到了为了避免尴尬、为了体面地告诫她，不惜往自己的头上砸砖头。想到这些，惠子的嘴里喃喃道："你的伤还没好，我来忙吧！"

第二天，惠子向王总递交了辞职书，她说，她想换个环境，换一种生活了。

（题图、插图：安玉民　梁　丽）

红版编辑部各编辑邮箱：
姚自豪：yaobianji@126.com;
郑继文：zjw002@vip.163.com;
吕　佳：lujia411@yahoo.com.cn;
叶小萌：xiaomeng.ye@gmail.com。

兑现诺言

□ 黄少椿

今天，志松跟婷婷去民政局办理了结婚登记手续，走出民政局大门，志松说："婷婷，该是你兑现诺言的时候了！"婷婷看到志松一脸严肃的样子，头脑转啊转，可就是想不起答应过志松什么事。志松看了婷婷一眼，故意板着脸责怪道："你啊，真健忘！你答应过我，等我们领结婚证的那一天，叫我一声'老公'的！"

婷婷一听，"扑哧"一声笑了出来，自从两人谈恋爱以来，志松动不动就要求叫他"老公"，可婷婷思想传统，没结婚前称自己的男朋友为"老公"，无论如何是叫不出口的，经过再三"协商"，婷婷总算答应：拿到结婚证的那天一定要叫志松"老公"。

现在结婚证都拿了，总该叫了吧？婷婷张了张嘴，但喉咙口似乎被什么堵了似的，"老公"两个字就是无法说出口。她忸怩了一会儿，涨红着脸对志松说："你总要给人家一点时间嘛，这么突然，我叫不出口。"

这一次，志松不肯让步了，无论如何要婷婷叫，婷婷羞答答地说，让她酝酿酝酿情绪，回家再叫。"不行，我就是要你现在叫，你不能耍赖！"志松的一双眼睛盯着婷婷，十分期待，可婷婷就是叫不出口，就在这时，有两个中学生在他们前面并排走过，一男一女，背着书包，只听女生跟男生撒娇道："你再陪我走走嘛！""不行啊，作业还没做呢，我要赶紧回去做作业！"男生说完，跟女生挥了挥手，上了公交车。

女生目送着男生上车，大声喊道："老公，你到家以后，记得给我发短信哦！"男生趴在车窗口，挥着手说："老婆，没问题！"

志松和婷婷看到了，不禁瞪大了眼睛……

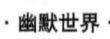

真假签名

□ 李恩维

这天中午，大伟去了一家新开的饭店，在老板娘的招待下，大伟点了一份青椒炒肉，一份鸡肉丸子汤，外加一瓶啤酒。酒足饭饱后，大伟的手机响了，因为店内过于喧哗，他拿着手机就向门外走去。顿时，一位大个子保安拦住了他，大伟一愣，然后掏出100元钱，对大个子保安说：

"我要去开会，麻烦你替我交上好吗？这多了的钱我不要了！"

大个子保安摇摇头，说"这事不成，现在这个年头，假钱可多了，你必须自己亲自去交！"大伟听了，有些无奈，他挂上电话，回到店内服务台前算账。老板娘算好了饭钱，对大伟嫣然一笑，说："先生，您一共消费了200元，请交钱吧！"

大伟大吃一惊，问："这饭菜怎么这么贵？"老板娘解释说："青椒炒肉80元，丸子汤60元，啤酒40元，外加两个煎饼20元，一点错不了。"大伟气不打一处来，这不明明是宰客嘛！这时，老板娘对保安使了个眼色，保安立刻阴沉着脸。见这阵势，大伟只好忍住了，想到还有会要开，他掏出200元钱扔在了服务台上，说："给我张发票！"老板娘在验钞机上试了试真假，确定是真币后对大伟嘻嘻一笑，接着又在一张纸条上开了单据，盖上章子，刷刷两笔签上大名，然后说："生意好，发票很快用完了，只好用这个了，不能报销的话你回来找我，再补一张。"大伟接过单据仔细看了看，不禁笑了起来："我想这家店怎么就那么宰人呢，原来老板娘叫胡宰客啊！"老板娘被说得一脸疑惑"什么胡宰客，你看清楚了，我叫胡幸容！"大伟听了，又哈哈大笑起来，单据上老板娘签的"胡幸容"三个字，写得潦草，越看越像"胡宰客"了。

443

2009
SEMIMONTHLY
下半月刊

7月

STORIES

欢迎登录本刊主办"故事中国网"（www.storychina.cn）

故事会
—STORIES—

2009 年 7 月
下半月刊·绿版

社长、主编：何承伟

常务副主编：吴 伦

副主编：姚自豪（上半月·红版）

副主编：夏一鸣（下半月·绿版）

本期责任编辑：杭 帆

电子邮箱：hangfan1102@126.com

绿版发稿编辑：

夏一鸣 朱 虹 邢 悦

美术编辑：李宝强

电脑制作：郭瑾玮

通 联：归依玲

本社办公室电话：021-64375030

上半月刊编辑部电话：021-64332325

下半月刊编辑部电话：021-64336469

（上海市绍兴路74号 邮编：200020）

主管、主办：上海文艺出版总社

出版单位：《故事会》杂志社

———————————————

制作、发行总监：张 凯

电话：021-64313938

广告业务：上海故事会文化传媒有限公司

广告总监：张 淮

广告业务：021-34010383

广告投诉：021-64333738

广告经营许可证

沪工商广字 3100320050022 号

发行：中国图书进出口上海公司

面子问题

迈克有一辆破旧的老爷车。这天，他把车停在饭店门前，对门口的一个流浪汉说："喂，请你帮我看一下汽车好吗？"

流浪汉看了一眼老爷车，皱了皱眉头，但最后还是答应了。

不久，迈克出来了，掏出五美元递给流浪汉："拿着！"谁知那流浪汉眼睛眨也不眨："太少了！""太少了，那你要多少？""五百！""什么，五百？你这不是抢劫吗？我只去了三分钟。"

流浪汉振振有词道："先生，这不是时间问题，而是关系到本人的面子问题。要知道，过路人都以为这破车子是我的。"

（张百军）

（本栏插图：李　加）

高度不够

妈妈带着妞妞在公园里喂鸽子。这时，一只鸽子从头顶飞过，拉下一泡屎，刚好落在妈妈的衣服上。妈妈忙说："妞妞，鸽子拉屎了，快快去拿张餐巾纸来擦一下！"

"啊？"妞妞踮起脚尖，指着鸽子说，"妈妈，它飞得那么高，怎么给它擦屁股啊？"

（于胜男）

贵人相助

大刘失业后，家里的生活开始拮据起来，可他仍然很乐观。日子久了，老婆不禁抱怨起来："大刘，去年你去求签，那解签的说你命里将有贵人相助，现在都快揭不开锅了，怎么贵人还不出现呢？"

大刘哈哈一笑，说："快了，是贵人暂时把咱给忘了。""为什么？""不是有句话，叫'贵人多忘事'吗？"

（赵　敏）

健 美 操

玲玲是个爱好运动的姑娘。这天早上，她打开收音机听到正在教健美操，便跟着做了起来："左拐——向下——提起——右拐……"

玲玲就这样左转右转，提胯踢腿，可做着做着，她隐隐觉得今天的健美操有些别扭。

就在这时，广播里的声音突然放慢了："好了，同学们，现在请大家放下笔。今天我们十二生肖系列中'狗'字的书法练习节目就播放到这里。"

(陈丽伊)

离婚的芭比

约翰走进一家玩具店，问售货员小姐："我想买只芭比娃娃。"

售货员小姐答道："先生，您要哪种芭比？"约翰愣了一下："有好多种吗？""是的！价格也不一样。比如，健美芭比，15美元；夜总会芭比，25美元；还有离婚芭比——""离婚芭比？""是的，价格稍贵一点，300美元！"

约翰瞪大了眼睛："为什么离婚芭比这么贵？"

"那不是明摆着嘛，"售货员小姐解释道，"离婚芭比东西多啊，有别墅、汽车、划艇……"

(余长生)

自动变焦

动物科学家给猩猩做智商测试，他们把一架新式数码相机放在猩猩的面前，同时又找来了一位美女，给它做选择。谁知，猩猩连看都不看美女一眼，直接过去拿起了相机。

科学家感到很好奇，就用猩猩语问猩猩："请问，你为什么选择相机而不选择美女呢？"

猩猩一手举着相机，一手做着吃香蕉的动作，说："哈哈，因为它会自动变焦（蕉）！"

(蔡伟崇)

丈夫传话

这天,一个女人跑进附近的一家唱片店,对男店员说:"我想买一首曲子的乐谱,可是不知道曲名。"

男店员想了想,就问:"那你会哼这曲子吗?"

"会的!"女人说完就哼了起来。可没哼两句,就见一个女店员冲了过来,激动地说:"今天早上有个男的一进来就哼这曲子,他说,如果再有谁进来哼这曲子,就转告对方,乐谱他已经买了;还有,他晚上七点回家吃饭!"

(史志鹏)

秋后算账

这天,老板怒气冲冲地走到汤姆的办公桌前,敲着桌子大声说:"汤姆,你被解雇了!"

"为什么?"汤姆一脸茫然,只听老板又说道:"不为什么,因为你前天迟到了!"汤姆一肚子委屈,只得离开了公司。

过了几天,汤姆在路上碰巧看见老板挽着一个妙龄女郎走过来。他灵机一动,走上前冲着老板喊道:"老板,你怎么带这个又老又丑的女人出来?"

妙龄女郎感到很震惊,汤姆却话锋一转,说:"哦,我指的是老板前天带出来的那位。"

(陈亦清)

一无所缺

丽丽在一家商场为表哥挑选生日礼物,可转了大半天,就是不知道该买啥。这时,一位迷人的导购小姐走过来询问:"小姐,需要帮忙吗?"

"谢谢!"丽丽说,"这儿有什么可以送给一无所缺的男人吗?"

"什么叫一无所缺?"

"是这样的,我表哥今天过生日,可他实在太有钱了,什么都不缺,所以给他送礼很伤脑筋。"

"是吗?"导购小姐忙说,"那给他我的电话号码怎么样?"(刘玉成)

心满意足

史密斯夫妇买了一部老爷车,这部"宝贝"车经常坏掉,进厂修理的时间比使用的时间还长。

这天,史密斯夫妇刚从修理厂出来,哪知开了一段路,车子又坏在了路上,怎么也发动不了。史密斯太太不得不下车来推,一边推车,一边不住地抱怨"这车又白修了,我实在是受够了!"

史密斯先生却一脸平静,安慰道:"亲爱的,我们应该心满意足了,你没觉得经过这次大修,再推起来已经省力多了吗?" (丁 强)

不会起球

老王去商场买衣服,售货员给他介绍了一款羊绒衫,并指着衣领上的标牌说:"您看,这里面含有20%的抗起球纤维,穿着不会起球。"老王挺高兴,马上买下了这件衣服。

过了几天,老王发现这件衣服不但起球了,而且还很严重,于是他怒冲冲地去商场找售货员理论:"你不是说这衣服有20%的抗起球纤维,不会起球吗?"

售货员看了一眼衣服,不紧不慢地回答:"是啊老先生,您自己也看见了,它里面有20%的抗起球纤维,所以、所以这衣服80%的地方是会起球的!" (刘伦刚)

一分之差

杰米报名加入了校篮球队。这天,队长带他去陈列室,感受一下球队的光荣历史。只见墙上挂满了校篮球队过去四十年的照片,而且,每幅照片上都有一位队员举着一座奖杯,上面标明年份:62-63、63-64、64-65等等。

杰米停下了脚步,盯着照片看了好一阵,然后转过身来,对队长说:"好奇怪啊?"队长笑着问:"怎么奇怪?"杰米用手指着奖杯上面的数字说:"为什么那些队刚好都是输掉一分?" (韩明伟)

(本栏目欢迎原创笑话或翻译的最新外国笑话。来稿可从邮局寄发,也可从网上传递。如为电子邮件,请发以下信箱:hangfan1102@126.com)

今晚有暴风雨

□ 赵鹏飞

父亲去得早，我从小就和母亲相依为命。转眼间，母亲老了，我也长大了。为了照顾母亲，我就在附近的一个煤厂打工，轮到自己休假，就回家陪陪老母亲。

这年夏天的雨水特别多，说下就下，而且一下还就不停了。第三天的晚上，雨势仍然不见小，我早早地四处巡查了一番，见一切正常，就准备躺下睡觉。这时，厂部的广播突然响了起来，通知我去接电话，会是谁呢？我来这里快两年了，从没有人打电话找过我。

我满腹狐疑地来到厂部办公室，拿起听筒，听清对方的声音后，不由得叫了起来："妈，怎么是您？"一直以来，都是我打电话回家，母亲还从没主动给我打过电话。

听见我的声音，母亲在电话里急促地说："儿子，现在马上回家来！"我心里一紧，问："怎么了？家里出什么事了？""没、没什么……"母亲犹豫了一下，"我想你回来。"

我有点哭笑不得，母亲都一大把年纪了，怎么还像个小孩子？我想了一下，柔声说道："妈，过几天就发工资了，到时再回来看您，行不？""不行！"一向通情达理的母亲语气十分强硬，"今晚必须回来。"

这是怎么回事？我一头雾水："您今天到底是怎么了？"母亲沉默了一阵，说："做母亲的想儿子了，难道还需要理由吗？"

可是，回家的路全是山路，平常

白天，我都要走很长时间，更何况现在是晚上，又下着雨，到处黑黝黝一片。这点母亲又不是不知道。想到这里，我的犟脾气犯了，有点不耐烦地说："现在都快十点了啊！您叫我怎么回去？"然后，不待母亲回话，就气愤地挂了电话。

回到宿舍里，我的心情糟透了，正准备拉开被子蒙头睡觉，厂部的广播又叫我去接电话。母亲今天是怎么了？她到底要做什么？

我有点生气了，"噔噔噔"地跑进厂部办公室，抓起电话一听，果然又是母亲："儿子，你听我……"我不禁怒从心头起，大吼了起来："要回来也要等明天，天亮了再说嘛！"然后，"啪"的一声又挂了电话。

出了厂部办公室，我才发现雨又大了。这时，厂部的值班员追了出来，在后面大喊："你妈说，如果你不回去，她就来煤厂找你。"

天啊，母亲今天怎么啦？表现太反常了。我把心一横，回宿舍睡觉去了，可躺在床上，人像烙烧饼一样翻来覆去，就是睡不着。这么大的雨，万一母亲真的赶过来，在路上摔了怎么办？我再也无法入睡，嘀咕了一句："真麻烦！"就起身往家赶。

天黑得可怕，雨越下越大，我在风雨中一路狂奔，心里记挂着母亲。翻过一座山，终于到家了。可是，家里没有灯光，铁将军把守大门，母亲

不在家。难道她真的去煤厂了？可从家里去煤厂只有一条山路，我在路上怎么没有碰见她呢？我怕母亲出事，顾不得想那么多，转身又朝来路跑去。

如果母亲有什么危险，我会一辈子良心不安啊！我感觉心好像被掏空了一样，也不顾雨大路滑，一路疯狂地奔走、呼喊。

突然，我看见前面不远处有一个人影在挪动，惊喜地冲了过去，果然是母亲。我再也控制不住自己的情绪，一把抱住了母亲，大声哭了起来"妈……"

母亲见到我，用力吸口气，艰难

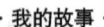

地说："儿子，你终于来、来了……"便晕了过去。我忙背起母亲，跌跌撞撞向医院奔去。

经过抢救，母亲醒来了。她告诉我，见我执意不肯回家，她才冒雨准备去煤厂找我。可山路实在太滑了，她一不小心掉进了灌木丛，费了很大的力气才爬了出来。原来，我们就是这样错过的。

母亲看着我，又说："儿子，我今天下午做了一个奇怪的梦，怕你出什么事，所以才急着叫你回来。"天哪！为了一个梦，竟折腾出那么一出事情来，我真不知道该说什么好。

母亲说，今天下午她感觉头晕，

就去睡了一觉，迷迷糊糊做了个奇怪的梦，梦见我被困在一片洪水中，双手努力地朝天上伸直，伸直……

从噩梦中醒来，母亲越想越觉得不对劲，就打电话给赵叔。赵叔说怕出什么事，最好是把我叫回来。赵叔是父亲生前的好朋友，一直尽心尽力地照顾我们母子俩，这个我知道。

喝了一口水，母亲又说："我怕你笑我迷信，更怕你听了不肯回家，所以，才没有跟你说实情……你父亲已经走了……"母亲呜咽着说，"如果你再有个什么三长两短，我都不知道该怎么活啊！"我心里一痛，什么话也说不出来，只是紧紧握住了母亲的手。

天亮了，我打算去饮食店给母亲弄点早点。刚走出医院，迎面撞上了邻居李大爷，忙打个招呼："李大爷，你来医院做什么？"

李大爷诧异地看着我，呆了一阵，突然大叫一声"鬼啊"，转身就跑。鬼？李大爷怎么了？我狐疑地大步追了上去。李大爷见躲不过，转过身"扑通"一声给我跪下，连连磕头说："小飞，我们平日无怨无仇，你就不要苦苦缠着我吧！"

我一把抓住李大爷摇晃着他的身体，道："李大爷，是我，小飞啊！"李大爷半天才抬起头，用手试探着摸了摸我的脸，惊喜地说："真是小飞，你、你没死？"我一下蒙了。

李大爷说，今天早上煤厂来了两个人，向邻居们打听我回家没有。大家都说没有，那两人大叫糟了，就掏出手机打电话。大家弄了半天才知道，昨晚煤厂附近发生山体滑坡，把我住的宿舍掩埋了，那间宿舍就我一个人留守，大家还误以为我被埋在了里面。所以，刚才李大爷忽然看见我，还以为是遇到鬼了。

我冒出了一身冷汗，忙让李大爷帮我照看母亲，自己则朝煤厂赶去。来到煤厂，所有人一见我，都惊呆了。后来，经过全面清查，厂里虽有一些财产损失，但所幸无人员伤亡。

等我回到医院，闻讯赶来的赵叔一把拉住我的手，说："孩子啊，你要多多体谅你妈，她这一辈子都是为你而活啊！"我点点头，说："赵叔，我明白，老人家有时迷信很正常。"

"迷信？"赵叔一愣，"哎，看来你还是不了解你妈的心思啊！自从你爸因为泥石流出事后，你妈对暴雨天气异常敏感。她去过你们煤厂，知道你的宿舍靠山，很容易发生山体滑坡。每逢下雨天，你妈的心就吊了起来，她担心啊，担心你的安危！"

赵叔停顿了一下，又说："这阵子天天下暴雨，你妈的心是提到嗓子眼来了。她是白天黑夜睡不着觉，昨天又做了那样的噩梦，再也承受不了那种担心的煎熬，这才打电话叫你回家来。"

赵叔看了我一眼，感慨地说："这次虽然是一个巧合，但也可以说，那是你妈用爱感动了上苍，救了你一命啊！"

泪水模糊了双眼，我突然明白：原来，母爱真的可以感天动地！

（题图、插图：安玉民　梁　丽）

·本刊信息传真·

法律知识故事征文

本刊在与司法部连续举办三届法制故事征文的基础上，推出新栏目"法律知识故事"，通过发生在我们身边的、短小而具体的个案，生动、形象地宣传法律知识。这些知识注重现实性、实用性，真正起到解剖一个案例、明白一个道理的作用。

为鼓励作者写出高质量的法律知识故事，我刊决定面向全国征文，优秀作品除在《故事会》发表并参加评奖外，还将结集出书（具体评奖方法稍后公布）。

本次征文也欢迎读者和法律界人士提供相关素材、案例，一经录用，即付稿酬。

来稿方法：1．从邮局寄发，请在信封上注明"法律知识故事"字样，本刊地址：上海市绍兴路74号《故事会》杂志社，邮编：200020。2．从网上传递，可寄以下信箱：wulun@vip.sohu.net，请在主题上注明"法律知识故事"字样。凡已和我刊编辑有联系的作者，稿件可继续投给原编辑。

一张刷不完的卡

□ 影 子

神奇的魔卡

马修是个水管工，养着一家三口。可这天，马修失业了，他垂头丧气地往家走，不知道今后拿什么养他的老婆芭芭拉和年幼的儿子。

天快黑了，马修路过一个富人居住区时，突然听到"啪"的一声响，一团黑乎乎的东西砸在他的头上。

这是什么呀？马修摸摸脑壳，弯下身子捡起来一看，原来那是个破旧的皮夹。打开皮夹，他发现里面有张银行卡，还有个小纸条，纸条上有串阿拉伯数字。马修想了想，在路边找了一个自动取款机，把卡塞了进去，然后按捺住激动的心情，输入了那串数字，竟然还真的是密码。随后，马修在取款一栏输进了一个一，三个零。不一会儿，取款机吐出了整整十张百元大钞。天啊，一千美元啊！这真是天上掉馅饼了！

回到家里，马修把这一千美元交到老婆芭芭拉手里，老婆高兴地问："发工资了？"马修尴尬地点点头。

接下来的几天，马修一直在寻找新的工作，可工作哪是那么好找的？好在手里有了那张"救命卡"，每次芭芭拉说没钱时，马修就会偷偷地去取出一千块。

时间长了，马修发现了一件奇怪的事。有次取完钱，他想看看这卡里到底有多少钱，便点了一下余额查询，发现还剩一千块。可取完这一千块，再点查询，卡里居然还有一千块。这是怎么回事？难道说，这是一张魔卡不成？马修心里十分激动，工作也懒得去找了。反正兜里有卡，怕什么呢？

暴发的富翁

自从捡到那张卡，马修的生活越来越奢侈了，他嫌弃自己原来的住处太寒碜，就搬了一次家，住进了高级公寓。而且，马修还开始注重起自己的仪表和打扮来。他去时装店买了几套挺刮的西服，还有花花绿绿的领带，然后穿上新衣，对着穿衣镜前后一看，哈哈，还真有点富人的派头！

转眼几个月过去了，马修渐渐习惯了这种不用工作的生活。他经常外出，常常十天半月地不回来。芭芭拉偶尔抱怨一两句，马修就朝她大吼："我供你吃，供你穿，你还有什么可抱怨的？"

马修在外面混的时间长了，慢慢结识了一些有钱人，其中有个叫巴哈的亿万富翁，是个赌徒，出手十分阔绰，每次赌博进出最少都是一两百万。

和巴哈成了朋友，马修可算是大开了眼界。渐渐地，他对巴哈所说的赌城的种种刺激场面也动了心：说不定自己运气好，也能赢个万儿八千的呢？不过，他和巴哈事先有个约定，到了赌城，只玩小，不玩大。

芭芭拉听说马修要去赌城，坚决不同意，还一把拉住他，说什么也不让他出门。马修火了，挥手打了芭芭拉一巴掌，然后扬长而去。

马修跟着巴哈来到赌城，走进赌场，一见那各种各样的赌博器具，只觉得眼花缭乱。但毕竟是第一次，马修还是很小心，只敢玩玩老虎机。可没想到一天下来，他居然赢了一万多块。

第二天，马修正在老虎机前玩得起劲呢，突然，一个娇媚的声音响了起来："先生，你这种有身份的人，不应该只玩老虎机吧？"马修抬头一看，只见一个性感十足的女郎走到了他的面前。

老虎机不该我玩，那我该玩什么？女郎仿佛猜透了马修的心思，指指里间正在玩轮盘和二十一点的人，说："先生，你应该去和他们切磋切磋才是。"接着，女郎告诉马修，她叫莱丝，是个会给别人带来好运的人，大家都叫她"幸运女神"。

莱丝长得实在是撩人，马修呆呆地望着她，有点魂不守舍，嘴里喃喃地说："你、你真的能给人带来好运吗？"莱丝没有回答，而是抛来了一个媚眼，转身进了里间。马修顿觉半边身子都酥了，然后着了魔般地跟着进去了。

巴哈一见马修来了，连忙双手做出欢迎的样子，面带微笑地问"怎么，打算破戒了？"见马修点点头，巴哈又说，"你可想好了，这一坐下来，说不定一夜暴富，也可能血本无归！"

马修一怔，有点迟疑不决。这时，

莱丝扭动一下身子，又朝他抛来一个媚眼，好像在说："有我'幸运女神'在，尽管放心！"

于是，马修在赌桌前坐了下来，莱丝一直陪坐在他的身边。说来也真奇怪，这天，马修的手气出奇好，到了半夜，他竟然赢了一百多万。望着眼前越堆越高的筹码，马修激动地一把搂住莱丝，说："亲爱的，你说得没错，你真是我的'幸运女神'！"

这天晚上，马修和莱丝就像两条缠绕着的蛇，一刻也没有分开……

命运的嘲弄

第二天，马修带着他赢来的那笔钱，兴冲冲地回到家里，开门一看，家

里竟空无一人，芭芭拉和孩子都不见了。茶几上有张纸条，那是芭芭拉留给他的信，上面写道：马修，我觉得你现在完全变了一个人，再也不是那个有责任感的男人了……我决定离开你，同时，也请你不要再找我……

看完芭芭拉的信，马修并没有觉得很难过。这会儿，他的心思全在那张赌桌上，老婆不在家岂不是更好？

马修连夜回到了赌城，搂着莱丝进了贵宾间。接下来的几天，尽管他的"幸运女神"一直坐在身边，可命运之神似乎决定给他点惩罚，他是每场必输，最后，不仅把赢的那一百多万输了个精光，还从卡里取了不少钱。输红了眼的马修哭丧着脸站起身，回头一看，他的"幸运女神"不知何时悄悄地溜走了。

马修感觉就像做了一场梦，他心情复杂地回到家。现在，他没有亲人，没有一分钱，唯一剩下的，只有兜里的那张卡。

马修又一次来到取款机跟前，插进卡，双手哆嗦着输入密码，不一会儿，屏幕上跳出一行字，提示说卡里没有钱了。马修不敢相信，又操作了一遍，可是，卡里真的连一分钱都没有了。天哪，我现在又变成一个穷光蛋了！马修气恼地把装有卡和密码的皮夹用力一扔，那皮夹正好砸到一个穿着十分邋遢的男人身上，男人低头看了一眼，弯腰把皮夹捡了起来。

两天后，马修又一次看见了那个男人。但这一回，那男人邋遢的样子完全变了，身上穿着十分光鲜的衣服，脸上也是一副春风得意的样子，正急急地朝着那个富人居住区走去。

这太奇怪了！卡里不是没钱了吗？这男人怎么能在两天之内就判若两人？马修悄悄跟在后面，想去看个究竟。

男人走近一幢别墅，按响了门铃。不一会儿，一个仆人把门打开，男人走了进去。马修赶紧溜过去，偷偷躲在窗台下。只听那男人说："先生，谢谢您的卡，我用它买了一身体面的衣服，参加了一次应聘。现在，我是一家大公司的高级主管了。"

"等等，这卡怎么到了你的手上，你又怎么知道这卡是我的？"一个男子问道，马修觉得那声音有点熟悉。

"因为，我听人说过，您最爱和穷人玩这种游戏。而这种游戏，也只有您这样的大富翁才玩得起……"

"那你为什么不把这游戏继续玩下去？那卡里可有取之不尽的钱，只要你用得当，可以养活你一辈子呢！"

"谢谢您的好意，我想，我还是要靠自己的努力。"

马修听完，怔住了。这时，他不由想起了离家多日的老婆和孩子，可是，又不知道去哪里找他们。几天后，律师送来了一纸离婚判决书，签字时，马修的眼泪不自觉地流了出来。

两个月后的一天晚上，快沦落成乞丐的马修徘徊在一家酒吧门前，想找人讨点吃的。突然，一个熟悉的背影映入他的眼帘：这不是自己的老婆芭芭拉吗？只见芭芭拉坐在靠窗的位子上，正和一个男人亲热地喝着鸡尾酒，而那男人正是那个高级主管。

"芭芭拉！"马修心里暗呼一声，情不自禁地冲到酒吧门口，正要进去，突然他发现了两男一女三个人往这儿走来，顿时止住了脚步。

原来，马修看见的这三个人，一个是巴哈，一个是巴哈的富豪朋友，跟在他俩身后的是莱丝。这时，他们正朝着门口走来，马修一见，连忙躲到一旁。

只见莱丝扭动着腰肢走到巴哈跟前，巴哈在她屁股上掐了一把，然后回头指了一下那个高级主管，对朋友说："这次算你赢，这家伙是个例外！可你老兄别高兴得太早了，以我对人性的了解，我坚信，要毁掉一个人，最好的办法就是给他一笔意外之财。要不，我们再来赌一次？"说着，巴哈掏出那个破皮夹，朝路边的一个流浪汉抛了过去……

这时，马修终于全明白了。看着巴哈他们的背影，马修拼命地捶打着自己的脑袋，悔恨得哭出声来。

（题图、插图：安玉民 梁 丽）

福尔摩伍的问题
可恶的直升机

一天中午，春天公寓108室发生了盗窃案。报案的罗森告诉福尔摩伍，自己到附近的超市买东西，只离开五六分钟，没有锁门，没想到回来后发现抽屉里的钱不翼而飞。

福尔摩伍问罗森，公寓里还有谁知道他出去买东西。罗森不假思索，说："110室的赫德和106室的勒夫都知道，他们还托我代买东西呢。"

福尔摩伍来到110室，只见赫德在看漫画。福尔摩伍问："罗森去买东西时，你在干什么？"赫德回答说自己一直在看漫画。

"你没听见罗森房间里有异常动静吗？"

"没有，那时正好一架直升机在公寓上空盘旋，噪音很大，其他声音都被淹没了。"

福尔摩伍又来到106室，只见勒夫正穿一身睡衣躺在床上，边吃花生边看电视。

福尔摩伍指着那台电视，问道"这彩电是新买的吧，好像性能不错，图像一点都不闪烁吗？"勒夫笑了笑："这电视是我三天前才买的，到现在为止都没闪烁过。"

"那你听到108室里有可疑动静吗？"

勒夫耸耸肩："没有啊，一点没察觉到，我看电视入了迷，再加上那架讨厌的直升机在上面盘旋……"

福尔摩伍打断了他的话"你说谎，直升机盘旋时你并没看电视，而是溜进108室去偷钱了。"请问，福尔摩伍凭什么识破了勒夫的谎言呢？（推荐者：王 莹）

本期游戏难度指数：★★★★☆

世界500强面试题
囚徒与钟

监狱里有12个囚犯，他们每天早6点到晚6点之间轮流出去放风。一天，有个囚犯病了。看守人让剩下的11个囚犯平均分配这12个小时。可是囚犯们没有其他工具，只能看到监狱钟楼的大钟。他们该怎么分配这段放风时间呢？

（推荐者：赵 巍）

超级视觉
人在马上还是在树上

这是比利时画家马格利特的作品。马格利特在创作中常使用"撞击"手法，使那些司空见惯的东西，随着层次、大小、重叠的变化，产生新奇的效果。

（底部倒置文字）

世界500强面试题答案
着天黑，从早上6点开始，到晚上6点结束，一共是12个小时，除去生病的那个囚犯，剩下的11个囚犯每人分得12个小时的11分之一。

超级视觉的问题答案
马在树后而不是在树前，从这个角度看不也是可以的。假如换一角度，似乎人是坐在树上，而不是在马上。

其实，东西真真假假并无所谓，倒是一片真心实在弥足珍贵。

真假钻戒

□ 唐雪嫣

丢失戒指

人常常遇到这样的情况，原本只是图省事、走捷径，可结果却把事情越弄越复杂。新婚不久的雨婷就碰到了这种事。

这天中午，雨婷正在家里，老公梁军来了个电话，说自己就在楼下，不乐意爬五楼了，让雨婷把他的资料从阳台丢下去。雨婷把资料用塑料袋装好，跑到阳台，打算朝梁军站的地方丢去。可她刚撒手，突然"啊"的惊呼一声，原来，那塑料袋勾住了她手上的戒指，一下子带着戒指脱离了手指，打着转落了下去。

下面的梁军没留意，从地上捡起塑料袋，对雨婷做了个"OK"的手势，转身就要走。雨婷忙大声喊住他："戒指！我的戒指……你看看在没在塑料袋上？"说完，转身慌慌张张地奔下楼去。

两个人在楼下把塑料袋翻来覆去地检查，又在附近仔仔细细找了一圈，可一点戒指的影子都没看到。要知道，这枚戒指是梁军向雨婷求婚时买的，要两万六千多块钱，雨婷特别喜欢，一直舍不得脱下来，没想到就这样被一个小小的塑料袋带丢了。

小两口的搜索范围一点点扩大，来来往往的人看着这两人在楼下低着头直转悠，都觉得奇怪。有熟人问他们在找什么，雨婷支支吾吾不敢直

说：这么贵重的东西，万一有人发现了，偷偷揣进自己口袋，那就麻烦了。

转眼两个多小时过去了，还是一无所获。梁军直起腰，有些不耐烦地说："算了算了，那么小的东西不知道掉哪儿了，找也找不到，只能认倒霉了！"雨婷"哇"的一声哭了："都是我不好！不行，我一定要找到钻戒。"

雨婷这一哭，梁军看得心疼了，上前抱住雨婷，说："怎么能怪你？要不是我图省事，让你把资料扔下来，

钻戒就不会丢了。算了，咱不找了，不就一枚钻戒吗？听我的，回家。"

雨婷难过地说："你说得轻巧，那可是两万多块啊，不找怎么行？"说完推开梁军，继续一寸一寸地搜寻。梁军见拦不住她，而自己还要去单位，只好又劝了两句，先走了。

过了一阵子，梁军不放心雨婷，特意从单位折回了家里，果然见雨婷还在低头找戒指。梁军犹豫了一会儿，柔声对雨婷说："老婆，求求你别找了，不就一枚钻戒吗？别弄得自己跟个疯子似的？"

雨婷赌气不理他。梁军叹了口气，转身就想上楼，走了一半又回来，深吸了一口气，吞吞吐吐地说："老婆，那钻戒，那钻戒……那钻戒是假的。"

雨婷像被点了穴，一下子呆住了，好半天，她才慢慢直起腰来，盯着梁军问："你说……钻戒是假的？"

梁军低下头，小声说："假的。你想啊，我一个上班挣死工资的，又没什么外快，哪有那么多钱买真的钻戒给你？"

雨婷怀疑地问："那发票、鉴定证书是哪儿来的？"

"都是假的，卖假钻戒的直接提供那些东西。"

雨婷呆了半晌，突然吃吃地笑了起来："假的？原来是假的！害得我跟疯了似的找了半天。"接着，她脸色

一变，责问道，"梁军，你说，为什么要买个假钻戒骗我？"

"我……我不是想让你高兴嘛。"梁军躲闪着雨婷的目光，小心翼翼地说，"老婆，管它真的假的，只要你认为它是真的，它就是真的，花几十块钱就能买到快乐，总比花几万块钱合算吧？"

雨婷气坏了，正想发作，梁军却笑嘻嘻地说，幸亏买的是假钻戒，这要是真的，丢了可心疼死了，所以这事不但不应该生气，还应该感谢自己的先见之明。他还拍着胸脯保证，等以后有钱了，一定买个真钻戒给雨婷。好一番解释后，雨婷总算不追究这事儿了。

真真假假

见雨婷回家了，梁军这才又匆匆上班去。雨婷才进家门，刚巧接到妈妈打来的电话，她就在电话里把这事说了一遍。妈妈一听，急了："雨婷啊，你咋那么傻啊？你老公告诉你是假的你就信？他是不忍心看你着急上火，是骗你的，妈敢保证，那钻戒一定是真的。"

雨婷一下子愣住了：是啊，自己怎么就没想到这点呢？要是假的，梁军为啥还要帮自己找那么长时间呢？肯定是他为了劝自己，才谎称钻戒是假的，自己怎么就傻乎乎地信了？

雨婷赶紧跑到楼下，继续寻找钻

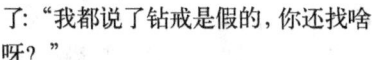

戒。等到梁军下班回来，见雨婷竟然还在找，不由得火了："我都说了钻戒是假的，你还找啥呀？"

"不是假的。"雨婷大声说，"我知道，你不想让我着急上火，才那么说的。我知道你是好心，可这是两万多块呀！我一定得把它找到。"

梁军劝了几句，可雨婷根本听不进去，这下梁军真气坏了，干脆一转身上楼去了。

雨婷一直找到天黑，气温降了不少，外面又起了风，她实在坚持不下去了，只好上楼休息。可第二天，天刚蒙蒙亮，雨婷又跑下楼继续找起来。

梁军出门上班时，见雨婷还像蚂蚁一样在地上爬来爬去，不禁摇着头直叹气："老婆呀，你、你可让我说什么好呀？我都说了是假的，你怎样才能相信啊？"他也不再劝雨婷，一个人去上班了。

雨婷这一找又是小半天。突然，只听到一楼的阳台里传来一声惊呼，随即阳台窗子打开了，一楼的韩嫂探出身来，兴奋地喊："雨婷，你、你说实话，你找什么呢？是不是钻戒？"

雨婷一惊，只见韩嫂把手一伸："你看，钻戒掉我家阳台里了。"

雨婷一看，韩嫂手里拿的，可不就是一枚钻戒？她上前抢过钻戒仔细打量，找到了自己做的记号，没错，就是这枚钻戒。

韩嫂告诉雨婷，自己是在阳台地面上发现钻戒的。可是雨婷丢钻戒时，韩嫂家的阳台窗户是关着的，这钻戒怎么跑进去的呢？

两人研究了半天，终于猜出了原因：这栋楼每家阳台的角上，都有根排水管伸到楼外，排水管虽然很细，但是通过一枚钻戒还是绰绰有余。这钻戒掉在地上，弹起来，刚巧从排水管撞进了韩嫂家的阳台。虽然说起来太巧了，可也解释得通，怪不得雨婷一直找不到钻戒呢。

雨婷对韩嫂千恩万谢，然后兴奋地跑回家，给梁军打电话："老公，功夫不负有心人，钻戒终于让我找到了！哈哈，现在你还说它是假的吗？"

电话那头，梁军明显地愣了愣，好半天才叹了口气，说："钻戒是真的，这回可放好了，不要再像疯婆子一样到处找了。"

放下电话，雨婷拿着钻戒左看右看，爱不释手。突然，她想到梁军昨天说钻戒是假货的时候，语气信誓旦旦，不像撒谎呀？她不由得又有些怀疑：如果钻戒是真的，梁军怎么会不想找了呢？这么一想，雨婷心里又打起鼓来，想了半天，她决定去鉴定一下。

可鉴定结果却让雨婷大吃一惊，原来，钻戒果真是假的。这下，雨婷蒙了，精疲力尽找了这么久，结果找的是枚假钻戒，她觉得身上一点力气都没有，不知道自己是怎么回到家的。

觅得真情

等雨婷进了小区，保安叫住她，递给她一封信，说是邮递员刚刚送来的。雨婷一看，只见信封上的寄信人一栏写着：万发珠宝行。

雨婷记得，这枚假钻戒发票上的地址就是万发珠宝行，她不由纳闷起来：梁军说发票和鉴定证书都是假的，现在也证明了钻戒的确是假的，可这家珠宝行怎么会寄信过来呢？她疑惑地拆开信一看，珠宝行寄来的是一张贵宾卡，所附的信上说，梁军半个月前在店里买了价值超过两万元的钻戒，所以已经成为了珠宝行的贵宾，可以凭贵宾卡打折买珠宝。

雨婷看到这里呆住了，很明显，梁军是在万发珠宝行购买了一枚两万多块钱的真钻戒，可自己手上这枚钻戒怎么会是假的呢？雨婷越想越不对劲，该不会是老公把真的钻戒送给别人了吧？

她也不回家了，拿着这封信赶到梁军单位，举着信劈头就问："这到底是怎么回事？你明明在万发珠宝买了钻戒，可我这枚怎么会是假的？"

梁军吃了一惊，还在强辩："谁说是假的？后来我不告诉你是真的吗？"

"可是我刚刚鉴定过，这枚钻戒就是假的。"雨婷气愤地说，"那枚真的哪儿去了？"说着，就哭了起来。

梁军怔怔地望着雨婷，最后叹息一声，拉着她一起回到自家小区，然后敲开了韩嫂家的门。见到韩嫂，梁军忙说："韩嫂，麻烦您告诉我老婆，这到底是怎么回事。"

韩嫂惊讶地看着梁军，小声说："这、这……跟她说实话？"梁军肯定地点点头。

韩嫂叹了口气，把事情原原本本地跟雨婷说了。原来，梁军见找了很久都没找到钻戒，估计再也找不到

了，又怕雨婷心里放不下，就趁去单位的时候，在街上找了一枚假的。这假钻戒跟原来那枚真钻戒一模一样，梁军又在上面做了雨婷的记号，然后托韩嫂带回来，骗雨婷说找到了。可他没想到，雨婷居然去做了鉴定，没办法只好说实话了。

雨婷听完后，扑进梁军的怀里哭了起来。原来老公花了那么多心思，可自己还要怀疑他。梁军拍着雨婷的肩膀，说："老婆，其实我也不是不想找，毕竟那是两万多块钱。可是咱该找的地方都找遍了，或许，那钻戒弹到什么犄角旮旯里了。等我忙完这两天，我再好好找去，可你就别跟着魔似的找个不停了。"

这次，雨婷不再坚持了，乖乖地点头答应："行，老公，我不找了。对了，你咋就能想到那么绝妙的主意，说戒指从排水管钻进人家阳台里？"

梁军说自己是灵机一动，才想到这个说辞的。说着，他愣了愣，突然推开雨婷，直奔韩嫂家的阳台，然后弯下腰，去看排水管。不一会儿，只听梁军兴奋地叫道："找到了，找到了！钻戒真在这个排水管里呢。"

梁军拿了根筷子，从排水管里拨出了钻戒，正是雨婷的那枚钻戒，这次可是真的钻戒了。雨婷戴上钻戒，用手轻轻摩挲着，突然间泪流满面……

（题图、插图：刘斌昆）

母亲的生日，是父亲生命中最隆重的事情，最快乐的节日。

我要给她个
惊喜

□季 明

这天是周末。一大早，陈小山睡得正香，突然听到卧室的门被敲得山响，他睡眼蒙眬地爬起来开门，只见父亲站在门外，一副心急火燎的样子，大声说："小山，别睡了，赶紧去买菜。"

陈小山揉了揉眼睛，迷迷糊糊地问："买啥菜？"父亲把手中的纸笔递给他，说："这样，我说，你记下来。买一只母鸡、两斤排骨、山药、芹菜、香菜、葱、姜……对了，千万记着买一条武昌鱼，要大个的，还有……"

陈小山一听，满脸的不高兴，把纸笔扔到桌子上，不耐烦地说："爸，我刚下夜班，困死了！大清早的，你又闹什么闹呀！"说完，便关上门，四仰八叉地一头躺在床上。

可刚睡一会儿，陈小山就听见门外传来翻箱倒柜找东西的声音，吵得

他心烦意乱，紧接着，卧室的门又被"砰砰砰"地敲响了。陈小山无奈地又爬起来开了门，只见父亲急得满头是汗，说是钱包丢了。

陈小山四下望了望，发现父亲的钱包非常显眼地放在桌上呢。他走过去拿起钱包，递给了父亲。父亲拍了拍脑袋，不好意思起来，瓮声瓮气地说："瞧我这记性，咋一转身就忘了呢？"说着话，父亲接过钱包，就要出去，陈小山急忙问他去哪儿。父亲气呼呼地说："你不去买菜，我去！"陈小山赶忙说："好好好，我去我

去……"说话间，他穿好了衣服，哈欠连天地下了楼。

虽然陈小山很困，但如果让父亲独自上街买菜，万一走丢了，那麻烦可就更大了。因为父亲今年七十三岁了，前不久得了老年痴呆症，记忆力越来越差，对过去的人和事说忘就忘，唯一值得庆幸的是：他还知道陈小山是自己的儿子。

陈小山按照父亲开列的清单买好菜，回到家里，父亲立马兴奋起来，系上围裙，一头钻进厨房，剖鱼、摘菜、炖鸡……一边还扯着嗓子反反复复唱道："咱老百姓呀，今儿个真高兴……高兴、高兴……"

陈小山看着父亲忙出忙进的样子，疑惑地问："爸，今天有客人来？"父亲扭过头，神秘而小声地说："一会儿再告诉你。"

忙活了半天，父亲把菜一样样地端上桌，山药母鸡汤、红烧排骨、芹菜肉丝……每一盘都冒着诱人的香气，最后端上来的是一盘清蒸武昌鱼。父亲小心翼翼地把鱼放在桌子的正中央，如释重负地长吁一口气，搓搓手，说："好啦！"

陈小山实在闹不明白父亲的意图，问："您这是……"父亲笑呵呵地说："今儿个，我高兴！"

陈小山不禁长叹了一口气，唉，老爷子真是糊涂了，整出这么一桌子菜，就为了一个高兴。他伸手刚想夹

一块排骨吃，父亲在他手上狠狠地打了一下，说："别动，等你妈回来了再吃！"

陈小山愣了一下，问道："等我妈回来？"父亲白了他一眼，说："今天是几月几号？"陈小山看了一下墙上的日历，说："农历八月初二，怎么啦？"父亲非常不满地说："傻小子，你忘啦？今天是你妈的生日！"

陈小山这才猛然想起，今天果真是母亲的生日。父母一起生活了四十

多年，无论家庭多么贫穷和困难，每年的这一天，父亲都要为母亲操办过生日，这是父亲生活中最隆重的事情。四十多年了，母亲的生日早已深深刻在父亲的脑海里，即使他得了老年痴呆症，也没有忘记。

想到这儿，陈小山不禁有些羞愧，心说：老爸虽然糊涂了，但是我这个智商不低的儿子，却把妈妈的生日给忘了。

这时，父亲指了指盘里的武昌鱼，说："你妈是湖北人，她最爱吃这武昌鱼。"听了这话，陈小山的眼角一下子湿润了。

过了一会儿，父亲抬头看了看墙上的钟，然后走到阳台上，用期盼的眼神盯着下面的街道。他一会儿进来看看时间，一会儿又静静地站在阳台上，注视着来来往往的行人，盼望老伴那熟悉的身影早点儿在人群中出现。慢慢地，菜和汤都凉了，父亲赶忙端到厨房里重新热好，又端上桌，如此反复多次。

当时针指向十二点，父亲终于有些急了，说："你妈咋还不回来？应该下班了呀！"

其实，陈小山的妈妈已经去世快十年了，对于这一点，父亲倒是忘得一干二净，但陈小山又实在不想提醒他，坏了他的兴致，只好说："也许……妈今天中午加班，不回来了。要不……咱们别等了……先吃吧。"

谁知，父亲坚定地说："不行，必须等你妈回来，咱们一块吃！"突然，他似乎又想起了什么，问道，"现在，你们年轻人给女朋友过生日，流行送什么礼物？"

陈小山想了想，说："送鲜花呀，而且必须送玫瑰花呢。"父亲听了，一拍脑袋，说："好，就这么办，我得出去一趟。"

陈小山一惊："去哪儿？干啥？"

"不远，就楼下。"父亲说着，急匆匆地出了门。

陈小山急忙跑到阳台上，他看着父亲蹒跚地下了楼，艰难地穿过街道，走进对面一家鲜花店，不一会儿，就抱着一束鲜花出来了。

很快，父亲气喘吁吁地爬上楼，进了门，小心翼翼地把那束鲜花护在怀里，花束中有十枝娇艳欲滴的玫瑰，特别夺目。父亲抱着鲜花，焦急地在屋里走来走去，似乎在寻找什么。

陈小山问："爸，您这是……"

父亲脸上浮现出孩子般灿烂的笑容，神秘兮兮地说："我先把花藏起来，等你妈妈回来再献给她。"找了半天，他终于把鲜花在衣柜里藏好，兴奋地说："你妈从没收过鲜花，这次，我要给她个惊喜！"

顿时，陈小山的眼泪涌了出来。

（题图、插图：谭海彦）

找刺激

□ 魏柏林

柳家湾的柳山蒿这些年财运亨通，生意做得红红火火，还在城里盖了豪宅，买了名车，过起了有钱人的生活。这不，连名字都不知不觉改掉啦，生意上的朋友都叫他"三豪"，有的还叫他豪哥，他听了，心里甭提多得意了。

人常说：油多了长膘，钱多了发烧。柳山蒿如今富甲一方，和他来往的也都是有钱的哥们，他们自诩为"票友"，其实他们既不看戏，也不唱戏，是啥"票友"呢？当然是指有钞票的朋友。

这天傍晚，柳山蒿邀来了三位"票友"，说是要请他们去一个特别的地方，品尝一顿刺激的晚餐。这几位平日里大鱼大肉早吃腻了，听说有特别刺激的，都来了兴致，各自开着小车，带上相好的女友，跟着柳山蒿出发了。

柳山蒿带着大伙儿出了城，拐进了乡间的小公路，七绕八绕，最后在离城百里的一个地方停了下来。原来这里是柳山蒿的老家——柳家湾。

大伙下车一看，停车的地方离村里还有半里地，别说餐馆酒楼，就连个人影儿也没有。在月光下满眼看去，只见一大片玉米林立，那一根根玉米秆倒是像被他们惊了似的，摇曳作响，瑟瑟有声。哥们姐们见这景象，全傻眼啦，一个个大呼上当，拍拍屁股就要走人。

这时，柳山蒿不紧不慢地开了腔："哥们姐们，先别急着走人，我可不是戏耍你们。只是，要吃这顿特别刺激的晚餐，你们还得静下心来，先听我讲一个开胃的'段子'，然后才能入席！"

这两句话，又吊起了大家的胃

口，众人不知他葫芦里到底卖啥药，便都笑骂道："如果听完段子再没吃的，我们可要把你豪哥扒皮生吃了，看你还刺不刺激！"然后，大家席地坐下，听柳山蒿讲开了段子：

十几年前，柳家湾出了几个调皮鬼，每逢村里瓜果飘香的时候，就是他们最快乐的时光。他们东家摘几颗鲜果，西家偷几只甜瓜，还会评论各家瓜果的味道。只是他们把湾子里所有人家的菜园地都逛遍了，唯独没敢招惹柳七爷。因为听说柳七爷从小练过铁砂掌，五指硬得像钉耙，攥紧拳头像秤砣，耍起功夫来，一掌能劈死一头牛，这样的人谁敢叫板？

你别说，还真有不信邪的！这群孩子中，有个小名叫蒿子的，是个戳破天不补的主，人家不敢干的他偏要干。

这天傍晚，蒿子把伙伴们邀在一起，说要去偷柳七爷家的玉米棒。可小伙伴一听说柳七爷的名字，一个个吓得直伸舌头，谁也不敢响应。蒿子一见这情形，小眼睛瞪得像两只泛绿的李子："柳七爷又不是老虎，咋把你们吓成这样儿呢？真没出息！"小伙伴们说："你不怕他？那你一个人去呀！"

"去就去！"蒿子被大伙儿一激，胆子越发大了，拍着小胸脯说，"你们瞧好了，等月亮升起三竿子高的时候，你们就到村头的老柳树底下分享胜利果果实吧！"说完，果真独自一人去了。

不多一会儿，蒿子便来到柳七爷家的玉米地头上。本想一头扎进玉米林子里头，可是，一看那阴森森的玉米林子，听到叶儿摩挲的声音，他不由得心里直发怵。但一想起自己夸下的海口，只好硬着头皮，找地边儿上的玉米棒下手。

正当蒿子小心翼翼地掰着玉米棒时，突然发现有道黑影子朝玉米地移过来。这下，他更紧张了，不管三七二十一，赶紧往玉米地里一钻，先躲起来再说。只见那道黑影笔直来到玉米地边，先是咳嗽了几声，接着不知和谁说起话来。蒿子一听，头都大了，听那声音不是别人，正是柳七爷！只是蒿子闹不懂：明明来的是柳七爷一个人，怎么还有人和他说话呢？

蒿子不由支起耳朵仔细听，这一听可把他吓了一跳，原来柳七爷是在和鬼说话呢！听声音，好像还是个女鬼。只听七爷说："长舌鬼呀长舌鬼，您说有人偷我的玉米，怎么不见人影呢？"长舌鬼尖声尖气地说："这个馋鬼名叫蒿子，藏在玉米地里呢！"

七爷说："原来是蒿子啊，那我就求求您，念这孩子小，千万不要吓着他，让他掰几棵玉米也不要紧。我先走了，待会儿您一定要放他回家啊！麻烦您了，麻烦您了！"

蒿子听着，不禁汗毛都竖起来了，心想：七爷这一走，待会儿万一长舌鬼来找自己麻烦，那可怎么办呀？他越想越害怕，再也不敢藏下去了，"嗖"的一声从玉米林子里蹿了出来，嘴里直喊："七爷，您别走啊，等等我！"

七爷听见喊声，连忙止住脚步，回转身来，一把搂住猛蹿过来的蒿子，哈哈大笑着说："你这臭小子，害怕了不是？告诉你，要不是我跟长舌鬼求情，你小子休想回家，非在这玉米地里一夜不可！"说完，用手摸了摸蒿子的头，那手掌可真大呀，足足盖过了他多半个小脑袋！蒿子心想：这手要是真打下来，怕是要把圆脑袋拍成扁脑袋啊！

后来蒿子才弄明白，柳七爷之所以能够及时去抓他的赃，并非什么长舌鬼作怪，全是小伙伴们通风报的信，他们见蒿子逞能，都想瞧瞧柳七爷怎么治他。至于长舌鬼说话的声音，自然也是七爷捏着嗓门装的。

故事讲到这里，大伙儿都笑道："敢情你是邀哥们来偷玉米，学做贼的！"

柳山蒿乐了："你们不是常常抱怨说，城里的茶馆酒楼吃不出新花样吗？今天，我就是想让哥们姐们体验体验偷东西吃的刺激！现在我宣布：特别的自助式晚餐正式开始！请大家各就各位，目标——柳七爷的玉米地！"

你别说，经过柳山蒿这么一说，大伙儿还真来了兴致，都想过一把偷粮食的瘾！可是又有些担心，万一被人逮着了，多不好意思啊。

柳山蒿拍了拍胸，说："有我豪哥在此压阵，你们尽管放心去'偷'！再说，不就是几个玉米棒吗，有什么摆不平的？咱随便下个汽车轮子，也顶他这一地玉米的价钱！更何况咱也不白吃他们的！"大伙听他这一番保证，便有恃无恐了，争先恐后地奔向

·中国新传说·

玉米地，"噼里啪啦"掰起了玉米棒子，边掰边吃，一时间欢声笑语，热火朝天。

正闹得起劲呢，突然从田边上传来一声高喊"有人偷玉米，快来抓贼啊——"这喊声又尖又响，就像晴天霹雳一样。大伙顿时阵脚大乱，有的站在原地不知所措，有的像受惊的野鸡一样，顾头不顾尾直往地沟里钻，还有人干脆拔腿就逃……

大家正慌作一团，又听见那个喊抓贼的声音突然变成了哈哈大笑，众人这才明白，原来是柳山蒿故意变着嗓门逗大家玩儿呢！不由将他好一顿臭骂。柳山蒿一边呵呵直乐，一边解释道："哥们姐们别见怪，我不喊这一嗓子，你们哪有偷东西的感觉呢？"大家一听，也觉得好玩儿，便跟着笑了起来。

就这样疯疯癫癫闹腾了个把小时，总算是尽兴地"偷"了一把，大家这才抹了抹嘴，纷纷走出了玉米地。柳山蒿说："你们在这里等一下，我到村里找柳七爷埋单去！"他正准备去开车子，不料，却从车边突然闪出一个人来。柳山蒿吃了一惊，借着月光仔细一看，还真巧了，这人正是柳七爷。

七爷说："蒿子，这单不用埋了！你平日里难得回老家一趟，这回，就算七爷请你们的客吧！"

柳山蒿听了，说："七爷，您咋知道我们来'偷'吃玉米呢？难道真有长舌鬼通风报信不成？"

七爷讪笑了一下说："咱就指着这玉米地养家糊口，心都系在这块地上，有啥动静，咋会不知道呢？再说，就算真有长舌鬼通风报信，又吓得了谁呢？如今你们都是大人物了，有钱有势，还怕啥？刚才，你们不是叫着喊着招人来吗？只是，我真没想到你也来搞这种消费，要晓得是你，我就不来收这个费啦！"

柳山蒿不觉一愣"这么说，还有别人也来这里找过'刺激'？"

"可不，都是钱多得没地儿花呗！"七爷的话说得轻，落得重，就像秤砣一样砸在柳山蒿的心上。柳山蒿心一沉，再也不想说什么，只是掏出一沓票子，直往七爷手里塞："七爷，您别见笑，这点钱您无论如何得收下，就算我们破坏庄稼的一点补偿费吧！"

七爷推开柳山蒿的手，说："蒿子，我知道你有钱，这点钱对你来说也算不了什么！我只想对你说一句：'钱再多，也要花在正地方啊！'"

柳山蒿的脸腾地红了。他这下可真被这句话刺激了，只是这刺激比做贼被人拿住了还难受啊！

（题图、插图：魏忠善）

（本栏目欢迎来稿。来稿可从邮局寄发，也可从网上传递。如为电子邮件，请发以下信箱：hangfan1102@126.com）

看着那蟒袍一点点地往上升，在他们的心里，一件无形的"蟒袍"也正在慢慢升起……

升 袍

□ 赵 风

一大堆乱七八糟的旧戏服，说："杨团长，衣服都在这里了。你尽管挑，价格好商量。"

杨直功二话不说，埋头就在戏服堆里翻弄起来，谁知挑来拣去好半天，竟然一件也没看上眼。他失望地摇摇头，回过身子来问："张团长，就只有这些吗？"

"是呀，怎么啦？"听杨直功这么问，张大河顿时有点不是滋味，心想：咱堂堂一个专业剧团，就算是淘汰的服装，也比你业余的高档啊！咋会一件也看不上眼呢？

杨直功叹口气，说："说实话，这些服装我们都不缺。我这次来，主要是想买当年'小奇怪'穿的一件旧蟒袍，可我翻了半天……"原来是这样啊！张大河嘘了一口气，想起自己当学员时就听说过，当年团里有个艺名叫"小奇怪"的老艺人，据说那是个文武全才的名角，当年红透半边天

奇怪的买主

这天，清河县剧团团长张大河刚走进办公室，就有客人来访。来人叫杨直功，是县里业余剧团的当家人，和张大河是熟人。杨直功一进门，就上去握住张大河的手，急切地说："老张啊，听说咱县剧团有批服装要处理，不知是真是假？"

"是呀！是呀！莫非杨团长你有意……"张大河心里一喜。最近，团里整理出一批像腌酸菜一样的旧戏服，正打算低价处理掉，谁知消息刚一传出，就有人找上门来了！张大河连忙带着杨直功来到服装室，指着那

呢。可他穿的旧蟒袍还能在吗？

张大河找来服装师一问，服装师说是有这么件蟒袍，但因为多年不用，早不知道放到哪儿去了。张大河忙说："快去找找！"服装师找了大半天，总算在一个废弃多年的破衣箱里，找到了那件蟒袍。张大河接过蟒袍抖开一看，顿时一股汗酸臭味扑鼻而来，更要命的是，那蟒袍破烂不堪，好多图案脱了线不说，胸前还留着斑斑印迹。这么一件旧蟒袍能卖得出去吗？

但没想到，杨直功接过蟒袍，双

眼盯着那胸前的斑斑印迹，用手仔细地摩挲了好一会儿，然后说："不错，就是这件！就是这件……张团长，我也不跟你讨价还价了，就两千怎么样？"说着，他痛快地交了钱，然后便像得着啥宝贝似的，搂着那件破蟒袍高兴地走了。

望着他的背影，张大河呆呆地愣在原地，心想：这家伙！花两千块钱买件破蟒袍，搞的是个啥名堂啊？

古怪的仪式

正当张大河百思不得其解的时候，不久，他从副团长那里听到了一个消息。副团长说："团长，您知道吗？杨直功这家伙鬼得很呢，他把咱镇团之宝买走了！"

"啥镇团之宝？"

"就是那件破蟒袍啊！"副团长见张大河不信，便神秘兮兮地说，"您还不知道啊，这蟒袍上绣的是啥？那是蟒！说是蟒，其实也就是龙啊！吉祥着哩！听老辈人说，这蟒袍用的年代久了，就会附上灵气，卖不得的！"

接着，副团长又说，杨直功买回那件破蟒袍后，每次演出前，都要举行隆重的升袍祭袍仪式。听说自打那以后，他的剧团一天比一天红火起来，演出合同都排到明年去了。这个月，光是大陈庄就有十场呢！

有这样的事？张大河不等副团长说完，大手一挥说："走，看看去！"

两人赶到大陈庄时，戏还未开演，台下已经坐满了黑压压的观众。张大河一看，心说：看来副团长的话不假，杨直功真的火起来哩！

张大河刚要朝台前走去。突然，他看见杨直功双手托着一个托盘走到台中央，托盘上正是那件破蟒袍。而这时，所有演员来到台上，整整齐齐地站成两排。一男一女两个演员走出来，从托盘中拿起那件蟒袍，慢慢地展开。那件破蟒袍在灯光区天幕上端端正正地升了起来，所有人望着蟒袍，一起肃立。

大约过了两三分钟，升袍仪式结束，紧接着，乐队就奏响了欢快的锣鼓，戏要开场了！

这天，演出的是《穆桂英挂帅》。张大河站在台下看了一会儿，就有点看不下去了，心说：这些业余演员除了演得认真，唱得动情外，手眼身法步等等基本功都很一般，比起自己团里的那些专业演员差得太远了！但叫他不解的是，台下的观众们竟看得如醉如痴，欢呼声、叫好声此起彼伏。难道说，那件破蟒袍真的有那么大的魔力？

回城的路上，张大河满腹心事，老在想着一个问题：要不要把那件破蟒袍再收回来呢？

俺也升蟒袍

一个月后，带着全副新装备的县剧团下乡演出了。这次演出原定七天，头两天还好，可到了第三天，看戏的人越来越少。怎么回事？张大河正感纳闷，台上却出事了。

这天晚上演出《玉堂春》，演崇公道的演员演完"起解"后，到了后台就把胡子取下来，挂在腰间的蓝带上抽烟。临到"三堂会审"时，他竟忘了戴胡子就上了场。观众一见崇公道光着下巴就跑了出来，顿时哄堂大笑。台上的其他演员也不知咋回事，可当他们一见崇公道光着下巴，腰间的胡子一摆一摆的，哪里还能忍得住？也一个个笑得差点岔了气。

到了第四天，看戏的人更少了。这一来，村里管事的人不干了，就找到张大河说："七天戏，要不就演五天吧。"

"这怎么行？我们可是订了合同的！"可张大河刚一张口，管事人就说："订了合同是不假，但没观众，你们总不能演给空气看吧？"说到最后，管事人告诉张大河，杨直功的剧团就在王屋村演出，他们每次演出前都要升袍祭袍，演得可好了，观众都被他们拉走了。

什么？就靠这升袍祭袍瞎忽悠，竟让堂堂一个专业剧团唱不过业余剧团？管事人见张大河不信，便说："信不信由你，你去看看就知道了。"

第二天，县剧团打道回府。张大

河一个人留了下来，揣上两千块钱，急匆匆地赶到王屋村，他要找杨直功算账！张大河来到王屋村，见台下好多人，顿时气就不打一处来，三步并两步地冲上台去。杨直功一见张大河来了，先是一愣，随即上去握住他的手，热情地说："欢迎欢迎，欢迎张团长亲临指导！"

张大河也不接话，一把挣开杨直功的手，从后台搬来一架梯子，就要

去扯下那旧蟒袍。杨直功见了，大吃一惊："张团长，你这是干啥？"张大河沉着脸说："杨团长，这是我们的镇团之宝，不卖了，我要收回去！"

一听是这事，杨直功愣了愣"有话好说，等戏散场了，我再……"可张大河哪里肯依？继续往梯子上爬……

说来也怪，张大河收回蟒袍的第二天，就有人来请县剧团唱戏。张大河不由暗自喜道：哈哈！看来这蟒袍还真的有点神奇哩！

第一场演出前，张大河让全团演员来到台中央，也学着杨直功的样子，一本正经地举行起了升袍祭袍仪式。可让他没料到的是，尽管袍也升了祭了，但结果并不比上一次好。这是怎么回事？为啥杨直功升袍祭袍，看戏的人越来越多，换了别人，就不管用了呢？

张大河呆呆地看着台下，突然，他看到散场时稀稀拉拉的人群中，有个熟悉的背影正朝场外走去，就赶紧冲到台下。

蟒袍的秘密

原来这杨直功也看戏来了。

张大河大叫一声："杨团长，慢走！"然后他一把拉住杨直功，说出了自己心中困扰已久的疑惑。杨直功听完，沉吟了半晌，然后嘿嘿一笑："张团长，其实这蟒袍，怎么说呢？还

是让我先给你讲个故事……"

原来，这"小奇怪"就是杨直功的太爷爷。那时，艺人的日子并不好过。一次，"小奇怪"在邻县演出，戏刚演到一半，一伙溃退的伤兵涌进了戏棚子，还冲到台上调戏演花旦的演员。老班主上台阻拦被打成了重伤，"小奇怪"气愤不过，冲上去和那些人论理，可这些伤兵哪是讲理的人？一个伤兵举起枪托，当胸一击就将"小奇怪"打倒在地，接着，又冲上来几个人对着他一顿拳打脚踢。后来，伤兵们总算是走了，但倒地的"小奇怪"却怎么也爬不起来。

"小奇怪"那时红啊！满座的观众可都是冲着他来的。偏偏那天演出的又是一出武戏，可他当时浑身是伤，怎么登台？戏票不能退，戏码不能改，这可怎么办？戏班的管事急得两眼望青天，围着"小奇怪"的床团团转。

这时，只见"小奇怪"挣扎了几下，然后一声不吭地从床上爬了起来。眼见"小奇怪"强撑伤体在化装扮戏，管事心痛得眼泪都流了出来。可"小奇怪"却笑了笑，像个没事人一样安慰道："这点小伤，俺还撑得住，来看戏的都是咱的衣食父母，咱要对得起人家啊！"

那晚戏一演完，"小奇怪"戏装还没脱下，一口鲜血就喷射而出，倒在地上不省人事……

后来，杨直功办起了业余剧团，这时，他不由想起了太爷爷，想起了那件洒满鲜血的旧蟒袍。说到最后，杨直功也很坦诚："张团长，说实话，论装备和功力，我们根本没办法和你们专业剧团竞争。但我相信一条，只要像我太爷爷那样，心里始终装着观众，把观众当成我们的衣食父母，老老实实做人，认认真真演戏，我们的'父母'是不会抛弃我们的，你说是不是？"

张大河听完，顿时明白过来：原来，杨直功的升袍仪式，并不是在搞花头忽悠观众，而是想借此告诫他的演员，要以"小奇怪"为榜样，像他那样认真敬业。想到这里，张大河脸上不由火辣辣的，红一阵来白一阵。他想到自己的剧团在演出时，一时笑场，一时误场，何曾把观众当成过衣食父母？

望着杨直功越走越远，张大河知道该怎么做了。回到台上，他将全团人员召集在一起，讲起了"小奇怪"的故事。

晚场开演前，县剧团的演员们又一次举行了升袍仪式。这一次，张大河他们的感受和以前完全不同了。看着那蟒袍一点点地往上升，不由得就会想起"小奇怪"，同时，在他们的心里，一件无形的"蟒袍"也正在慢慢升起……

（题图、插图：谭海彦）

感情危机

□ 张建国

阿亮是村里出了名的"怕老婆"，怎么个怕法？就是媳妇叫他往东不敢往西，让他打狗不敢撵鸡。总之，媳妇的话就是圣旨。

这天，阿亮正好去镇上买东西，突然"滴、滴、滴"手机响了，一看，是媳妇打来的，就听媳妇急促地说："冷空气来了，你赶快回家吧！"

阿亮一听，探头看了看外面的天气，果然开始狂风大作尘土飞扬起来，那"呜呜"的冷风声更是此起彼伏。阿亮马上答道："媳妇你放心，我保证在一个小时之内赶到！"说完，他赶紧去车棚取电动车，把挡位开到最大，就直奔家而去。

一路上，由于天冷风大，人车稀少，倒是很顺利。可万万没有想到的是，当阿亮路过兴隆超市的时候，只听电动车的后轮"哧"的一声，紧接着，刚才还像风一样飞驰的电动车，便"咯咯噔噔"地再也跑不动了！

阿亮下车一看，原来是后胎没气了，他的头当时就"嗡"的一下子，心想：这下完了，肯定是扎胎了！

早不扎胎，晚不扎胎，偏偏在这个节骨眼上扎胎！阿亮狠狠地往电动车的后轮上踹了两脚，没办法，又只好推着车，心急火燎地沿路寻找修车铺。

刚巧，前面就有一个修车铺，是一间临街的小屋。门关着，阿亮上前敲了敲门，没人应声，便用手罩着眼，透过门上的玻璃往里一看，只见一个中年男子正坐在那里抽烟。阿亮大喊了两声，门终于开了。修车师傅一脚门里一脚门外，面无表情地说："干吗？"

"车胎扎了，请师傅帮忙给补补！"

"天太冷，手都伸不出来，这胎还怎么补？"修车师傅没好气地说。

"师傅，帮帮忙吧，我还急着赶回去呢！"阿亮低声下气地说。

修车师傅指了指门旁的盆，说："你看看，盆里的水都结成冰了，想试试车胎哪里漏气都没办法。你说，这车胎还怎么个补法？"

"我多给你钱还不行吗？"阿亮哀求道。"给再多的钱也没法补！"修车师傅说着，收回门外那只脚，"砰"的一声关上了门。任凭阿亮怎么敲怎么喊，里面再没有半点反应。阿亮没办法，一看表，时间不早了，急忙推起电动车，再找下一个修车铺。

走了一阵子，路边又有一家修车铺，门虚掩着，风这么一吹，还"咣当咣当"地直响。阿亮心中一喜，紧走几步，就把电动车推到了车铺前，一脸和气地冲里面喊"师傅，帮忙给补补车胎吧！"

车铺里，有一男一女两个人。听见声音，车铺老板若无其事地说："天冷，不好补，你到别处去补吧！"

一听这话，阿亮的火腾的一下就来了：天一冷，风这么一刮，车铺老板怎么都变成了这副德性？可是，自己毕竟有求于人，转念一想，又只好

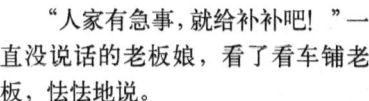

强压怒火，佯装和气地说："老板，帮帮忙吧，我有急事，赶着回家！"

"人家有急事，就给补补吧！"一直没说话的老板娘，看了看车铺老板，怯怯地说。

"手都冻成了红萝卜，这胎还怎么补？"车铺老板气势汹汹地回答。

"补胎时间长，换胎时间短，要不，就换副新的？"老板娘依旧小心地说。

一听这话，车铺老板似乎来了精神，说："要不你就换副新的？"

其实，阿亮的电动车刚换完内胎不久，现在再换新的，确实没那个必要。可是，不换的话，自己对媳妇的承诺怎么兑现？想到这里，阿亮硬着头皮问："换副新的也行，得多少钱？"

"一口价，八十。"

"我刚换过内胎，人家才要了二十，你怎么能狮子大开口？这不是讹人吗？"阿亮据理力争。

"嫌讹人？那你就不要换呀！我还巴不得呢！"

"不换就不换！"说完，阿亮推起电动车就走。

七转八拐，好不容易，阿亮又找到一家修车铺。这家修车铺坐北朝南，门脸正好避风，可不知为什么，车铺的门关得比第一家修车铺还严。阿亮也顾不得这么多了，把车停在门

前，就去敲门。

不久，门开了。一个男人拉着个驴脸立在一旁，里面还有个女人一边流着泪，一边赶紧收拾地上那些乱七八糟的东西。明眼人一看就明白——小两口正在闹别扭！

阿亮一看，心里一个"咯噔"：风这么大，天这么冷，所有的修车师傅都怕冷怕冻不肯补胎，这对小夫妻又正好在气头上，能给我补胎吗？

"师傅，能给补补车胎吗？"阿亮小心翼翼地问。

"天冷，不补！"男人没好气地说。

阿亮一听，心里顿时凉透了。可还没等他缓过神来，就听女人说："天冷怎么了？天冷就不做生意了？"然后，她擦了把脸上的泪，对阿亮说，"你把车推到屋里来，我来给你补，屋里暖和些。"

就像沙漠里遇见了绿洲，阿亮立马来了精神，赶紧把电动车推进了屋。女人利索地扒开车胎，然后"砰"的一下砸开盆面的浮冰，两手按着充满气体的车胎，就往刺骨的冰水中送，慢慢试起了漏气的地方。

过了一会儿，女人找到了漏气的地方，便站起身，一边擦着冻得通红的手，一边说："有一个漏气的地方，一个补丁一块五，你看咋样？"

"行，只要能把车修好，多少钱都行！"阿亮感激地说。

一转眼的工夫，女人就补好了胎，只要把车胎再安装好，这车就算修完了。阿亮又看了下表，还剩下半个小时左右，只要在路上骑快点，按时赶回家应该不成问题。

可是，没想到的是，女人并不急着安装车胎，而是像是自言自语地说："车胎是叫钉子之类的硬东西给扎的，我得看看这硬东西还在不在外胎上扎着，要不然，这胎补了也是白补，骑不上半里路，车胎还得扎漏气！"

阿亮感激地看着女人。女人说完，就把一只手伸进了外胎里，仔细地试了起来，试着试着，她停了下来，说："扎车胎的钉子果真还在上面！"说完，拿起螺丝刀，就起那硬东西。一下，两下……不一会儿，女人竟起出一颗白金镶钻耳钉！

阿亮一看，有些吃惊，女人则是一脸的惊喜，她问阿亮："大哥，来的时候，你是不是路过兴隆超市？"

"是呀！你怎么知道？"

女人又问："是不是路过兴隆超市的时候，你的电动车就突然没了气？"

"是呀，你说得真准！"阿亮莫名其妙地回答。

女人拿着耳钉，不好意思地说："大哥，说实话，这颗白金镶钻耳钉，是我昨天不小心丢失在兴隆超市那儿的，找了好多次，一直没找着。你的车胎漏气，就是叫这个耳钉给扎的。"女人看了眼男人，接着说，"说句不怕你笑话的话，为这事，我和老公还闹起了感情危机。刚才你来的时候，我们两个正在屋里干仗呢！"

听说找到了耳钉，一直站在旁边的男人一反常态，立马靠过来，从兜里也掏出一个耳钉。女人把两个耳钉一起放在自己的手心里，阿亮凑上前一看：两个耳钉，简直就是一个模子里印出来的——一模一样！

男人看着女人，自责地说："媳妇，实在对不起！都是我不好，我不该对你有那种怀疑！"

女人微微一笑，摆摆手："别说了，一切都过去了！"

"既然这颗耳钉真是你们的，那就物归原主吧！"看着小夫妻俩重归于好的样子，阿亮高兴地说。

"大哥，你不但挽回了我们的经济损失，更重要的是，消除了我们的感情危机，要不然，真不知道会是个什么结果！现在好了，可我们该怎么感谢你才好？"女人手捧耳钉，不知所措地说。

"俺也说句实话，这么冷的天，这么大的风，俺媳妇还在家里等着俺呢！你们还是赶紧把俺的电动车修好，让俺赶紧回家吧，要不然，我们也要发生感情危机了！"

还没等阿亮把话说完，男人立马操起了修车的家伙……

（题图、插图：魏忠善）

您手中有没有得意之作？本刊辟有二十多个原创性栏目，如中国新传说、我的故事、情感故事、海外故事和中篇故事等；您读到或听到什么有趣可以和大家一起分享吗？3分钟典藏故事、外国文学故事鉴赏和快乐辞典等都是本刊推荐性栏目。热忱欢迎来稿，可从邮局寄发，也可从网上传递。邮寄地址：上海绍兴路74号《故事会》杂志社，邮编：200020；如为电子邮件，本期责任编辑信箱：hangfan1102@126.com。

潜山人怎么也料不到，斗风筝斗到1942年的时候，却斗出了一段名震天下的传奇。

斗风筝

□王应良

斗筝定婚

安徽潜山一带的老百姓，几乎人人都会斗风筝，当地自古以来就有"十月小阳春，弥陀山上斗风筝"的习俗。

那年，潜山有张、许两家。张家是当地有名的猎户，常年雇着百多名猎手，打下的山珍野味、硝制的貂狐皮毛，上销武汉三镇，下卖徽宁两地；许家开着偌大的竹器作坊，雇的工匠也不下百名，生意遍布大江南北。

张家三公子张鹠原本在武汉念书，那年因武汉沦陷，只好回潜山老家，张家老爷决定趁此机会给他完婚，看中的媳妇就是许家幺姑娘许鸢。这许鸢也念过新式学堂，性子又刚烈，眼看婚期临近，她突然提出要和张鹠斗风筝：以三日为限，不管用

什么方式，张鹠赢，她就自备嫁妆如期过门；若是输了，她宁可到弥陀寺里出家当姑子，也不嫁张家。

张家老爷一听，胡子都气歪了：这么多年来，年年斗风筝，年年胜的都是许家，这妮子提出这条件，不明摆着是想悔婚吗？可张鹠一听，却喜不自禁："斗就斗！我就不信斗不过她。哼，这丫头向来说一不二，不趁此机会压压她的气焰，将来还不定怎么骑我头上哩！"

看儿子态度这么坚决，老爷只好应承，于是连忙重金请来县城的斗筝高手，选箭竹作龙骨，皮纸糊两翅，还让铁匠用精钢打鹰嘴，花了三天三

夜，做了一个扎扎实实的"鹞子筝"。

斗风筝那天，张鹞一大早就到弥陀山上抢占有利位置，许鸢也不计较，就选了一个与张鹞相对的山嘴站定。张鹞神气活现地将鹞子筝放上云端，许鸢一看，胸有成竹地一抬手，一只状如彩凤的鸢筝也随风扶摇直上青天。大家一看，纷纷叫好，也争先恐后地将自家风筝送上了天。一时间，碧海长空之上，彩蝶飞舞，百鸟朝凤，场面颇为壮观。

张鹞见得此景，鼻子里"哼"了一声，突然将手中的筝线猛一收起，只见空中那只鹞子筝立刻呼啸着朝许鸢的彩鸢筝扑了过去，一路飞扑，一路将正在天上飘摇的各式风筝撞得翼折线断。原来，张鹞那鹞子筝的筝线，是在满是碎玻璃细尘的糨糊中煮过的，普通筝线自然一碰就断。不过，这

难不住许鸢，只见她不慌不忙将手一松，手中的筝线碌子立刻就像风车一样飞转起来，彩鸢筝一眨眼冲上了云霄，把鹞子筝远远抛在了下面。

张鹞一看恼了，大喝一声，猛收筝线，又突然快速放线，让鹞子筝急遽下坠后在空中不断地绕圈。许鸢一时躲避不及，那彩鸢筝的筝线和鹞子筝缠在了一起。张鹞见计得逞，禁不住得意地哈哈大笑起来。可许鸢还是不慌不忙，轻舒手臂将手中的筝线碌子逆向旋转，彩鸢筝立刻灵巧地反转起圈来，在空中留下一道又一道优美的弧线，最后重新冲上了云霄。

原来，许鸢对张鹞这一手早有防备，彩鸢筝的筝线是用桐油泡过的，硬如钢丝，韧如弓弦。而张鹞一时收势不及，鹞子筝反倒扑腾几下后就直

直坠落下来。张鹞气急败坏地冲着许鸢说："算你狠！我就不信明天治不了你！"

鹞鸢相争

当夜，这一对俏冤家斗风筝的事儿，被潜山人添油加醋地传得神乎其神。于是第二天，连那些走街串巷的小贩们也禁不住放下手中的营生，跑来看稀奇。

这一次许鸢来得早，经昨日一比，她知道张鹞不可小觑，所以特地让作坊里的工匠帮忙，将坊里的百节龙筝扛了来，那个放龙筝用的筝线碌子比纺车还大。许鸢依然选在昨日的山嘴位置，安置稳了筝线碌子后就开始奋力摇起来，片刻工夫，百节巨龙摇头摆尾地冉冉升空，引得看热闹的人无不啧啧赞叹。

张鹞也来了，可奇怪的是他竟然没带风筝，而是带着他家的那些猎手，个个身背火铳，腰挂弹丸葫芦。大伙儿不禁犯疑，不知他葫芦里卖啥药。只见张鹞两手按个喇叭状，嬉皮笑脸地朝许鸢大声嚷嚷："媳妇儿，你不是说，不管我用什么方式，只要斗下你的风筝就算赢吗？嘻嘻，那就看我今天如何收拾你吧！"说完，他从猎手中拿过一杆猎枪，瞄准百节龙筝的头"轰"地就是一枪。大伙儿想不到张鹞会使这下作的招数，个个摇头。

许鸢气得柳眉倒竖，如果不是她出手如电，一拨手中的纲线将龙头避开，差一点就着了张鹞的道儿。张鹞见一枪不成，急了眼，就挥手让猎手们举枪齐发，一时间，弥陀山上就像爆竹铺子着了火，"噼里啪啦"的声响震得满山的鸟雀惊飞而起。许鸢见势不敢掉以轻心，她一手放筝线，一手推拉摇移稳稳把着龙头，百节巨龙在空中闪挪腾移，尽管被火铳弹药打得龙鳞飞舞，但依然在顽强地升腾。

到晌午时分，许鸢放尽了手中的筝线，此时百节巨龙已经远远飞出了火铳的射程外，在九天之上穿云破雾。张鹞没了辙，只好望龙兴叹，悻悻而归。

远走高飞

到了第三天，整个潜山可谓万人空巷，甚至一些久病卧床的老者听说"鹞鸢争斗"的奇闻，也禁不住要让自家后生抬着来弥陀山上瞧瞧热闹。

这一次，张鹞拿出了一副拼命的架势，大清早就已经带着大队人马赶到弥陀山上排兵布阵起来。张鹞的大哥官至炮兵少将，眼下正带着部队龟缩在潜山一带打秋风，没想张鹞为了娶得美人归，竟然动用起他大哥的人马来。待得大家看清了是这么回事，不禁为许鸢担忧起来：炮一开火，就连铁打铜铸的家伙也会被炸得支离破碎，何况这竹扎纸糊的风筝？

大家正揪心的时候，只见许鸢和一个小丫头坐着胶皮大车来了，大车用青布遮得严严实实，也不知里面藏了什么法宝。车在山嘴口停下后，许鸢从车上下来，然后从青布下拿出一只黑翅白肚的喜鹊筝，只轻轻一抛，喜鹊筝就鼓风而上，远远望去，不一会儿就成了米粒大小。大家有些纳闷：就凭这，她今天想斗赢张鹞？

张鹞猜不透许鸢唱的是哪出戏，可今天是斗风筝的最后一天，要想把许鸢娶回家，就只能赢不能输啊！所以他不敢大意，像模像样地指挥起来，只听一声令下："开火！"那一发发炮弹果真就从弹膛里蹿出来，团团火舌在大伙儿头上呼啸而过，震得弥陀山地动山摇。喜鹊筝哪经得起如此狂轰，翅膀早被打成了筛子。

可许鸢却临危不乱，眼看被打成了筛子的喜鹊筝摇摇欲坠，她赶紧让小丫头从青布下又拿出一只带风车的喜鹊筝，往筝线上一扣，风车迎风"呼啦啦"一转，喜鹊筝转眼就快如闪电般地飞上了天空，正好将"筛子筝"稳稳托起。大家看得又惊又喜：许鸢这一手，不正是传说中的斗筝绝技"送筝"吗？得以一

见，真乃三生有幸啊！

张鹞斗得兴起，许鸢沉着应战。两个人你打损一只，我放接一只，你打损两只，我放接一双，一直打到黄昏，谁也不服谁。许鸢提出斗风筝，其实也是想借此机会显显身手，让张家今后不要小瞧了自己。现在，她一看目的达到了，索性将胶皮车上的青布扯了，把剩下的十几只喜鹊筝统统挂上孔明灯，一起送上了天空。

可就在此时，云层里突然钻出一只灰色的大鸟风筝来，翅膀上两盏灯笼一闪一闪的。许鸢心里一惊：这是张鹞在玩什么名堂？而此时张鹞也看到了大鸟风筝，本来他见许鸢放空了车上所有风筝，就想顺坡下驴把人马带回去，没想许鸢这又玩什么新花招？

张鹞二话不说，气急败坏地朝他的人马大喊一声："还愣着干啥？只要是天上飞的，都给我打！打下来回

去重重有赏！"随着他一声令下，弥陀山上重又炮火齐发，"大鸟"猝不及防，瞬间就变成一个大火球，从空中直落下来，一头栽进了弥陀山下的清水湖中，激起冲天巨浪。

张鹞和许鸢，还有那些看客们，突然觉得情况有些不对头，也顾不得什么斗不斗的了，蜂拥赶到清水湖边，这才发现：什么大鸟风筝，分明是一架鬼子飞机！露出湖面的翅膀残骸上，能依稀看到刷着白底红心的太阳旗。这下大家慌了神。

当天深夜，重庆电台播出一条惊天新闻：一架日军飞机在安徽潜山弥陀山上空被一股不明武装力量炮火击落，机上乘员无一生还，死者中有一名是在中国战场上被击毙的职务最高的陆军军官。

张、许两家人顿时吓得面无人色：岂料这对小冤家，斗风筝竟斗出弥天大祸来，日本鬼子哪会轻易放过他们？两家人决定连夜将张鹞和许鸢送出潜山，让他们远走高飞。至于两人后来纵穿千里大别山，辗转数月奔赴延安参加革命，还策反张鹞的少将大哥率部投诚，这是后话，不提。

多少年以后，潜山老百姓中还有津津乐道于此事的。甚至传言说，张鹞和许鸢在学校念书时就加入了共产党，他们事先已经知道鬼子飞机那天要经过潜山上空，所以才故意导演了这么一场斗风筝的大戏；而张鹞的大哥那时其实已经暗地投向了共产党，否则堂堂一个少将，怎能随便把部队调出来？

有好奇者曾就此事多次采访至今还健在的张、许夫妇，可他们总不置可否，笑而不答。

（题图、插图：谢　颖）

·本刊信息传真·

《故事会》增刊征稿启事

《故事会》将在今年9月推出一期增刊，现向广大故事作者和爱好者征稿。

增刊将由故事中国网（www.storychina.cn）负责选稿编辑。在保持《故事会》的故事特点基础上，力求在作品的题材和风格上有所突破，并融入更多新颖的时代元素，无论是故事报刊的老作者还是来自网络的新写手，都欢迎前来一展身手！

增刊入选作品稿费标准和《故事会》期刊相同，并可参加年底《故事会》优秀作品评奖，挑战千字千元的奖金！

原创稿件要求：短篇故事一般不超过5000字，中篇故事不超过15000字。只要故事精彩，随你采用何种讲述方式。已发布在故事中国网，且未在其他刊物正式发表的作品也可应征。投稿信箱：storychina@gmail.com，截止日期：7月15日，具体栏目设置及要求请登录故事中国网了解。

良心
手术

□ 谢庆浩

受伤的球星

柯林斯是勇者队的明星球员，他天赋出众、球技纯熟，自加入联盟以来，已经连续蝉联了几届得分王。可就在柯林斯踌躇满志向自己的最高理想——夺取总冠军一步步逼近的时候，厄运不期而至，他的膝盖遭遇了严重的伤病，核磁共振检查后，发现不仅软骨耗损得厉害，而且还有了碎骨。

队医经过会诊，决定采取常规的保守治疗。一个月后，柯林斯再次登场比赛，可由于受膝伤的影响，他的状态时好时坏，再也不是以前那个得分就如探囊取物般容易的得分王了。

柯林斯陷入了迷茫，他知道要彻底治疗这样的膝伤，只有一种方法，那就是微创手术。但是，微创手术是一件很有风险的事情，万一手术失败了，整个运动生涯将会被断送。在柯林斯之前，联盟曾经有多位巨星接受了该手术，有的成功重返赛场，但也有不少失败的例子，结局不用说是从此离开球场。

做手术有风险，但不做手术，自己就打不好球，怎么办？夜深了，柯林斯躺在床上翻来覆去，怎么也睡不着觉。这时，房间的门"咿呀"一声给推开了，一个身影闪了进来，是柯林斯的母亲玛丽娅。玛丽娅一脸平静地说："答案很简单，你想让球迷看到一个在场上碌碌无为的明星，还是一个勇于挑战命运的勇者呢？"

玛丽娅的一番话让柯林斯终于下定决心，接受微创手术，让自己彻底

恢复健康。他相信，那个曾经让全联盟闻风丧胆的得分王，一定还会回来的!

专家也爱球

柯林斯找到了全美最著名的骨科手术专家科尔。说起科尔，是微创手术方面最权威的专家，经他主刀已经治愈了多位运动员，状态都保持得不错，柯林斯早就听闻过他的大名。

见了面，柯林斯才知道科尔原来才四十出头，可满头的金发已经白了一多半，看起来就像个小老头。柯林斯说明了来意，科尔脸上掠过一丝异样，但很快就恢复了平静，同意给他实施手术。

很快，手术的时间到了。柯林斯如约来到手术室，科尔给他做了麻醉，在等待麻醉生效的过程中，科尔突然俯下身子，在柯林斯耳边轻轻说:"我给你做的不仅是微创手术，还是一个良心手术。记住一句话，只有对得起自己良心的人，才能够生龙活虎地回到赛场。"

柯林斯糊涂了:什么良心手术?在膝盖上动刀，关心脏什么事?他还待细问，麻醉已经起效了，只觉眼皮好像灌了铅般沉重，很快沉沉睡去。科尔在助手的帮助下，在柯林斯的膝盖处开了一个口子，然后全神贯注地开始实施手术，整个过程中，他甚至连眼睛也没有眨一下……

手术进行得很成功，经过一段时间的康复训练，柯林斯逐渐恢复了健康。经X光拍照显示，他的右膝已经长出新的软骨层，形状和大小都非常理想。

检查完毕，柯林斯正要回去，科尔突然叫住了他，说:"对了，我也是勇者队的球迷，你能不能给我一个签名?"

柯林斯脸上现出为难的神色，说:"科尔先生，我很乐意为您签名，但今天球队为了庆祝我伤愈复出，专门召开了记者发布会，一早我与球迷见了面，给他们签的名已经超过了二十个。要不，我明天再给您签怎么样?"

科尔早就听说过柯林斯有这样一个怪癖，他轻易不肯给别人签名，就算签了，每天的签名总数也不能超过二十个。对此，外界猜测纷纭，都说柯林斯骄傲自大，因为他的球衣号码就是20号，他这样做，无非想表示自己是不可超越的。柯林斯本人从不做辩解，尽管球队老板认为他这样做会得罪球迷，但柯林斯仍旧我行我素，老板也只能由他去。

柯林斯答应科尔，明天一定第一个给他签名。科尔笑了:"没关系，明天就明天，我愿意等。"

迟来的签名

第二天，柯林斯专程来医院找科

尔，科尔也不客气，拿出一件衣服，叫他在上面签名。柯林斯一看愣住了，这衣服是自己在勇者队的20号球衣，可是上面却沾满斑斑血迹，而且颜色已经变黑，看起来有些年头了。他想不明白，科尔为什么要拿这么一件沾满血迹的旧衣服来给自己签名？柯林斯心里困惑着，但还是拿起笔，龙飞凤舞地签下了自己的名字。

科尔颤抖着手接过衣服，嗓音低沉地说："这是一个迟来的签名，其实早在六年前，你就应该在这件衣服上签下你的名字！"说着，他从上衣口袋里掏出一张照片，照片上是个中年妇女，穿着黑色晚礼装，看上去很美丽，可眼神却充满了哀伤。柯林斯觉得这女人很是眼熟，他突然想起了一件事，吃惊地问科尔："她是你的什么人？"

科尔脸上带着悲伤，缓缓地说："她就是我的夫人丽娜。你不知道，我已经等你足足六年了！"

柯林斯惊呆了。他清楚地记得，六年前的一天，自己刚走出训练场，突然一个女人拦住去路索要签名。当时，柯林斯给球迷的签名已经超过了二十个。可女人哭

着跪倒在他的面前，说自己的儿子是他的忠实球迷，现在得了严重的心脏病住进了医院，没有多少日子好活了，小家伙最后的一个心愿就是能够得到偶像的亲笔签名，求他无论如何破一次例。柯林斯犹豫再三，最终还是没有答应，只是叫女人明天再来。

女人哭着离开了。而柯林斯万万没想到，女人在回去的路上，突然接到医生打来的电话，说她的儿子已经在失望中离开了人世。突如其来的噩耗，让她错把油门当成了刹车，车子如脱缰的野马般冲出车道，女人命丧当场。就为这事，媒体沸沸扬扬地炒了好一阵子，让柯林斯很是难堪和负疚。没想到六年后，那女人的丈夫居然出现在自己的面前，而且还给自己动了手术。

突然，柯林斯想起之前科尔对自己说过的那句奇怪的话：这是一个良心手术，只有对得起自己良心的人，才能够恢复健康！他不由得感到一阵恐慌：难道科尔在自己的手术中动了手脚？

科尔迎着柯林斯惊慌的眼神，说："我想告诉你一句话，丽娜的死，法律不能宣判你有罪，但良心却可以！明天你就可以归队训练了，你放心，你的膝盖长得跟没受伤前一模一样，但重上赛场的时候，你一定得多留心自己的右膝。"说完，科尔"嘿嘿"一声冷笑，转身走了。

从医院出来，柯林斯失魂落魄，忙找到另一位骨科专家，让他给自己重新做了检查。检查结果同科尔所说的一样，一切正常。这让柯林斯稍稍松了口气，但他怎么也忘不掉，科尔离开时的那一声冷笑……

良心的宣判

几个月后，柯林斯复出了。在全场雷鸣般的掌声中，他目光扫视全场一周，不经意地落在场边的一个人身上。这人头发花白，腰背微驼，戴着眼镜，不是科尔是谁？科尔笑着对柯林斯点了点头，伸出手，指了指柯林斯的右膝。

柯林斯呆住了，科尔是提醒自己要注意刚刚伤愈的膝盖！没容柯林斯多想，比赛开始了。经过一番挡拆配合，柯林斯得到了球，面前一马平川，没有一个对方的防守球员。柯林斯高高跃起，想来个战斧式扣篮，突然腾空的右膝一阵酸痛，他重重地摔倒在地，抱着右膝痛苦地呻吟起来。

看着这一突如其来的变故，所有人都呆住了，在全场球迷的惊呼声中，队医连忙上来手忙脚乱地把柯林斯抬下场。送医院一检查，队医疑惑了：柯林斯的膝盖明明没有什么异常，可他怎么会在空中支撑不住而摔倒呢？

在以后的比赛里，柯林斯还是找不回比赛状态，右膝总会莫名酸痛，完全使不上力气，可到医院检查，又找不出任何问题。柯林斯陷入了深深的苦恼中，他作出决定，要找人再做一次微创手术。母亲玛丽娅得知后，一把拦住柯林斯，说："孩子，你的膝盖刚动了一次手术，再做的话，我怕你再也回不到赛场了啊！"

柯林斯痛苦地捶打着自己的头："但我怎么能够就这样沉沦下去？这样怎么对得起球队，对得起球迷？"

玛丽娅长长地叹了口气，说："这事因科尔而起，他一定知道解决的办法，我去找他谈谈。"

玛丽娅找到科尔，说明了来意。科尔两眼冷冷地看着她，说："你有什么证据能够证明我在柯林斯的手术上做了手脚？他明明已经恢复良好，有医院的片子可以证明。"

玛丽娅看着科尔，慢慢伸手解开衣服上的纽扣。科尔呆住了："你要干什么？"可玛丽娅并不理会，把衣服脱了下来，露出光秃秃的上身。科尔的呼吸一下子停住了，这是怎样的一个身体啊，上面密密麻麻布满一道道长长的疤痕，看着让人触目惊心。

迎着科尔吃惊的目光，玛丽娅告诉他，这就是柯林斯签名的秘密。原来当年，有一个对手球队的狂热球迷企图刺杀柯林斯，是玛丽娅用身子替儿子挡住了，一共挡了二十刀。后来，柯林斯选择了20号作为自己球衣的号码，签名也不肯超过二十个，这些都是因为他忘不了把母亲送进医院的那晚，医生说过的一句话："要是再多一刀，你母亲可就没命了啊！"于是，柯林斯就用这种特殊的方式，表达了对母亲的爱。

"柯林斯一直很后悔那天没破例签名，但他真的没想到，天使会这么快带走了您儿子……"玛丽娅流着泪说。

四天后，是柯林斯再次手术的日子。就在他将被推入手术室的时候，科尔突然冲了过来，拦在他的面前，说："没有人在连续做两次微创手术后，还能重回赛场，你同样不例外……其实，你可能不知道，有一种骨骼软化素，它不影响软骨组织的生长，却影响硬度的长成，而这个，是核磁共振所检查不出来的。你只要给它多几个月的时间，硬度自然会恢复如初……"

玛丽娅眼里含着泪水，紧紧给了科尔一个拥抱。科尔喃喃说道："我自己说过的，这是一个良心手术，我是医生，又怎能逃过良心的宣判？"

(题图、插图：佐　夫)

幸福的糖醋水

帕里斯是一名大银行家。小时候，他家里十分贫困。那时，汽水是很奢侈的东西，每次帕里斯看到有钱人家的小孩喝了汽水后，会一个接一个地打嗝，那长长的打嗝，让他羡慕得要死。

母亲知道帕里斯对汽水的渴望，终于，圣诞节那天，帕里斯看到餐桌上多了一瓶汽水。母亲微笑地看着他，小心地拧开瓶盖递过去，帕里斯幸福地喝了一口，原来，汽水是酸酸甜甜的味道呀！帕里斯伸长脖子，等待着打出一个长长的嗝来，可等了好久，就是打不出嗝来。

母亲在一旁紧张地看着他，说："再多喝一点试试。"为了能打出那长长的嗝来，帕里斯每喝几口，都要等待一会儿。可是，直到他喝了个底朝天，也没能打出那幸福的嗝来。

母亲慌了："怎么会这样？老板说汽水就是这个味道啊！"帕里斯看看瓶子上的字，说："不错，是这种瓶子呀。"

母亲突然哭了起来："妈妈骗了你，这汽水是妈妈自己制作的呀。"

原来，母亲的公司亏本了，老板没有钱再发薪水。母亲在失望之余，突然问老板"汽水是什么味道？"老板耸耸肩说："一种酸酸甜甜的味道，就像是糖和醋放到水里混合在一起。"

那天晚上，母亲找了个空汽水瓶子，装上糖、醋和水。她尝了一小口，那种酸酸甜甜的味道很好喝。她想：也许汽水就是用这些东西做成的吧。

听完母亲的话，帕里斯的眼里闪出泪花。他使劲地伸长脖子，咽下一口气又一口气，然后，真的打出了一个长长的嗝来。帕里斯故作惊喜地说："妈妈，你给我制作的这种汽水，也会打嗝呀。"母亲泪流满面，说："我知道，你想打嗝就能打出来的呀。"说完，她紧紧地把帕里斯搂在了怀里。

有时候，贫困的岁月里，那种幸福也许更深刻，就像那瓶糖醋水，虽然普通，却是人世间最真实的味道。

（推荐者：波　波）

谁 最 大

有一座寺院，住着五个和尚，他们谁都不服谁，各夸各的本领大，寺院渐渐开始门庭冷落，香火衰败。

这天，五个人又吵了起来，正好寺院里来了个云游和尚，他们便要云游和尚给评评理。云游和尚捻着胡须，笑而不答，而是讲了一个故事：

说是五个手指吵起架来，彼此争相比大。大拇指得意洋洋地说："当然是我最大，每当主人赞叹表扬别人，第一件事，就是把我高高竖起来。"

食指听后，不服气地说："大家都用我来指引方向，要你往东就往东，要你向西就向西，我才是老大。"

中指发问："谁在你们的中间？谁长得最长？难道不是我吗？"

无名指笑道："我只知道主人最信任我，贵重的戒指都戴在我身上。"

最后，轮到小拇指，它却不说话。其他四个手指催着它表态，小拇指只好说："我最小，哪有资格与你们争？不过——"四个手指急着问："不过什么？"小拇指轻轻地说："当大家双手合十礼佛时，我离佛祖最近。"

五个和尚听完故事，羞愧不已。其实在生活中，每个人都有各自的角色，谁都重要，谁都离不开谁。如果大家团结起来，就能变成一个拳头，就是力量！　　（推荐者：星　云）

损失变商机

在德国的一个书店里，每年都有大量的图书被偷，这让书店的工作人员苦恼不已。于是，他们把这些被偷图书的名称和数量登记在一张表格上，悬挂在书店的醒目位置，以对员工起到一个提醒作用。

一天，出版社的一位负责人在书店偶然看到了这张表格，竟然被激发了灵感。他回去后，开始有计划地出版那些被偷次数最多的图书。

然后，在一年一度的法兰克福书展上，这家出版社别出心裁，他们展示了一份"被偷窃次数最多的十大德文书籍"名单。结果，这份名单一下子吸引了大量书商前来订货，这家出版社成为书展上最大的赢家。

丢书，对于书店来说，是坏事；而只要换一个角度，坏事也能变成商机。看来，生活中的那些弊端和短处，如果能利用好，就会成为另一种更大的优势。

（作者：感　动；推荐者：蓝昌科）

（本栏插图：安玉民　梁　丽）

学写作文，从读故事开始

给太守当厨师

□ 徐树建

早年间，安平庄有个叫福庆的，能烧一手的好菜，在当地很有点小名气，可后来却到处找不到厨师的活儿。为啥？那些年战乱连连，民不聊生，一般人家饭都吃不饱，哪还会聘厨师呢？福庆眼看妻儿、老母跟着自己遭罪，想死的心都有了。

正绝望的时候，没想这一天，知县柳大人忽然传见福庆，说："听说你一家人现在生活困难，我心里真不是滋味儿。亲不亲，同乡人嘛！这样吧，我给你引荐一下，你去太守府做厨子，这样不就有着落了？"

福庆一听吓得半死：堂堂知县，怎么忽然和自己认起同乡来了？再说，那是去太守府，人家能看得上我吗？

谁知，柳知县好像猜透他心思似的，哈哈一笑，说："福庆，不瞒你说，就是太守大人让我给他找厨子的。你放心，我看中的人，他不会不乐意。不过，你得答应我一件事，去了之后，除了做厨子，你得随时替我留心太守一家人的举动，大到婚丧嫁娶，小到头疼脑热，一有动静，立刻向我禀报。"

福庆这才明白，原来柳知县是要自己帮他做事。可是柳知县为何要这么详细地打探太守家的事？福庆实在猜不透，但想想从此能让家人吃上饱饭，就应了下来。

时间过得飞快，一晃福庆进太守府已经一个多月了，他尽心尽职地做他的厨子，太守果然对他十分满意。只是这些天，他一条有用的信儿也没传给柳知县过，总觉得自己有点对不住人家。

这天，福庆正在忙活儿，太守府的管家来吩咐他道："明儿是太守五十大寿，本应好好替大人操办，可如今边关战事吃紧，朝廷严令百官诸事不得过于铺陈，所以哩，你就花点心思烧一桌好菜，让太守自家人乐呵乐呵。"福庆嘴上答应着，心里不免窃喜：终于得着事儿可以去向柳知县交差了。县衙离太守府不远，福庆当晚就偷着去了一趟，柳知县自然把他好一顿夸。

第二天，太守一大家子高高兴兴围坐一桌，夫人率家人正要给太守拜寿，忽然下人进来禀报说柳知县求见。福庆心里奇怪：我明明告诉过柳知县，太守做寿不请宾客，他来干什么？

只见柳知县快步进来，后面还跟着一个衙役。柳知县毕恭毕敬对太守说："下官求见大人，是有紧急公务禀报，没想来得不是时候，打扰大人进餐了，万请大人恕罪！"太守朝他摆摆手，半开玩笑地说："你们这些人啊，整天就知道公务公务

的，连吃口饭都不让我安生！"说着，就起身引柳知县去了书房。

说来也巧，太守和家人的这顿寿宴，就此吃得断断续续起来。因为不时有下属官员来禀报公务，送走一个，又来一个。福庆纳闷极了：怎么偏偏会有那么多公务要赶时赶刻来禀报？倒是太守自己不厌其烦，对每个求见者都笑脸相迎。

福庆继续在太守府上效劳，时间长了，府上自然琐事不少：太守本人因偶感风寒引发微热啦，太守的小妾喜得贵子啦，甚至太守夫人看上某件貂皮大衣啦，等等。这样，福庆就时不时地有事儿可以去向柳知县交差了。而且福庆发现，柳知县总会在他交差以后，马上就来府上向太守禀报公务，别的下属官员也会相继跟着

来。这些人来时，身后都跟着当差的，怀里塞得鼓鼓囊囊。福庆看在眼里，觉得很奇怪 莫非太守背着朝廷，私下收受这些贿赂东西？

这天，是太守父亲的忌日，福庆两天前就给柳知县传过消息了。太守本打算关起门来给父亲做忌日，可柳知县又照例来了，而且这回他前脚刚进，后脚就来了个肥头大耳的官员。柳知县回头一看："这不是朱知县朱大人

吗？"来者惊异道："你是柳大人？"两人于是寒暄作揖，客气得不得了。

转过身，柳知县把福庆叫到一旁，沉着脸问道："今天这日子，那家伙怎么知道的？"福庆也很纳闷："大人，这朱知县腿脚勤快得很，以往你每次来太守府，他总是前脚赶后脚地到，没落下过一次。我还以为，是你们事先说好的哩！"柳知县一听，脸色气得铁青："我说福庆，从今往后你把耳朵给我伸长点，太守府再有什么事，不管大小，一定要早早禀报。哼，我就不信争不过他！"

柳知县气哼哼地走后，福庆发了好一阵呆：什么事情，能让两个知县这么费尽心思地争？福庆忽然觉得太守府里的水太深，一股寒气不由从骨头缝里直冒出来。

时隔不久，福庆得知太守四公子十周岁生日要到了。他想了好久，拿不定主意到底要不要去向柳知县禀报。福庆不想让自己陷进太守府的深水里，可想到一家老小的生计，最后还是硬着头皮，把消息告诉了柳知县。

没想到，正式给四公子做生日这天，先到太守府的竟是那肥胖的朱知县，身后还跟着两个衙役，"哼哧哼哧"地把一只红漆箱子抬进了府门。而后又来了好多官员，这些人没有一个是空着手来的。至于柳知县，这回是最后一个来，不过这次他动静大了，带着四个衙役，抬着两只箱子，看

上去沉重无比。

这之后没几天，柳知县就升任到一个富庶大县去做知县了。望着柳知县心满意足的样子，福庆终于明白柳知县和朱知县争的是什么，也看清楚了自己给柳知县帮的是什么忙。

在经历了数夜辗转反侧之后，这天，福庆终于鼓起勇气去见柳知县，说："大人，我思来想去，太守大人总有一天会知道我是你的眼线。我怕以后不得安生，所以想辞行不干了，请大人恩准。"

柳知县一听，笑道："福庆，你可真是愚笨到家了！我给你实话实说吧，实际上，太守大人对你的身份一清二楚，他是故意让我这么做的。否则你想，厨子哪里没有，干吗要我帮他找？至于那个姓朱的是怎么得到消息的，我也打听过了。太守大人的一个贴身侍女，正是那姓朱的侄女，同你一样，她也是个眼线。嘿嘿，这家伙真舍得下本钱啊！由此想来，太守府上的那些花匠、仆人、轿夫等等，说不准也是哪一个的眼线哩！至于太守大人为什么让我们在他身边安插眼线，这你就自个儿去想吧！"

福庆一听越发急了："大人，我大字不识一个，官场上的事我真的不懂！我老母多病需要赡养，妻儿弱小需要陪伴，所以，还是恳请大人恩准我回家。"

柳知县打量了福庆一眼，冷冷地说道："你如此决绝要回家，不会单就为这个吧？"

福庆迟疑了一下，壮起胆子说："大人，我、我一家如今虽说有了温饱，可做这样的事，我心里一直备受煎熬……大人，你就让我走吧！"

福庆说完，转身要走，柳知县叫住了他："好，既然你不想干，我也不留你，但走无妨。不过，你知道的事情太多！"福庆心里一"咯噔"，立刻听出了柳知县的话外之音，颤声说："柳大人，你、你……"

柳知县冷笑道："你帮了我的大忙，我该好好谢你才是啊！"他朝两边衙役一招手，"来人，给我的同乡上杯好酒！"酒端上来了，柳知县双手举杯，道，"福庆，我敬你一杯，你就把它喝了吧！"

福庆顿时眼泪直流"大人，小民命似草贱，毫不足惜，可家里老母、妻儿真的离不开小人啊！大人，我这就让你放心！"说着，他掏出一把锋利的小刀，左手拽舌，右手狠命一割。

随着一声惨叫，福庆满口流血，倒在地上，两眼却直直地瞪着柳知县。柳知县被这惨烈的一幕惊呆了，半晌，才挥挥手说："这酒不喝也罢，你走吧！"

望着福庆跟跟跄跄走出大堂的背影，柳知县手一挥，那杯酒洒在地上，立刻腾起一股碧绿的火苗……

（题图、插图：黄全昌）

这是一封有魔力的邮件，它能想你所想、未卜先知，可一旦你相信了，便会坠入一个欲望的深渊……

神秘邮件

□ 尤秀玲

罗莎是一家公司的公关部部长，然而，她在这个位子还没坐稳，就被新来的总经理给撤了，换了个叫百惠子的取而代之。罗莎呢，则被赶到业务部当了个副经理，领着一帮业务员整天风吹日晒，到处跑业务。

从此，罗莎对总经理是恨之入骨，可恨归恨，她又能拿总经理怎么样呢？这天，罗莎拖着疲惫的身子回到公寓，茶饭不思，无精打采地打开了电脑。

电脑里有几封刚收到的未读邮件，其中有一封邮件在不停地闪动。罗莎好奇地点了一下，邮件打开了，上面写道："尊敬的朋友，欢迎您使用我们公司的最新科技服务。只要告诉我们，您最想知道的秘密是什么，我们将为您免费提供三次服务。条件很简单，您只要把最想知道的事情写下来寄给我们即可。"

天下还有这种事？罗莎的胃口一

下子被吊起来了，她想了想，就半信半疑地写了句话发过去："告诉我，我们公司总经理的秘密是什么？"

没过一会儿，电脑提示有新邮件来了。罗莎打开一看，上面写道："怕老婆。"

哈哈，没想到平时男子汉十足的总经理，在家里居然也怕老婆！这下罗莎兴奋不已。为了验证这条信息是否属实，她跑到电话亭给总经理家挂了一个电话，接电话的人正是总经理，罗莎赶紧把电话挂断了。

几分钟后，罗莎心有不甘，又给

总经理家挂了一个电话。这次，是总经理夫人接听的，罗莎用一种极其暧昧的语言"挑逗"对方，故意让对方察觉她与总经理的关系不一般。果然，总经理夫人上当了，怒气冲冲地质问她是谁，罗莎心里乐开了花，连忙挂断了电话……

第二天上班，罗莎去总经理办公室汇报工作，发现总经理脸色特差，眼睛里布满血丝，而且，脖颈和手腕处还有伤痕。

天哪，邮件里说的事居然是真的！罗莎禁不住一阵狂喜，脑子突然又闪过一个念头。

回到家，她又给那个邮箱发了封邮件："请问，百惠子的弱点是什么？"

很快，答案就发过来了："杨树上的绿毛毛虫。"

"毛毛虫？哈哈，百惠子怕毛毛虫！"罗莎嘴角掠过一丝冷笑。她罗莎是不怕虫子的，小时候还经常在学校的操场上抓虫子玩，看来还得去抓一回虫子。

事有凑巧，周四下午，公司有个职工培训计划，主讲人是百惠子，内容是"员工为什么要忠诚自己的上司"。百惠子这天表现得太棒了，她思路清晰，要言不烦，时不时还穿插一些轻松幽默的小故事，大家听得如痴如醉。

此刻，只有罗莎心神不定，两眼紧盯着讲台发呆。台上，百惠子讲到精彩处，大家掌声雷动。百惠子则见缝插针，端起茶杯轻轻啜了一口，然后风度优雅地放下茶杯。

突然，只见百惠子脸色大变，"妈呀——"一声尖叫，手一挥，茶杯"啪"地掉在地上，摔了个粉碎。

原来，百惠子无意中看见茶杯里有一只绿色毛毛虫，不但在蠕动，而且两只小黑眼睛正瞪着她呢。经过这次惊吓，百惠子的精神受到重创，不得已住进了医院，看样子没个一年半载的，不能正常工作。

消息传到总经理那里，惋惜之余，总经理考虑再三，只好重新把罗莎请回来担任公关部部长。罗莎这下心理似乎平衡了许多。

然而，一波未平，一波又起，过了几天，罗莎又陷入苦闷之中。什么苦闷？眼看就三十出头了，她还没有男朋友呢，可谁最适合做自己的白马王子呢？

晚上回到公寓，罗莎想起自己还有一次享受"免费服务"的机会。于是，她迫不及待地打开电脑，真是神了！邮箱里居然又出现了那个神秘邮件，而且，准确猜中了她的心思："如果没猜错的话，你的下一个问题是：谁更适合做你的老公？去找西道田吧，几个月后，他会拥有一笔从天而降的500万巨款。"

500万？罗莎高兴得都快发疯。

可很快她又冷静下来。这个西道田，她知道的，是百惠子器重的马屁精，他会有500万？不过，人不可貌相，也说不定呐。接下来的几天里，罗莎把自己打扮得很性感，故意在西道田前面晃来晃去。可西道田居然像个木头人，一点反应都没有。

不过，这事难不倒罗莎，很快，她就有了征服西道田的计划。有事没事的，她就找西道田谈话，接着又用各种借口请西道田吃饭。接触次数多了，"木头人"终于有了反应。一次借喝醉酒的机会，两人生米做成了熟饭。尽管做这些，罗莎心里有些不情愿，可看在钱的分上，她也只好逢场作戏，曲意奉迎，而且，为防止夜长梦多，一个月后，罗莎就同西道田举行了简单的婚礼。

蜜月很快就过去了，那笔500万巨款还是不见踪影，罗莎不禁心烦意乱起来。这天晚饭后，西道田出门散步，罗莎则坐在沙发上看电视。电视里的一条新闻深深刺激了她，新闻说有个外国老头买彩票，竟然中了100万。罗莎心想：连一个老头都能中大奖，那西道田不是更有把握？神秘邮件所说的500万，难道指的就是彩票？想到此，罗莎有点坐不住了。

就在这时，西道田回来了。罗莎从皮包里掏出一沓钱，塞到西道田手里，说："拿去买彩票吧，说不定能中500万呢？"

西道田依然没反应，淡淡地说："500万？我可没那好命！"

"那你是什么命？狗屎命？"罗莎很不高兴，脸色都变了，心想：要不是冲着你的500万，我怎么可能嫁给你这个草包！

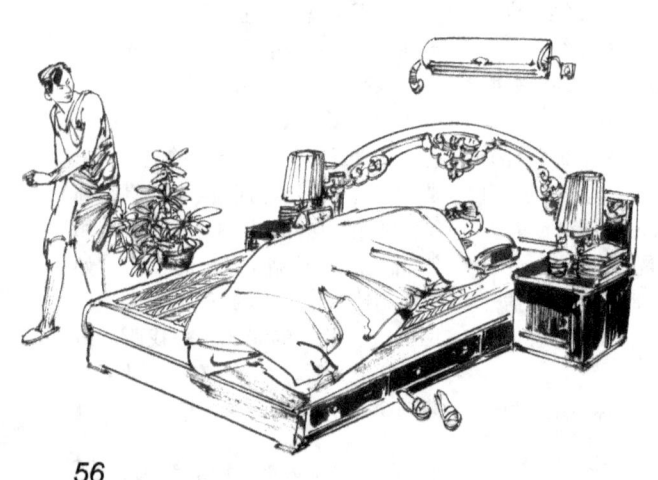

西道田的脸色也很难看，嘟哝道："在你心里，是不是把钱看得比我要重要得多？你这个死婆娘！"说着，一个耳光扇了过去。

这一下，罗莎再也憋不住了，尖叫一声扑了过去，和西道田扭打在一

编读往来：你的问题我来答

吉林读者刘方： 我是一个故事作者，从网站上看到咱编辑部成功举办了第14届故事创作研讨班，心里真是痒痒的！今年的培训班是赶不上了，请问我能参加下一届研讨班吗？有什么具体要求吗？

绿版编辑部： 第十四届故事创作研讨班在上海如期举行，来自全国18个省、市、自治区的33位作者凭借雄厚的创作实力，获得了含金量极高的"入场券"。通过一周的系统学习，作者们对故事的认识有了明显的提高，普遍反应不错。像这样的研讨班，我们每年都要举行一次，当然，我们对参加者还是设有"门槛"的，比如，在我刊发表过一定数量的作品，有相当的创作潜力等等。总之，我们这扇门永远为有志于故事创作的人打开。现在，离下一届研讨班还有一年的时间，你不妨抓紧时间多多写稿，多多投稿，期待来年我们在研讨班见面！

广西读者杨晓菁： 我是《故事会》的一位忠实读者，每期故事都是一字不落地全部看完，尤其喜欢看民间故事。我注意到民间故事里经常提到"千金"这个词，能说说它是怎么来的吗？

绿版编辑部： 好的。"千金"一词最早并不是指女孩子，相反，却是用来形容出类拔萃的少年男子！这里有个典故，说南朝梁司徒谢朏自幼聪慧，一次与家人外出游玩，父亲命他作一篇游记，他文不加点，斐然成章，大家都夸他是神童，他父亲也不无得意地说："这孩子真是我家的千金啊！"语言是条流动的河，到后来，"千金"却演变成对别人女儿的敬称了。如元杂剧《薛仁贵》就有："你乃是官宦人家的千金小姐，请自稳便。"到了明清话本、小说中，这种用法就更为普遍了。

（本栏目欢迎读者提供新鲜活泼、有代表性的问题，一经采用，即致薄酬。）

起，最后连警察也给惊动了……

夜深了，罗莎觉得人很疲劳，就先进卧室睡觉去了。西道田咬咬牙，握紧拳头偷偷溜到厨房，拧开了煤气开关，而后蹑手蹑脚推开了另一间卧室的房门，进去后，他把窗子打开，躺在床上。

半小时后，西道田关闭窗子，关好煤气开关，拨打求救电话，然后，自己躺到罗莎的身边，闭上了眼睛。

几分钟后，救护车到了。结果，西道田被救了过来，而罗莎却因中毒太深不治而亡……

在罗莎的悼念仪式上，西道田哭得异常悲惨，公司的人都来劝他保重身体，连大病初愈的百惠子也赶过来安慰他。

不久，西道田获得了保险公司的500万巨额赔偿。原来，他和罗莎结婚时，他为罗莎办了人身意外伤害险，保险的赔偿金额是500万。

晚上，西道田家的电话响了，听筒里传来百惠子欢快的声音："道田君，这几个月委屈你了！一切都可以恢复正常了，我依然是公关部部长，你依旧是我的男朋友，还有我们的500万！"

（题图、插图：刘斌昆）

这一片广袤的沼泽地看似平静，实则凶险无比，不知情的人进去了，根本别想活着出来……

沼泽地

□ 李志明

惊 情

石洼村有个瘸子叫瘸五，小时候发高烧留下残疾，活了三十年，还是光棍一条。

这天一大早，瘸五顶风冒雪出了村，去沼泽地看在那里下的套子套到猎物没有，结果猎物没看到，却发现一名女子昏倒在沼泽地边。这女子看上去二十岁不到，模样挺清秀。瘸五探手一试，鼻孔还有气，就连忙抱回家，用被子捂严实了，然后去请来村里的郎中董爷。董爷诊过脉后说，这女子是饿晕的，并无大碍，于是瘸五赶紧烧火做饭，几口热汤喂下，女子醒过来了。

女子说她叫肖玉，因为家乡遭洪水，她和母亲逃难出来已经一个多月。母亲本来身子就弱，熬不过有一顿没一顿的日子，前几天终于离她而去……

瘸五可怜肖玉一个人，便留她住了下来。村里人都说瘸五好福气，救了个天仙一样的人物，董爷看肖玉也乐意，便当下作主，择日为他俩成亲。

说来也是瘸五命背。成亲这天，恰好村里来了一群土匪，匪首老盖一见肖玉眼就直了。瘸五一看坏了，董爷也觉得事情不妙。正在这时，一个小土匪进来和老盖低语了几句，老盖这才如梦初醒，带着人马匆匆离开，临走时又恋恋不舍地回头望了肖玉一眼。见得此景，大伙的心不由都提了起来。

可是一直到开春，老盖也没再来过。一打听，原来瘸五成亲那天，老盖带兄弟们潜入县城，把保安团的枪械给劫了个空，回来路上，他们是被瘸五成亲的唢呐声引进村的，后来国军一个营来追剿老盖，老盖这才仓皇离去。这段时间，老盖一直东躲西藏疲于奔命，所以也没有机会再来。

瘸五得知情由，不由暗暗祈祷：但愿老盖和他的人马被国军彻底灭了才好呢！可瘸五不知道，惦记他媳妇肖玉的，还不止老盖一个人呢！

这天，肖玉上山捡柴，被人悄悄跟踪了，那人趁四下没人，就想扑上去。没想到就在这时，身后突然有人大喝一声，那人回头一看，顿时吓得脸刷白，跪在地上叩头不止："盖爷饶命！盖爷饶命！"

原来，老盖正好带着兄弟们经过，这才搭救了肖玉。老盖朝那人屁股上狠踢一脚"滚，别让老子以后再看到你！"那人头也不敢抬，爬起来就跑。老盖看了一眼肖玉，什么话也不说，带着兄弟们转眼就没了影。

惊魂未定的肖玉哪里还敢独自留在山上，赶紧逃回了家。瘸五看她那神情就知道出事了，再三追问下，肖玉这才断断续续地把前后经过说了。瘸五听完，就蒙了。从此，瘸五再也不敢让肖玉一个人上山，他以为这样就可以万无一失。

可没想到，这天瘸五和肖玉在沼泽地边的田地里除草，见没热水了，瘸五说要回家去取，临走时一再叮咛肖玉，千万不敢独自进沼泽地玩。

谁知瘸五再回来时，只见肖玉衣冠不整，坐在地上伤心地哭泣。原来，瘸五前脚刚走，喝得醉醺醺的老盖后脚就到，一下扑倒了肖玉……

受 辱

瘸五一听，心里真是又气愤又伤心，两行泪水顺着面颊流了下来。肖玉见瘸五这副熊样，忍不住号啕大哭起来："你就只会哭？你要是个男人，就和他拼命去！"谁知瘸五被肖玉这一顿骂，脖子缩得更短了：唉，我这副瘸样，怎么去找老盖？别说没那个胆量，就是有，去了又能把人家咋样？

不过瘸五也有瘸五的招儿，他心想：我自个儿不行，借他人的手总可以吧？他思来想去，就想到了与老盖结怨的保安团。

这天，瘸五估摸着老盖要来，便跑去给保安团报信，带他们埋伏在老盖来的必经之路上，老盖果然中了伏击，胸部被炸开一个血洞。老盖虽然被兄弟们救走了，可瘸五断定，他最多活不过两个时辰。

谁想，不久传来消息，说老盖命硬，不但活了过来，而且伤势日见好转。这一来，瘫五吓坏了，深怕老盖哪天上门来算账。更要命的是，与此同时，肖玉的肚子竟一天天鼓起来，这让瘫五恨得咬牙切齿：自己媳妇，怀的却是别人的种！

转眼到了冬天，村里传言，日本鬼子要打过来了。瘫五兴奋地对董爷说："难怪老盖好长时间没来了，原来他也怕鬼子啊，准是和他的兄弟们躲进深山里去了！"说话的当口，鬼子真就来了，已经占领了县城，保安团

早跑得没了影，村里的气氛顿时紧张起来。

这天晚上，老盖突然来石洼村，敲开了瘫五家的门，说是来向肖玉告辞，他要带他的兄弟们到山口去设伏，阻击来扫荡的鬼子。肖玉一反往常的冷漠，惊异道："就你那点儿人马，还不被鬼子打个稀里哗啦？"

老盖阴沉着脸说："总不能不放一枪就跑吧？我想过了，顶多就是个死！怕什么？就是死了，二十年后不又是一条好汉！"肖玉看了他一眼，说："那你们还不如先躲起来，等以后瞅准机会，再打鬼子黑枪！"

肖玉与以往截然不同的态度，让老盖感到诧异："你……怕我死？"肖玉犹豫了一下，说："我、我不想让肚里的孩子出世后没亲爹。我问过董爷，瘫五他、他不能生。"

老盖这才注意到肖玉隆起的肚子，不由一阵狂喜："你是说，我要当爹了？"不过说完这话后，老盖脸上的喜悦转瞬即逝，"不行，我不能当缩头乌龟！打得过打不过是一回事，敢不敢打又是一回事，老子先干它一仗再说！"

老盖这话说得掷地有声，不但肖玉听了眼睛里放出光来，就连躲在里屋的瘫五也不得不佩服老盖活得硬气。瘫五想想自己窝囊了一辈子，哪怕这样活一次，死了也不冤啊！

老盖走后不久，肖玉的肚子突然

剧痛起来，痛得汗如雨下，瘪五赶忙去请来董爷，董爷说肖玉这是要生了。这一夜，肖玉痛得撕心裂肺，瘪五在一旁，想想自己媳妇为别人受罪为别人生娃，委屈得直抹眼泪。董爷看在眼里，心里也不是个滋味儿。

雪 耻

到天亮时，肖玉终于生下一个女娃，伴随着娃儿的啼哭，还有突然响起的枪声。瘪五兴奋地说："打起来好，打起来好！打死狗日的老盖！"

董爷一听，呵斥道："瘪五，你昏头啦？咋连国仇家恨孰轻孰重都分不清呢？"瘪五恨恨地说："什么国仇家恨？不管谁，只要打死老盖就好！"董爷气得花白胡子直抖，举起拐杖要打他。

将近中午时分，枪声渐渐稀落下来。瘪五正猜想老盖是死是活的时候，门外传来一阵纷乱的脚步声，老盖的兄弟们抬着老盖闯进屋来。老盖受了伤，血流不止，他断断续续地对肖玉说："我就是死……也要死在你、你和娃的身……"他话没说完，就晕了过去。

董爷一看，老盖伤势很重，但暂时还没有生命危险，就和瘪五商量，要把老盖藏在瘪五家后院的地窖里，等伤势平稳后再转移出去。瘪五心里哪愿意？可碍着董爷的面子，不得不点头。

安顿好老盖之后，老盖的那帮兄弟们就走了。他们前脚才走，一队日本鬼子后脚就将石洼村包围了。男女老幼全部赶到村头的槐树下，鬼子让交出老盖，见没人吭声，便在人群中搜寻起来。

鬼子拉了一个村民出来逼问，这个村民朝鬼子摇头，直说"不知道"，再问，还是说"不知道"！鬼子大怒，洋刀一挥，这人还没得及哼一声就倒在了地上。鬼子又拉了两个人出来，可结果还是什么也没得到，这两个村民也倒在了鬼子的刀口之下。

到拉出瘪五的时候，瘪五早被这血腥的场面吓破了胆，鬼子还没问，他就已经鸡啄米似的点头，鬼子一看，夸他是大大的良民。

瘪五颤抖着身子，迫不及待地正要张口，董爷吼了他一句："你这个畜生，连国仇家恨都分不清？你要当汉奸，我就打死你这个畜生！"董爷说着，举起拐杖要打瘪五，鬼子从背后一枪托，砸得他口喷鲜血，一头栽倒在地上。

瘪五不明白董爷为啥要冒死保护老盖，他其实还没怎么想明白其中的道理。但董爷的鲜血至少让他意识到，如果说出了老盖的藏身之处，那他瘪五就当了汉奸，这是一辈子都要被人指脊梁骂的啊！

瘪五突然不知哪来的胆子，牙一咬，胡乱指了指沼泽地，说："藏、藏在那里。"

鬼子认为老盖应该是藏在村里的某个角落，所以对瘪五的话根本不信，将他一顿暴打，打得他口鼻鲜血直流。瘪五委屈得心里直骂：老盖啊老盖，你让我老婆替你生娃，到头来，我还得冒死救你，你说天下哪有这道理嘛？不过骂归骂，瘪五这时候反倒壮起胆来，不管鬼子怎么逼

问，他就是指着沼泽地，一口咬定说："藏在那儿，真就藏在那儿。"

这时，从沼泽地方向传来几声零零落落的枪声，鬼子吃不准是怎么回事，就要瘪五在前面带路，去沼泽地搜寻。瘪五心里明白：自己这回是死定了！他忍不住抬起头来，留恋地看了一眼乡亲们。

就这一眼，让他的心里猛一阵颤抖。因为他从村里人的眼光中，看到了以前从来没有看到过的对他瘪五的尊敬。

瘪五还看到了肖玉，肖玉早已泪流满面，冲他不住地点头。瘪五突然觉得心里很知足，于是挺了挺腰板，一瘸一瘸地向沼泽地方向走去，他觉得自己今天终于是真正地活了一回……

瘪五当天就死了，和他一块儿死在沼泽地里的，还有那群鬼子。

第二天早晨，老盖硬要他的兄弟们搀扶着来到沼泽地边，给瘪五下跪。跪倒在他身后的，还有肖玉和石洼村的一大片村民！

（题图、插图：安玉民　梁　丽）

绿版编辑部各编辑邮箱：

夏一鸣：gshxym@163.com

邢　悦：simyyue@126.com

朱　虹：zhong98305@sina.com

杭　帆：hangfan1102@126.com

是不共戴天的夺妻仇人，也是恩情深重的救子恩人，在情与理、义与法的正面交锋中，复仇的火种燃烧起来……

开弓没有回头箭

□ 黄胜

1. 夺妻之恨

俗话说，杀父之仇，夺妻之恨，不共戴天。对一个男人来说，这夺妻之恨关系到做人的颜面和尊严，不能不报。

这些日子，刘德民心中就充满着这种仇恨，要不是为了年迈的父母和年幼的儿子，他早就跟夺妻的仇人赵伟强拼命了。

说到这赵伟强，跟刘德民原本是不错的朋友。两年前，刘德民离家南下打工前，还郑重其事地请赵伟强来家里喝了一顿酒，拜托他照应一下自己的老婆和孩子。没想到，赵伟强还真是"不负所托"，竟然照应到心上去了。两年后，当刘德民从南方打工回来，老婆秀芹就跟他提出了离婚。

刘德民不恨老婆，毕竟自己一去就是两年，对家里的事情一概不闻不问，一个风华正茂的女人，是需要有人在身边关心、呵护的。他可以原谅老婆，他恨的是赵伟强。朋友妻不可欺，你倒好，朋友妻不客气啊！此仇刻骨铭心，若不报，一辈子都抬不起头来做人。刘德民原本是个把面子看得比命都重的人，恨到极处，他就起了杀心：你让我没脸做人，我就让你没命做人。

不过，杀人要偿命，这点常识刘德民还是知道的。他不怕死，他已经抱了必死的决心，大不了就是一命换一命，你赵伟强是运输专业户，家里有钱、有楼、有车，日子比我刘德民强多了，你的命肯定比我的要值钱。

但刘德民转念又一想：不行，自己死了，儿子小宝怎么办？当初，跟秀芹离婚的时候，自己坚持把十岁的儿子留在了身边。要是自己死了，谁来照顾儿子呢？指望秀芹？

所以，在报仇之前，刘德民必须安排好儿子的生活，了无牵挂了，才能跟仇人一同去死。

刘德民决定忍辱负重。在村里抬不起头来，他干脆一咬牙，背井离乡，带着儿子去了城里，边打工，边寻找报仇的机会。刘德民日思夜想的，除了报仇，就是怎么才能攒下一大笔钱留给儿子呢？靠打工肯定是不行的。他想到自己早晚要死，就跑去保险公司，想买一份伤亡保险，只要自己一死，儿子就可以得到一大笔钱。

去了以后，刘德民问保险公司的职员："是不是只要我死了，就有保险金？"对方皱了下眉头，说："投保人自杀或者因为投保人故意犯罪引起的死亡，我们是不会赔偿的！比如说你杀了人，被判了死刑，那是不可能赔偿的。"刘德民一听，扭头就走。

不过，接下来发生的一件事，让刘德民走投无路，他不能再等下去了，必须抓紧时间实施自己的报仇计划。

俗话说：福无双至，祸不单行。这天，儿子小宝在学校里突然晕倒，送到医院一检查，竟然患的是尿毒症，需要换肾。真是晴天霹雳呀！

这种病很麻烦，既需要肾源，又需要大笔的治疗费。肾源么，刘德民开始还以为，自己肚子里就有两个肾，都摘给儿子他也情愿。可医院一检查，配型失败，他的肾并不适合移植给儿子，只能眼巴巴地等待适合的肾源。另一个问题就是钱，刘德民这些年虽然也攒了一点钱，但哪里经得起这样折腾啊！儿子住院不到十天，就花光了。接下来，医院催费的单子一张接

一张，刘德民只好求爷爷告奶奶，四处找亲戚朋友借钱，他几乎绝望了。

这天，刘德民托一个病友帮忙照顾一下小宝，自己搭车返回老家，准备把自己的房子卖掉。在村口下车后，刘德民一眼看到路边的老槐树上贴着大红喜字，他问一个乡亲："是谁结婚啊？"那乡亲笑嘻嘻地大声道："是德民呀，怎么，他们没请你来喝喜酒啊？"旁边几个闲人哄堂大笑。刘德民疑惑地问："到底是谁啊？"

"哈，是你媳妇结婚啊！德民，你也算是她亲戚，快去看看热闹吧。"说罢，又是一阵哄笑。

刘德民顿时觉得全身热血上涌，心里暗骂道："我这里都愁死了，你们却在舒舒服服办好事！我过不了清闲日子，你们也别想舒服了！"他"噌、噌、噌"大步跑到父母家，从案板上抓起一把菜刀，瞪着血红的双眼，杀气腾腾地就往外走。

老爹见势不好，冲上去拼命抱住他，老泪纵横地喊道："德民啊，忍一忍吧，你不为自己想，不为我跟你娘想，也得想想小宝呀！小宝这会儿在医院躺着等你救命呢。"

一听说儿子，刘德民全身的血液凝固了，手一软，菜刀"当啷"一声掉在地上。随即，他抱住脑袋，蹲在地上绝望地号啕大哭。

这时，外面传来震耳欲聋的鞭炮

声，接着是热烈欢快的唢呐声，在村子上空久久盘旋。刘德民捂住耳朵，但那声音还是一个劲地往他心里钻，如同一支支利箭，将他的心刺得鲜血淋漓……

2. 誓报此仇

第二天一早，刘德民怀里揣着卖房子得来的两万块钱，来到村口等客车。也是冤家路窄，等了一会儿，客车没到，却等来了赵伟强的车子。刘德民老远就看到，那车头上贴着簇新的红喜字，秀芹坐在副驾驶座上，身上的衣服更是红得刺眼。

刘德民急忙转过身去，背对他们。不料，车驶到近前，却停下了。赵伟强开门下车，冲他招呼道："德民，听说你回来了。昨天本想去看你，因为太忙也没顾上。"

刘德民目光如刀，冷冷地说："看我干什么！要看我的笑话是不是？赵伟强，我告诉你，咱俩谁输谁赢还不一定呢！"

赵伟强尴尬地笑了笑，说："德民，我确实是对不起你！不过感情这种事情谁也没法控制，事到如今，只能怪你和秀芹没有缘分吧。"

这小子做出这样的事情来，竟然还理直气壮，满口理由！刘德民气得热血上头，眼中燃起熊熊怒火，他紧咬牙关，不再说话，心里反复提醒自己不要冲动。不想，那赵伟强还不识

趣，又问："你这是要回城吗？来，上车吧。"

打死刘德民也不会上仇人的汽车，他嘴里蹦出一个字："滚！"坐在车里的秀芹生气了，她瞟了刘德民一眼，对赵伟强说："伟强，甭理他，我们走！"

刘德民听在耳里，心中火起。离婚的时候，秀芹要儿子，说她可以给小宝更舒适的生活。当时，刘德民放出话来："小宝永远不用你管，我们就是穷得要饭，也不会要到你的门上。"

此时，见秀芹逍遥自在的样子，刘德民一冲动，就忘了自己说过的话，沉着脸走到另一侧车门前，说：

"秀芹，你知不知道小宝住院了？"

秀芹面带嘲讽地说："你不是说小宝不用我管吗？怎么，后悔了？"刘德民喉头一噎，后面的话就说不出来了。赵伟强忙过来打圆场，说："德民，小宝的事，你也别太着急……"

秀芹打断他的话，道："伟强，用不着跟他废话！咱们还要去桃花岛旅游呢，赶快上车。"赵伟强只好对刘德民道了声抱歉，然后上了车。

透过车窗，刘德民看到秀芹亲昵地在赵伟强耳边低声说了一句什么，说罢，还轻蔑地望了自己一眼，两人突然一起大笑了起来，然后汽车发动，绝尘而去。

刘德民妒火中烧，气得浑身发抖，他猛地回转身，一拳敲在旁边的树干上，心里呐喊一声："我要报仇！"坐车返程的途中，刘德民的心里渐渐想好了一个计划。

回城后，刘德民没有立刻去医院，而是去了保险公司，花五千块为自己买了一份大额意外伤亡保险。上面规定，自己如果在保险期内意外身亡，儿子小宝将可以得到三十万元保险金。

签字的时候，刘德民激动得手不住颤抖，那感觉就像在生死簿上画押。工作人员不由起了疑心，郑重地再次向他强调拒赔条款。刘德民签好字，说："放心，我是决不会自杀的，更不会犯罪。"

从保险公司出来，刘德民又到一家手机店买了张新的电话卡。回到住处，刘德民仔细地将保险单据夹在儿子的课本里，然后打开抽屉，从底层找出了一张纸条。纸条上写着几个手机号码，这些号码都是他决意报仇后，到处搜集来的，内容都是：专业报仇、提供杀手。

刘德民换上新的手机卡，又犹豫半天，终于下定了决心，按下了第一个号码，电话却没打通，再按第二个，还是不通，打到第三个，终于通了。刘德民稳住心神，与对方互相试探一番后，确认对方正是自己想找的人，于是说："我想请你帮我杀两个人。"

对方一口答应，报出了个价格。刘德民本来就没打算付钱，也不讨价还价，只说要服务到位，钱不是问题。对方很高兴，说："你放心，我们很专业，我有个外号，叫做'杀手王'，保证干净利索，而且决不会连累到你。"

接下来，杀手王给了一个地址和一个新的电话号码，让刘德民将要杀之人的照片等资料发快递过去，并把五万预付款打到指定账号上。刘德民哪里有五万元啊？他便说："对不起，我对你们的信誉还不太了解，最多预付一万块钱，剩下的事成后一次付清。你们放心，你们是专业杀手，给我十个胆子也不敢得罪你们，除非我不想活了，你说对不对？"

杀手王沉吟了一下，说"谅你也不敢耍我！不过，一万块钱连行动的经费都不够，最少三万。"最后两人各让一步，以两万元成交。

接着，刘德民找出两张照片，一张是赵伟强的，另一张是自己和秀芹的合影，他在合影照片背后写上了两句话，发快递寄了出去。

然后，刘德民打电话告诉杀手王，第一个目标是单人照上的那个人，此人这几天会跟合影片上的女人一起去桃花岛旅游。干掉此人后，第二个目标的有关情况，就写在合影照片的背面。

杀手王说："没问题，只要你的预付款一到账，我就立刻安排动手，你抓紧时间汇钱吧！"

刘德民花了整整两天时间，四处奔波筹钱。这期间，杀手王打电话催了他不下十次。终于，到第三天的早晨，刘德民把钱汇到了对方的账上。杀手王打电话确认收到，让刘德民静候佳音。

刘德民不放心地问："你们不会是骗钱的吧？"杀手王笑道："放心，我们信誉至上，拿人钱财替人消灾，盗亦有道。"

3.大出意外

刘德民来到医院，还没跟儿子说上几句话，就被护士叫到了医生办公室。小宝的主治医生王主任生气地说"你这几天不露面，我们都以为你把儿子抛下不管了呢！"刘德民慌忙哀求："王主任，请再宽限几天，千万不能停药，我一定会弄到钱的！"

王主任笑道："我们不会停药的，因为住院费已经缴得足足的。"刘德民诧异道："我没有缴钱啊！"

王主任告诉他，昨天上午，有人来为小宝交了一笔住院押金。刘德民狐疑万分，自己没有什么有钱的亲戚朋友啊，会是谁呢？

接着，王主任又说："还有一个天大的喜讯，小宝可能很快就能做移植手术了。"刘德民又惊又喜，一把抓住王主任的胳膊："是不是有肾源了？"

王主任点点头，说："前天上午，有一男一女来医院找到我，主动要求为小宝做配型检查。我问他们是谁，

那女的说，她是小宝的母亲。"刘德民听了，既感意外，又很高兴，心想：秀芹毕竟是小宝的妈妈，哪能见死不救呢？他问道："那配型结果出来了没有？"

王主任说："结果还没有最后出来。不过就目前已知的情况看，小宝母亲除了身体较弱，不太适合移植外，其他各方面还比较乐观。你放心，二选一，一定没问题的。"

刘德民一怔："什么二选一？"

王主任说："那个跟小宝母亲一起来的男人也做了检查，他要求把自己的肾移植给小宝。对了，这人是谁啊？"

刘德民心中大为震动：那男人肯定是赵伟强了，想来，住院费也是他们缴的。秀芹救儿子是天经地义，但他万万没想到，跟儿子毫无血缘关系的赵伟强不但出钱，还愿意捐肾！

刘德民又转念一想：或许，赵伟强是因为抢了自己的老婆，良心发现，想以此来向自己赎罪。如果是这样，自己该不该原谅他呢？一时间，刘德民心乱如麻，矛盾、感激、嫉妒、懊悔……诸般滋味一齐涌上他的心头。

刘德民心事重重地回到病房，同室的病友交给他一封信，说是昨天那个男人托他转交的。刘德民打开信，果然是赵伟强写的：

"德民，本想跟你当面谈一次，但你一直不给我机会。我知道你心里恨我，毕竟，夺妻之恨，对任何一个有血性的男人来说，都是奇耻大辱。十年前，我也有过跟你一样的感受，也被人抢走了最心爱的人……"

看到这里，刘德民感到很奇怪：你连婚都没有结，怎么会知道夺妻之恨的滋味？他接着往下看："你知道我为什么一直没有结婚吗？因为，秀芹本应该是我的妻子。你也许不知道，她在跟你结婚之前，我们已经秘密交往了两年，可是因为当时我家里穷，她父母一直不同意我们的婚事，后来你就插进来追求秀芹，迫于父母的压力，秀芹选择嫁给了你。那时候，我恨你入骨，曾对天发誓：一定要把秀芹再夺回来。所以，这些年我拼命奋斗，可是，光靠我自己努力还不行，是你给了我机会，你为了赚钱扔下秀芹，一走就是两年，我这才重新拥有了秀芹，也报了你当年的夺妻之恨。"

看到这里，刘德民目瞪口呆，他万万没想到事情是这样的，原来对赵伟强来说，自己同样是有夺妻之恨的仇人。怪不得刘德民一直感觉，秀芹跟自己貌合神离，原来，她心中一直搁着赵伟强。

信上又写道："我说这些，不是希望你能原谅我，只是想让你知道我追求秀芹的真实原因。

当我们知道小宝得病的事情后，秀芹很着急，她执意要自己捐肾给小宝。我本来不同意，你也知道，秀芹的身体十分虚弱，我可以出钱供小宝治病，但不能冒着失去秀芹的危险让她去捐肾。但秀芹却打定了主意，为了不连累我，她甚至提出要跟我分手。现在，我想明白了，爱一个人，就应该为她做任何事。小宝是秀芹的儿子，那也就是我的儿子，只要我的肾适合移植给小宝，我愿意代替秀芹捐一颗肾。今天，我们已经在医院做了检查，结果等几天才能出来，等我们旅行回来，应该就可以做手术了。

我们本来计划年底再办喜事，但如果做移植手术的话，后果难料，所以我才提议马上结婚，趁现在我和秀芹都是完整的人，多享受几天。还有，不要为手术费的事情着急，我会想办法的。我相信，我们一定会度过这个难关！"

刘德民看完信，呆呆地坐在那里，眼眶里酸酸的，想放声大哭一场，心里对赵伟强的恨，不知不觉间消了一大半。

就在这时，王主任夹着病历兴冲冲地推门进来，说："刘德民，你儿子有救了！"刘德民大喜，激动地问：

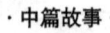

"王主任，是不是有结果了？"

王主任点点头："是啊！"他翻开病历，"两份检查结果都出来了，配型成功，赵伟强和秀芹的肾都可以移植给小宝，但考虑到秀芹的体质较弱，我们决定选用赵伟强。"

"选他？"刘德民一呆，突然想起了一件事，不由脸色剧变，"霍"地跳起来，失声道，"坏了！"

王主任吃了一惊："怎么了？"刘德民冷汗如雨，说："王主任，麻烦您照顾一下小宝，我有点急事。"说完，就冲出了病房。

刘德民跑到一个空旷地带，掏出手机，急不可耐地拨通一个号码："杀手王，生意马上取消。"

杀手王说："你开什么玩笑？开弓没有回头箭！现在箭已离弦，杀手都派出去了，现在说不定已经动手了。"

4．拯救仇人

刘德民闻听，全身的血液顿时凝固了，他颤声说"求你了，快通知他，千万不能动手！那两万块钱订金我一分不要，还不行吗？"

杀手王不情愿地说："那我试试看吧，你等我的电话。"

刘德民攥着手机，焦急地在原地走来走去，感觉每一分钟都像一年那么漫长。终于，手机响了，刘德民颤抖着按下接听键。

杀手王说："没办法，联系不上，下家把活儿转包出去了。据他说，他雇了当地一个急需用钱的混混儿。"刘德民几乎要哭了，哀求道："那你赶快再跟混混儿联系啊。"

"怎么联系？那混混儿穷得叮当响，连手机都没有。不好意思，这笔生意只能继续了，你把余款准备好。"

刘德民傻了眼，对着手机大吼道："什么余款？我跟你说，生意取消，没有余款！"

杀手王一声冷笑"嘿嘿，我劝你还是冷静点儿，想清楚后果。要知道，干我们这一行的，都是亡命之徒，得罪了我们，你就准备后事吧！告诉你，我们要查到你很容易，你就是躲到老鼠洞里，我们也能把你抠出来。"

刘德民绝望地吼道："不用费事了！我跟你说实话吧，我根本没有钱付给你，我雇你们除掉的第二个目标就是我自己，那张合影上的男人就是我，你们快来杀我吧！"

杀手王大吃一惊："花钱雇杀手来杀自己？你是不是有病啊？"

原来，刘德民要杀的第二个目标，正是他本人。他本来的计划是这样的：一，请杀手杀掉赵伟强，以报夺妻之恨；二，杀了自己，那自己应该算是意外死亡，儿子就可以得到一笔保险赔偿金，就有钱来做肾脏移植手术了。这是他在走投无路时，想出的一条一箭双雕的妙计。

可他没想到的是，赵伟强竟愿意出钱出肾来救小宝，小宝的治疗已不是问题，那自己也没有必要为了得到赔偿金去死了。在看过赵伟强的那封信后，刘德民更是深受触动，感激之情已经远远大过了夺妻之恨。况且，此时只有赵伟强能救小宝，杀了他，小宝也没救了。

开弓没有回头箭，现在后悔已经来不及了。怎么办？赵伟强已经处在危险之中，必须尽快通知他。

刘德民一路狂奔，赶回住处，翻出以前的手机卡，查找赵伟强的手机号码，可赵伟强的手机号早被自己删掉。他想到赵伟强在医院检查身体时可能留下了联系方式，就掉转头奔回医院。还好，终于找到了赵伟强的手机号码。

刘德民立刻拨打电话。电话通了，可是响了半天，却没有人接。听着手机里传来的音乐声，刘德民心急如焚地盼着：快接啊，快接电话啊！时间一秒一秒的过去，刘德民像是掉进了冰窖里，浑身上下，一片冰凉：难道，他、他已经遇险了？

就在绝望之时，手机里传来了应声："喂，哪一位？"刘德民一听是秀芹。电话里声音很嘈杂，像是在人多的地方。刘德民急切地问："赵伟强呢？他没出什么事吧？快让他接电话。"

秀芹听出了刘德民的声音，恼怒地斥道："呸！刘德民，你什么意思？告诉你，你诅咒也没有用，我们活得好好的。他正在海里游泳，没空理你。"

听说赵伟强还活着，刘德民长舒了一口气，竟然喜极而泣，哽咽着说："太好了，活着就好！"

秀芹听出了异常，忙问："刘德民，你到底是什么意思？"

刘德民当然不敢说自己雇人追杀赵伟强的事，他斟酌了一下，说："没别的意思，出门在外，你们小心一点，保重身体。"

秀芹冷冷地说："还是你自己保重吧。莫名其妙！"

刘德民一呆，觉得秀芹一定是以为自己不怀好意，忙说："秀芹，你先别挂电话。你听我说，你们现在很危险，赶快离开桃花岛！"

秀芹笑道："危险？你不在，我们就没有危险！刘德民，我跟伟强已经结婚了，你就别胡思乱想了，忘了我吧。还有，我们想静静地在这里呆几天，你少来骚扰我们！"

刘德民急出了一头大汗，几乎是在哀求："秀芹，求你相信我，你们现在真的非常危险！"秀芹没有回答，电话里却传来一阵惊呼声，有人在喊："快看，有人溺水了！"接着，隐约听到有人在叫救命，秀芹惊慌地喊了一声"伟强"，手机就关了。

刘德民的心倏地往下沉去，重新坠入冰窖之中，心说：一定是杀手对赵伟强下手了！他赶紧重拨电话，一遍接一遍地拨，却再也没有人接听。

刘德民六神无主地呆立片刻，突然冲出医院大门，撒腿向汽车站奔去。他心里只有一个念头——马上赶到桃花岛，去救赵伟强！一分一秒都不能耽误！刘德民冲上了马路，双脚如飞。此时，他的眼里已经没有汽车、行人、红绿灯，一时间马路上喇叭声大作，刹车声不绝于耳，惊险场面接连上演。

最危险的十字路口都没有出事。但当刘德民经过一个小胡同口时，一辆小货车早不出来晚不出来，恰好刘德民经过时，从胡同里拐了出来，与他撞个正着，只听"嘭"的一声响，刘德民被撞得飞了起来，在空中划过一道弧线后，砰然落地。在落地的一瞬间，他心中忽然想到了一件事：自己就是那第二个目标。

刘德民躺在地上，挣扎着抬起头，想看杀手一眼，但他看到的只是一片红色，那是他自己头上流下的血！

5. 小岛惊魂

再说秀芹不愿再搭理刘德民，刚想关掉电话，远处突然传来喧哗声，有人在喊："有人溺水了！"

她循声看去，只见海面上有人在挣扎着，正是刚才赵伟强所在的位置。秀芹吓得大声呼喊："伟强——"边喊边起身向那边奔去。奔近一看，只见伟强完好无损地正向岸边游来，这才放下心来。

赵伟强上了岸，来到秀芹跟前，心有余悸地说："刚才真是危险，我旁边有个人溺水喊救命，我过去救他，他却死死抱着我不肯撒手，差点把我也拖下去。幸亏后来他松了手，我才把他带到了浅水区。"

秀芹听了心中一凛，联想到刘德民刚才的那个电话，不由生出一种不祥的感觉，急忙问道："伟强，你救的那个人哪里去了？他会不会是故意的？"

赵伟强笑道"当然不是了。溺水的人都是这样，为了活命，别说抓着人了，就是抓着一根稻草也不肯撒手啊。没事的，你别瞎想了。"

秀芹却越想越后怕，她怕影响赵伟强的情绪，不想让他知道刘德民打过骚扰电话，只是说："伟强，刘德民这个人小肚鸡肠，他心里一定恨死你了，你以后要防着他点。"

"德民？"赵伟强满不在乎地说，"怕什么？他总不至于雇杀手来杀我吧？"

一听这话，秀芹不由得打了个寒战，担忧地说："伟强，我怕他不肯善罢甘休，咱们还是小心一点为好。好了，我有点冷，咱们回酒店吧。"

赵伟强还想去潜会儿水，说："难得出来一次，你就让我玩个痛快吧。现在不去潜水，以后只怕就没机会了。"

秀芹一听，脸色马上变了，急忙伸手去捂赵伟强的嘴："不许你说不吉利的话！以后我们年年都要出来玩。"

赵伟强见她如此

紧张，有些好笑："你到底害怕什么呀？我的意思是说，等我捐肾以后，只怕……潜水就有些难度了。"

秀芹柔声说："伟强，潜水太危险，还是算了吧。要不，你陪我到处走走。"

赵伟强不再坚持。接下来，两人手挽着手，在岛上信步闲逛。桃花岛风光旖旎，景观众多，除了沙滩、碧海，还有奇洞、悬崖、险峰。两人不知不觉走到一道险峻峭壁之下，正抬头仰望崖壁上的雕刻，突然，山上"哗啦啦"一阵响，一堆碎石滚落下来，其中一块足球大小的石块挟带着风声，"啪"地砸在赵伟强的身旁。

"上面有人！"秀芹抬头看去，隐约看到山顶有个人影一闪，吓得她花容失色，一边抱住赵伟强，一边颤声

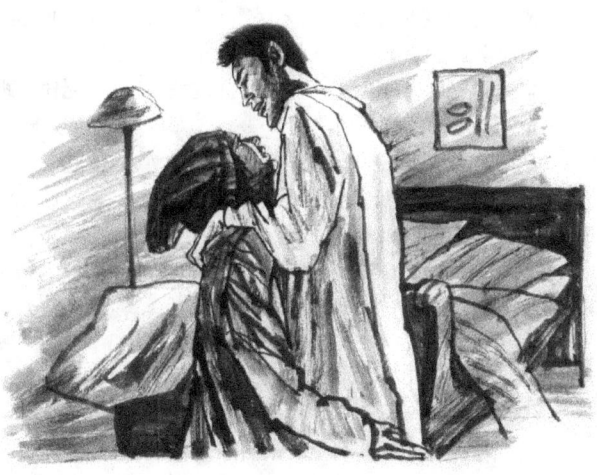

说，"咱们快走吧！"

赵伟强也惊惧不已："这上面险峻陡峭，谁没事会爬上去呢？"

秀芹拉着赵伟强一路小跑，回到酒店房间，仍然惊魂未定。她蜷缩在沙发上，想到刚才的险情，禁不住全身瑟瑟发抖。那块石头若是再近一米，肯定会砸在赵伟强身上，后果不堪设想。

赵伟强柔声安慰道："没事，可能只是一个意外。"

秀芹摇摇头，泪流满面地说："一定是刘德民，一定是他让人干的！"

赵伟强惊得睁大双眼："不可能吧？他会做这种事？"

此时秀芹也不再隐瞒，便将刘德民打电话来的事情一五一十说了，然后说："肯定是他，不然的话，他不会专门打电话来提醒我们要保重身体。自从我跟他离婚后，他从没主动和咱们打过招呼。你不觉得他突然打这种电话来，很奇怪吗？"

赵伟强挠挠头，说："如果真是他，他为什么要提醒我们呀？好了，秀芹，别胡思乱想了，没事的。"

秀芹仍是难以释怀，恳求道："伟强，求你了！今天咱们就呆在房间里，哪里都不去，好不好？"

赵伟强答应着，轻轻揽住秀芹，柔声劝慰安抚。不过，他的心里，也对刘德民那个不期而至的电话感到有些疑惑。过了一会儿，他走到卫生间，给刘德民拨了个电话，那边却传来回复说："您拨的用户已关机。"赵伟强当然不会知道，刘德民被撞之后，他的手机就已经摔坏了。

到了夜半时分，一阵急促的敲门声将两人从睡梦中惊醒。秀芹恐惧地缩在赵伟强的怀里，全身颤抖："别、别开门，一定是杀手！"

赵伟强稳了稳心神，问："是谁？"

"开门！我们是警察！"

赵伟强忙打开门，门口站着两个警察，出示证件后，其中一个问："你叫赵伟强吗？"

赵伟强点点头，问："什么事？"

警察说："我们得到信息，可能有杀手正在追杀你们，所以奉命来保护你们。不过具体情况我们也不清楚，有什么问题，明天你们返回后再问吧。"

赵伟强跟秀芹对视一眼，呆了。

6. 甘愿领罪

迷迷糊糊之中，刘德民听到一片嘈杂的声音，有人在说："这人还有气，赶快送医院吧！"还有人说："交警来了，大家让开。"

听到"警察"两个字，刘德民精神一振，提起一口气，张嘴喊道"快、快……快去桃花岛救赵伟强，有杀手要杀他！"

这个交警刚才看到刘德民在路上疯跑，此时又听他胡言乱语，以为他神经有问题，问："你没糊涂吧？什么杀手？哪来的杀手？"

刘德民用尽全身力气，一把抓住交警的手，说："撞我的人就是杀手，另外还有杀手在追杀赵伟强……快、快去桃花岛救人，晚了就、就……"话没说完，就又晕了过去。

交警见他说得郑重其事，当下不敢怠慢，先打急救电话叫救护车，然后又打了110报警。

一桩普通的交通事故就转变成了谋杀案。警方先控制住肇事司机，而后打电话联系桃花岛警方，让他们协助寻找一个名叫赵伟强的游客，并予以保护。

被关的肇事司机大呼冤枉，说："这人我根本不认识，干吗要杀他？这人胡言乱语，肯定有妄想症。"

经医院全力抢救，当晚，刘德民终于苏醒过来。幸亏没有什么严重的内伤，他的命侥幸保住了。醒来后，刘德民先问警察："赵伟强怎么样？他没事吧？"

警察说："我们已经找到他了，并安排专人二十四小时保护，明天他就可以赶回来。"

刘德民长舒一口气，如释重负地喃喃说道："老天保佑，真是太好了，太好了！"

警察问："到底是怎么回事？你怎么知道有杀手要杀他？"

刘德民也不隐瞒，向警察如实交代了自己为报仇雇凶杀人、后又悔改的经过。警方根据他提供的线索，几经周折，将杀手王捉拿归案。

当天下午，在桃花岛警方的护送下，赵伟强和秀芹安全返回。在听说了事情的来龙去脉之后，两人又怕又恨，骂刘德民不是人。可是等他们看到躺在病床上体无完肤的刘德民后，想到他毕竟幡然醒悟，舍命补救，心也就软了，原谅了他。

那个一直关在拘留所里的肇事司机，直到杀手王及其同伙被缉拿归案，他才洗清了故意杀人的嫌疑。

其实，哪里有什么杀手？据杀手

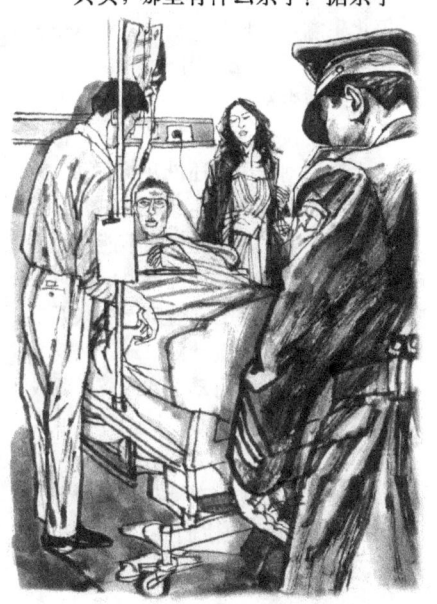

王交代，他和同伙不过是一伙骗子，根本不会去杀人，只是利用有些人急于找人报复仇家的心理，想方设法引对方上钩，然后一步一步进入圈套，骗取巨额钱财。因为委托杀人的行为本身就是犯罪，所以委托人即使发现上当受骗了，也不敢报警。在杀手王的计划中，收到定金只是第一步，第二步是安排人去接近委托人所委托的目标，实际上只拉弓不放箭，只是制造暗杀的假象，表演给委托人看，然后借口暗杀没有成功，再向委托人索要追加经费。此时委托人为达到目的，只有乖乖掏钱就范。就这样，一环扣一环，直到委托人最后发现有诈，主动要求停止生意，这时候，杀手王就以报警相威胁，要委托人出一大笔封口费，才能终结生意。

这个伎俩他们屡试不爽。不料这一次遇到刘德民，还没开始行动，就突然反悔说要结束生意。好不容易等来一条大鱼，杀手王自然不能让他轻易脱钩，所以当刘德民打电话要求取消生意后，杀手王就借口无法联系上杀手，依然按原定计划行动。只要下一步有了杀人的行动，就造成了既成事实，到时候，刘德民只能听任他们敲诈勒索。

赵伟强跟秀芹在桃花岛山崖下遭遇的凶险，正是他们制造的杀人假象。至于刘德民所遇车祸，其实是一个意外。据办案的警察讲，刘德民还算是幸运，找的不是真正的杀手，没有铸成大错，不然的话，就是神仙下凡，也救不了他了。

不久后，小宝顺利地进行了换肾手术，康复出院后，刘德民主动提出，让小宝以后跟秀芹生活。

因为刘德民买保险意在骗保，他受伤后，保险公司拒绝了他的意外伤害赔偿要求。但后来警方查明，车祸纯属意外，并非预谋而为，符合意外伤害险的赔偿条件。经协调，保险公司仍给予了他一定的保险赔偿金。刘德民将这笔钱又还给了保险公司，全部用于为小宝、赵伟强和秀芹购买保险，也算是为自己的行为赎罪吧。

虽然没有造成严重后果，但毕竟涉嫌买凶杀人，伤愈后，刘德民被依法拘留，等候判决……

（题图、插图：杨宏富）

故事看过瘾了吗？轮到你出手了，给我们的中篇故事栏目投稿吧。我们欢迎这样的故事：1.题材新颖，视角独特，能引起读者的兴趣，尤其欢迎反映当代生活的作品；2.情节曲折生动，线索脉络清晰，故事性强；3.人物形象鲜活生动；4.篇幅在10000字至15000字之间。热情期待您的来稿。优秀作品除了能得到优厚的稿酬，年底还有机会拿到千字千元的奖金。来稿可从邮局寄发，邮寄地址：上海绍兴路74号《故事会》杂志社，邮编：200020；也可从网上传递，本期责任编辑邮箱：hangfan1102@126.com。

水兵裤的由来

世界上，几乎所有国家的海军水兵都穿着统一样式的水兵裤。这种裤子酷似女裤样式，裤裆无开口，两腰开衩，扣子相连，裤筒肥大。为什么水兵都要穿这种样式的裤子呢？说起来有段奇谈。

1713年，英国海军的一艘"海狼"号战舰在一次战役中，不幸被敌方击中沉没，舰上仅有一名叫卡尔的水兵活了下来。

原来，在当晚出海作战前，卡尔偷偷地跑去女友家幽会了。由于分手时匆忙，卡尔一不留神把女友的裤子穿了回来。

晚上开战后不久，"海狼"号就被敌方命中多发炮弹，船体迅速下沉，船上的官兵慌不择路，没带救生设备，只得纷纷跳进海里。卡尔也跟着跳了下去，但不知是什么原因，当他头朝下跳进海里时，身上穿的那件裤子竟然自动脱落下来。

然而，奇怪的事情发生了。这条女裤不仅没有沉进海里，反而借助风势在裤筒里充满了空气，如同一个充了气的救生筏漂在海中。卡尔当时也没想那么多，只是抱着裤子，在海上漂了十多个小时，最后被一艘渔船救了起来……

后来，这件事传到了英国海军部的一名技术军官那里，引起了他的注意。经过多次试验，他发现，在女裤的基础上再稍加改进，就可以成为一件十分有用的海上救生工具。他给上级打了一份报告，说："这种裤子两边开衩，入水时十分容易脱落，而裤角在垂直入水的瞬间，又很容易充进气体。只要把裤口和裤筒一扎，就是一个很好的救生设备。"

这个建议得到了英国海军的支持。从此，水兵裤不仅在英国海军中流行起来，而且渐渐为世界各国海军所接受。

关键词：水兵裤

（作者：刘起来　张志刚）

这个责免不了

□ 罗凤纨

周李华是腾飞铸造厂的工人，负责锅炉煤渣的清理，每天的工作就是用手推车把煤渣拉到车间外的垃圾场倒掉。

最近，周李华家里有些事，他想请一个星期的假，跟班长说了几次，班长都不同意，说："不是我不通情，现在正是生产旺季，厂里开会时强调，除非家里死人，否则不得请假。你家又不死人，不能请假！"

周李华既恼火又无奈。这天，他下班回到所住的小区，大门旁那个桶装纯净水店的送水工高大军迎了出来，说："周师傅，你把这个月的水费结一下吧。"

周李华有些奇怪，问："不是到月底才结吗？"

高大军叹了口气，说："老板不要我干了，明天我得走了，所以提早把账结了吧。"

结完账，周李华突然眼睛一亮，他再次瞧瞧高大军魁梧的身材，想出了一个好主意。他试探着问高大军："你能代我工作几天吗？计件工资，做多少都归你。"

高大军一时没反应过来，说"我怎么代你工作，你们老板会同意吗？"

周李华笑着说："我那工作就是倒煤渣，简单省心，老板是按件计酬，当天结算当天付酬，他才不管谁干哪。"

见天上掉下个馅饼，高大军很高兴，于是两个人说好，从周一开始，就由高大军替周李华上班五天，五天的工资全归高大军。

周一早上，周李华带高大军去了厂里，告诉高大军煤渣怎么拉，怎么倒，注意些什么安全事项等等。这么简单的工作，高大军一看就会了，他在心里算了一下：拉一车是五毛钱，手脚麻利点的话，一天可以拉一百五十多车。哇，那就是七八十块呀！他送一天水、爬一天楼梯，也就挣二十多块，这拉煤渣比起扛桶装纯净水爬楼梯，可轻松多了。

第一天，高大军拉了一百五十车煤渣，下班的时候，拿到了七十五块钱。第二天他干得更欢了，拉了一百六十车。

铸造厂说大不大，说小不小，为了行车的安全，厂里特意用黄线划了一个行车运行的范围。可就是这条黄线，高大军觉得麻烦，如果自己超近路，直接从黄线区域穿过去，就能缩短不少距离，每天就可以多拉几车煤渣。高大军多了个心眼，趁没人注意就偷偷穿过黄线，看看没人发现，胆子更大了，特别是拉空车回来的时候，几乎都是从黄线区域穿过来，这样一天真能多拉好几车。

高大军心里高兴，正想甩开膀子大干快上的时候，不幸发生了。

那天下午，他拉着煤渣穿越行车运行区域的时候，行车载着沉重的铸造模板"嘎嘎嘎"从上空运行过来。吊

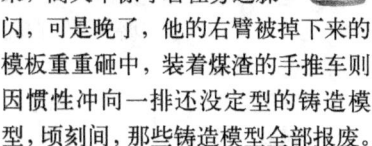

在行车上的模板突然脱落砸来，高大军惊呼着往旁边躲闪，可是晚了，他的右臂被掉下来的模板重重砸中，装着煤渣的手推车则因惯性冲向一排还没定型的铸造模型，顷刻间，那些铸造模型全部报废。

高大军右臂粉碎性骨折，被高位截肢，成了断臂人。为了治伤，还花了七万多医疗费，家里债台高筑。高大军是欲哭无泪，悲痛万分。有个老乡好心提醒他，他这应该算是工伤，可以找工厂要工伤待遇。

高大军是死马当活马医，硬着头皮找到工厂的曾老板，谁知曾老板见了他，气不打一处来，指着他就是一顿训斥："你还好意思找我要钱！你弄得我四十多件模型报废，那是多少钱你知道吗？二十多万！我体谅你一个打工仔可怜，不要你赔偿损失就算我做了好人了，你还有脸上门来跟我要钱。"

高大军自己也觉得理亏，说话底气不足："我、我可是为您打工啊……"

曾老板火气更大了："我什么时候聘用过你？既然你说是代替周李华工作，那受伤自然也要找他呀！"曾老板末了又加上一句，"你最好别来找我了，惹怒我的话，我就起诉让你赔偿我的损失！"

高大军越听越害怕，只好转身去找周李华。

周李华的态度显然要比曾老板好，但他也是爱莫能助，说："这不能赖我呀，那墙上明明白白写着非行车班工作人员不得入内，我还特别提醒过你的。要怨只能怨你自己，我哪有钱给你啊！"

高大军觉得周李华说的也在理，看来只能自认倒霉了，看着空荡荡的右手袖管，他悔得想一头撞死在墙上。

高大军垂头丧气地走回出租屋，路过广场，看到劳动保障部门正在那里开展维权宣传活动，沿路边摆着一排咨询台。抱着最后一线希望，高大军坐到了咨询台前。接待他的是一个和蔼可亲的中年妇女，笑眯眯地问他有什么问题。

高大军试探地问："怎样才算工伤？"中年妇女说："工伤有很多种情形，最主要的一种情形是在工作时间和工作场所内，因工作原因而受到事故伤害，这就属于工伤了。"

"如果是别人请我替代他工作几天，但单位没有聘我，单位是不是就不用负责？"

中年妇女耐心地解释道："单位要负责的。因为你已经为单位提供了劳动，就建立了事实劳动关系。你替别人去工作，虽然没有经过单位同意，但是你在那里工作了，单位没有表示反对就等于默认。那你受伤了，单位就应该负责。"说着，中年妇女把一本宣传小册子递给高大军，叫他仔细看各种不同等级的工伤待遇。

高大军终于决定在法律部门的援助下，提请劳动仲裁委员会裁决。

劳动仲裁委员会委托劳动行政部门，为高大军做了工伤认定和劳动能力鉴定。高大军被认定为工伤，伤残等级为三级。最后，劳动仲裁委员会裁决腾飞铸造厂支付高大军医疗费、护理费、住院伙食补助费、停工留薪期工资、一次性伤残补助金等费用近十五万元，并保留高大军的劳动关系。高大军退出工作岗位，单位每月要支付一千多元的伤残津贴给他，直

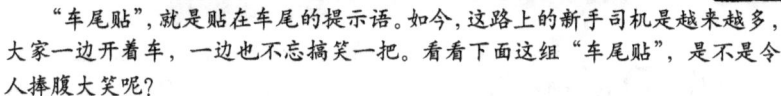

笑侃"车尾贴"

"车尾贴",就是贴在车尾的提示语。如今,这路上的新手司机是越来越多,大家一边开着车,一边也不忘搞笑一把。看看下面这组"车尾贴",是不是令人捧腹大笑呢?

◆ 你让我也让,心宽路更宽!

◆ 人与人近点,车与车远点。

◆ 保护新手,人人有责!

◆ 新手初驾,擅长急刹。

◆ 移动障碍物,请绕行。

◆ 您是师傅随便超。

◆ 车外不要吻我,车内禁止接吻。

◆ 大修没钱,欢迎追尾!

◆ 车新人老,眼神不好;左摇右晃,急刹不住。

◆ 买的证,租的车,您看着办!

◆ 驾校除名,自学成才。

◆ 女司机＋磨合＋头一次＝女魔头。

◆ 开不好瞎开,挤我跟你急!

◆ 跟我干啥?当心我挂倒挡。

◆ 路考八次不及格。

◆ 10年驾龄,安全行驶10公里!

◆ 年龄60岁,驾龄60天。

◆ 昨天领证,正在高兴。

◆ 高龄新手,大修磨合!

◆ 别看我,看路!

◆ 您就当我是红灯。

◆ 马路杀手培训班新近毕业。

◆ 不是碰碰车!

◆ 泰森正在车上睡觉。

(作者:阿 维;推荐者:赵自立)

到他到达退休年龄,再给他办理退休手续,改为发放退休金。

铸造厂的曾老板拿到裁决书真是傻了眼,直嚷道:"我真是冤死了!白白损失二十几万不算,还得付这么一大笔钱给这个混蛋,养他一辈子,真冤呐!明明是他自己来的,自己犯浑受的伤,怎么责任我来担呢?那该死的周李华就没一点责任?"

律师点评:

这个故事要说明的法律问题主要反映在两个方面:其一,未经腾飞铸造厂聘用和认可而在违章工作中受伤的替工高大军,确认其工伤的依据是什么?故事中我们不难看到,尽管周李华私自叫高大军顶班,没和用工单位商量,但关键是,高大军受伤之前已经做工三天并结算了工钱,这就构成了用工单位对高大军劳动关系的事实默认。其二,除了《工伤保险条例》中规定的几种不应认定为工伤的情形之外(如犯罪、自杀、酗酒等),工伤认定一般实行无过错原则,即只要是劳动者不是故意伤害自己,无论其在工作过程中是否有过错,均应认定工伤。

(题图、插图:安玉民 梁 丽)

风水宝地

□ 曹景建

龙凤小区是个高档别墅区。每到傍晚时分，小区周围三五成群，都是衣着光鲜、牵着名犬散步的阔太太。可这有钱人多的地方，生意并不好做。老李的饭店就开在小区东边的围墙外，生意是越做越清淡。

这天，开宠物用品店的小张突然风风火火地来找老李，一进门就说："李哥，我想把自己的店面跟你的换

一换，你到我那里开饭店，我到你这儿开宠物店，怎么样？"

老李一听就愣了。小张的宠物用品店就开在小区门口的马路边上，来来往往人流如潮，位置相当好，怎么偏偏要换到自己这冷冷清清的角落里来呢？可有便宜不占，那是傻子！想到这儿，老李满口应承下来。

没多久，两家店就互换了位置。令人奇怪的是，小张搬到这个偏僻角落以后，生意反倒红火起来，把附近另外两家宠物用品店都给挤走了。老李百思不得其解，于是，他专门跑到小张店里想探个究竟。

小张一见老李来了，忙笑着迎出门外："李哥呀李哥，我能有今天，可多亏你帮忙啊！知恩不报非君子，今天我得好好谢谢你！"接着，他亲亲热热把老李拉进店里，吩咐老婆下厨做了几个菜，打开了一瓶高档名酒招待。

老李喝了几口酒，就开门见山地把自己的疑惑说了出来。小张一听，哈哈大笑："李哥不知道了吧？你这个店面，是块打着灯笼都难找的风水宝地啊！"老李惊奇道："啥风水宝地？我那个饭店怎么就……"

"开饭店当然不行。"小张截住了话头，打开窗子，指着几米开外的一根电线杆子，神秘兮兮地说，"李哥你瞧，这就是我招财进宝的摇钱树!"

老李瞪大眼睛问："就这根电线杆子？这里有啥门道啊？"

奇怪的整容

□ 姚 威

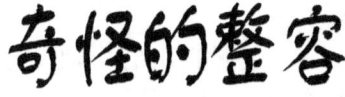

县城新开了一家整形医院，由于全县范围只此一家，别无分店，所以生意特别火爆。

这天，店里来了个男子，三十出头的样子，刚进门厅，前台小姐菲菲就满面堆笑地迎了上去。

男子抬眼打量了一下四周，问道："你们这里什么脸型都能整出来吗？"菲菲热情地回答："是啊，甭管什么样的明星脸都能整，有照片就成。"

男子点了点头，说："是这样的，我是电视剧组的，来这里拍外景。我们有个女演员需要整一张这样的脸：眼睛呢，要整出密密麻麻的鱼尾纹，眼袋要有半个汤圆那么大；鼻子整成蒜头的样子，要塌下去；脸型嘛，下面尽量往宽了拉，最好整成倒瓜子脸；皮肤也给她搞黑，跟非洲土著一样。怎么样？"

菲菲一听，傻眼了："你们剧组是拍《聊斋》呀？整的这是女鬼吧？人家整容都往漂亮了整，你们怎么……"

"这个你别管。"男子摆摆手说，

"当然有门道了。"小张笑着说，"你也知道的，那些阔太太一到傍晚就会出来遛狗。那些外国名犬天天好吃好喝地养着，遛久了能不内急吗？"

"内急？"

"就是要撒尿！"小张接着解释，"这周围空空荡荡的，连棵指头粗的小树都没有，就这根电线杆子。所以

嘛，不用招呼，那些狗儿自己就会找上门来，这根电线杆子就是它们的公共卫生间！狗来了，主人能不跟来吗？我就趁这会儿凑上去打招呼，套近乎，发广告。狗主人这时正闲着没事儿呢，看看广告说说话儿就心动了，一抬脚就进了我的店。就这样，小区里那些养狗的阔太太都成了我的常客，那我能不发财吗？"

"就这标准，只说你们整得了吗？"菲菲想了想，说："这个我做不了主，得请示我们领导，请您稍等一会儿。"

菲菲上楼跟院长把这事儿一说，院长皱紧了眉头，说："这活儿不能接！你想啊，等整完了，他到法院告咱整容反而毁了容，可是一告一个准。我估计这帮人是想钱想疯了，不惜毁了自己的脸来讹诈。说拍电视是糊弄人的，要变丑化个装不就成了？你去跟他说，这样的脸我们不会整。"

菲菲出去就对那男的说："对不起，先生！您说的这个，我们医院整不了。"男子表情奇怪地"哦"了一声，就转身走了。

哪知第二天刚上班，那个男的又

来了，还是昨天的那些要求，并且许诺说自己可以多加点钱。

菲菲为难了，又进去请示院长。院长气呼呼地说"看来他们还不死心！这里面明摆着有圈套，要不他怎么这样软磨硬缠呢？好了，以后碰到这事儿不用再请示我了，甭管他说得怎么天花乱坠，你直接就给他拒绝了！"

菲菲转身出去，见了那男的两手一摊，耸了耸肩："先生，不好意思！"男子也不啰嗦，马上就走了。

第三天，那男的竟然又来了，这次后边还跟了个女的，那女的长得还不错。男子一进门，就大声嚷嚷："我们是来整容的！"

菲菲急忙上前挡驾："你们那要求，我们整不了！"

男子向身边的女的瞥了一眼，不高兴地说："我们这要求怎么了？"说着，拍拍腋下夹着的鼓囊囊的皮包，"我们有的是钱！你说再加多少？"

菲菲不耐烦了："加多少也不行！你别再纠缠了，找别处去吧。"

"什么态度！"男子牢骚一句，拉上那女的就走。来到门外，只听男子跟女的说"怎么样？我说这家医院不行吧？服务态度还这样差！宝贝儿，不是我舍不得花钱，可他们只会化化妆，连隆个鼻子、整个脸型儿都不会，加钱都干不了……我看整容这事儿就算了吧，你已经够漂亮的了，给你买个化妆品不一样吗？"

给儿子取名儿

□ 甘琪冰

小刘见老婆小莲的肚子一天天地大起来，乐得整天合不拢嘴。

这天饭后，小莲对小刘说："刘哥啊，咱们的孩子就快生下来了。你说，该取个啥名儿好呢？"

其实，小刘早就在琢磨这个问题了，他赶紧找来纸笔，"刷刷"写了几个字："你看，名字我都想好了。要是男娃儿，就叫阿木；是女娃儿，就叫阿水。如果将来再有第二个儿子，就叫阿林，第三个就叫阿森；第二个女儿呢，就叫阿冰，第三个叫阿森……"

小莲看着满纸的"木"和"水"，感到自己是一头雾水。

小刘摇头晃脑地解释道："这是很有讲究的！儿子的名字绕着'木'字做文章，是想让他们长成栋梁之材；女儿嘛，就是要温柔如水啊！"

"哦！"小莲点了点头，又问，"可是'冰'很硬的呀，一点也不温柔。"

小刘振振有词道"冰雪聪明，冰清玉洁，多可爱啊，晓得不？好了好了，你只管生娃儿就得了！"小莲听了，便也不吱声了。

没过几天，小莲要生了。小刘在产房外面激动得团团乱转。随着几声婴儿的啼哭，一位护士走出来对他说："恭喜您，先生！您太太生下了一对双胞胎，都是男孩儿！"

"哇塞！"小刘一蹦老高，"好！好！阿木！阿林……"他大喊大叫着跑进产房。可是，看到一模一样的两个小宝贝，小刘犯愁了，怎么分辨呢？于是，他就问护士："护士小姐，请问是哪个孩子先出生的？"

护士也给弄糊涂了，左看右看分不出谁先谁后。小刘没办法，就决定自己左手边的孩子叫阿木，右手边的叫阿林。小莲微微笑着说："等会儿喂喂奶换个位置，你就忘了。"

"忘不了。"小刘眼珠转了转，就从床头柜上拿起老婆的小包，取出里面的化妆盒，用指尖擦了点儿唇膏，在左边孩子的手腕上做个记号。

于是，一家人欢欢喜喜地回去了。亲朋好友都来祝贺，见了一模一样的两个孩子都是赞不绝口，直说小刘真有福气。

这天，小刘突然发现孩子手腕上的记号没有了，忙问小莲："哪个是阿木？哪个是阿林？"

小莲看了半天，也分不出，笑着说："这两个小娃娃，简直是拿咱俩寻开心来的！"

可是没过多久，一个孩子突然生病死了。小夫妻伤心之余又犯难了：不知道剩下的这个孩子到底是阿木，还是阿林。小刘也没心思上班了，请

假在家歇着。

这天晚上，小刘开口问小莲"你说，我们是给孩子另外取个名字呢，还是从'阿木'、'阿林'中选一个？"

小莲难过地摇摇头："刘哥，还是另外取一个吧。万一叫错了，对不起孩子啊！"说着，眼泪又流出来了。

小刘点点头，默默地想了一会儿，突然一拍大腿，说："有了！就叫'阿木林'！这样把两个孩子的名字合在一起，就感觉他们都在我们身边了。"小莲听后，也同意了。

第二天小刘刚上班，同事们就纷纷过来安慰："小刘啊，想开点儿！"

小刘叹口气说："哎，都已经发生了……幸亏还有一个孩子陪我们。"

一个同事问："还有一个孩子是哪个哟？"

小刘说："我给他重新取了个名字，叫'阿木林'……"他还没来得及解释这名字的深层意义，同事们都忍不住哈哈大笑起来："小刘啊，你咋把自己的儿子当成傻子哟！"

见小刘没有听明白，一个同事忙从办公桌上找了本字典，翻开一页指给他看。小刘一看那两行字，脑袋一晕，一屁股从椅子上滑了下来。

原来，字典上是这样解释的：【阿木林】＜方＞容易上当受骗的人；傻瓜。

实在亲戚

□ 白　桦

小丽是一家房地产公司的售楼小姐。最近楼市惨淡，她常常一连几天也做不成一笔生意。

这天，终于来了一位戴眼镜的中年男人："我想问一下，温馨家园8号楼808室，每平米最低价格是多少？"

小丽满脸堆笑急忙恭维："大哥好眼光啊！那可是眼下最抢手的房子。我给您个最优惠的价格，6888，住进去就'发发发'！多吉利啊！"

"眼镜"摇了摇头："这个价肯定有虚头，你给个实在的。"一看他那模样，小丽下了决心似的咬咬牙说："这样吧，6700元，这可是最低价了。"

"眼镜"轻轻叹了口气，也不说话，转身就要走。小丽急了，抢先一步横在门口，可怜巴巴地说："大哥，

我是真没权力再降了，除非您去找我们老板说说，也许还能再打个折扣。"

"眼镜"说："好吧，我回去再考虑考虑。"说完就走了。

但是过了好几天，"眼镜"却没有再来。小丽正在暗自懊悔呢，这天又来了一个中年妇女，偏偏也看中了温馨家园8号楼的那套房子。

这个中年妇女四十岁左右，能说会道，很会砍价。小丽被她纠缠不过，只得摇摇头叹口气，说："唉，这样吧，我觉着和大姐挺投缘，您稍等一下，我去问一下老板，看能不能再优惠一点儿。"

小丽佯装去楼上转了一圈儿，一下楼梯就兴奋地说："大姐，您运气真好！老板答应给您每平方6500元。这可是吐血跳楼价了，您千万别对外人说啊！"

那妇女想了想，说："好吧，我回去跟老公商量一下，如果他觉得合适，明天就来订房。"

故事会2009年7月下半月刊·绿版　**87**

第二天那妇女没来，先前看房的"眼镜"却来了。一见面，他就拿出一张熟人写的条子，让小丽转交给老板。小丽就带着条子上了楼，老板看完，说道："你给他的最低价是6700，那就每平米再便宜500吧，朋友的面子不能不给啊！"

小丽忙下楼，满面春风地对"眼镜"说："恭喜呀大哥，您那个熟人好大的面子，一平米一下子就便宜了500块呀……"就在这时，只听身后有人问道："小姐，温馨家园那套房子还在吧？"

小丽回头一看不禁愣住了，原来是昨天那位妇女。她只好抱歉地说："实在对不起大姐，您来晚了一步，这

套房子这位大哥刚刚订下了。要不这样，就照这个价钱，8号楼那个标准，您再另选一套怎么样？"

那女的倒不在意："那就不为难你了，我再看看其他的吧。"

接下来，小丽就跟"眼镜"签合同。她刚在价格一栏填上"6200"，"眼镜"突然喊了起来："错了吧？"

小丽一愣："没错呀，咱俩先前谈定的最低价是6700，减去500，不正好6200吗？"

"眼镜"大摇其头："不对，不对，你跟这位女士说的最低价不是6500吗？6500减去500，不正是6000？"

糟糕！看来刚才自己不在的时候，这两人已经交流过价格了。小丽转转眼珠，忽然灵机一动，说道："大哥，您不能和她比呀！"

"为什么我不能跟她比？"

小丽理直气壮地说："她是我姐！""眼镜"瞪大了眼睛："真的假的？是你亲姐？"

小丽胸脯一挺："当然，一个妈！""眼镜"听了，咧开大嘴笑了起来："太好了，太好了！那咱俩也是实在亲戚了。凭这关系，你还得再优惠一点儿。"

小丽不解了："我跟你是啥实在亲戚？"

"眼镜"笑嘻嘻地回答："我是你姐夫，你是我小姨子啊。她呀，是我的老婆！"

□ 胡忠军

多拍点镜头

县里来了个新县长，对县里会议的新闻报道非常重视。

第一次开大会，电视台派了个女记者去采访。新闻播出后，县长很不满意，亲自给台长打来电话，说："不行啊，你们的记者太懒惰了！这么长的会议，三下五除二就拍完了，怎么能抓到好镜头呢？"

其实，会议新闻的播放时间一般只有一分钟左右，拍上五分钟的原始素材就足够了。但台长又不好辩解，只得唯唯诺诺地接受批评。

等到县长第二次开大会时，台长特意派去了个男记者，出发前还反复叮嘱了一番。男记者不敢怠慢，扛着十多公斤重的摄像机，满头大汗地走来走去，拍了足足半个小时。

谁知，县长还是不满意，又把台长训斥了一顿，理由还是拍的镜头太

少。

第三次，台长干脆派了两个记者轮流作业，整整拍回了一个小时的素材片。想不到县长还是把电话打来了："有点进步，不过差距还很大！没有数量就没有质量嘛，下次开会还要再多拍点儿。"

台长一听，脑袋都蒙了。这时，记者小侯正好来找台长，他便自告奋勇地说："台长，下次我一个人去。你放心，保证让县长满意。"台长知道小侯是个机灵鬼，便答应让他去试试。

不久，县长又开大会了。小侯胸有成竹地到了会场，先是不慌不忙拍了五分钟的素材片，然后在主席台一侧支起了三角架，将摄像机固定在上面。自己则搬了一把椅子，悠然自得地坐在那里。一个下午，小侯都是这样坐着，偶尔把镜头左右摆动两下，

无所谓 （文：丁 强；图：包丰一）

1. 汤姆在乡间看见一个奇怪的男子。只见他站在一张紧靠着苹果树的梯子上，怀里抱着的山羊正在啃苹果。

2. 汤姆高声问道："朋友，你在上面干什么呀？"男子头也不回地说："我在喂山羊啊。"

3. "用这个办法来喂山羊，岂不浪费时间吗？"汤姆好奇道。

4. "不，先生，"男子解释说，"时间对山羊来说是无所谓的！"

最后轻轻松松地完成了采访任务。

第二天新闻播出后，县长又给台长打来电话。这回，他高兴地说："这次的记者合格，我非常满意。以后开大会，你就派他来。"从此，小侯成了县里大型会议的专职记者。

一次会议结束后，县长特地委派办公室刘秘书请小侯吃顿饭。席间，刘秘书忍不住对小侯说："你也太傻了，干吗拍那么长？多麻烦啊！"

小侯神秘地一笑："你以为我是傻瓜？跟你说实话吧，每次我都是把摄像机架在三角架上摆摆样子，根本就没开机！"停顿了一下，他又说，

"不过，真没想到县长对镜头的要求那么高！"

刘秘书哈哈一笑，擂了小侯一拳，说："县长整天忙成那个样子，哪有时间看你们的新闻？哪里知道拍得好不好啊！"

小侯一听愣了："那、那他为什么老批评我们拍的镜头少啊？"

刘秘书四下张望一下，贴在小侯的耳朵边小声说："实话告诉你吧，县长一讲话，会场上老是有人睡觉。他让记者在会场上不停地拍摄，就是防止有人打瞌睡啊！"

（**本栏插图**：王 俭 包丰一）

90

444

2009
SEMIMONTHLY
上半月刊

8月
STORIES

欢迎登录本刊主办的"故事中国网"（www.storychina.cn）

故事会
—STORIES—

2009年8月
上半月·红版

社 长·主 编：何承伟
常务副主编：吴 伦
副主编：姚自豪（上半月·红版）
副主编：夏一鸣（下半月·绿版）
本期责任编辑：郑继文
电子邮箱：zjw002@vip.163.com
红版发稿编辑：
姚自豪 吕 佳 叶小萌
美术编辑：李宝强
电脑制作：郭瑾玮
通 联：归依玲
本社办公室电话：021-64375030
上半刊编辑部电话：021-64332325
下半刊编辑部电话：021-64336469
（上海市绍兴路74号 邮编：200020）
主管、主办：上海文艺出版（集团）有限公司
出版单位：《故事会》杂志社

制作、发行总监：张 凯
电话：021-64313938
广告业务：上海故事会文化传媒有限公司
广告总监：张 淮
广告业务：021-34010383
广告投诉：021-64333738
广告经营许可证
沪工商广字3100320050022号
发行：中国图书进出口上海公司

· 笑话 ·

遗传基因好

这天，小颖到表姐家作客，看到表姐芭蕾舞跳得好，就求表姐："你教我跳吧。"

表姐说："你没有舞蹈基础，很难学会的。"

小颖说："虽然我没有舞蹈基础，可我有我爸的遗传基因呀！他的基因可好了，特别适合跳芭蕾舞！"

一旁的大人都听得稀里糊涂，小颖更得意了，说："真的！我爸爸每次回家晚了，都会悄悄拿脚尖走路！"

（顾述毫）

（本栏插图：李　加）

有个人在同事家打了半宿麻将，回家时发现没带钥匙，进不了门。于是，他想回刚才打麻将的同事家对付一晚，谁知一个不小心，在下楼时跌了个大跟头，摔得鼻青脸肿。他忍痛赶到同事家，敲开门，同事一见他这个样子，吃惊地说："你老婆下手不轻啊！把你打成了这个样子。"

（焦淳朴）

下手不轻

零花钱

老婆掌管着家里的经济大权，严格控制丈夫的零花钱。

有一次，丈夫为老婆洗衣服时，突然发现妻子衣服口袋里有37块钱，连忙取出，塞进自己口袋。从此，他非常主动地为老婆洗衣服，经常能从老婆口袋拿到钱。

这天，丈夫偷偷听到老婆在打电话："妹子，对付老公的办法多的是，你只要放点小钱在衣服口袋里，他就会抢着给你洗衣服。"（焦淳朴）

情 书

佩利爱上了利娜，给利娜写了封情书：亲爱的利娜，我的生活中如果没有你，就像鱼儿没有鳍、鸟儿没有翼、兔子没有腿、马儿没有蹄、坦克没有炮、闹钟没有铃、茶壶没有盖、门没有拉手、沙发没有弹簧、瘸子没有拐杖……嫁给我吧！

第二天，佩利收到了利娜的回信：佩利先生，如果我嫁给您，就像给鱼打伞、给骆驼配鞍、给猪安角、给狗放哨、给绵羊穿皮袄、给狗熊披大衣、给海豚穿冰鞋、给马买电脑、给鲨鱼套救生圈、给火车配锚、给瞎子戴眼镜……这怎么可能呢？

(彭桂英)

良好关系

有一对恩爱夫妻参加朋友聚会，朋友向丈夫请教："你们夫妻间保持良好关系的秘诀是什么？"

丈夫得意地说："没啥秘诀，只因为她在大学时主修人际交往，而我学的是戏剧表演。"

朋友奇怪了："这有什么关系呀？"

丈夫说："她善于交流，每天都对我侃侃而谈；而我善于表演，总是装出乐意倾听的样子。" (彭桂英)

三星衣服

丈夫得意地对老婆说："今天我去干洗店洗衣服，服务员在其他衣服的签条上打一颗星，却在我衣服的签条上打了三颗星！"

老婆不解："那是什么意思？"

"这说明我的衣服档次很高，提醒工人要小心操作，不能损坏。"

第二天，老婆拿着单子去干洗店取衣服，特意提醒："就是那件打了三颗星、档次最高的衣服。"

服务员很快就找到了衣服，她一边把衣服交给老婆，一边微笑着说："我们在标签上打三颗星，是提醒工人衣服很脏，要多洗几次……"

(何开娟)

·笑话·

高难度密码

大刚正在跟朋友聊天，他老婆打来电话，问银行存折的密码。朋友笑着对大刚说："你到外边说吧，免得被我听到。"

大刚说："你听去一点用也没有。"接着，大刚得意地对老婆说："老婆，你给我记好了：存折密码第一位是儿子中考分数的最后一位，第二位是你项链发票上的第六位，第三位是家里电脑开机密码的第三位，第四位是我们的结婚月份，最后两位是我买的那只股票代码的末两位……"

朋友朝大刚跷起大拇指，说"真是高难度密码，牛！"（王湘蓉）

公交车上

一位抱着孩子的妇女站在拥挤的公交车里，却没有乘客给她让座，司机见状，大声请乘客给这位妇女让个座，但他连喊几声，车里一点反应也没有，司机只好站起来，对这位妇女说："大嫂，你坐我这儿来吧！我给你抱孩子，你给大家开车！"

（张向辉）

得送两瓶

有个小孩指着瓶酒问小店老板："那个多少钱？"

老板说："80！"

小孩想起父亲说过，在这家小店买东西，必须杀一半的价，就说："不行，40！"

老板退了一步，说："那就60吧！"

小孩说："不行，30！"

老板又让了一步，说："40卖给你算了。"

小孩看到越来越便宜，很是高兴，接着杀价："不行，20！"

老板没法子了，说："30总可以了吧？"

小孩摇了摇头："15！"

老板再也忍不住了，生气地说："这瓶酒我不要钱了，白送给你！"

小孩说："那你得送我两瓶！"

（井延峰）

请 求

一家饭店里,顾客向经理请求 让我到你的店里做服务员吧!

经理: 我们这里不缺服务员。

顾客: 不缺? 那你找一个出来给我看看! 我坐在这里快一个小时了,没有一个服务员出来接待我。

(井延峰)

造 句

正做家庭作业的儿子问妈妈: "'应该'这个词怎么造句啊?" 妈妈一听,教育的机会来了,连忙说: "这个词能造很多句子,比方说: 你应该早点起床; 你应该快点做作业; 你吃饭不应该挑食; 你上课应该认真听讲……"儿子一听,连忙朝妈妈喊道: "我已经会了: 你应该闭嘴了。"

(张朝元)

枪法太准

约翰和杰克一同去打猎,这时,空中飞过两只大雁,约翰利索地取出枪,只听"砰"的一声,一只大雁从天而降。

杰克跟着也迅速地取出枪,正要开火,天上突然掉下几滴雨水来,杰克收起枪,哈哈大笑: "我还没扣扳机呢,它就吓得尿了裤子。"

(佚 名)

我不叫拉马

有个小偷从一户人家出来,正好遇上主人回家,小偷连忙对主人说: "拉马,出事了,你女儿在小区门口被车撞死了!"

主人大叫一声"天啊",转身就往楼下跑。

跑到四楼,他想: "不对呀,我没有女儿啊!"到二楼时,他又想: "我没有结婚呀!"一直跑到小区门口,他突然停下来,一跺脚,大声说: "更加不对了! 我的名字是阿什,根本不叫拉马!"

(阚菊贞)

本栏欢迎来稿,读者、作者可将有新鲜感、有精彩细节的笑话佳作投寄给我们。来稿一经采用,最高稿费为一则100元。本期责任编辑电子信箱:zjw002@vip.163.com。

嫁个好老公

明天，董事长的女儿要把男朋友带到家里让老爸老妈"面试"了，这无疑成了一家上下议论的热点。若是按照"门当户对"的标准来看，这个未来的女婿估计是要扔到太平洋去的：出生山东泗水农村，父早亡，母残疾，姐姐在外打工，弟弟在家务农……

席先生叩开房间门，便看见董事长长吁短叹、心事重重的，他是聪明人，知道今天如果不讲一点"实质性"的东西，再怎么的，董事长都是不会满意的，于是，几句寒暄后，席先生便进入正题了——

嫁个好老公，对女人来说，就等于拿到了人生的一支"上上签"。那么，什么样的男人才算是好老公？有财、有貌、有才？听完我的故事，答案也就有了。

有个农民叫张银山，他是个六指，左手长着两个并在一起的大拇指，只是在前端有一点分叉；再加上他长得矮，二十七八的人，只有一米四，所以，村里人就叫他"小六指"。

小六指人虽小，心却大。这天，村主任从地里回家，小六指在村口拦住了他，说是要娶他的女儿为妻，村主任一听，火冒八丈"吓！你也不撒泡尿照照自己的样，娶我女儿？真是癞蛤蟆想吃天鹅肉！"

小六指不卑不亢地说："就算我是癞蛤蟆，你女儿也不是什么天鹅呀！再说，你别看我个子小，能耐可不小，养家糊口不成问题。"

原来，村主任有一儿一女，儿子人高马大，相貌堂堂，女儿却个子矮小，长得也不好看，老大不小的，就是嫁不出门，但就算是把女儿"供"在家里当老姑娘养，村主任也不肯把她嫁给小六指！村主任瞟了小六指一眼，懒得跟他啰嗦，指着村口一块石头，说："你有能耐？好，这样吧，你只要把这块石头搬掉，我就把女儿嫁给你！"

村主任说的那块石头有多大？告诉你，足足有一辆卡车那么大，这块石头不知是哪朝哪代就搁在村口了，没人搬得动它，可小六指眼珠转了转，居然答应了。村民们知道这事后，纷纷讥笑小六指不知天高地厚，小六指说："我一定能把那块石头搬掉，你们等着瞧吧！"

过了几天，小六指召集了村里的一些孩子，在那块巨石旁堆了很多麦秸，然后指挥着孩子们，用麦秸把那块石头裹在里面，扎了一个巨大的"稻草人"。小六指和孩子们围着这"稻草人"又唱又跳，一片欢声笑语，笑声招来了一个姑娘，她就是村主任的女儿，她红着脸，悄悄把小六指拉到一边，问："你真想娶我？"

小六指嗓门响亮地说："当然，等我搬掉这块石头，就娶你做老婆！"

几天后的一个中午，天空乌云密布，眼看雷雨要来，小六指来到"稻草人"旁，点燃了麦秸，顿时，大火

熊熊燃起，一直烧了半个多小时，那石头被烧得滚烫，就在这时，暴雨倾盆而下，滚烫的石头被雨一淋，"噼里啪啦"，横七竖八地裂开了很多缝隙，村里有几户人家在修房子，正缺石料，赶紧带着钢钎铁锤，敲的敲，搬的搬，把那块巨石化大为小，兴高采烈地把石料拉回了家。

小六指赢了，那一天，他提着礼物上门提亲，可村主任却反悔了，他把女儿关在家里，闭门不见。谁也没料到，到了天黑，村主任的女儿偷偷从家里跑出来，和小六指一起私奔了。村主任三天后才接到小六指的电话，小六指告诉他："老丈人，我和你

女儿已经领了结婚证，你放心，我会让你女儿过上好日子的，也会一辈子对她好的。"

村主任气坏了，跑到民政局一查，他们两人果然已经领了结婚证，没办法，只好认了这个女婿。

小六指带着老婆在城里摆了个擦鞋摊，生意不错，日子越过越好。第二年，小六指的老婆怀孕了，小六指高兴呀，但他也隐隐有点担心：老婆身材小，身子单薄，能不能顺利生产？

小六指的老婆临产前一个月，丈母娘特地从乡下赶来照顾她，这天晚上，小六指的老婆突然有了临产症状，小六指急了：预产期还有十天呢，这么快就要生了？他拿起电话，想拨120送老婆去医院，丈母娘一把拦住小六指，说："这些年我给村里接生了几十个孩子，每个都是顺顺当当的，从没出过差错。我女儿不用送医院，由我来接生，能为你们省下几千块钱，以后买房子也轻松点。"

小六指知道丈母娘接生很有一套，也就答应了，他按照丈母娘的吩咐，到超市买好纸，烧足热水，做好了各种准备，然后就坐在家门口，等着孩子出世。

屋子里，老婆的叫声越来越大，小六指在外面听着，心也越揪越紧，他时不时过来敲敲门，问："妈，孩子生了吗？"丈母娘每次都说"快了快了"，可小六指听到的只是老婆痛苦的呻吟声，却迟迟不见孩子生下来！

半夜时分，老婆的叫声越来越紧，可孩子还是没下来，小六指急了，他朝屋里大喊："妈，我不等了，我打120送医院了！"

这时，丈母娘满头大汗地从屋里走出来，说："现在送医院已经来不及了，只有'开缝'这一招了。"

小六指急坏了，忙问："啥叫'开缝'？"

"开缝"是当地的一个习俗，说是产妇生不下孩子，是她的骨头缝没开，遇上这种时候，就要把屋里凡是有缝的东西统统打开一条缝，锁头、柜子、抽屉、箱子、门……这样，才能感动神灵，祈求神灵相助，让产妇的骨头开缝，孩子就能顺顺当当地生下来。

丈母娘这么一说，小六指傻眼了，他是不相信这些迷信说法的，可他再也想不出第二个法子来，只好照着丈母娘说的，见着有缝的东西就打开，他的丈母娘则在旁边念念有词："锁头锁头开，抽屉抽屉开，门开柜子开，大胖小子生下来……"

小六指满屋子乱转，把能开缝的东西全部打开了，可孩子还是只露出一点头，再也生不出来，他急着问："妈，有缝的东西全都开了，孩子怎么还生不下来？"

丈母娘也急得满头大汗，她说：

无路，在家里四处乱转，寻找还有什么没开缝的东西，没有，绝对没有，凡是能开缝的全开了呀！小六指快要急疯了，人命关天，这可是两条性命啊！突然，小六指的目光停在自己的左手上——那上面并着两个拇指，前端有个分叉，对呀，这不也是一条缝吗？他两眼放光，毫不迟疑，急忙找来一把锋利的剪刀，走到老婆跟前，大声说"老婆，你看我这手指——这是我们家最后一条缝了，现在，我给你把它打开！"说着，小六指一咬牙，"喀嚓"，一剪刀剪了下去……

这个时候，小六指的老婆差不多已经绝望了，她知道自己今天过不了这道坎了，现在见丈夫竟然剪开了手指，顿时惊得一声惨叫，一个激灵，一阵颤栗，一下挣扎，紧接着，只听见"哇"一声啼哭，一个胖小子呱呱落地……

其实，这"开缝"一说，倒也并非全是迷信，它也有科学道理，它会给产妇一定的心理暗示和心理刺激，在这种心理作用下，有的产妇真能顺利生下孩子呢。

小六指顾不上包扎鲜血淋漓的手，他扑上前去，抱起儿子，笑着说："好儿子，你的名字就叫张开缝！"

一家人欣慰地笑了……

（本期作者：吴治江）

（题图、插图：安玉民　梁　丽）

"你再开一遍，一边开一边照我那样念！"

于是，小六指又把刚才打开的那些东西重新推上，又一一拉开，嘴里也像他丈母娘那样念念有词："锁头锁头开，抽屉抽屉开……"

这次把所有该开的东西全打开后，孩子好像又出来了一点，可令人揪心的是孩子像是被什么东西卡住了，再也不肯出来。小六指急了，喊着："妈，该开的都开了啊！"

丈母娘急得语无伦次，跟着喊道："你再看看，家里还有什么没开缝！"

小六指像是船头跑马，急得走投

一张彩票

□付 豪

张三和李四是两个小混混，这天晚上，他们一起看了连场录像，从录像厅出来已是凌晨时分了，两人仍不想回家，一起在街上闲逛，路过一家便利店时，见里面的灯还亮着，就走了进去。

便利店老板见来了顾客，连忙站起身。张三说："来包香烟。"一边说着，一边装模作样地掏口袋，掏了几下，手空着从口袋出来，伸向李四，说："我没带钱。"

李四掏出张钞票，直接交到老板手里，老板接过钞票，笑眯眯地将烟递过来，随着烟一起递过来的还有一张彩票，老板说："我刚装了台卖彩票的机器，昨天试机时，打出了这张彩票。这是卖钱的东西，没道理留在自己手里，可打出后没人买，难得你们这么晚还来照顾我的生意，就送给你们吧，希望你们中个大奖！"

张三接过香烟和彩票，跟着李四正要走出便利店，老板叫住他们，指指挂在墙上的电视，说："这期彩票马上就要开奖了，你们也不看看？"

李四一听就笑了，指指墙上的挂钟，说："现在是凌晨两点，这个时候会开奖吗？"

老板仍旧笑着，说："你们刚才一定没看电视。这期本来定在晚上八点开奖，并现场直播，哪晓得开奖时，开奖机突然出了故障，经公证处同意，改在凌晨两点开奖！"

张三一听，忍不住停了下来，李四在店门口停下来，催促张三："别想撞大运了，快走吧！"张三不理李四，手里捏着彩票，眼睛死死盯着电视荧屏看起来。

电视屏幕上，中奖号码一个接一个摇了出来，随着屏幕上数字的变化，张三脸上的肌肉跟着也一下一下地抽搐着，中奖号码一公布完，他就懊恼地摇摇头，长叹一口气，说："还是没有中奖的命啊！"将彩票揉成一团，往自己的口袋里一塞，拉着李四，走出了便利店。

老板在他们身后追着喊："喂，你们再看看中奖号码呀！难道真的没中吗？"

张三头也不回地说："没中就是没中，叫什么叫？"搂着李四的肩膀，一个劲地往前走。

两人在街上又闲逛了一会儿，李四想回家了，张三说："家里多闷呀，好不容易出来一趟，再逛逛嘛！"李四觉得这话也对，便跟着张三往前走，两人一起走到一个僻静角落，又走了没几步，张三悄悄从地上捡起半块砖头，朝着李四的头狠狠砸了下去，李四连晃也没晃一下，就像根木桩一样，直直地倒在地上……

张三丢掉砖头，一屁股坐在地上，呼哧呼哧地喘着粗气。他哆嗦着从口袋里拿出那张已经揉成一团的彩票，小心地展开，用手不停地摩挲着，口里念念有词"中了，真的中了！我中了特等奖，五百万啊！"

张三打开那盒香烟，抽出一支点燃，狠命地抽起来。他想，彩票是随烟附送的，烟钱是李四出的，按理说这张彩票应该属于李四，可李四太傻了，他以为中大奖就像彗星撞地球，那是不可能的事，连走过来看看彩票

号码的兴趣也没有。想不到啊，这回彗星真的撞上了地球，老天真的让我中了五百万。虽然李四现在不知道，但这小子鬼精鬼精的，只要我取出奖金一花，他肯定就能猜出是这次中了奖。只好一不做二不休，把他弄死。

张三想得出神，手上的香烟不知不觉燃到了手指，张三手一抖，烟头掉在地上，心里猛地一个激灵，突然想起临出门时，那个便利店老板在后面嚷着问那张彩票到底有没有中奖，坏了！那家伙肯定知道这张彩票中了奖，才会这样问！这张彩票在他手里放了好长时间，他肯定知道号码，也肯定知道中了奖。彩票

是他送给我们的，我们一分钱也没花，他完全有道理跟我们平分奖金，但他怎么不当场戳穿我呢？对了，他一定是见我们有两个人，怕我们见财起意把他干掉。没准他早就一直跟在我们后面，只等着我们发生内讧，倒下一个，然后再暗地里下手，对付另一个，抢回这张中奖的彩票！

这么一想，张三顿时吓了一跳，赶紧拿起那块砖头站起来，四处张望，周围一个人影也没有，他这才松了一口气。过了一会又一想，不对呀，李四死了，警察肯定会一查到底，那个便利店老板见过我们在一起，他只要跟警察一说，我就彻底完了。不行，那店老板也不能留！想到这里，他又捡起砖头，朝那家便利店走去。

到了那家便利店门口，店门已经关上了，但里面还亮着灯，估计老板正在里面睡觉。张三上前拍着店门，喊道："老板，我们又回来了，肚子饿了，请你开开门，卖几个面包给我们。"

过了好一会，里面终于有了响动，老板在里面打了个哈欠，说"唉，我刚睡着，就又被你们吵醒了。你们在外面等一等，我穿好衣服就开门。"

张三好不高兴，静静地站在外面等着，一直等了好长时间，还不见老板来开门，正在奇怪，身后突然响起一阵尖厉的警笛声，一辆警车呼啸而至，猛地停下，车上跳下几个警察。把张三死死按在地上，铐上了手铐。

这时，便利店的门也跟着开了，店老板从店里走出来，指着张三，说"就是他！他手里的砖头上还带着血！我从门缝里看见他来者不善，偷偷报了警。"

警察问张三："你那个同伴呢？快带我们去找他！"

张三没想到这么快就落到警察手里，他彻底认栽了，带着警察找到了李四的尸体，接着，哆哆嗦嗦拿出了那张彩票。

一直跟着的便利店老板叫了起来："这张彩票是假的呀，你怎么当了真？"

一旁的警察不明白，严肃地问："到底怎么回事？"

便利店老板说："这张彩票是我根据上期中奖号码打印出来的，那个开奖场面也是上次开奖场面的录像，我见这两个家伙深更半夜都不回家，一看就是不务正业的街头小混混，就想逗逗他们，哪晓得他们竟然当了真！"

警察说："看你岁数也不小了，啥事不好做，要做这么无聊的事？"

便利店老板结结巴巴地说："因为今天是四月一日，愚人节啊！听说在这一天逗逗人，让人上一当，大家都哈哈一笑，没人会当回事的。"

（**题图、插图**：安玉民　梁　丽）

幸运顾客

□ 张维超

我居住的小区旁边有家"幸运餐厅",从外面看不出什么出奇之处,生意却一直很红火。每天从幸运餐厅门口路过时,我总会想,这家饭馆在经营上准有什么奇招。奇怪的是,我虽然也是这家餐厅的常客,却一直没有看出它的经营奇招是什么。

这天,老父亲从乡下赶来,到了吃饭时间,我准备带他去幸运餐厅吃饭,一向节俭的父亲不肯去,坚持要在家做饭,好说歹说,总算勉勉强强去了。到了店里,父亲又把眼睛瞪得大大的,生怕我点了贵的菜。我只好搬出老婆和孩子,总算点了一桌子菜,要了两瓶啤酒。

我变着法儿,让父亲和我一起喝了点啤酒,一杯酒下肚,他的兴致上来了,话也多了起来,把最近村里发生的新鲜事儿,一件接着一件说个没完,完全没有一个乡下农民进城的拘谨,一家人边吃边聊,吃得特别尽兴。

吃好饭,我去收银台埋单时,收银员朝我笑笑,非常和气地告诉我,餐费加上酒水饮料,一共97元。

我一听就愣了,说"我们家今天肯定不止吃了这点,你是不是看错桌号了?"

收银员认真地说:"错不了!你们被评上今天的幸运顾客,所有费用打对折。你一共消费194元,打折后正好97元。"

我有点不明白了,又问:"我在你们餐厅吃了好多回,从来没听说过评选幸运顾客,你们是怎么评出来的?"

收银员还是微微一笑,说:"先生,这是我们餐厅小小的秘密,你就不要打听了。"

话说到这个份上，我不好意思再问了，付完钱，和父亲一起回了家。

后来，我又多次去幸运餐厅吃饭，虽然每次都希望能再次当选幸运顾客，但不论是我请客，还是被人请，好运却再也没落到我的头上。后来我就想，这个所谓的幸运顾客，不过是餐厅吸引回头客的噱头，当不得真的。

一晃两年过去了，幸运餐厅的生意依然红火。老板早就赚了个盆满钵满，一般来说，会经营的老板会趁生意红火时把饭店转出去，卖一个好价钱，自己再另外开一家新店，靠经营手段又能好好赚一票。奇怪的是，幸运餐厅的老板一直没变。

这两年我的公司经营得不错，生意上的应酬越来越多，经常在幸运餐厅请生意场上的客人吃饭，这家餐厅

的服务员几乎全都认识我了。

这天，我请一个非常重要的客户在幸运餐厅吃饭，上了高档烟酒，菜的档次也上去了。去收银台埋单时，饭菜加上酒水饮料竟然要一千多，我吓了一跳，平时一般也就三五百，没想这次竟然吃了这么多。借着酒劲，我对收银员说："打个折吧。"

收银员脸上露出为难的表情，说："先生，这个我做不了主。"

我一下子有些放不下脸面，恼怒地说："你自己想想看，这几年我在你们餐厅吃了多少饭？今天打个折怎么就不行了？你要是做不了主，打电话问问你们经理去。"

收银员说声对不起，拿起电话拨了个号码，过了一会放下来，说："不好意思，我们经理不在。"

这时，又有一位顾客过来埋单，收银员看了他一下，面露微笑，说："先生，你是今天的幸运顾客，打对折，你实际消费180元，交90元就可以了。"

我在边上看着，心里的火"腾"的一下就上来了，大声说道："你们就不要再玩这种小把戏了！这两年我一直在你们餐厅吃饭，怎么一次也没评上幸运顾客？这样做骗得了谁啊？"

收银员像是没察觉我的火气，依旧微笑着，说：

"先生，实在对不起，怎么评选幸运顾客是我们餐厅小小的秘密，你就不要打听了！"

我不依不饶，决意发泄一下不满情绪，就蛮横地说："不行，你今天必须给我说清楚！"

这时，一旁走来一位中年妇女，和气地问："是张先生吧？我是餐厅经理，你是老顾客了，我们还是到办公室去谈，好不好？"

我"哼"了一声：去就去，谁怕谁啊！接着，我让公司的陪同人员照顾好客人，自己跟在这位经理身后，一起去了她的办公室。

经理客气地请我坐下，顺手开了一罐饮料，倒在杯子里递过来，这才说："张先生，如果我没记错的话，你在两年前就当过我们餐厅的幸运顾客。"

她这一说，我也想起了那回带父亲一起来吃饭的事，轻蔑地看了她一眼，说："不错，那次你虽说给了我对折优惠，但只不过让我便宜了97元，这两年，你算算，我在你这里消费了多少？"

经理一听，连连摇手，说："张先生，这其实是两回事，我想，你可能弄混淆了。"

我更不解了：都是吃饭付钱，怎么会是两回事？又怎么能混淆呢？

经理看出了我的疑问，笑着说："我开了这么多年饭店，接待了无数顾客。这些顾客有的请远行归来的子女，有的请欢聚一堂的朋友，有的请你来我往的生意伙伴，惟独很少看见请长辈。两年前，你在我们餐厅请一位乡下来的长辈吃饭，那长辈应该是你父亲吧？那种其乐融融的场面让我好生感动。不瞒你说，我这辈子有件憾事，每次想起都特别揪心：我父亲去世早，母亲一手把我们姐妹俩拉扯大，可直到她老人家离世，我都没请她去饭店吃过一次饭。当时，我恨不得跑上去跟你们一起吃那顿饭……饭虽然没吃，我却决定给你打对折，并悄悄决定，以后凡是带长辈来就餐的，都是幸运顾客，享受对折优惠。我把这个决定告诉了当收银员的妹妹，她也非常赞同，并说，为了避免不必要的麻烦，这个规定不能公开。这规定两年来一直在执行，这不是什么经营秘诀，其实是表达我们对有孝心人士的敬意。"

原来是这么回事，我心里有些感动，又忍不住问道："那你靠什么把餐厅经营得这么好呢？"

经理说："我把餐厅当成自己的家，无论别人出多高的价，我都舍不得卖掉。每位进来的客人，我都当家里人一样敬重。"

我郑重地站起来，给经理鞠了一个躬，说："谢谢你，让我一直当着幸运的顾客。"

（题图、插图：杨宏富）

· 第一推荐 ·

当新贵

契珂的国家这几年发生了巨变，一下冒出很多有钱人来，被叫作"新贵"，契珂也想成为"新贵"，他决定去做买卖，低价买进，高价卖出，很快就能发财，跻身新贵阶层。

初涉商海

这天，契珂把家里的衣服都翻了出来，总共是两套运动服、一件皮大衣、一件羽绒服，还有妻子的两件毛衣。他拿着这些衣服去了市场，把衣服挂好，然后站在那儿等着发财。等了十多分钟，连个问的人都没有。

突然，一个满脸大胡子的男人走过来，问："你摊位费付了吗？"

契珂连忙说："等我赚到了钱，马上就付。现在，我身上只有三枚准备乘地铁用的硬币……"

契珂站了一整天，一件也没卖出去，快到晚上的时候，那个大胡子又来了，问："你这堆破烂一百元卖给

我，怎么样？"

契珂想了想，这些东西反正也不好意思再拿回去，就同意了，他把那一百元装到口袋里，刚要走，那个大胡子又问："现在你赚到钱了吧？"

契珂点点头："赚了一点点儿。"

"好啊！"大胡子说，"你把摊位费交了吧！"

契珂心里一紧，问："多少？"

大胡子回答："二百元！"

契珂一听，差点气死，说："你也太黑了！"

这时，大胡子身边突然冒出一个傻大个儿来，拿眼睛凶凶地盯着契珂，契珂的气一下全没了，乖乖地把那一百元钱掏了出来。

契珂不想半途而废，便出了一趟国，费尽周折，在那个国家找到一家鞋厂，他拿着鞋子的样品翻来覆去地看，觉得质量真不错，鞋厂老板对他发誓说，他们工厂的鞋子质量绝对没

18

问题，从来没有客户投诉过。于是，契珂以非常低的价格一下子买了800双鞋，他把这批鞋拉回国，拉到一家商店，对商店经理说："我这些鞋质量绝对好，从来没有客户投诉过。"

商店经理看了一眼鞋子，说："这种鞋是给死人穿的，他们怎么投诉啊？你看，鞋底跟纸糊似的。"

契珂一听就蒙了，渐渐回过神后，他又对商店经理说："那你认为死人就应该赤脚走路吗？"

商店经理想了想，说："那倒也是，但死人一般很少走路，他们通常都躺着。"

契珂接着说："对呀，他们通常都是躺着的，但要是穿着一双好鞋子躺着，心里也会舒服些啊！"

商店经理又说："但我上哪儿找那么多死人啊？"

这可怎么办啊？契珂冥思苦想，最后终于想出一个办法来了：那就是跑到地铁站出口卖这些鞋子，等买鞋的人拿回家研究明白后，他早就已经跑到别的站去了。说干就干，契珂来到地铁口，一吆喝，因为价格很低，地铁站里过往的行人纷纷过来抢购，但这些买鞋的人很快就明白自己上了当，不到几分钟就拿着鞋子把契珂围上了，对契珂大吵大嚷："你这个混蛋，为什么要把给死人穿的鞋卖给我们？"

契珂赔着笑脸，说："你们别生气，反正大家都得到那个世界去，这

鞋子早晚用得着。"

"要去也得你先去！"

众人气坏了，纷纷拿着鞋追打契珂，把付给他的钱都抢了回去，却忘了把鞋子还给契珂。

交保护费

契珂被揍得鼻青脸肿，一瘸一拐走回家，拎起剩下的鞋子，去了趟殡仪馆，殡仪馆的人倒是没提鞋子的质量问题，对价格也只砍了一半，就把鞋子全收下了。临走时，殡仪馆的人突然发了善心，对可怜巴巴的契珂说："你要是能把美国的棺材给我们弄来，很快就能成为百万富翁。你看人家美国那棺材，有拉手，有流苏，里面还带空调，真好！"

契珂听得好生激动，心想，我用得着去美国弄棺材吗？我自己就能生产出美国棺材来！

契珂回到家，把房子抵押给了银行，贷出一点钱，又把家里剩下的东西全都卖了，然后租了一个草棚子，找了两个木匠，动手做起了棺材，他们做出来的第一副棺材简直棒极了，后来，这副棺材在世界保险柜展览上荣获第一名。

然后，契珂开始给殡仪馆供货，很快，他提供的棺材供不应求，因为实在太好，很多有钱人活着的时候就给自己买好了棺材，有的人还用它装钱，有的人更是把它摆在办公室里，

累了就躺在里面睡觉。总之，殡仪馆很高兴，契珂也很开心，金钱像一股小小的山泉水，一阵接着一阵地往他的口袋里淌。

但契珂的好日子没过上几天，两个长得人高马大的家伙就找上门来了，开口就问："你是新贵吗？"

契珂不清楚他们的来头，只好说："就算是吧，但也不完全是……"

这两个家伙倒是不含糊，大大咧咧地说："我们想为你提供保护，免得你上街时被车撞了。"

契珂装作没听懂，说："我走路一直很小心，好像不会被车撞吧？"

这两个家伙不耐烦了，懒得多说，直接就挑明了："不管你愿意不愿意，我们都要保护你！快交钱吧！"

没办法，契珂只好答应把赚到的钱交给他们百分之三十；这两个家伙保证，他们保护契珂不被他们干掉。

税务上门

又过了一个月，契珂被税务局请了去，税务局的人说："交税吧，我们推出新税种了。"

契珂吓坏了，问"什么新税种？"

税务局的人撇撇嘴，说："新贵税！你上个月不是赚了二十五万吗？已经是新贵了！"

契珂说："我是赚了二十五万，但我证件齐全，合理合法啊！"

税务局的人说："那好吧，给你优惠点，你就交三十万吧！"

契珂结结巴巴地问："如果我不交，或者说，如果我没有钱交，请问，会是什么后果？"

税务局的人轻蔑地看了契珂一眼，鄙夷地说："你连这个也不明白吗？去问问街头那些乞丐吧，一般来说，几个月前他们都是新贵……"

契珂灰溜溜地回去，找到那两个木匠，对他们说："你们为我做一副棺材吧！"

两个木匠给契珂做了一副最好的雕花棺材，契珂和两个木匠一起喝了最后一次酒，喝完后，契珂躺到那副棺材里，雇了一批人，让大家抬着去把他埋了。

大家抬着契珂上了路，前面是乐队，后面是送葬的人群。当送葬队伍走过敲诈契珂的那两个家伙身边时，契珂从棺材里坐起来，朝他们哈哈大笑："我已经死了，那百分之三十的保护费，你们得不到了！"两个家伙摊开手，终于放了契珂一马。

经过税务局门口时，契珂又从棺材里站起来，高声大喊："喂！收税的，你们要的每月三十万泡汤了！"

哪知契珂话音未落，税务局里突然冲出一彪人马，拦住了送葬队伍，喝道："站住！你没有交遗产税，就算是死了，也休想下葬！"

（**翻译**：李冬梅；**推荐**：杨广乐）

（**题图**：佐　夫）

到底发没发

一分不能少

□ 黄宣林

刁世忠人称"刁老板",其实只是个包工头,四处接点零碎的活儿,小打小闹,赚不了几个钱。

这天早上,刁世忠在一家面馆吃完早点,正要起身,门外冲进来14个民工,将他团团围住,刁老板慌了,问:"你们要、要干什么?"

这14个民工是刁老板招的临时工,他们干了一个月,工程完了,却没拿到一分钱,眼看春节将至,他们急着回家,就来找刁老板了。

刁老板马上报了警,警察很快赶到,因为事关农民工,还带来法律援助中心的办事员忻一慧。

忻一慧见了这些民工,说"大家跟我走,我会帮你们要回应得的工资,一分不能少!"这些民工一听,就将刁老板围在当中,一起朝法律援助中心办公室走去。

到了办公室,忻一慧认真听完民工的申述,问刁老板:"你为啥要赖他们的工资?"

刁老板大呼冤枉:"我没赖!工程四天前完工,昨天下午,我把36666元工资全给了他们的领班丁乙强,一分不少。丁乙强拿了钱,还写了张收据给我。"说着,他从包里取出收据。

忻一慧问民工:"丁乙强是你们什么人?"

民工们面面相觑,说:"不认识。"

刁老板见他们装蹩，心里的火"腾"地起来了，说："丁乙强不就是你们领班吗？"

民工中有个叫宋三军的，指着刁老板说："我们每天的工作，都是你领着我们干的，每个人干什么，用什么料，都由你安排，你才是我们的领班。"

刁老板说："我和你们并不认识，都是丁乙强介绍来的，我当然得把你们的工资交给他！"

忻一慧听到这儿，算是听出道道来了：这刁老板接到一项工程，手下

没人，通过丁乙强转包了这14个人，这些人的工作由刁老板亲自安排，工资由刁老板和丁乙强结算，至于丁乙强给民工多少，他就不管了。

刁老板为了证明自己，马上给丁乙强挂电话，接连拨了几次，都是关机，这才感觉到事态严重了。

忻一慧也急了，她对民工们说："放心，工钱一分不能少，都会给你们。你们先办个手续，我们法律援助中心急事急办，马上给你们请律师，通过法律途经保障你们的合法权益。"

一听要打官司，宋三军不耐烦了："打官司没完没了的，我们要等到什么时候才能拿到钱？"

忻一慧耐心地说："你们放心，我们急事急办。"

宋三军不理会忻一慧，上前抓住刁老板的衣领，连操好几下，说："我们不要打官司，你不付我们的工资，我们不会放你走的！"

刁老板不吃他这套，说："我已经付了工资，凭什么要我付两次？"

宋三军抓起刁老板要往墙上撞，忻一慧马上制止他，一字一顿地说："你们没拿到工资，大家会同情你们，支持你们。如果你动手撒野，把事情搞复杂了，你们的工资春节前别想拿到了。"她这么一说，其余的民工都来制止宋三军，劝他不要动粗。

接着，忻一慧马上向法律事务所打电话，请求速派律师支援。

来了位律师

半小时后，一位叫马尚达的律师赶到，他非常耐心地听完了双方的叙述，转身问宋三军："丁乙强是谁？"

宋三军摇摇头："不认识。"

"那你们怎么会聚在一起呢？"

宋三军说："我们是贵阳同乡，本来在一家工地上做，工程完工，本打算回家过年，在火车站碰上一个矮胖子，请我们做这个工程，然后把我们领到刁老板那里，就没影子了，他姓什么，叫什么，我们都不知道。"

马律师又问："那你们知道他是什么地方人吗？"

宋三军摇摇头，说："不知道。"

刁老板在一旁说："丁乙强是贵阳人，他和你们是同乡。"

马律师转身问刁老板："你凭啥说他们是同乡？"

刁老板把马律师和忻一慧叫到一边，说了原委。

原来，刁老板认识丁乙强已有两三个年头，他知道丁乙强是贵阳人，手下有好多贵阳籍民工。刁老板接到工程后，与丁乙强讲得清清楚楚，将近年关了，工资略微开高一点，除了每人每天100元外，另外给他百分之二十的介绍费。由于急着赶活，刁老板与丁乙强没签合同，任务完成了，刁老板把14人的工资给了丁乙强，丁乙强也写了张"收到人民币36666元整"的收据。

得知这一情况，马律师狠狠批评刁老板："用工得签订用工合同。你合同不签，给丁乙强的钱，谁知是什么钱？工人没拿到工资，当然要向你来讨了。"

刁老板一听就傻了，这事如果真闹到法院，自己肯定输，还是自认倒霉，再付一次工资吧！想到这里，刁老板提出："算我晦气，再付你们一笔工资。你们14人，总共出了308工，按工时算工资。"

宋三军一听，马上提出异议："我们14个人做了足足一个月，应该四百多工，怎么只有308工？"

刁老板从包里取出记事簿，上面记得清清楚楚 上个月有9天下雨，无法施工，实际施工日为22天。

宋三军不依："天下雨能不能干活，这是你们老板的事，我们都在工地上，又没离开过。"

刁老板说："你们不干活，也要我一天付80元？"

"更不对了！"宋三军说，"你和丁乙强不是讲好100元一天吗？"

忻一慧听了，猛一愣，宋三军不是不认识丁乙强吗？他怎么知道丁乙强和刁老板私下议定的价格？正想追问，马律师制止她，并对刁老板说："你就按那张收据上的金额付钱吧。"

刁老板不肯，说那张收据上的钱，包含了给丁乙强的介绍费。

宋三军说："那就付我们三万。"

说完，拖住刁老板，要他去银行取钱。

刁老板真听话，就跟宋三军走。

忻一慧忙将他们拦住，说"刁老板，你去银行取了钱，直接把钱给了他们，如果他们下次再找你要钱，你还给不给？"

民工们忙说："有你们证明，我们不会再向他要钱的。"

马律师说："刁老板，你还是把三万元打进我们指定的账户吧——"他转身对宋三军说："你回去写张名单，明天让名单上的人带着身份证，到法律援助中心领工资，一分不会少！"

宋三军带着13名民工扬长而去，他把这些民工带到一处工地安排好，转身就到另一个房间，去见一个人，谁？丁乙强。

又一次援助

原来，这是一场骗局。丁乙强见刁老板为人老实，这项工程又没签合同，找到的这些民工除了宋三军，其余的都跟自己不熟，于是，他领到民工们的工资后，又让宋三军带着那些民工去讨工钱。

丁乙强听着宋三军的汇报，好不得意。就在这时，忻一慧带着马律师、刁老板和一位警察闯进门来，警察来到丁乙强跟前，问："你叫什么名字？请出示身份证。"

丁乙强递上身份证，忻一慧指指宋三军，问丁乙强："他叫什么？"

丁乙强顿时慌了，说："宋三军。"

忻一慧紧追不舍，又问："你们什么关系？"

丁乙强顿时满头大汗，说："他是、是我妹夫。"

马律师问宋三军："你们既然是郎舅关系，怎么连他是什么地方人也不知道？既然你不知道他是什么地方人？为什么又偏偏知道他和刁老板约定每人一天100元的工资？"

宋三军恍然大悟，自己在这句话上露了马脚，毕竟做贼心虚，一紧张，又冒出了一句实话"我们的工资，丁乙强他、他真的没给过我们。"就这句话，把丁乙强领了工资、又设骗局的计谋全给暴露了。

忻一慧说："丁乙强，你拿走的民工工资，可以拿出来了！"

丁乙强忿忿地瞪了宋三军一眼，从包里掏出钱，如数还给了刁老板。

丁乙强涉嫌诈骗被警察带走，忻一慧把另外13位民工召集拢来，刁老板当场发了工资，宋三军也领到了钱，他转身要走，忻一慧叫住他，说："你参与了这次诈骗活动，我作为法律援助中心工作人员，再给你一次法律援助，提醒你，快去公安机关自首吧。"

宋三军呆若木鸡，好久才缓过神来，说："我这就去，这就去。"

（题图、插图：刘斌昆）

· 中国新传说 ·

女儿的 婚事

□ 陶百军

心事重重

向阳村老猎户赵老憨的女儿叫大丫，二十大几的人，连个对象也没有。论长相，村里没有比大丫更俊的，村里村外心仪她的小伙子能排成串儿，上门求亲的也不在少数，可赵老憨就是不松口。为啥？他想让大丫嫁个军官，或是警察！

村里人不明白了：就算你赵老憨的丫头长得再俊，说到底也是个乡下姑娘，能攀得上城里的高枝吗？

其实，这事也不能全怪赵老憨，

细说起来，他也有一肚子的苦水。

原来，赵老憨结婚18年后，老婆才给他生了闺女大丫，大丫没长到十岁，她娘就得病离开了人世，赵老憨既当爹又当妈，日子过得别提多难了。好在他有一手打猎的技艺，隔三差五地上山一趟，总能带回一些野味，拿到镇上，换些油米柴盐回来。

说起打猎，真不是件轻松活，累人不说，还一直伴着危险。这么些年下来，向阳村四个猎手，一个被豹子咬残了腿；一个放枪时遇上臭弹炸膛，丢了两根手指；一个不小心掉进了自己给野猪挖的陷阱，命虽保住了，腰却再也直不起来了；只有赵老憨算是落下个囫囵人儿。

赵老憨过得苦，大丫更不让人消停，像是来讨前生债的，身体一直病病歪歪的，从来不见好，年纪小小的，就经常吃不下饭、睡不着觉，感冒发烧更是家常便饭，瘦得跟个小鸡崽儿似的。赵老憨带着她到处看医生，连

省城的大医院都去了好几回,就是不见好,更怪的是,连是啥病也说不清。

这样一来,赵老憨心里犯了嘀咕,再加上向阳村位于大山深处,地理偏僻,信息闭塞,以前的封建迷信一直还存在着,赵老憨也不例外,老是想大丫是不是冲了什么邪秽。这天,一个走村串屯的算命先生来到向阳村,赵老憨把算命先生请到家中,让他给大丫算算。这个算命先生先是看了大丫的面相手相,接着把赵老憨家上上下下里里外外看了个周全,最后把目光落在赵老憨的那杆猎枪上,问赵老憨:"你可打过狐狸?"

赵老憨点点头:"年年都打!"

算命先生一声叹息,说:"你可能打了哪个狐仙的子孙,那狐仙一家人一直在找你,可你阳火旺,它们奈何你不得,就缠上了你家闺女。"

赵老憨一听就傻了:"这可咋办呀?先生,你快给个破解之法吧!"

算命先生摇摇头,说:"你闺女的病可不是三两天了,那狐仙也不是一般的道行。今后你闺女要经常备把刀在身边,多少能起些作用,但要想断根,得等她成年后,嫁一个军官或是警察。"

赵老憨听不明白,问:"我闺女为啥非得嫁军官或警察?咱穷家小户的,嫁给本村本屯的不好吗?"

算命先生压低声音,说:"这你就不懂了,军官或者警察都能佩枪,那可是火器,你闺女要是有他们护佑,哪个狐仙敢犯她?"

赵老憨一听,连连点头。

送走算命先生,赵老憨当晚就叫大丫搂着自己那杆猎枪睡觉。说来也怪,第二天一早,大丫早早就起了床,兴奋地说:"爹,我昨晚睡得可好了,一个噩梦都没做!"

这一来,赵老憨对算命先生的话更加深信不疑。

过了没两年,大丫就长大成人了。这时国家封山禁猎,收了赵老憨的猎枪,帮他建了个养猪场,又为他联系了村里的养猪大户许二根,指导赵老憨养猪。许二根是一个热心的小伙子，悉心指导，不出一年，赵老憨和大丫就基本掌握了养猪技术，饲养的几十头猪腺肥体壮地出了栏。更让赵老憨高兴的是，大丫的身体跟着也好起来。

大丫出落成了一朵花，好多小伙子都对大丫有意思，上门求亲的接二连三，大丫面子薄，就让父亲给自己做主。赵老憨看看这个，瞧瞧那个，每个都觉得不赖，可临到作决定时，就会想起算命先生的话，把这些亲事都给辞了。后来，上门提亲的越来越少，村里人都觉得赵老憨在女儿亲事上做得太不靠谱。

嫁给警察

这天，一个远房亲戚来找赵老憨，说：“我想给大丫介绍一门亲事，男方是县公安局副局长，很有权力，比大丫大了好几岁，刚离婚。他现在只想找个农村姑娘，越朴实越好，为的是能好好过日子。”

赵老憨想了老半天，想来想去想不明白。一方面，大丫是个黄花闺女，就这样嫁给一个二婚的男人，实在有点抱屈；但另一方面，对方不仅是警察，还是个能管警察的官员，这样的男人，肯定能保大丫今后一辈子平安！最后，赵老憨抹了一把眼泪，说：“我孩子命苦，为了太太平平活下去，就嫁那个警察吧！”

过了不久，大丫跟那位公安局副局长结了婚。

可是，大丫结婚没几个月，老毛病又犯了：吃不下饭，睡不着觉，每次回娘家，赵老憨看着闺女，都觉得闺女又瘦了一圈，心疼地问大丫：“你男人对你不好吗？”

大丫摇摇头，说：“他对我好着呢！啥都不让我干，家里就我俩过日子，还专门雇了个保姆料理家务，你说，还要人家怎么对我好？”

赵老憨又问：“他不佩枪吗？”

大丫说：“他是局长，当然佩枪。”

赵老憨急得脑袋要长包，怎么也想不通这个问题。

更让赵老憨想不到的是，又过了几个月，大丫的丈夫竟然进了大狱，罪名是贪污受贿、充当黑社会保护伞。不久，大丫跟那个副局长办了离婚手续，孤身一人回到了向阳村。

大丫遭受了这次婚姻挫折，情绪非常低落，赵老憨更觉得自己害了女儿，人前人后都抬不起头来，每天天没擦黑就赶紧关上门，生怕有人来串门。想不到，这时候真有一个人上门来了。谁？就是那个教赵老憨和大丫养猪的许二根。

这许二根一进门就开门见山，对赵老憨说：“叔，我跟你实说吧，其实我心里早就喜欢大丫了，但你一定要让她嫁军官警察，我没敢开这个口。今天，我是特地来提亲的。”

赵老憨长叹了口气，说“大丫自

小有毛病，身子弱，都怪我年轻时常打狐狸，得罪了狐仙。人家拿枪的公安局长都没镇住妖孽，你咋能跟大丫过好日子呢？再说了，你这些年养猪发家致富，条件很不错，我们家大丫，已经是结过婚的人……"

不等赵老憨说完，许二根就抢过了话头："叔啊，你说的那些我都不在意，我只知道，我跟大丫一起，准能过上好日子！"

赵老憨老半天没做声，最后默默

地点点头，不再言语了。

豁然开朗

很快，许二根跟大丫结了婚，两家的养猪场并成了一个，顺风顺水的，越做越好。更让赵老憨出乎意料的是，自从跟许二根结了婚，大丫的身体就越来越好，身上啥毛病也没有了，一年后，还生了一个大胖小子，赵老憨颇有感慨地说："原来算命先生说的也不准呀！"

这时候，大丫说话了："爹，经过这些折腾，我总算明白自己病根在哪了。我妈死后，你经常把我一个人扔在家里，自己上山去打猎，好几天都不回家。你说我一个人在家里，能不害怕吗？再说了，跟你一起打猎的那几个猎手伤的伤、残的残，我能不为你担心吗？又害怕又担心，我又那么小，不得病才怪呢！后来，你让我嫁给那个副局长，那就更叫我害怕了，天天有人往家里送礼，一送就是成千上万的，那钱看着都烫手啊！我一个山村里的女娃，哪见过这种世面？在那里我整天提心吊胆，吃不好饭睡不好觉，身体能好吗？现在，我和二根过日子，靠自己的本事吃饭，心里踏实，能吃能睡的，二根对我又好，你说，我身体能不好吗？"

女儿一番话，说得赵老憨连连点头："是这么个理儿！"

(题图、插图：魏忠善)

娘的变化

□ 孙学君

行迹可疑

阿娟娘被儿女们接进城后，变化很大。

她以前在乡下，哪怕有点感冒，儿女们必须齐刷刷到场；到城里住几天，每次回去，硬要他们用小轿车送，说那样在人前风光，有面子。那时三个儿女谁也没有私家车，阿娟娘硬是不干，说借也得借辆轿车送她回乡下。

后来，儿女们条件好了，每家都有了私家轿车，还专门为她在城里买了房子，把她接到城里住，每次回家，

三个儿女抢着要用私家车送她回家，但阿娟娘就是不要孩子们送，每次都是去汽车站挤中巴车。

这天晚上，阿娟去看娘，见娘正在收拾东西，准备第二天回乡下，阿娟忙说："娘，你这次别挤中巴车，我开车送你回去。"娘摇摇头，说："不用了，还是坐中巴好。"

第二天一早，阿娟把车开到娘楼下，发现娘已经走了，连忙开着车追到汽车站，一下车就听到了娘的说话声。一看，娘正坐在车站旁的一家水果店里，那里坐着许多人，正在大声聊着天，娘听得很投入，一副眉开眼笑的样子。阿娟走过去，说："娘，我已经把车开来了，让我送你回去吧！"娘连声说："我不是和你说了吗？不用送，我会自己回去的。"阿娟说："今天我顺路。"娘说："顺路我也不坐，我还要在这坐一会呢。"

阿娟奇怪了：坐一会？这地方吵吵闹闹的，有什么好坐的？这样想着，就上前拿娘的衣服包，娘一把将

包夺回去，说："你管自己去吧，我再坐一会。"

这时，店里走出个老头子，对阿娟说："你娘要坐就让她坐一会吧，你管自己忙去好了。反正中巴车很方便，你放心好了。"阿娟不开心了，心想，你一个外人插进来干什么？再看看娘，已经坐在里面，很专心地听别人聊天了，阿娟只得叹口气走了。

阿娟回家后，水果店那个老头子的脸经常在她眼前晃来晃去。她越想越觉得这事有点蹊跷：娘为什么喜欢坐在那老头子的店里？那老头是什么人？好像同娘很熟呢！

过了段时候，娘又要回农村去了。阿娟这次不动声色，装作挺随便地问娘要不要用车送，娘还是说不用。第二天，阿娟来了个"跟踪追迹"——悄悄来到水果店对面的一家小店，察看动静。果然，娘今天又早早地到了老头子的水果店，老头子见了阿娟娘，马上端出把椅子，还给阿娟娘泡了杯热茶。不一会，小店里三三两两来了不少人，顿时热闹起来，大家一个个口若悬河，说得眉飞色舞，整整一个小时后，阿娟娘才站起身，摸摸索索从包里取出两包烟来，硬是要塞给那老头子，老头子推脱不了，就收下了。阿娟娘出店时，老头子从水果摊上拎起一大串香蕉，硬是塞到阿娟娘的包里，并把包一拎，一直把阿娟送到了中巴车上。

阿娟看到这一切，心里有点不安了，她接着问了旁边店里一些人，才知道娘已经无数次到老头的店里来坐了。这时候，她总算明白娘为什么每次回家都不要儿女用车送，原来是由于汽车站有这么个关系密切的老头！

知道这个情况后，阿娟心里有些内疚，觉得自己这些年对娘关心太少了，他们兄妹不是思想保守的人，当年父亲去世后，他们兄妹就曾一起动员娘找个老伴，结果被娘骂得狗血喷头，说他们不要她了，想丢包袱了，竟拿着棍子把阿娟追得满村跑，哭天喊地把整个村子都闹翻了。从此后，三兄妹谁也不敢再提这件事了，没想到，现在娘已经"主动出击"了，自己却还蒙在鼓里。

大吃一惊

想到这里，阿娟就去了解水果店那老头的情况。一了解，她吓了一跳原来这老头是从农村来的，正在同自己的老太婆闹离婚！这下阿娟简直要气疯了，想，老妈啊老妈，你找老伴也要找个清清白白的啊，找个有老太婆的，这不是第三者吗？你都七十多岁了，闹出去要变成特大新闻了。

阿娟马上把弟弟妹妹找来商量对策。他们都知道娘的脾气，要是直接劝阻，肯定又会闹个天翻地覆。左思右想，准备采取迂回的办法。事情也巧，前不久，阿娟高中时一位姓李的老师找到阿娟，说他两年前死了老婆，现在年纪大了，想找个老伴，让阿娟为他留心，阿娟想，李老师无论从哪方面比，都比水果店那老头高出一大截子。同李老师一联系，李老师满口答应，并约好时间，决定先见见面，感觉一下再说。

到了约定这天，阿娟跟娘说有位老师请喝茶，请她陪着一起去，娘不知是计，就一起去了，到了茶室，同李老师见过面，三个人一起聊起来。这李老师知书达理，谈笑风生，天南地北无所不谈，阿娟娘听得津津有味，时不时插上几句，一来二去，两个人就像老熟人一样。阿娟看在眼里，喜上心头。回家后给李老师打了个电话，问李老师对娘的看法，李老师满意地说："感觉不错。"阿娟高兴了，马上喊来弟弟妹妹，决定当天晚上就同娘摊牌。

心事难言

晚上，姐弟三人一起来到娘的住处。一阵寒暄后，阿娟把话题引到今天的喝茶上，问："娘，你觉得李老师这人怎么样？"娘说："不错啊，到底是读书人，说话一套一套的。"阿娟说："以后他再请喝茶，你还去吗？"娘说："去啊！听他说话，我很喜欢。"阿娟说："那让他天天说给你听好吗？"娘到底是明白人，听到这里，顿时警觉起来，问："你这话什么意

思？"阿娟当即顺水推舟，把李老师想找个老伴的情况和对娘的感觉一股脑儿说了，还说要是娘感觉好的话，可以谈谈看。

娘一听，气得一下子跳起来："天哪，原来你们是在给我介绍老伴啊！又不想要我这个老妈了！你们真是吃错药了，那年的事忘了吗？十年前我都不要，现在老得要见阎王了，还会要啊？"

阿娟说："当年是当年，现在是现

在，你不用难为情的。"娘说："我难为情什么啦？"阿娟说："想找老伴就找老伴，这是正大光明的事，用不着背着我们。我们为你参考参考，也是为你好。要是稀里糊涂，弄出个第三者插足来，是你有面子，还是我们有面子啊？"

娘一听这话，气得脸都青了："你给我说清楚，谁第三者插足了？"阿娟也不示弱，把她在汽车站看到和了解到的情况来了个竹筒倒豆子，最后说："同你勾勾搭搭的那个水果店老头不是单身汉，他在农村里还有个结婚快五十年的老太婆呢！"

阿娟这一说，娘"哇"地一声哭了起来："你们这几个不孝子女啊，真是一点也不知道你娘的心思啊！我到水果摊老头那里去坐坐，就是去找老伴吗？告诉你们，我不是去找老伴，是去找——找乐趣啊！"

娘接着说，在老家，大家都说她是福气老太婆，她一回到家里就门庭若市，老姐妹们围着她问长问短，她说些芝麻绿豆大的城里事，都让她们新鲜得什么似的。老姐妹们那么看重她，她就要对得起那些老姐妹。所以，她每次回去都喜欢坐中巴，上车前到水果店老头那里去坐一会，是因为老头那里人多，能听到很多新鲜事；中巴上的人来自四面八方，你一句我一句的，消息也很多。消息多了，她在老姐妹面前就可以说得多；她说得多，老姐妹们对她的称赞就越多；她就越有面子，享受到的乐趣也就越多。

阿娟他们听了这个原委，一个个脸色通红，惭愧得说不出话来……

（题图、插图：谭海彦）

2009年中国最佳故事评选

为了繁荣故事文学、推动故事创作，2009年，故事中国网(www.storychina.cn)举办年度中国最佳故事评选。

评选标准：在情节性、艺术性、思想性、文学性方面有突出表现，能够代表年度故事创作最高水平的各类故事作品。参选条件：2009年1月1日至2009年12月31日期间在国内正规报刊（省级以上）发表的故事作品均可参加，不限题材、风格、篇幅。

参加方法：1、作者本人登录故事中国网提交作品；2、推荐别人的作品，需事先征得作者本人的同意，再通过故事中国网提交；3、各家故事报刊编辑部可直接向故事中国网推荐作品，推荐信箱：storychina@gmail.com

评选将邀请由资深故事编辑、专家、学者组成的评审组进行投票，评出年度最佳故事一篇，优秀作品若干。年度最佳故事作者获得特殊荣誉证书及奖金3000元，并受邀前来上海领奖；所有优秀作品将结集出版《2009年度中国最佳故事》一书，并支付稿费。更多详情，请登录故事中国网查看。

离婚条件

□ 倪国萍

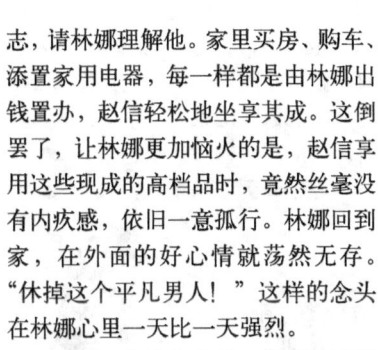

志，请林娜理解他。家里买房、购车、添置家用电器，每一样都是由林娜出钱置办，赵信轻松地坐享其成。这倒罢了，让林娜更加恼火的是，赵信享用这些现成的高档品时，竟然丝毫没有内疚感，依旧一意孤行。林娜回到家，在外面的好心情就荡然无存。"休掉这个平凡男人！"这样的念头在林娜心里一天比一天强烈。

不过，念头归念头，真要林娜说出口，她暂时还做不到。另外，随着家里的财产越来越多，她在想着分手的同时，心里的小九九也拨拉开了。因为，假如她先提出离婚，赵信就能名正言顺地得到一半家财，这可不是小数目，再说，这些财产大多是自己挣来的，让赵信白白得到一半，岂不是太冤了吗？她得找个理由，既能离婚，又能保全自己名下的财产……

这天一早，林娜告诉赵信，她接下来几天要到外地联系一笔重要业务，找了个临时保姆，帮着赵信料理家务，林娜说完这些，又扔下一句"保

林娜年纪轻轻就是一家大型公司的总经理，要风得风，要雨有雨，惟独有一样让她不如意，成了她的心病。

原来，林娜很优秀，她老公赵信却非常普通，这么多年一直在文化馆上班，从来不想挪窝儿，林娜几次三番劝说他辞去这份吃不饱、饿不死的工作，赵信却丝毫不为所动，全当成耳旁风。说得多了，他就说，人各有

姆名叫钟丽",便驱车而去。

傍晚，赵信下班回家，新来的保姆钟丽满脸含笑，早早就站在门口迎候。屋里的景象与以往相比完全变了个样子，林娜平时应酬多，总得在夜半时分才回来，基本顾不了家里，赵信的晚餐一般都是在外面将就着解决，但今天家里的地面光可鉴人，四周一尘不染，厨房里飘浮着香气，餐桌上摆放了碗筷。钟丽这女孩又长得秀气，利索地泡茶、端菜、筛酒，平日冷清的屋子顿时热闹起来。

赵信今天心情很好，加上钟丽不

停地为他添酒布菜，于是开怀畅饮，边喝边跟钟丽聊起了家常。钟丽目不转睛地看着赵信，对赵信的每一句话都饶有兴趣，听得非常用心。

接下来几天，赵信过上了一种与以往完全不同的日子，林娜一星期后才发来条短信，说是那笔业务又生出许多枝节，估计还得一个星期才能回家。赵信看了短信，没太当回事，因为这对林娜来说是家常便饭，一旁的钟丽却"啊"地叫了一声，露出满脸的失望，说"再过三天就是我的生日了，林娜姐曾经答应送我一份生日礼物的，现在，那礼物得不到了！"

赵信一听，马上说："林娜不能送，我可以送呀！"

钟丽惊喜地问道："真的吗？"

赵信认真地说："当然是真的，说吧，你想要什么礼物？"

钟丽看了赵信好一会，嫣然一笑，说："三天以后告诉你……"

钟丽的生日转眼就到了，这天一下班，赵信就在街上买了束鲜花，一到家就送给钟丽，祝她生日快乐。

钟丽接过鲜花，说了一声"谢"，接着又摇了摇头，说："其实，我心里盼望的生日礼物不是这个。"

赵信问："你想要什么礼物？"

钟丽沉默了一会，才说"我爸爸妈妈去世得早，是哥哥照顾我长大的。每到我生日这天，我哥都不会忘记亲我一下，祝我生日快乐，但我哥在外地打工，今天他不能亲我，这让我非常非常想念他……赵大哥，你能像我哥哥那样，亲我一下吗？"

赵信看着钟丽眼里的泪水，上前搂住钟丽，在她的脸腮上轻轻吻了一下……

第二天下午，林娜回来了，钟丽也回了自己家。到了晚上，林娜破例没有出去应酬，把自己关在卧室看电脑。赵信在客厅看着报纸。不一会，林娜从卧室冲出来，冲着赵信大吼一声："姓赵的，你真是欺人太甚！"

赵信回头一看，摆在卧室的电脑上正播放一段录像，正是自己拥吻钟丽的镜头，看来，林娜临走时偷偷在家里装了个摄像头，监视赵信在家里的行踪。赵信说："你听我解释……"

林娜冷笑着说："你还有什么好解释的？我只相信自己的眼睛！我在外面为家庭千辛万苦地打拼，你倒好，躲在家里做这种对不起我的事，你还是人吗？"

任凭赵信百般解释，林娜却不依不饶，说非得作个了断不可。于是，赵信问她怎么了断，林娜斩钉截铁地吐出两个字："离婚！"

林娜终于把离婚说出了口，她做好了赵信死乞白赖哀求不要离婚的准备，但完全出乎她的意料，赵信的反应非常平静，他说："其实你心里早就想离婚了，我成全你……"

难道赵信不留恋现在这样优裕的生活？哪怕是为了多分点家产，赵信也应该大吵大闹啊！林娜怎么也想不明白，搞不懂赵信葫芦里卖的是什么药。赵信根本不看林娜的表情，继续说："我同意离婚，但有个条件！"

林娜见赵信终于出了招数，便想在气势上先压倒对方，就说："是你先做了对不起我的事，还有什么资格提条件？我不想听你的条件，明天就去办手续！"

赵信根本不服软，冷冷地说："如果你不答应我的条件，我是不会在离婚协议上签字的。"

林娜被逼到绝处，只好说："那好吧，只要你的条件不离谱。"

赵信说："我的条件其实很简单——不要把我们离婚的事告诉我母亲，她一直觉得你是最好的媳妇，我们这样突然分手，她会受不了的。"

林娜没想到赵信提的是这样一个条件，一下惊呆了。赵信看着林娜，一字一句地说："我知道你早就安排好了，让钟丽来做保姆，偷偷摄下我亲她的录像，这全是你事先布的局，我一步步按你的计划去做，就是为了让你心安理得地离开我。我可以没有你，没有房子和财产，但我有母亲，我要她老人家开心地活着……"

听到这里，不知为什么，林娜的脸突然一下子红了。

（题图、插图：刘斌昆）

 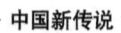

飞来的地雷

□ 盛伯勋

重阳节这天晚上，半山村的老年活动室落成并正式对外开放，村里的老年人三五成群赶去庆祝，欢腾了小半夜才散。管理活动室的郑青松大伯是个热心人，他等老人们全部走光后，又动手清扫整理活动室，最后一个回家。

郑大伯哼着歌，回到自家门口，摸出钥匙正要开门，不想一脚踩到了地上一个圆滚滚的东西，他刚感觉不对，还没来得及收脚，只见火光一闪，"轰"的一声，脚下那个东西已经爆炸，郑大伯惨叫一声，眼前一黑，就不省人事了。

郑大伯的儿子和媳妇正在屋里睡觉，也被这声爆炸惊醒了，两人连忙穿衣起床，打开大门，儿子大山俯身搀扶倒在地上的父亲，媳妇菊芳当即取出手机，打"110"报警，同时给"120"急救中心打了求救电话。

这时，闻声赶来的村民密密麻麻站了一大片，大家都被眼前血淋淋的爆炸事件惊呆了，你一言我一语地谈论起来。

有位大妈抹着眼泪，说："郑大伯是我们半山村出了名的好人，他得罪过谁了？居然对他下此毒手！"

村治保主任气愤地说："我们村是远近闻名的治安先进村，几十年来，村里连动手打架都没发生过一起，现在倒好，竟然有人用炸弹杀人，这还了得！大家一定要配合警方，尽快将那个家伙揪出来！"

过了片刻，一辆闪着警灯、鸣着警笛的警车进了村，警车上走下一高一矮两位警察，两人仔细地察看了郑大伯的伤情，问了案发时的情况，这时，"120"急救车也开进了村里，警察便让大山和医护人员一起将郑大伯抬上救护车，送往医院救治。

两位警察经过现场踏勘，分析遗留的爆炸物碎片，初步断定爆炸物是自制的"土地雷"。制作这种爆炸物，火药与雷管是必不可少的，但国家对这些引爆材料严格控制，在农村，只有开山放炮的采石场和一些工程施工现场，经过严格审批才能得到这些东西。所以，警察先把侦查重点放在能接触爆破作业的人员身上，经过排查，村里只有一个叫裘金富的石匠，这几年在邻村的一个采石场里专干爆破的工作。很快，裘金富进入了警察重点调查范围，但一了解，裘金富为人忠厚老实，跟郑大伯家还沾着点亲戚关系，两家来往虽不密切，但从来没发生过任何纠纷，裘金富没有作案动机！

两位警察很细心，没有轻易放过手中的线索，而是请治保主任带路，来到裘金富家，这时裘金富早已知道爆炸事件，一见警察上门，顿时神情紧张，说，他的确制作过"土地雷"，但他制"土地雷"的目的是为了炸野

猪，而不是伤人。

裘金富接着说，前段时间山里野猪成灾，经常成群结队下山觅食，糟蹋村民们辛辛苦苦种植的庄稼，眼看就要收割的秋玉米和紫番薯，一夜之间全被野猪啃咬完，几乎绝收，裘金富一气之下，偷偷从采石场拿了一小包火药和几只雷管，找了些碎瓷片、碎玻璃、小铁片等材料，自制了三颗"土地雷"，想炸死几只野猪，其他的野猪受了惊吓，就不敢来了。小心起见，他在自家的另一块番薯地只埋了一颗"土地雷"，还特地在埋"土地雷"的地方插了块警示木牌。

裘金富说完原委，俯身从床底下拖出一只小木箱，说："另外两颗'土地雷'就放在这里面。"

警察打开小木箱一看，里面果然放着两颗黑不溜秋的东西，就让裘金富先带他们到埋土地雷的地方看看，这两颗东西暂时先由裘金富小心放好，等看完现场再回来处理。

裘金富连忙答应，他拿起手电筒，带了把铁锹，领着两位警察和治保主任上了山。

在裘金富家位于半山腰的番薯地里，警察看到地里的番薯受到野猪的侵害，一片狼藉，一块警示木牌翻倒在地，旁边一小块地方还撒了一圈石灰。裘金富走到撒着白石灰的这小块地旁，拿着铁锹小心地挖起来，可半

块地都挖遍了，连"土地雷"的影子都没有。后来，治保主任和两位警察也帮着他在番薯地里找，一直找到东方露出了鱼肚白，整块地都翻了个儿，依然不见"土地雷"。看来，炸伤郑大伯的"土地雷"很可能就是裘金富埋在番薯地里的那颗，但"土地雷"自己没长翅膀，怎

么能飞到郑大伯家门前呢？

再说郑大伯被送到医院后，经医生竭力抢救，总算保住了一条老命，这天，儿子大山从医院回家拿东西，家里养的那条猎狗见他回来，高兴地迎上来，将两条腿搭在大山肩上，用舌头一个劲地舔着大山的脸。驻村调查的警察这时正来向大山打听郑大伯的情况，见了这个情形，说："你家的狗跟你好亲啊！"

大山得意地说："我家的狗不仅跟人亲，还很顾家，经常出没在田间山坡，衔点东西回来。"

警察听了，心里一动，忙将从裘金富那儿收缴的"土地雷"挑了一个出来，除去雷管、火药，放在郑大伯家那条猎狗常经过的地方，不到一个小时，那条猎狗就把这个"土地雷"衔了回去，放在自家的门口……

至此，真相终于大白，在郑大伯家门前放置"土地雷"的不是人，而是他家的那条猎狗！裘金富利用爆炸物故意伤人的嫌疑总算被排除了，但他的日子并不好过，不久，检察院向法院起诉了裘金富，法院以非法制造爆炸物并过失伤人罪，判处裘金富有期徒刑三年，缓刑四年，并赔偿郑青松大伯医疗费、生活补助费等共计八万元。

裘金富收到判决书后，没有提起上诉，他说："我的确错了，认罪！"

（题图、插图：谭海彦）

龙王落泪

□ 王守兵

这天上午，龙王正在天上巡游，突然吹来一阵风，风里夹了粒砂子，吹进他眼睛，让他流了几滴眼泪。这几滴眼泪洒落到人间，化成了一场不大不小的雨。想不到，这场雨给他惹来一场不大不小的麻烦。

龙王刚回到龙宫，就来了个三十多岁的女人，这女人手上满是老茧，头上戴着安全帽，衣服上沾着泥灰，像是刚从一家建筑工地上赶来。女人一进门就冲着龙王嚷开了："今天到底怎么回事？清早我到建筑工地时，天上还没有一丝云彩，怎么突然就下雨了？你知道吗，这场雨一下，我们只好提前收工回家；现在工地上到处是淤泥，下午也没法干活了。这场该死的雨把我一天的工钱都给淋没了。"

龙王听了，很是过意不去，对这个名叫翠花的乡下女人好言安慰一番，然后将她送走了。

翠花走后没多久，一个落汤鸡样的男人也来找龙王了。龙王想，莫非他也是来兴师问罪的？但这回龙王想错了，这个男人进门后，拉着龙王的手连声称谢，一个劲夸龙王刚才那场雨真是及时。

男人接着告诉龙王，他叫大柱，是个进城的农民工，生意不忙的时候，他就巴望天上能突然下一场雨。大柱不好意思地说，虽然他知道自己的这个想法有点不那么光明正大，但只要一想到老婆和儿子，他还是忍不住会这样想。

龙王好奇地问："你是做什么生意的？为什么盼望天上能突然下

雨？

大柱笑着说："我是踩三轮车的，巴望天上突然下雨，这其实涉及到我们这行的'商业秘密'，趁我今天高兴，就说给你听听吧：就拿刚才那场雨说吧，下雨前，天上万里无云，所有人出门时都不会带雨具，但突然来了一场雨，那些行人怎么办？总不能在雨里走吧？所以，即使那些原来不打算坐三轮车的，这时也得坐了！对于三轮车夫来说，这是赚钱的黄金时机。每到此时，我就觉得浑身是劲，一边拼命地踩三轮，一边在心里催自己：快点，再快点！要是雨一停，坐车的人就少了！当然，把乘客送到指定地点后，我还是按平时的价格收钱，一分钱也不多要。刚才那场雨停的时候，我身上虽然湿透了，可我心里舒坦呀，你瞧，我的口袋被硬币撑得鼓鼓的呢！"

龙王听了，很为大柱高兴。大柱又乐呵呵地说："不仅如此，你下的这场好雨不但让我赚了钱，还'逼'得我老婆能回家歇歇。你不知道，她在工地上做小工，一天要做十四个小时，每天都很累，要不是这场雨，她哪有时间休息啊！说实话，让她一个女人去干那活，我心里很内疚，可我家里经济条件不好，负担又大，没办法啊！"

送走了大柱，龙王刚坐下，门外忽地伸进来一个小脑袋，原来是个十岁不到的小男孩。小男孩怯生生地望了龙王一眼，挠挠头，问："我遇到了一件麻烦事，弄得我左右为难，你能帮助我吗？"

龙王微笑着点点头。小男孩说："你知道吗？刚才那场雨让我左右为难，我爸爸是三轮车夫，下雨他就能多赚点钱，可在工地上的妈妈就没法干活赚钱了。刚才，我心里矛盾极了，一会儿巴望雨下得稍微大一点，让爸爸多赚钱；一会儿又巴望雨下两滴就停了，让妈妈继续干活赚钱。聪明的龙王，你说，以后再遇到这种情况，我该怎么办呢？有两全其美的方法吗？"

龙王也有点为难，低下头沉思起来。忽然，小男孩高兴地跳起来，挥舞着小手大叫："龙王，我想到办法啦！"说完，小男孩给龙王鞠了个躬，说："龙王，我求你一件事，请你多落几滴泪好不好？连着下几天的雨，我爸爸和妈妈就都不用干活了，让他们在家好好歇歇。因为他们每天要干很多活，真的好辛苦。"

龙王含着泪，问小男孩"你爸爸叫大柱，妈妈叫翠花，对吧？"

小男孩惊奇地问："你怎么知道他们的名字？"

"因为我是布风下雨的龙王啊！"龙王说着，几颗晶莹的泪珠滚落出来……

（题图：顾子易）

寻儿启事

□ 任黎明

离家出走

刘川是个农村孩子，已经16岁了，父母在城里打工，今年暑期，父母为了刘川的前途，一咬牙拿出全部积蓄，将刘川转到城里的中学读书。

刘川进了城里的学校，各方面进步都很快，转眼到了寒假，他回乡下看奶奶，哪知才半年工夫，奶奶的眼睛就看不见东西了，刘川急忙把奶奶接到城里医院检查，说是白内障，得动手术，可家里的钱都给刘川交学费了，妈妈心疼奶奶，打电话四处借钱，总算有个老乡愿意借三千块。妈妈要上班，就让刘川去取，出门时再三叮咛刘川，千万别把钱弄丢了。

刘川找到那位老乡，跟老乡一起去银行取了钱，他将校服脱下来，裹好钱，用袖子打了个结，紧紧地抱在胸前，就急匆匆地往家里赶。这时，后面赶上来一个人，大声喊刘川的名字，刘川回头一看，是班上的同学王小虎，这王小虎据说家里很有钱，从来不把刘川放在眼里，没想到今天日头改从西边出，王小虎对刘川分外亲热，非要用电动车送刘川回家不可，刘川想想怀里有钱，也就同意了。

王小虎把车开得飞快，不一会就到了立交桥下，突然，电动车碰到一块石头，歪倒在地，两人都被甩了出去，刘川顾不上疼痛，爬起来就找校服，还好，校服正压在王小虎身下，刘

川拿过校服，摸摸里面，紧紧的一团，心里松了一口气，说什么也不要王小虎送了，独自走回了家。

回到家，刘川打开校服，包在校服里的钱却怎么也找不到了！天哪，这可是给奶奶治眼睛的钱！刘川穿上校服，沿路找回去，在立交桥下翻来复去地看，哪里还有钱的影子！刘川难过得坐在地上哭起来，哭了一会儿，他想，不行，不能就这样回家，得把丢掉的钱再赚回来！

刘川准备先在城里找个地方打工，一连找了两天，却没人肯收留，他身无分文，两天粒米未进，好不容易坚持到天黑，又累又饿走到府河公园门口，看见一个乞丐在垃圾箱里翻捡塑料瓶，顿时眼睛一亮：对呀！塑料瓶可以卖钱的！

这时，一辆出租车在前边停下，一只可乐瓶从车窗里飞出来，刘川赶忙上前去捡，见里边还有半瓶可乐，他饥渴难耐，正要仰头喝，出租车司机探出身来，朝刘川叫道："小兄弟，千万别喝，这瓶可乐是狗喝剩的！"说完，递给刘川一瓶矿泉水。

一个中年妇女抱着宠物狗从车里下来，一把抢过刘川手里的可乐瓶，说："狗喝剩的怎么了？我们幺儿喝剩的水，你根本不配喝！"接着，女人将狗爪扬起来，朝司机挥挥，说："幺儿，跟司机哥哥再见！"说完，她走进了公园。

出租车司机朝女人的背影"呸"了一口，说："你乐意做狗妈妈，我凭什么要当它哥？什么人嘛！"

小狗作伴

司机一踩油门走了，刘川在公园里继续捡着垃圾，天渐渐黑了下来，刘川看到不远处有一幢烂尾楼，晚上正好可以用来栖身，便朝那幢楼走去，走着走着，他突然觉得后边有什么东西跟着，一回头，正是刚才那位妇女抱着的宠物狗，这只狗不知怎么跟那位妇女跑丢了，紧紧跟在刘川后面，刘川抬起脚想吓跑它，它不但不怕，反倒过来舔刘川的鞋子。刘川不理它，继续朝前走，进了烂尾楼，没想到那只狗也跟着进来了。刘川想想它"妈妈"讨厌的样子，想，这样也好，让那个俗气的女人着急一下！

刘川带着狗在烂尾楼过了一夜。第二天一早，他把狗拴在房间里，又出去找工作了。路过府河公园时，看到公园的大屏幕彩色电上正在播放一则广告：一个中年妇女站在河边，喊着："幺儿，你在哪里？妈妈好想你啊！"手里还拿着一大叠狗照片，在镜头前面一张张展示，并说，谁送还她的幺儿，就重赏五千块。正是那只宠物狗的"妈妈"，刘川心里一动：五千块？我只要三千块就够了，正好用来给奶奶治眼睛！

想到这里，刘川赶紧回到烂尾楼，抱起那只宠物狗，朝那个妇女说的地方赶去，一路上，刘川看见围墙、电杆上都张贴了醒目的"寻儿启事"，这启事制作精美，上面还登着宠物狗的照片，再一细看，每张启事下面还有个寻儿启事："寻我儿刘川，16岁，高二学生。孩子，回来吧！爸爸妈妈在到处找你，奶奶急得病情加重了！"刘川愣住了，这才想起自己离家时还没跟家里打招呼，心里惴惴不安，但转念又一想，反正把这只狗送到就能拿到赏金，拿了钱回家，爸爸妈妈就不会怪罪我了。

不一会，刘川就找到了那位寻狗的妇女，妇女看见刘川怀里的狗，高兴得一把上前，抢过狗死死抱在怀里。刘川叫了声"阿姨"，问："你张贴的启事下边怎么还有个启事？你认识那个发启事的人吗？"妇女一脸不屑，说："我才不认识那女人呢，那天我去电视台播启事，正好碰上那个女的找儿子，却交不起广告费，听说我还要在外面张贴寻儿启事，就求我让她帮着贴广告，条件是在启事下面加印一条她的寻儿启事。"

刘川听得眼泪在眼眶里打转，恨不得马上奔回家。他顿了顿，又说："阿姨，我把狗送来了，这奖金——"妇女冷笑一声，说："我认出你了，你就是那天在公园门口，想喝我幺儿剩可乐的那小子，你肯定是挨了我骂，

为了报复我把狗偷去了，我没找你算账已经不错了，你还想要赏金？做梦！"刘川听得热血上涌，上前一把抢过宠物狗，说："你说话不算数，这狗不还你！"

妇女扑上来想抢狗，却不是刘川的对手，只得拉住刘川，拿起手机拨了110。警察很快赶来，将他们一起带回了派出所。

意外相逢

妇女一口咬定狗是刘川偷走的，但拿不出证据，刘川呢，非要她拿出承诺的奖金，不然就不归还狗，双方就这样僵着。

这时，派出所又走进两个人来，刘川一看，这两人自己全都认识，一个是他的同学王小虎，另一个就是昨天傍晚给他矿泉水喝的那位出租车司机，司机对王小虎说："快给你妈打电话，让她来派出所！"王小虎朝跟刘川争狗的妇女看了一眼，喊道："妈——"

妇女一看王小虎，就气不打一处来，问："你这个狗东西，又闯什么祸了？"一旁的司机"哧"的一声乐了，说："这位大姐，真有你的，把狗喊幺儿，却把自己的儿子喊狗东西！"

妇女说："他父亲像只狗一样，把我们扔下不管了，他打小就跟他父亲一个德性，半点不学好，你倒是说说看，他是不是个狗东西？"

司机没接妇女的话头，转身对警察说："这小孩骗了同学三千块钱，刚才还在我的车上给别人打电话炫耀……"

女人一听又火了，连忙问儿子是不是真的，王小虎看了刘川一眼，说："刘川和你——不都来了吗？"刘川一听，惊呆了。

原来，王小虎那天正好花光了手里的钱，他看见刘川从银行出来，把打成包的校服紧紧抱在怀里，料定刘川校服里有钱，就故意叫刘川坐他的电动车，故意摔跤，然后把自己早已备好的校服和刘川的调了包。因为两件校服完全一样，所以刘川一直没有发觉，倒是那只宠物狗估计是从刘川身上闻到了王小虎的气味，所以一直跟着刘川！

王小虎的妈妈红着脸，当即还了刘川三千块钱，准备再给刘川赏金时，刘川说："阿姨，刚才我要赏金，是因为我给奶奶治病的钱弄丢了，现在钱回来了，赏金我就不要了。"

一旁的出租车司机朝刘川跷起大拇指，说："小兄弟，你爸妈肯定等急了，走，我送你回家！"

王小虎妈妈看看刘川，看看怀里的宠物狗，再看看站在跟前的儿子王小虎，长叹了一口气，一句话也说不出来。

（题图、插图：谢　颖）

·发财金匣子·

多走几步路

□ 路 华

阿明是个生意人，年初在一座边境小城开了家面包店，不想店只开了半年，就亏了六千多，只好转让，广告贴出一个月，总算有一个人愿意接手。这人阿明认识，是位进城打工的农民，叫老茂，一谈，这老茂挺爽气，出的转让费比阿明想要的还高。

阿明拿到钱，想想自己半年来门可罗雀的惨状，禁不住有点为老茂担心，就问："你接手后准备做什么？"

老茂说："跟你一样，还开面包店。"

阿明吞吞吐吐地说："其实，我的面包店生意不太好。"

老茂爽朗地说："没关系，我知道

的！"

阿明糊涂了：明知道面包店生意不好，为什么还要接过去继续开呢？

老茂看看阿明，又是呵呵一笑，说："没事！我只要多走几步路，这生意就亏不了！"

多走几步就亏不了？阿明不明白老茂卖的是什么关子，也没去多想。过了几天，阿明路过这家面包店，正好看见老茂从摩托车上下来，从摩托车后座上解开装面包的筐子。阿明一看就忍不住笑了。原来，他开店时都是面包房老板直接把货送过来，虽说自己去进货每只面包可以便宜一毛钱，但这点钱在一天的流水里是个小数，他曾细细地算过，光靠这个根本不能扭转亏损。老茂这样"多走几步路"，要是能赚到钱，那简直是笑话!

阿明接下来就转到了其他生意上,但一直做不好,转眼又是半年过去了,这天,他在街上转悠,看看有没有新的生意可做,看了半天没看出名堂来,不知不觉,又转到了自己以前开的那家面包店前。阿明看到店门紧闭,门口一个顾客也没有,就想,大白天的关着门,连自己当时都不如,还能有什么生意?恐怕早就转给别人了!转身要走,正好老茂从外面回来了。阿明一看,禁不住大吃一惊,半年不见,这老茂已经变得衣着光鲜,头发光滑得能滑倒苍蝇,一脸志得意满的样子。阿明疑惑地问:"你这店,开得还好吧?"老茂笑了笑,说:"半年下来,总算赚了一点辛苦钱。我早说过,只要多走几步

路,肯定亏不了!这不,我刚从边境口岸那边回来!"

阿明大吃一惊:一家小小的面包店,能把生意做到国外去?又一想,这老茂去国外,肯定不是去卖面包,而是去做边境贸易。做边境贸易靠的是信息灵通,而这座小城的地理位置是获得边贸信息的最佳位置,老茂在城里开一家面包店,只不过是把店面当成获得贸易信息的根据地而已,他的主要生意在边境贸易上。他说的"多走几步路",其实不是他自己进货,而是利用面包店作为根据地,四处联络结纳,收集信息,这么一来,虽然面包店是亏损的,但有了面包店这个平台,做好了边境贸易的大生意,这钱不早就赚回来了吗?

想到这里,阿明顿时对老茂佩服得五体投地,马上就把老茂拉到一家饭店,叫了几个菜,跟老茂边吃边聊,末了,请求老茂带他一把,让他跟着也做点边贸生意。

老茂一听就笑了,说"看来你对我的生意还是不了解,这样吧,明天中午十二点你到我面包店来,我们一起去做一趟边贸生意,也许能让你悟出些门道来!"

阿明一听,高兴极了,第二天一到十二点,就准时来到面包店,老茂指指放在店里的一桶纯净水、一袋一次性塑料水杯和一大筐新鲜面包,对阿明说:"你年轻,就扛水和水杯吧,

我扛面包！"阿明看了个稀里糊涂，又不好多问，只得扛起水桶，拿起水杯，跟着老茂出了门。

不一会，两个人赶到了跟国外有边贸往来的一个边贸点，老茂带着阿明来到关卡，亮出边民身份证，直接过了关卡，进入国外那边一处货场旁边，老茂把面包筐往地上一放，扯着嗓子大喊："面包来了，快来买面包喽！"

老茂的话音还没落地，那些正在货场忙着搬运的装卸工一呼啦就全围了过来，你三个他五个地抢着买面包，眨眼工夫，老茂整整一筐面包就卖光了。老茂又让阿明把桶里的纯净水免费倒给买了面包的那些装卸工喝。做完这些后，老茂开心地对阿明说："快走！我们那边的人也该饿了，还得再搬一筐面包来！"

原来这就是老茂的边贸生意。还别说，这样卖面包，比每天在店里守着，的确只是多走了几步路，但这样

一来，生意的确给做活了，想不赚钱都难啊！

老茂对阿明说："我没有本钱去做边贸大生意，但一直在边贸点做事，见得多，久而久之，就看出了商机。因为这个边贸点货场多，装卸工也多，这些人收入低，按计件拿钱，没有能力吃好东西，吃起来越省事越好，所以，在这里开面包店肯定有前途，但你为什么开不下去呢？这是因为他们这些人干起活来就没法停下，就算知道你的店里有面包卖，也不能赶过去买，只会就近随便找点东西充饥。我把面包送到他们跟前，免费给他们水喝，能不受他们欢迎吗？生意这样做下来，肯定越做越好！现在，我一天至少能卖五百只面包。"

"多走几步路"，原来是这么个意思啊！看着老茂神彩飞扬的样子，阿明不由得感叹："做生意不单要会动脑子，还得勤快啊！"

（题图、插图：顾子易）

· 本刊信息传真 ·

小 启

1. 我刊发表的作品分原创和推荐两种，推荐性质的栏目有笑话、3分钟典藏故事、快乐辞典、故事中国网文精粹、第一推荐等；

2. 凡原创作品均应有新鲜、奇巧的情节；推荐、改编均应注明，凡抄袭或变相抄袭者一经查实，将严肃处理；

3. 本刊各栏目稿酬从优；

4. 来稿务必提供详细联系方式；来稿可从邮局寄发，也可直接发至我刊各责任编辑的电子信箱，本期责任编辑的电子信箱是：zjw002@vip.163.com

离奇的外套

□ 梅纪国

女尸失踪

高长林是一名警察,这天晚上,他开着车子从外地回来,突然发现前面出了车祸,连忙停好车子,上前救治。肇事司机满嘴酒气,吓傻了似的呆在一旁,一位中年妇女躺在血泊中,已经失去了知觉。高长林赶紧将这位妇女送到附近的医院抢救,同时拨打了交通事故报警电话。

高长林将伤者送到医院急诊室后,又赶到事故现场,配合交警进行现场查勘和调查取证工作,做完这些事情后,他放不下那位横遭车祸的妇女,又赶到那家医院,想了解一下女子的伤情。急诊室医生见他来了,连忙说,由于伤者伤势严重,抢救无效,已经死亡了。医院现在正跟家属联系,但这位妇女身上没有任何可以证明身份的证件,或是相关的资料,想

请高长林协助一下,联系上死者家属。

高长林点点头,说:"先去看看死者吧。"医生说:"因为家属未到,尸体还放在重症监护室里。"可是,等医生带着高长林来到重症监护室时,却发现停放尸体的病床上空无一人,医生连忙喊来值班护士,问是怎么回事,值班护士一看,感觉非常奇怪,说:"我去问问是谁搬走了尸体。"不一会儿,这位护士慌里慌张跑回来,说:"我都问过了,根本没人动过死者尸体,连太平间也去看过了,那里也没有。"

高长林想了想,问医生:"你真的确定那位伤者已经死亡了吗?会不会

是暂时性的假死，苏醒后就自己走了？"

医生非常自信地说："那不可能！当时她的所有生命体征全部消失，我才下死亡通知的，我还特意看了一下表，是晚上11点40分。"

一具尸体竟然会离奇消失，这个离奇事件让整个医院像炸了窝，大家马上出动，四处寻找那具失踪的尸体！高长林正在考虑要不要马上通知局里，将这件事作为刑侦案件立案，一位护士急匆匆地跑过来，说："不用找了，那位死者的尸体又回来了，就躺在监护室的病床上。"

高长林连忙跟着医生赶到监护室，果然看到死者躺在病床上。高长林伸手探了探女子的鼻息，摸了摸脖子上的动脉血管，摇了摇头，又看了一下表，时间是12点10分，离发现尸体失踪只有十几分钟，他问护士："你是怎么发现尸体回来的？"

护士告诉高长林，刚才她跟大家一起分头寻找尸体，路过重症监护室时，发现刚才紧关着的门现在却虚掩着，推开一看，一眼就看到了死者尸体。高长林又问她，看到死者尸体前，有没有见过什么可疑的人，或是有什么反常的事！护士仔细地想了想，非常肯定地回答："没有！"

这时，一直在旁边观察的医生忽然"咦"了一声，说："不对呀，死者被送来的时候还穿着一件黄色外套，现在怎么不见了？"说完，他朝护士看了看，护士赶紧摇头，说："我一看到死者尸体就赶来通知你们，什么都没动过。"

医生说得不错，高长林在事故现场救治那位妇女时，的确看到妇女穿着件暗黄色外套，刚才他还以为医院为了抢救方便，给她脱掉了外套。

疑问重重

紧接着，医生又发现了问题，他指着死者紧攥的右手，对高长林说："我给她测过血压和脉搏，记得清清楚楚，她的右手是松开的，现在却握成了拳头！"说着，他把死者的右手用劲掰开，竟然发现她手里攥着一粒

棕色纽扣。

高长林接过来一看，这是一粒普通的男式纽扣，这粒纽扣怎么会到死者手里呢？在尸体失踪到回来的十几分钟里，到底发生了什么事？

一个个难解的谜团，让高长林的眉头拧在了一起。他带着那粒纽扣，回到公安局，正碰上局里的两名协警押着一个衣衫不整的男子走进来，就问："怎么回事？"

协警说，今天晚上，他们两个人巡逻到市郊的铜锣山脚，看到这名男子慌慌张张从山上跑下来，冲着他们直喊救命，说山上有个鬼在追杀他。

他们起初以为这人是个疯子，细一看又不像，就好言安抚了一番，不想这男子信誓旦旦地说山上真的有鬼，而且是想要人命的厉鬼，协警不信鬼神，但马上把这件事跟刑事案件联系了起来，要求这个男子带他们上去寻找，这男子先是不肯，但经不起协警的再三要求，只好带着他们上了山，可哪里还有鬼的影子！让他指认出事地点，这家伙一会说这里，一会又说是那里，带着协警在山上转圈圈。两位协警见这个人很可疑，就把他带回公安局，做进一步的调查。

高长林看了看跟前这个男子，突然发现他的上衣缺了一粒纽扣，把手里的那粒纽扣往上面一摆，正好合适，马上面色一沉，对协警说："把他带到讯问室，我要马上提审他！"

接着，高长林马上向局长作了汇报，迅速办好讯问手续，来到讯问室，高长林指着男子身上的外套，问："这是怎么回事，上面怎么少了一粒纽扣？"

男子哭丧着脸，说："刚才铜锣山上的那个女鬼死死抓住我的衣服，可能是她把我的纽扣扯下来了。"

高长林突然一拍桌子，喝道："不做亏心事，会有鬼上身？你到底做过什么，还不老实交待吗？"

男子嗫嗫嚅嚅地说："没——我没做亏心事——"

高长林又是一声断喝："你还在

昧良心？告诉你，我们不管你，鬼也会治你！只怕到时你连怎么死的都搞不清楚……"

高长林的话像声炸雷，男子浑身一哆嗦，像是想起更加可怕的事，突然跪在地上，叩头如捣蒜，说："我交待，我全部交待——"

谜团难解

原来，男子名叫金大毛，今年刚满二十七岁，他不务正业，整天游手好闲，并且流氓成性，曾经以网上聊天为名，采取欺骗手段，引诱涉世不深的未成年少女跟他约会，趁机奸污蹂躏，害过好几名少女。今天晚上，他又在网上约了一名女网友出来见面，骗她喝下含有迷幻药的饮料，然后把女孩带到铜锣山上，正准备在山上实施奸污，一个披头散发、面目狰狞的女鬼突然从天而降，死死揪住他，对他连踢带咬。金大毛胆都被吓破了，使出吃奶的力气，才从那女鬼的手里挣脱，丧魂落魄逃下山，正好碰到巡逻的协警，连忙上前求救。可协警要求他指认出事地点时，心怀鬼胎的金大毛害怕协警发现那位被自己迷昏的女孩，就带着协警在山上绕圈子，还是露出了马脚。

高长林厉声问："那个被你迷昏的女孩现在在哪？"

金大毛说："她还在铜锣山上。"

高长林让金大毛带路，马上赶到铜锣山，很快找到了那个女孩，女孩十五六岁的样子，一看就是名在校学生，还处在昏迷中，她躺在一丛枯叶上，已经衣衫不整，不知谁在她身上盖了一件外套，既是遮羞，又是御寒。高长林看一眼那外套，简直不敢相信自己的眼睛：这件暗黄色的女式上衣，正是那位遭遇车祸的妇女身上穿的那件！

女孩很快被送进医院，经过一番救治，终于清醒过来，高长林把那件外套递给她，问："你认识这件外套吗？"

女孩一眼就认了出来，说："这不是我妈妈的外套吗？怎么在你手里？我妈她人呢？她是不是又深更半夜从家里出来，到处在找我？我要见她，我要见我的妈妈！"

高长林安慰女孩："你现在太虚弱了，好好睡一觉，休息一下，明天就能见到妈妈了。"

出了医院，在回公安局的路上，高长林在心里叹了一口气，想，妈妈为了自己的儿女，真是什么样的事都能做到啊！

（题图、插图：谢 颖）

红版编辑部各编辑邮箱：

姚自豪：yaobianji@126.com;
郑继文：zjw002@vip.163.com;
吕 佳：lujia411@yahoo.com.cn;
叶小萌：xiaomeng.ye@gmail.com。

不得不服

□ 阮红松

阿P是一家公司的业务员，今天刚一上班，老总就找到他，说："公司从闽南一座小城进了批桂圆，合同都拟好了，你去一趟，一定要把价钱压下来！"阿P以前一直跑北方，从没去过闽南，一听是这个任务，稍稍有些犹豫，老总反应很快，马上说："如果任务完成得漂亮，回来后我给你加工资！"

听到这话，阿P来了劲，胸脯一拍，说："虽说我能力在业务员里只能算一般，但我有绝招，老板你就放心吧！"

阿P在北方市场闯荡十多年，酒量倍增，一谈生意，酒瓶子开道，那真是无坚不摧，成了他的制胜绝招。

阿P半夜上的火车，第二天下午就到了闽南的那座小城。到车站接他的是一个叫汪六的闽南人，四十几岁，又矮又瘦又黑，看上去貌不惊人，汪六一见阿P，马上递上自己的名片，

然后把阿P领到一辆乳白色的"奔驰"前。阿P接过名片先吃了一惊，来到小车前又吃了一惊。这个农民模样的人，竟然是业务科长，还坐如此气派的车。

为了不让对方看低自己，阿P大模大样上了车，嘴里还学着领导的腔调夸奖道："你们公司领导不错啊，给你用这么好的车！"

汪六摇摇头，操着生硬的普通话说："这车是我自己的。"

顿时，阿P嘴巴像青蛙一样大张着，半天没吭气。

按惯例，第一次见面，做东的主人要为客人接风。阿P是老江湖了，昨天晚上上车前就没怎么吃，今天又硬扛着没吃早饭和中饭，就等着这一顿

了。又累又饿的阿P一边在车上闭目养神,一边想着酒桌上的快意。

车在一家清静的小院前停下了,汪六客气地说:"阿P先生,到了。"阿P伸脑袋一看,忍不住问:"咋?就在这里吃、噢……谈业务吗?"汪六点点头。阿P又瞧了一眼小院,尽管心里有点失望,但转念一想,吃农家饭也不错,估计在这里是一种时尚吧,便敲了一下明鼓:"好,就在这里尝尝你们闽南的农家风味吧!"

汪六摇摇头,说:"先不忙吃饭,我们先在这里喝茶。""喝茶?"阿P早饿得前胸贴后背了,还喝什么茶啊!他心里不禁暗暗叫苦。

汪六接着说:"请随我来,品尝一下我们闽南的功夫茶。"

走进小院,只见院中央放着一套古色古香的桌椅,圆桌上有一只灰褐色的瓷制南瓜,宾主坐定,汪六娴熟地打开南瓜盖,从里面取出四只酒盅大小的茶杯和一把小茶壶,服务员提来一壶沸水,先把小茶壶小茶杯一一烫过,然后往小茶壶里放入一小包茶叶,将水壶高提,手腕轻抖,沏入沸水,顿时,一股茶香弥漫开来。

阿P肚子正咕咕叫着,口也渴了,闻到茶香,恨不能抱住茶壶一通牛饮。

汪六腰杆笔直地坐着,神态非常安然,像是老和尚在做功课,待了一会,他才慢慢端起一杯茶介绍道:"饮功夫茶可得有耐性。先闻其香,再观其色,然后才品其味。"

此刻,阿P的眼睛一直在找厨房,鼻子一直在闻肉香,想不到汪六还在不急不慢地讲茶道,急得头要朝墙上撞,但毕竟初来乍到,阿P只得忍着,想不到汪六慢慢啜一口茶,又介绍道:"这壶茶可续冲七道水,好茶呀!"

阿P大惊,人都快坐不稳了:"那……这壶茶要喝到啥时候啊?"

汪六笑而不答,一手端着小茶杯,一手从随身的包里掏出合同,说:"不要急,慢慢喝,我们边喝边谈生意。"

阿P愣愣地望着汪六,半天说不出话来:这个南方人完全不按套路出牌,哪有这样谈生意的!初来乍到的，总该吃饱喝足，洗个桑拿，将劳累的身子松一松，然后在酒桌上解决战斗呀！

汪六见阿P心神不宁，猛然又听到他肚子里"咕"地响了一声，忙关切地问："阿P先生，是不是饿啦？没用过午饭？"

阿P脸红红的，但业务员最忌讳的就是在对方面前露怯，他连连摆手："不饿，不饿，我中午吃了顿海鲜宴……"话一说出口，阿P暗觉不好，火车上哪来海鲜宴？

还好，汪六没觉察到，反而热情地说："要不，来点点心？"

阿P高兴了，先解决饥饿吧。见阿P点头，汪六向服务员招招手，几个漂亮的小姑娘鱼贯而入，她们手里

捧着擂钵，擂棒，五个小碟。阿P想，这下该有东西吃了吧？哪料又是一番折腾：服务员先在碟里放进白芝麻、花生米、陈皮、甘草、凤尾草，再将茶叶和白芝麻放入擂钵，加适量的水，用擂棒慢慢擂，一直擂成糊状，然后冲入沸水。

阿P强忍饥饿，只觉得一分钟比一年还长，好不容易才听到汪六说："阿P先生，请用。"阿P猴急地尝了一点，甜得差点让人背气，终于忍无可忍，叫道："对不起，我初到闽南，不太习惯这些东西。这样吧，拿点花生米来，整瓶白酒，我喝酒，你喝茶，咋样？"

这次轮到汪六翻白眼了，他惊讶得站起来，说："阿P先生，我这可是以闽南上等礼节招待你，可有得罪之处么？"

阿P苦笑着拱拱手："心领了！心领了！"

一盘花生米上桌，一杯白酒在手，阿P马上精神抖擞。于是，在茶坊里，出现了奇特的一幕：一人端茶，一人端酒，谈起了生意。

一壶好茶，喝了近三个小时，汪六喝了七壶茶，越喝越精神，阿P自斟自饮，面前放了一排酒瓶子，两人一边喝一边谈起价钱，谈着谈着，还是在价钱上卡住，一直谈不拢。

汪六说："阿P先生，我们别在价钱上磨嘴皮子了，我看还是来个游戏

吧，从现在开始，我们谁先上卫生间，谁认输，接受对方的开价，好不好？"阿P心想，你喝了那么多茶水，我就不信你撑得住，于是满口答应。

接下来两个人就耗上了，一个接着喝茶，一个不停地喝酒，不过，就算阿P酒量再好，白酒终究敌不过功夫茶啊，在这节骨眼上，阿P渐渐有点神志不清了，再加上喝酒前为了扛饿已经灌了一肚子茶水，阿P酒劲上来了，迷迷糊糊地直接在院子里的一棵树下拉开裤子，撒了一泡尿。

又过了一会，两人都缓过神，清醒过来，汪六拿出合同，递给阿P，说："阿P先生，签字吧！"

阿P一看合同上的价格，说："怎么是这个价格？我不签！"

汪六指指院子里大树下的一泡尿，又指指阿P没完全拉上的裤子拉链，说："阿P先生，生意场讲的就是君子一言啦，如果不讲诚信，我们今后还怎么合作？"

阿P被问得一愣一愣的，一句话也说不出来，最后只得乖乖地在合同上签上自己的名字。

回到公司，老总一看合同就火了，冲阿P直发脾气，阿P一想到闽南之行，火气就大了起来，也嚷道："那地方以后谁想去谁去，我是不会再去的，算是怕了！"

老总问他怕啥，阿P说："闽南那功夫茶太难对付了，我喝了五瓶白酒，那闽南人喝了七壶茶，我醉了，他的肚子却一点事也没有，一下午连泡尿都没撒，我只好服了，认栽走人！"

后来阿P被扣了年终奖，他觉得很无辜，但一想到自己见识了闽南功夫茶，也算是不虚此行，下次哪个再去领教那汪六的闽南茶功夫，肯定输得更惨。想到这里，阿P又洋洋得意起来……

（题图、插图：顾子易）

《24则最具人气的故事D》出版

这是一本由广大读者投票推选，十余名资深编辑初评，百余名著名故事作家、评论家、故事活动组织者等审定评议，从千余篇2008年《故事会》刊发的优秀作品中，精心挑选的24则最具人气的故事。它们或写实社会，令你直面人生；或幽默诙谐，令你忍俊不禁；或情真意切，令你怦然心动；或富含哲理，令你掩卷深思，他们代表了2008年《故事会》的整体水平。

醉 判

□李宗儒

一地两主

清朝同治年间，宝应县有个姓张的县令，特别爱喝酒，他平时兜里揣把白锡酒壶，走哪喝到哪，连在公堂审案，也不忘掏出酒壶来喝上一口，把一个人喝得整天晕乎乎的，人称醉老爷。

这天，有对同胞兄弟来县衙打官司。这两兄弟哥叫阿木，弟叫阿林，都已娶妻成家，分开单过，本来处得挺和睦，但前不久老父因病去世，留下了五亩地，为了分这五亩地，兄弟俩各持一理，互不相让，连族长也断不了他们的家务事，于是到县衙请醉老爷明断。

醉老爷持酒升堂，衙役们吼完堂威，醉老爷瞧瞧哥俩，问："父亲遗下的田地，你们两人平分就是，为何又起纷争？"阿木说："我爹两年前就私下把地许给我了，有字据在此。"阿林急忙说："我也有爹写的字据，那地他早许给我了。"说着，两人都呈上了字据，醉老爷接过细看，两张字据字迹相同，都无涂改，全都真实有效。

醉老爷喝了口酒，说："这么看来，定是当年你们的爹怕你们不尽孝，这才一地暗许二主。由此看来，你们的爹是个老滑头，为老不尊，致使你们兄弟不和。三班衙役听命，马上前去刨坟劈棺，把那个老东西鞭尸二十，警示世人。"

兄弟俩听老爷这么判，惊愕不

已，急得磕头如捣蒜，说："大老爷开恩，万万使不得。如果我们打官司打得让爹受如此惩罚，我们哪还有脸面活在世上？"

醉老爷点点头，说："那好，你们俩既然有这等孝心，那就替你们的爹受罚吧！"随后，掷下令牌，喝道"将阿木、阿林打入兄弟牢，替他们的爹蹲十天大狱！"

兄弟同牢

啥叫"兄弟牢"？阿木阿林一头雾水，等进了牢房这才知道，所谓的"兄弟牢"，就像个粮食囤，圆筒尖顶，没门没窗，离地两人多高才有个方口。兄弟俩正看着发愣，狱卒吆喝着叫他们坐上吊筐，从方口处将他们吊到下面。

这牢里黑咕隆咚的，臭气熏天，简直跟被活埋了一般。兄弟俩为争地而来，结果却给弄进这活棺材！两个人越想越气，心里的怒火不住地往上冲，不由地就动起了手。但在这里打架，没人看，更没人劝，打着打着，两个人都累得气喘吁吁，不觉便停了下来，背对背地斗气。

这时，上面有人喊开饭了，兄弟俩忙叫把饭吊下来，话音未落，方口处探出个狱卒的脑袋，骂道："想得倒美！大爷伺候不着你们。要吃就上来，不吃拉倒！"这牢里没梯没凳的，两人多高的方口，谁能上得去？这不

成心不叫人吃饭吗？兄弟俩又喊又叫带哀求，狱卒却不理睬，等了一阵就拎起饭桶走了。

等到下午开饭时，狱卒仍是只空喊，并不往下吊饭，兄弟俩磕头作揖也没用，钟点一到，狱卒又把饭拎走了。牢里一天就开两顿饭，下午饭没吃成，就得再饿一夜。

饿了一天一夜，两个人前胸都贴上了后背，再没心思斗气闹劲，开始答言说话，商量怎么才能吃上牢里的饭。其实，办法不仅有，还挺简单，要想够到那口子，只有人托起人，叠个罗汉，可谁在下面当"梯子"呢？阿木说："谁让我是哥呢？我来吧！"

好不容易挨到开饭时间，阿林踩着阿木的肩膀终于摸到了饭桶，正要往下拎，狱卒却喝住他，骂道："不懂规矩啊？这里只许吃，不许往下拿！"阿林无奈，就狼吞虎咽地吃了起来，吃着吃着，突然脚底一空，猛地摔了下来。原来，下面的阿木不干了。

等到下午开饭时，刚才挨了摔的阿林主动让阿木上去。阿木挺高兴，可没吃上几口，也是脚下一空，猛地摔了下来。阿林得意地说："让你也尝尝挨摔的滋味！"谁上谁受摔，谁也不敢再上，兄弟俩只好接着饿肚皮。

又饿了两天，两人实在受不了，就商量说，再这么下去，非得饿死不可，倒不如轮换着你上我下，我上你

下，抓紧时间倒换，都能吃个半饱肚。于是，兄弟俩相互保证，不论谁在上面吃，下面当梯子的保证不摔人。这样，到开饭时，两个人都能吃上饭了。

这样配合着吃饭，兄弟俩总算明白了，兄弟之间，斗则两伤，和则双全。

转眼十天期满，兄弟俩再次上堂，阿木说："老爷，这官司我们不打了，我和弟弟商量好，那块地我们两家均分，再不争执了。"

醉老爷一声冷笑，说："官司打到现在，你们想不打就不打了吗？不行！现在，老爷我命你们马上回家，各自把自己的媳妇给休了！"

坐完大狱不算，还得休媳妇？这是哪家的章法嘛！兄弟俩在堂下叩头如捣蒜，都说自己夫妻恩爱，分舍不开，请求老爷收回成命，好个醉老爷，根本不予理睬，大袖一挥，退到后堂喝酒去了。

阿木兄弟俩愁眉苦脸回到家，传了醉老爷要他们休妻的话，两家的媳妇先是一愣，随后便悟出了门道，原来，兄弟相争，在背后煽风点火的是他们的媳妇，老大媳妇说："醉老爷并不是真的要你们休妻，而是担心兄弟和好了，妯娌还要在背后捣乱，再起争执。我们保证不争就是了。"老二媳妇也对丈夫说："真把家都拆了，不是啥都捞不着了？那还争个啥？我以后不争就是！"于是，兄弟俩赶紧带着媳妇来到县衙，两个家四口人当堂签

上字，画了押，保证永不争地。

醉老爷美美地灌了一大口酒，看了兄弟俩签字画押的契约文书，点点头，却并不松口，又问："听说，你们各有一个儿子，是吗？"兄弟俩一听，又吓了一跳，阿木战战兢兢地说："大老爷明察，我们的确都有一个儿子，我家的十岁，弟弟家的八岁。"醉老爷说："本老爷可以收回让你们休妻的成命，但你们得把儿子交出来，老爷我做个人情，把他们送给本县的丐帮，让他们当乞丐去！"兄弟俩听得心里直叫苦，阿林问："老爷，这是为何？"醉老爷说："你们兄不争了，媳妇不争了，可保不住儿子们将来不争呀！把他们舍给丐帮，以乞讨为生，没有田产之累，你们两家从此就再也不会有纷争了。"

酒醉心明

两对夫妻吓灰了脸，一起跪下求饶，说，一定好好管教儿子，如果两家再打官司，甘愿再受重罚。两家人四张嘴，夫唱妻和，兄说弟随，异口同声，赌咒发誓，保证世代和好。醉老爷听得一脸的不耐烦，说："你们既不想妻离，也不愿子散，这官司我就没办法判了！"

老大媳妇心眼灵光，马上说："老爷，我家不要那块地了，只要儿子！"老二媳妇马上跟着附和："我家也只要儿子，不要那地！"阿木也说："那

块地是祸害，不如捐给寺庙。"阿林跟着说"捐给官府也行。"

"啪！"醉老爷一拍惊堂木，指着兄弟俩骂道："你们这两个不肖子，祖上辛苦挣来的田地，怎能随意捐出？这样做对得起你们的先人么？"

兄弟俩齐声说："地是用来传家养命的，如果儿子都没有了，哪还有家？活着还有什么意思？我们宁肯捐地，也不愿舍儿子！"

醉老爷叹了口气，说："好吧，那就把儿子给你们留下，那块地由我来发落。"四人听了，连忙叩头谢恩。

醉老爷又掏出酒壶，美美地喝了一大口，说："我看这地也别分了，还是留给你们老爹吧！"

兄弟俩哭笑不得"老爷啊，我们的爹已经死了，还要地吗？"

醉老爷说，"你们的爹死了，他不要被祭祀呀？那块地我就判为你们两家世代祭祀之田，两家共同耕种，耕种所得，用于四时八节祭祀祖先，永世不得纷争。"

兄弟俩终于明白，醉老爷酒醉心明，那块田地这样一判，不仅两家人重归于好，以后世世代代的亲情，也因共同耕种这地而维系着，再也不会分开了……

于是，兄弟俩伏在堂下，给醉老爷重重地叩了三个响头。

（题图、插图：黄全昌）

□薛　健　改编

财主
招女婿

北山乡有一个财主，为人非常吝啬，空有家财万贯，不但不行善积德，还经常干些灾年屯粮、雪夜逼债的缺德事。财主老婆只生了一个女儿，就再也没有生育，眼看着女儿一天天长大，快到出嫁的年龄了，财主心里算计开了：膝下就这一个女儿，要是嫁到别家，以后这家业交给谁？招上门女婿吧，可万一把家业都交给了女婿，等我们老两口都闭了眼，这女婿要是变了心，到时连我女儿都给赶出家门，那不是白白便宜了外人吗？不行，得想个好法子！

这天早上，财主老婆要去庙里上香，想拉财主一起去，财主躺在床上懒得动弹，财主老婆催了几次他都不起来，就骂了他一声懒鬼，独自一个人去了。

财主听了老婆的骂，心里突然灵机一动：对啊！何不找个懒鬼做上门

女婿？这个家伙越懒越好，让他懒得干涉我女儿管理家务，也懒得去外面拈花惹草，更懒得动脑筋对我的家产有非分之想，这样，我的万贯家产就不会落在外人手里了！哈哈！这个主意真是太棒了！

想到这里，财主坐不住了，他立刻把管家招来，吩咐说："你去给我四处贴几张告示，就说我要找个懒汉，单身的，越懒越好！"

管家愣了半天，还以为自己耳朵出了毛病，财主见他站着不动，很是生气，大着嗓门又吩咐了一遍。

过了不几天，管家风风火火地跑来告诉财主："老爷，人找到了。"

财主忙问："那人有多懒？"

管家说："那人是县里出了名的懒鬼，名叫何二，天天躺着睡觉，从来不找活干。只有饿急了才到饭馆里讨点剩饭剩菜吃，就这他还从不吃剩菜里的鱼，嫌挑鱼刺麻烦。"

财主非常高兴，笑道："懒！真是太懒了！好，你马上去把这个何二给我找来。"

没过多久，大家都知道财主要嫁女儿了，而女婿居然是全县最有名的懒鬼何二，这事轰动了全县，大家茶余饭后都在议论。有人说这财主一定是脑子进水了，放着那么多好小伙子不找，偏找这么个又懒又穷臭要饭的。还有人说，这叫傻人有傻福，早知道我也天天好吃懒做，搞不好哪天

也有这样的好事情找上我。反正啊，说什么的都有。

很快到了办喜事的日子，这天，财主家除了请来的那些个官员亲戚，来看热闹的人更是围了里三层外三层，整整闹腾了一天喜宴才结束，新郎官喝得醉醺醺的，既摸不清方向，也说不清话，直嘟囔着老想往外走，估摸着是还想再找人喝酒，是几个仆人硬架着才把他塞进了洞房。财主见一对新人入了洞房，心事一了，心情极为舒畅，也多喝了几杯，早早地就上床安歇了。

第二天一大早，财主还没起床，女儿就哭哭啼啼地找来了，原来天还没亮，新郎官就不见了。财主女儿等来等去，老半天没见人回来，只好来

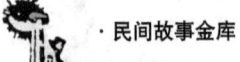

找她爹。

财主没太当回事，说："新郎官刚来，我们家房子多，他肯定是在宅子里迷了路，让下人在宅子里找找。"可是，仆人们找遍了整栋宅子，也没找到新郎官。财主急忙叫来管家，让他务必把新郎官给找回来。

财主和女儿在家里焦急地等待着，女儿还在一旁不停地哭泣，财主被搅得心烦意乱，正要大发雷霆，管家匆匆忙忙跑了进来，说："老爷，新姑爷找到了，他正躺在街边睡大觉，我们拉他回家，他却死活不肯起来。您快去看看吧！"财主女儿一听，赶紧拉着财主的手，说："爹，咱们看看去！"

财主和女儿跟随管家赶到那里，只见何二穿得破破烂烂的，躺在地上，紧一阵慢一阵地打着呼噜。

财主心里那个气啊，上去就是一脚："混蛋，家里好好的你还躺这睡觉，我的脸都被你给丢净了。你的那身新衣服呢？是不是酒喝多了跟哪个乞丐换了？算了，算了，赶紧跟我回家去，别在这丢人现眼了！"

何二慢吞吞地睁眼看了看财主，伸了个懒腰，打着哈欠说："你是谁啊？我正睡得香呢，干吗吵醒我？"

财主气急败坏地冲何二吼道："混账东西，我是你岳父。怎么连我都不认识了？"

何二眨巴眨巴眼，恍然大悟："你就是那个要招我当女婿的财主吧？实话跟你说，我根本没见过你。"

财主怒道："相亲那天就见了，昨天还拜堂成了亲，难道我见的是鬼？"

何二懒懒地说："我才不去见你呢，跑来跑去，多累啊！相亲那回，我是让孪生哥哥何大去的，像拜堂成亲这么累的事，我更不会去参加了，也是让我哥去替我的。"

财主女儿在旁边一听，也顾不得羞耻了，连忙上前问道："那昨晚跟我入洞房的是谁？"

何二闭着眼答道："我不知道，懒得去想。你们快走，我还要睡觉！"

财主女儿"哇"地一声大哭起来，头也不回地跑了。

财主怒不可遏地揪起何二，问："你大哥在哪里？既然已经拜堂入了洞房，一大早怎么还跑了？"

何二像说梦话一样，喃喃细语："我嫂子可是出了名的母老虎，我哥能不跑吗？我估摸着啊，他这会儿肯定正在家里跪搓衣板……"

财主沮丧地扔下何二，回头看见管家还尴尬地跟在后面，于是恼怒地骂道："混蛋，你怎么给我找了这么一个懒东西？这不是故意丢我的脸吗？"

管家委屈地说："老爷，我是按你吩咐找的呀，你说越懒越好啊！"

（题图、插图：黄全昌）

流泪的桃花

□ 田　野

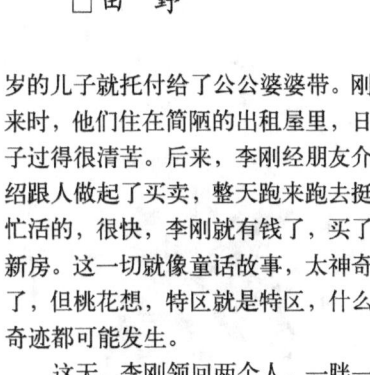

桃花搬进了两室一厅的新居，她想请一块打工的几个要好的姐妹来家里热闹热闹，但丈夫李刚一反常态，坚决拒绝，还用警告的语气说："以后你不要和她们来往了，更不许带她们到家里，别沾了穷打工的晦气。桃花，你以后就安安心心在家做太太，享清福。"

桃花和李刚是一年多前从山区老家来到南方这座城市打工的，刚满周

岁的儿子就托付给了公公婆婆带。刚来时，他们住在简陋的出租屋里，日子过得很清苦。后来，李刚经朋友介绍跟人做起了买卖，整天跑来跑去挺忙活的，很快，李刚就有钱了，买了新房。这一切就像童话故事，太神奇了，但桃花想，特区就是特区，什么奇迹都可能发生。

这天，李刚领回两个人，一胖一瘦，都理着板寸头。李刚把他们介绍给桃花，两人的目光都很贼，看得桃花心里直发冷。李刚吩咐桃花炒几个菜，桃花就赶快进了厨房。

几个菜上桌后，他们三个人吃喝起来。桃花在厨房里听见胖子说："二头那边人太闹，不能再把货放他那，明天都转到你这来。"李刚说："我也这么想，我这地方只有你俩知道，以后也不能再告诉别人。"瘦子压低声音说："你那位，没问题吧？"李刚小声说："没问题，她从来不问我的事，

这种事我也不会告诉她，真有出事那天，也不至于赔个精光。"瘦子听后发火道："你就不能说点吉利话？"胖子说："喝酒，喝酒，人的命，由天定，咱们现在不是活得挺好吗？"

第二天，李刚带回家一包东西，一进屋就塞到了床底下，又对桃花说："这是我捣腾的进口药品，能挣大

钱。我不在家，要是有人敲门，你千万别开门。"说完又转身匆匆走了。

桃花看了一会电视，感到心里很烦乱，老想着床下那个破纸包。实在忍不住，就到床下掏了出来，打开纸包一看，是一些块状和几袋粉末状的东西。桃花看不明白是些什么东西，忽然就想到，该不是电视里演的毒品吧？这一想，桃花浑身就打起了寒战。

晚上睡到半夜，桃花做了一个恶梦，"啊"地一声坐起来。李刚也被惊醒了，忙问桃花："你怎么了？"桃花紧紧搂住李刚说："我害怕。"李刚轻轻抚摸着桃花说："别怕，有我呐！"桃花说："我想儿子了，要不咱们回老家去吧。"李刚说："我也想儿子了，哪天咱把儿子接来吧，咱现在也有自己的房子了。"桃花固执地摇摇头："不，我就是想回去，儿子不能没有爸妈。"李刚沉默了一会说："好吧，等我干完这笔买卖，咱们就远走高飞，和儿子一起好好过日子。"桃花一颗心放下了，又重新合上了眼。

两天过去了，李刚却失踪了，桃花打他的手机也打不通，预感到要出事。这时，响起了敲门声，桃花从门缝中看到门外有几个陌生人，她想到了丈夫说过的话，就躲在门后不开门。敲门声越来越急，桃花又想到了床下那包东西，怕和这包东西有关系，她赶紧颤抖着双手从床下掏出来，塞进卫生间的废纸篓里。她刚走

出卫生间的门，两个特警已从踹碎的窗户跳进了屋，接着打开房门，一大群人冲了进来。很快，几名警察就从卫生间的废纸篓里搜出了约1公斤冰毒和500多克的海洛因，一个警察问桃花："这冰毒和海洛因是你藏起来的吧？"

桃花咬着嘴唇说："不是，我不知道。"

警察冷笑了一声，说："还敢狡辩？你看看地下——"

桃花低头一看，不禁呆住了，自己刚才转移纸包时太紧张，包里的粉末稀稀拉拉一直洒落到卫生间。

桃花被铐上手铐带走了。后来审讯李刚和他的同伙时，他们都供认桃花没有参与贩毒，也不知道他们贩毒的事，但最后，桃花还是以窝藏毒品罪被批准逮捕。

如果桃花不是一念之差想隐藏那包毒品，此案本来和她没有任何关系。桃花懂得这个道理后后悔莫及，在狱中她终日以泪洗面，不知何时才能和思念的儿子团聚。

律师点评：

包庇走私、贩卖、运输、制造毒品的犯罪分子的，为犯罪分子窝藏、转移、隐瞒毒品或者犯罪所得的财物的，处三年以下有期徒刑、拘役或者管制；情节严重的，处三年以上十年以下有期徒刑。

《流泪的桃花》这个故事中的桃花，虽然丈夫没有把自己参与贩毒的事实告诉她，但问题是桃花对家里的突然富有及对丈夫塞在床底下的东西曾有怀疑，且最后当有人敲门时，桃花急忙将那包东西扔进废纸篓的行为明显有包庇、窝藏之嫌，所以她应受法律制裁。

（题图、插图：谭海彦）

法律知识故事征文启事

本刊在与司法部连续举办三届法制故事征文的基础上，推出新栏目"法律知识故事"，通过发生在我们身边的、短小而具体的个案，生动、形象地宣传法律知识。这些知识注重现实性、实用性，真正起到解剖一个案例、明白一个道理的作用。

为鼓励作者深入生活，写出高质量的法律知识故事，我刊决定面向全国征文，优秀作品除在《故事会》发表并参加评奖外，还将结集出书。

本次征文也欢迎读者和法律界人士提供相关素材、案例，一经录用，即付稿酬。

来稿方法：1. 从邮局寄发，请在信封上注明"法律知识故事"字样，本刊地址：上海市绍兴路74号《故事会》杂志社，邮编：200020。2. 从网上传递，可寄以下信箱：wulun@vip.sohu.net，请在主题上注明"法律知识故事"字样。凡已和我刊编辑有联系的作者，稿件可继续投给联系的编辑。

情感让他活得光彩，命运却让他活得难堪……世上没有单纯的情感，也没有孤立的命运。在这场情感和命运的大碰撞中，我们看到的，并不只是青春的风景……

□ 刘祖光

富人的棋子

1. 婚礼无情

孙刚走出大学校门没几天，就做了件让别人目瞪口呆的事。这天，他悄悄约了原来宿舍的老大，说："哥们，明天我结婚，你得去给我当伴郎！"

老大吓了一大跳："小慧正读大四呢，你结的哪门子婚？"

孙刚呵呵一笑，说："不是小慧，我那媳妇叫薛灵。"

老大气坏了，手指着孙刚直打哆嗦："孙刚你混蛋！人家小慧多好的

姑娘，对你那么好，又本分，性格又温柔，啥也不图你，你竟然……苍天啊！就你这熊样，怎么也能当陈世美啊！"

孙刚听老大这么说，急得要上前捂老大的嘴，说："你是我最好的哥们，这事我一下跟你说不清楚，反正明天你得参加我的婚礼。我这边只请了你一个。还有，小慧还蒙在鼓里，你可千万不能告诉她！"

老大说："我不跟小慧说，别人也会跟她说的。"

孙刚叹了一口气，说："所以我只请你参加婚礼，尽量不让其他人知道。万一有人知道了，我也会嘱托他保密……"

第二天，老大如约参加了孙刚的婚礼，一到婚礼现场，他又吓了一大跳：站在孙刚边上的新娘如花似玉，不要说小慧没法跟她比，大学里的那些班花系花院花校花要是站在她旁边，肯定都恨不得往地底钻。这还不算完，老大听一旁的来宾议论说，新人的婚房在"太阳城"，一百多平米的大套！太阳城，那可是高档住宅区，有钱人集中营啊！老大在心里感叹：小慧啊，千不该万不该，你不该找上孙刚这个能撞大运的陈世美！

老大正这么想着，手机响了，到旁边一接，竟然是孙刚的女朋友小慧打来的，电话里，小慧有气无力地问："老大，孙刚在你边上不？这几天他手机一直关着，咋回事啊？"

老大吓了一跳，忙说："孙——孙刚？我也不知那坏小子跑哪了，你有事吗？"

小慧说："我刚才上体育课时晕倒了，现在在校医院里，你要是见到了孙刚，让他来陪陪我。"

老大瞅一眼不远处的孙刚，正喜气洋洋地跟新娘站在一起迎候宾客，顿时气不打一处来，说："谁知道那坏小子在哪里醉生梦死！他不在就不在，我来看你！"挂了电话，把孙刚拉到一边，说："你家后院子已经着火了，我这就给你救火去，过会再回来！"

老大说完，也不理会孙刚，直接出门，叫了辆的士，赶到了校医院。一看，小慧正在急诊室挂点滴，医生说："她身体没什么大毛病，主要是营养不良。现在的女孩子，为了减肥，不吃早饭，不吃晚饭，中午也只吃一点'鸟食'，长期下来，肯定营养不良嘛！这不，体育课上没跑两步，就现场晕厥，把她们班的同学吓了个半死！"

老大暗暗在心里叹了一口气，他知道小慧并不是为了减肥才节食，而是因为她家里父母都没工作，最近为了考研究生，辞了以前的家教，断了经济来源，这才饥一顿饱一顿的。他对小慧说："你干吗这样硬撑着？孙刚已经毕业了，让他帮你啊！"

小慧虚弱地摇摇头，说："孙刚到现在还没找到工作，他爸爸也下岗了，妈妈开的小杂货店，赚不了几个钱……"

老大说："那你也不能苦了自己，身体是一辈子的事呢。"接着，他掏出钱包里的钱，塞到小慧的枕头底下，说："这钱是我借你的，记得还我哟！"说完，朝小慧挥挥手，出了校医院，叫了一辆的士，又回到了孙刚举办婚礼的酒店。

这时，婚宴已经结束，客人们全

都走了，只剩下孙刚和新娘子薛灵，孙刚喝得酩酊大醉，靠在桌子上，不停地对薛灵说："小慧，水——你快给我倒杯水——"

新娘子薛灵根本不理孙刚的叫唤，在旁边坐着一动不动，老大看不下去了，冲她喊"喂！你老公醉成这样了，你怎么也不管一管？"

薛灵冷笑一声，鄙夷地瞅瞅孙刚，说"这个人真有意思，我的婚礼，跟他啥关系也没有，他却喝成这个样子……"

这婚礼竟然跟孙刚没关系？老大听了个一头雾水，他来不及细究，给

孙刚倒了一杯水，吃力地扶起孙刚，问薛灵："新娘子，今天可是你们的大喜日子，我得把这个新郎官送到哪里去啊？"

薛灵没言语，上前帮着扶起孙刚，出了酒店，叫了辆的士，来到太阳城小区，到了一间贴着喜字的房门口，薛灵掏出钥匙，却不开门，对老大淡淡一笑，说："我们到了，你请回吧！"

老大简直气坏了：都到新房门口了，也不让人进去，这是哪门子的待客之道！孙刚啊孙刚，这样的女人就是个大坑，你这辈子乖乖地在坑里呆着，永远也别想从坑底爬上来！一气之下，他扔下孙刚，头也不回地走了……

再说这边，薛灵把孙刚扶进房间，让他在一张床上躺下，替他盖上被子，便轻手轻脚地走了出去。孙刚醉醺醺地任由薛灵摆弄好，迷迷糊糊地睡了一觉，醒来时天已大亮，这才发现自己睡在一个陌生房间的床上，他吓了一大跳，猛地摇着头，让自己清醒过来，赶紧起了床，刚拉开房门，便见客厅的沙发上坐着一个中年男人，冷冰冰地盯着他，孙刚心里打了个寒战，朝中年男人讪讪地笑了笑，说："赵总，早！"

被叫作赵总的中年男人没吱声，这时，薛灵从另一个房间走出来，靠着中年男人坐下，对孙刚说："昨天你

醉得太厉害，为了替你在同学面前遮掩，我把你带过来了。今后这地方你不能来了，一年后，我和你办妥离婚手续，另外一万块钱会分文不少地给你……"

2. 情非得已

故事还得从一个月前说起，当时，孙刚走出大学校门已经一个多月了，一直在人才市场转悠，就是找不到一家肯收留他的单位。这天下午，他拖着疲惫的身体正要离开，忽然被一个精瘦的老头叫住了，这老头衣着考究，说话慢条斯理的，一看就是个有身份的人。他问孙刚："小兄弟，如果你还没找到合适的工作，我这儿倒是有个差使，我看蛮适合你的。"

孙刚一听，顿时两眼放光，说："好啊，请问您是哪家公司，想安排我做什么工作？"

老头摇摇头，说："这工作不在公司里，是临时的，不过待遇很高，事成后，有三万块钱的酬劳。"

孙刚疑惑地说："啥工作临时做做就有三万块酬劳？我虽然想要份工作，但我是守法公民……"

老头先是一愣，接着哈哈大笑起来，说："瞧你想的。我这工作一点也不违法，放心吧！我也不瞒你了，这几天我一直在观察你，没别的意思，就是想让你跟一个漂亮的女孩结婚，一领证你就能拿到两万块钱，一年后

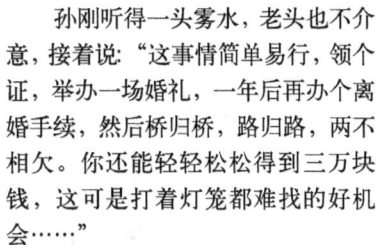

·社会长廊 生活广角·

你得和她离婚，然后再付给你一万块钱……"

孙刚听得一头雾水，老头也不介意，接着说："这事情简单易行，领个证，举办一场婚礼，一年后再办个离婚手续，然后桥归桥，路归路，两不相欠。你还能轻轻松松得到三万块钱，这可是打着灯笼都难找的好机会……"

孙刚正等米下锅，别说三万块，哪怕三百块都对他有着巨大的魔力，但他还是不放心，说："到底咋回事？你得跟我讲清楚，不明不白可不行……"

老头倒也爽快，把孙刚拉进一家小饭店，跟他说了事情原委——

原来，这老头姓林，是一家食品公司的行政经理，他的老板姓赵，家产过亿，年过四十，却膝下无子，夫妻俩不知看过多少医生，就是怀不上孩子。赵老板就跟妻子商量收养一个孩子，不过，赵老板当面跟老婆说是收养，其实背地里早就有了筹划，一年前他就包养了一个漂亮女孩。前不久，那女孩怀上了赵老板的孩子，赵老板非常高兴，决定让那个叫薛灵的女孩生下孩子，再让老婆把这个孩子收养下来，不知不觉，就有了自己的亲生骨肉。赵老板跟薛灵一商量，薛灵答应了，但她是个姑娘，不能这样不明不白，她需要一场婚礼，不然，对父母亲友都没法交代。于是，赵老板

委托林老头四处物色对象，薛灵是个白领丽人，找的结婚对象虽然只是演过场戏，也不能太差，这不，林老头瞧上了孙刚……

孙刚听完，还是有些为难，说："我已经有女朋友了，她肯定不会同意的……"

林老头呵呵一笑，说"这件事你没必要让女朋友知道，你和薛灵的关系不过是个名义，结婚也只是走一下过场，完事后大家该干啥还是干啥，满了一年，离婚手续一办，神不知鬼不觉的，就当没发生一样，要是你女朋友知道了，反倒会增添很多麻烦。"

孙刚说："你容我再想想，三天后给你答复，行不？"

林老头点点头，给孙刚留下名片，就告辞了。

三天后，孙刚找到林老头，答应了他的要求，但要求将酬劳加到五万，林老头爽快地说："钱的事好说，我们先去见见赵老板……"

林老头付给孙刚三万块钱，另两万答应与薛灵离婚后再给。于是，孙刚跟着林老头和赵老板在一家酒店见了面，赵老板目光冷冰冰的，让孙刚直打寒战。跟着赵老板一起来的女孩却长得非常漂亮，小鸟依人般坐在赵老板旁边，紧紧靠着他，不用说，她就是想结婚的薛灵了。

赵老板简单问了孙刚几个问题，拉着薛灵到边上说了几句话，事情就定下来了。

接下来，薛灵带着孙刚回家见了父母，薛灵父母见了孙刚，非常满意，问了孙刚好多问题，问得孙刚直冒冷汗，幸亏薛灵聪明，每次都是抢着回答，帮孙刚应付过去。吃饭时，两位老人不停地给孙刚夹菜，还说薛灵从小娇生惯养，爱耍小性子，要孙刚以后多容忍着点儿，一边又叮嘱薛灵，以后有家了，要多干家务，多体谅孙刚，现在，男人在外面打拼，真不容易……

吃好饭，孙刚

要去厨房洗碗，却被薛灵抢了先，薛妈妈笑呵呵地拉孙刚坐下，捧出一本相册，在孙刚面前打开，里面全是薛灵的相片，薛妈妈从薛灵出生时讲起，讲到薛灵上幼儿园、小学、中学、大学，一张张细细地讲给孙刚听，语气和神态是那样专注，又那样自豪。孙刚一边应付着老人，一边在心里感叹，多好的家庭，多好的女孩，怎么就会给有钱人当二奶呢？

薛灵送孙刚下楼时，孙刚实在忍不住，问薛灵："看得出来，你从小到现在，一直出类拔萃，家里的条件又这样好，怎么就——"

薛灵何等聪明，马上听出了孙刚的言外之意，她狠狠地瞪了孙刚一眼，说："亏你是有女朋友的人，这种话你也问得出口？真是凡夫俗子，完全不懂爱情！"

3.转机初现

就这样，孙刚像个木偶一样，被人摆布着演了一场既豪华又荒唐的戏，戏一散场，他又回到了自己的生活轨道。也许是结婚带来了喜气，过了不久，他终于被一家公司录用，到写字楼当起了白领文员。

又过了一个多月，他差不多已经忘记了薛灵这个人的存在，不想这天快下班时，他又接到了薛灵的电话，薛灵在电话里说，想请孙刚跟她一起去看望她父母。

孙刚说："这好像超出了我们的约定范围吧？"

薛灵笑嘻嘻地说："我现在还是你老婆，哪有什么约定范围？最多，我再给你一笔钱就是。"

孙刚一声不响，把电话挂了。

半小时后，风姿绰约的薛灵走进孙刚的办公室，挽起孙刚的胳膊，亲密地说："老公，已经下班了，快回家吧……"

孙刚办公室的同事一起瞪大了眼睛，他们万万没想到，平时沉默寡言的孙刚居然有这么时尚漂亮的老婆。孙刚像个木偶似的被薛灵拉着出了办公室，又跟着她走出办公楼，直到坐上薛灵开来的轿车，这才结结巴巴地说："你、你怎么这样——"

薛灵说："想不到我爸妈对你印象那么好，不停地给我打电话，要我带你回去吃饭……"

孙刚说："赵老板说，我和你见面，必须征得他的同意，否则——"

薛灵打断孙刚的话，说："你这个人烦不烦啊？不就是还有一万块钱没拿到吗？我们不会赖你的，你要是嫌少，到时我再给你加上去……"

这时，孙刚突然发现一个问题，林老头答应给五万，而薛灵好几次说起都是三万，难道那多出的两万不是赵老板付的？正在思索，小慧也发来了短信，问孙刚什么时间去学校接她，孙刚这才想起，今晚他已经约了

小慧一起吃饭的，这下撞车了，于是连忙给小慧回信：我晚上要在公司加班，不能赴约，你自己吃吧！

不一会，两人一起到了薛灵父母家，薛家早已做好饭菜等着了，孙刚见了满桌子的菜，心里一阵温暖。

薛灵爸爸特地拿出一瓶茅台，跟孙刚你一杯我一杯地喝起来。喝到兴头上，薛灵爸爸问孙刚："听说你是学财经的，对现在的股市怎么看？"

孙刚大着舌头说："快跌到一千点，证券公司门可罗雀，一塌糊涂，

前景不容乐观啊！"

薛灵爸爸摇摇头，又问孙刚："你知道宝钢股票这几年每年盈利是多少？分红是多少？它的净资产是多少？现在的股价又是多少？"

孙刚说："这谁不知道呀！虽然现在宝钢的股价四元都不到，的确非常便宜，但大势不好，再便宜也没用，别的股票跌，它也会跟着跌。俗话说熊市不言底，现在的股市根本就看不到底啊！"

薛灵爸爸又是一阵摇头："你呀你，你管它涨还是跌啊，你现在买进宝钢股票，分红收益就是储蓄的好几倍，哪怕股价跌到一分钱，你只要不卖出，要不了几年，分得的红利就能挣回你的本钱！"

这一番话，像是在孙刚头上敲了一棒子，他猛地醒了，眼前一片金光灿烂。

第二天，他到证券公司开了个股票账户，把林老头付给他的三万块钱全部买了股票。

没两天，上证综指跌破998点，展开了强劲反弹，孙刚买的股票一个劲地往上飙涨，孙刚大喜过望，他兴冲冲地给薛灵打电话，问："什么时候再去看你父母啊？"

薛灵一听乐了："哈哈，你这冒牌女婿，越当越有味道了？"

说归说，薛灵还是把孙刚带回了家。饭桌上，孙刚站起身，端着酒杯，

非常认真地给薛灵爸爸敬了一杯酒，说："听了您的话，我抄到了中国股市的大底……"

薛灵爸爸赞许地点点头。吃完饭，他打开电脑，和孙刚一起分析中国经济大势，讨论股权分置改革的价值和历史意义……

打这以后，孙刚每到周末都要和薛灵一起回家，平时冷清的薛家因为他们的到来马上温馨起来，充满了生气，孙刚的心里也充满了温暖。在薛灵爸爸的引导下，经济学出身的孙刚在股市上如鱼得水，业绩非凡，很快引起一家保险公司的注意，被这家公司聘为理财师，专职理财。

这天，孙刚因为手上的股票全部涨停，心里高兴，一下子没把持住，喝过了量，靠在沙发上，半醉半醒，薛灵妈妈疼爱地说："今晚你们别回去了，就在家里歇一晚吧。"

孙刚迷迷糊糊地睡到半夜，酒劲一缓，醒了过来，突然听到身旁有饮泣声，他心里一紧，连忙打开床头灯，发现薛灵和衣躺在自己身边，脸上全是泪水，孙刚吓了一跳，连忙问："你——你这是怎么了？"

薛灵哭着说："赵卓基那个王八蛋，他根本就不爱我，只想把我当生孩子的机器。昨天，他托关系带我到医院做了个B超，检查出我怀的是女婴，他就要我打掉，让我再怀一次，给他生个儿子……"

4. 横生波折

这天，孙刚突然接到林老头的电话，约他见面，孙刚如约前往，林老头拿出一张照片，递给孙刚，孙刚一看，脸都白了：照片上，薛灵亲昵地挽着孙刚的手，走进薛家……

孙刚把照片还给林老头，说："没想到你会跟踪我。这照片能说明什么呢？我们本来就——"

林老头摇摇手，不让孙刚往下说，又从包里拿出五万块钱，推到孙刚跟前，说："真没看出，小伙子你是个人才啊！有人托我告诉你，他希望你跟薛灵走得更近些，鼓励薛灵生下那个孩子，事成以后，他会再酬谢你十万块钱。"

孙刚看了看林老头，问："上回多出的两万，也是那位先生给的？"

林老头意味深长地点了点头。

原来赵老板背后还有一个人！这个人隐在暗处，赵老板并不知情。他是谁？想干什么？孙刚想起赵老板冷得像刀子的眼神，心底禁不住一阵寒战，后悔自己一个不当心，陷进了有钱人的游戏里，只怕接下来，会是一个接一个的阴谋和陷阱，再说，自己目前的经济状况已经完全改观了。这样想着，他把钱推了回去，说："对不起，这游戏我不玩了！"

没想到林老头这边还没完，赵老板那边也来赶热闹了。这天，他单独约出孙刚，满脸堆笑地说："听说你和

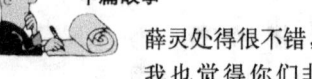

薛灵处得很不错，其实，我也觉得你们非常般配。如果你能让薛灵爱上你，真正一起做夫妻，除了太阳城那套房子归你们，我再另外送你十万，怎么样？"

孙刚看了看赵老板，问："就这么简单？"

赵老板微微一笑，说："但一定要打掉薛灵肚里的孩子，你们这么年轻，当然应该生一个你们自己的孩子……"

孙刚猛地站起来，朝赵老板冷笑一声，说："我已经有女朋友了，我爱她，我想跟她结婚。更重要的是，我不会再给你们这些有钱人当棋子了！"说完，他头也不回地走了。

第二天，孙刚卖出账户里的一些股票，取出三万块钱，还给了林老头，说："从现在开始，我正式退出游戏。"

林老头接过钱，又摇摇头，还是

笑呵呵地说："小伙子，老话说得好，民不与官斗，穷不和富斗。好好想想吧，已经上了这条船，你还能下得来吗？"

孙刚掉头就走。

走在街上，孙刚突然想起小慧忙着考研，两人这段时间已经很少联系，连忙拿出手机，拨了小慧的电话，小慧接了电话，懒洋洋地说："我这段时间复习功课，非常紧张，等考完再联系吧。"

孙刚又跟薛灵打了个电话，约她在一家酒吧见了面，跟她说了林老头和赵老板的事，还有自己退出的想法，薛灵倒是挺大度，说："背上这个名分，让你受委屈了，真对不起！我们明天就去把离婚手续办了，还你自由身！"

孙刚不放心地问："那你怎么办？"

薛灵叹了一口气，说："我自己作的孽，就自己承担吧。赵卓基为了逼我打掉胎儿，已经断了我的生活费，我只好搬回父母家。孩子是我的骨肉，无论如何我得把她生出来。"

第二天，孙刚和薛灵办好离婚手续，从民政局出来，薛灵又叫住孙刚，问："这事你能不能先不告诉我父母？我怕他们太操心。"

孙刚连忙点头，说："应该的！两位老人真好，对我也不错，我愿意配合你一直把戏演下去。"

薛灵笑着说："那你就好人做到底，今天再陪我回家一次。行么？"

孙刚呵呵一笑，说："没问题！"

两人叫了一辆的士，到薛灵父母楼下，孙刚坐在前排位置，他付好车费，正要下车，猛听到从后排下车的薛灵发出一声惨叫，掉头一看，薛灵已经倒在地上，两个壮汉用脚朝着薛灵的肚皮猛踹，他大吼一声冲上去，狠命一脚，将一名大汉踹翻在地，但他头上也重重挨了一板砖，身子一歪，晕倒在地……

孙刚醒来时，已经躺在医院的病床上，他首先看到的是薛灵父母关切的眼神，连忙问薛灵怎么样了，薛灵妈妈说，薛灵没事，肚里的孩子也保住了，只是那两个坏人逃了。

孙刚点点头，又拿出手机给小慧发了封短信："小慧，你还好吗？"过了好久，小慧的回信终于来了，打开一看，上面只有简单几个字："我现在很忙……"

在医院住了几天后，薛灵父母直接把孙刚接回家里，他们说，孙刚那一砖挨得重，有轻微的脑震荡，需要调养一段时间。薛灵虽说没大碍，也得好好在家调养，免得动了胎气。这

样一来，孙刚和薛灵又像夫妻一样，住在同一间房里。

这天，薛灵轻轻叹了一口气，说："我结过婚，再生个孩子，只怕再也没男人肯要我了。"

孙刚说："你这么漂亮，还愁没人喜欢你？"

薛灵又叹一口气，说："要是你的女朋友为别的男人生过孩子，你还会要她吗？"

孙刚坚决地点点头："只要她心里有我，我才不在乎她是不是生过孩子。"

过了一个多月，孙刚的身体终于复原，他出门做的第一件事，便是到学校去看小慧。一个多月没见，他发现小慧比以前漂亮了许多，已经考上了本校的研究生。孙刚非常高兴，哪知小慧见了孙刚，却一点也不开心，冷冰冰地说："你不是已经结婚了吗？还来找我干什么？"

孙刚张口结舌："你——你从哪里听说的？"

小慧掏出一张照片，摔在孙刚跟前，转身离去。

这张照片是孙刚和薛灵的亲昵合影。孙刚只觉一阵天旋地转，扶住旁边的一棵大树，才让自己没晕倒。孙刚掏出手机，给老大打电话，朝着老大破口大骂，骂他把自己结婚的事告诉了小慧。老大一看势头不对，顾不上多做解释，连忙赶了过来，说自己

这段时间忙着创业，根本就没见过小慧。

孙刚苦着脸，跟老大说了事情原委，又拿出离婚证给老大看，老大呆立半晌，说："就算我信你，你让小慧怎么信嘛？"

孙刚一把抓住老大，说："老大，你是我最好的哥们，你帮我去跟小慧解释解释。她要是还不信，我愿意马上就跟她结婚！"

老大不一会就回来了，拍拍一脸苦相的孙刚，说："兄弟，小慧说，她不肯再见你……"

孙刚不知自己是怎么走出校门的，他不要老大陪，一个人茫然地在大街上走，走着走着，竟然不知不觉走到了薛灵家，薛灵一看孙刚的脸色，吓了一大跳，忙问他遇上了什么事，孙刚一见薛灵，眼泪再也止不住了，哭着说："小慧，她离开我了……"

薛灵正要说话，孙刚的手机响了，是林老头打来的，孙刚一连遇上这些不好的事，气不打一处来，吼道："我已经跟你说过了，我不做富人的棋子！"

林老头在电话那头轻轻地笑了一声，说："这回不让你做棋子，让你当主角，快来吧！"

5. 谁是主角

林老头一见孙刚，老远就伸出手，说："小伙子，你要发达了！有人

佩服你的骨气，他希望你跟薛灵结婚，再把薛灵肚里的孩子让他抱养，他愿意付你一百万！"

孙刚说："我跟薛灵离婚了，我们两个人已经没有任何关系。"

林老头又是摇头，说："没有关系可以再创造关系啊！你女朋友离开了，你完全可以一身轻松地去追求薛灵呀！"

孙刚一听他提到女朋友，立时火冒三丈，骂道："你可够损的，竟然到我女朋友跟前使离间计。"

林老头连连摇手，说："误会，你真的误会我了。这事一下子说不清，你别急，那个人一直想见你，他这就过来。"说完，他到旁边打了个电话。

不一会，一位精神矍铄的老人走过来，林老头连忙站起身，郑重地介绍说："这是我们公司的董事长，你就喊他陈董吧。"

陈董朝孙刚点点头，在旁边的位子坐下，说："你是个很有性格的年轻人，我喜欢。想听听你的想法。"

孙刚说："我们小老百姓，没有太多的想法，只想过点平常日子，不想给人家当棋子……"

陈董的神情一下黯然起来，说："富人也是人，也想和普通人一样，过平常的日子！"

一旁的林老头接过话头，说："陈董是赵总的岳父，我们公司是陈董一手打拼出来的，他只有一个女儿。其

实，赵总以前也是苦出身……"

孙刚一听，顿时恍然大悟，原来赵卓基的一举一动，都没逃过眼前这位陈董的视线。

陈董轻轻咳了一声，说"赵卓基以为我退下来了，他就能一手遮天了，他做梦也想不到，老林就是我安在他身边的钉子。不过，我女儿到现在也不知道他出轨的事，为了他们家庭和睦，我可以容忍赵卓基有自己的孩子，也可以让我女儿为他把孩子养大……"

孙刚这才明白了事情的来龙去脉，也被陈董的用心感动了，说"赵总听说薛灵怀的是女孩，就不想要了，他想要个男孩。"

陈董看看林老头，说"上次的警告他没当回事吗？那你马上再警告他一次，做人，怎么可以这样不知足呢？"

这番露出底牌的会面让孙刚心软了，他心想，真是各有各的难处。他表示，如果赵卓基能回心转意，对陈董的女儿负起责任，他愿意帮着说服薛灵让出孩子，让陈董的女儿抚养，因为，这个孩子关系到两个家庭和一家公司的未来，牵涉太大了。

回来以后，孙刚一直在想怎么跟薛灵说陈董托付的事。这天，他突然接到老大打来的电话，老大结结巴巴地说"糟糕！非常非常糟糕！"

孙刚急了"啥事把你急的？快说呀！"

老大在电话那头沉默片刻，像是下了决心，说"小慧傍上了一个大款！"

孙刚吓了一跳，骂道"有你这么胡说的吗？小慧根本不是那种人！"

老大说"我本来也是不相信的，可刚才我亲眼看见她和一个男人从辆高级轿车上走下来，挎上那男人的胳膊，靠着那男人的肩膀，进了一家咖啡馆。那男人我在报纸上见过照片，叫赵卓基，是一家食品公司的老总。"

孙刚问清那家咖啡馆的地址后，

拨通了薛灵的电话,问:"我今天想请你看场好戏,有空吗?"

薛灵高兴地说:"好啊,难得你肯请我!"

趁着等薛灵的当口,孙刚又拨通了陈董的电话。

孙刚和薛灵一起走进那家咖啡馆,一进门就看到小慧和赵卓基坐在一个角落里,亲昵地靠在一起,孙刚上前一把拉起小慧,说:"小慧,离开他!他这样的富人只会拿我们当棋子,别信他的鬼话!"

小慧一把甩开孙刚,指着旁边的薛灵,问:"她又是谁?不信他,我能信你的鬼话?"

薛灵指指自己,问小慧:"你是说我吗?我曾经是赵卓基的棋子,看看我的肚子吧,下一个轮到你了!"

小慧满不在乎地看看薛灵,对孙刚说:"什么棋子不棋子,全是些没吃到葡萄说葡萄酸的家伙。他就是比你强,比你强上一百倍,跟着他我心甘情愿!"接着,她又转过身对薛灵说:"你以为你有肚子就了不起了?告诉你,我也怀上他的孩子了!"

一直坐着没说话的赵卓基这时突然鼓起掌来,哈哈大笑,对孙刚说:"别以为你不要那三万块就硬气了,我就是要让你看看,你能不要我的钱,我照样能摆弄你玩,到头来,你还是我手里的一枚小棋子!"

突然,旁边响起了一声威严的咳嗽,一下压住了赵卓基的笑声,陈董不知什么时候来到了现场,大声问道:"赵卓基,你说谁是你的棋子?你在摆弄谁?"

赵卓基突然看见陈董,就像猛一下被人抽走了筋骨,"扑通"一声就跪在地上。

陈董朝旁边的林老头点点头,轻声说:"你宣布吧!"

林老头上前一步,面无表情地说:"赵先生,从现在开始,你被免除公司的一切职务,请另谋高就!"

小慧好一阵才明白过来,她指着赵卓基,说:"原来、原来你也是只能被人摆弄的一枚棋子啊!"她捂着脸,哭着冲出了咖啡馆……

孙刚茫然地站在咖啡馆门口,正不知到哪里去,薛灵走到他身边,轻轻摇了摇他的胳膊,笑着说:"刚才我妈说了,让你明天来家里吃饭,你可记得按时到哦!"

(题图、插图:杨宏富)

稿约: "中篇故事"是本刊的重要栏目,我们热诚欢迎广大作者来稿。来稿要求:1.题材需有新鲜感、时代感;2.情节性强,并且能把新鲜、奇巧的情节的演绎和人物的塑造较好地结合起来;3.篇幅:12000字左右。本栏目稿酬从优。来稿可从邮局寄发,也可发电子邮件,本期责任编辑E-mail地址: zjw002@vip.163.com。

·情感故事·

儿子尽孝

□曾宪涛

李老汉家附近有个七岔路口，路口边有家七来凤早点铺，里面的包子辣汤全城有名，来这里吃早点的人很多，还有特意打老远的地方慕名而来的。李老汉每天早上都要去吃包子，喝辣汤。

这天早上，西北风飕飕地吹，刀子似的直往脖子里钻。李老汉又要去七来凤，老伴说天太冷，劝他甭去了，李老汉不愿意，说："那怎么行？不吃七来凤的早点，一天都过不舒坦。"说着，他就出了门。

到了七来凤，里面已经坐满了人，李老汉找了个位子坐下，一边吃着早点，一边和那些熟客们拉呱。这时，一个年轻人蹬着三轮车来到七来

凤，一下子吸引了店里的顾客。为啥？车上坐着一位老人，这老人全身上下给围得严严实实的，面前还摆着一张小桌子。

年轻人把车停好，下了车，买了一只包子，一碗辣汤，端到老人面前的小桌子上，非常耐心地站在边上，看着老人一点点细细地吃好，给老人擦擦嘴，围好围巾，然后蹬上三轮车，沿着来路走了。

李老汉看得呆了：这年轻人好孝顺呀！

从这以后，李老汉每天早上都能看到那个年轻人，蹬车带着老人来吃早点。七来凤的常客们看得多，也就议论开了：这老人显然是行动不便，又离不开七来凤的包子辣汤，儿子这样天天送他来，真不容易，众人不禁都对这年轻人"啧啧"赞扬。

每当这时，李老汉就会想到自己的儿子。他儿子很早就出国留学，并

在那里居留工作，虽然挣钱很多，毕竟远隔重洋，等到自己不能动时，恐怕就没有那个老人的福气，享受到儿子的孝顺。

当天晚上，李老汉跟国外的儿子通了电话，跟儿子说起那个很有孝心的小伙子，末了他问儿子："如果哪天我不能动了，谁来给我尽孝？"

儿子在电话那边沉默半晌，说："爸爸，到时我会给你寄很多钱，你就请个保姆吧。"

儿子说的是大实话，他在国外一大堆事，根本脱身不得。李老汉叹了口气，搁了电话。

没想到过了没多久，李老汉竟然中风，住进了医院，出院后，他腿脚行动不便，无奈地坐在轮椅上了。儿子知道后，寄回了一大笔钱。

李老汉行动不便，想起那位送父亲到七来凤吃早点的孝顺小伙子，心里好生委屈，老伴说："咱儿子也不是不尽孝，实在是回不来。就用他寄回的钱，到家政公司请个人，天天推你去七来凤，就当是儿子在尽孝道。"

老伴说完，马上就到家政公司登了记，第二天一大早，家政公司派的保姆就来了，李老汉一看，愣了：来的竟是那个蹬着三轮带老人去七来凤吃早点的年轻人，就问："怎么是你？你怎么不送你父亲去七来凤了？"

年轻人没听明白，李老汉就说起他每天早上蹬三轮车送父亲到七来凤的事，年轻人恍然大悟，说："你说的是一个月前的事吧？那位老人不是我父亲，是我们公司的一个客户，他儿女都在国外，就找我照顾他。前不久，他被儿子接到国外去了。"

此后，每天一大早，那个年轻人就准时来到李老汉家，用三轮车带着李老汉去七来凤吃包子辣汤，七来凤的顾客见了，一个个朝年轻人跷起大拇指来，有些认识李老汉的顾客，说"李老汉真是好福气，有个这么孝顺的儿子！"李老汉听了，好不开心。

春节前夕，李老汉的儿子从国外回来探亲，儿子看着坐在轮椅上的父

· 感动中学生的故事

两间房子

□ 春 晓

场所。项目部是整个工程的指挥中心，租的房子必须单间多，院子大，而且还得宽敞明亮，整洁气派。在农村，要找出这样的房子蛮难的。

这天，杨业带着几个人到村里找房子，转了半天也没看见合适的，正在气馁，一个职工指着前面兴奋地嚷道："那房子不错！"顺势望去，前面有一幢大房子，单院独户，外装饰挺有档次。他们来到房子前，想进屋看

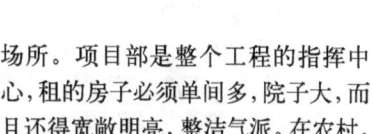

老人生气了

杨业是一家路桥公司的项目经理，因为施工需要，他必须在附近的村里租一套民房作为项目部的办公

亲，很是难过，连说自己不孝，没有尽到儿子的责任，马上决定，春节一过，就把二老接到国外去，以便照顾。

没想到李老汉连连摇头，说："不用了，我现在过得挺好，你把我接到外国，我没法到七来凤吃包子辣汤了。"

老伴也笑了，对儿子说："你就在外面安心工作吧，家政公司那个年轻人每天来照顾你爸，挺周到的。"

儿子听母亲这一说，突然想起一

件事来，他从皮箱里拿出一盒礼品和一叠照片，对李老汉说："我回来时，有位老乡托我打听一个家政公司的年轻人，说在他父亲生病时，那位年轻人把他父亲照顾得挺好，很是感谢，还给那位年轻人带了盒礼物。"说着，把那叠照片递给李老汉。

李老汉接过照片一看，哈哈大笑，说："你不用找了，那个年轻人我认识，明天早上你就能见着他了。"

（题图、插图：安玉民　梁　丽）

看，但房子大门紧闭，里面好像没人。杨业朝屋里喊道："有人吗？家里有人吗？"

屋里没人答话，身后倒响起了一个老妇人颤巍巍的声音："你们找哪个哟？"大家掉转身，看到房边不远处还有一间低矮破旧的小瓦房，门口坐着一位年过七旬的老太太，端着一碗黑糊糊的稀饭。杨业怕她误解，连忙说："老人家，我们是工程队的，来这儿修路。"老人听了这话，面色和缓下来，说："哦，修路的？积德的事！"

杨业指着那豪宅，问老太太"我们要到这里工作几年，想租那房子，现在他家里没人，您知道怎么联系他们吗？"

老太太一听这话，脸色马上沉下来，说："你们想租那房子？不行！那房子没空地方，不出租！"

杨业疑惑地问："房子那么大，会没空地方吗？"

老太太不接杨业的话，不耐烦地说："你们走吧，到别处找去！"杨业没想到老太太突然就翻了脸，一下愣在那里。老太太火了，急得脸色通红，嚷道："愣着干啥，快走啊！"

看她那暴怒的模样，大家不敢再多话，连忙走开了。

租到好房子

大家默默地走着，村子里再也没找到合适的房子，杨业说："工期紧张，租房子的事不能再拖，我们分头再打听打听，有合适的马上联系。"于是，大家散开，分头去找。过了一会儿，一个职工打来电话说："杨经理，有位大嫂说她们家的房子很不错，想出租，请您过来看看吧！"杨业一听，马上赶了过去，想出租的是一位中年妇女，画着眉毛，烫着卷发，不怎么像个乡下人。杨业眉头一皱，问："你家的房子怎么样？"那女人非常自信地说："我的房子就在这村里，如果你们连那套房子都看不上，就再没房子租了，但租金——"

杨业说："只要房子合适，租金好谈的。"

这妇女一听这话，高兴了，说：

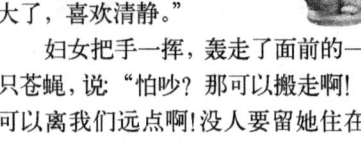

也没说什么的，可能是年纪大了，喜欢清静。"

妇女把手一挥，轰走了面前的一只苍蝇，说："怕吵？那可以搬走啊！可以离我们远点啊！没人要留她住在这儿！"

杨业瞟了眼那位老太太，只见她抹了抹脸颊，低着头，进了自己的破瓦房，心里一动，就说："我们还是看房吧。"

这房子无论是布局还是装修档次，简直是为项目部量身打造的，杨业非常满意，谈好租金后，马上与这妇女签了协议。临走时，杨业对妇女说："大嫂！请你连夜把房子收拾一下，我们明天上午就要搬过来！"

第二天上午，杨业带着载满物资和工程机械设备的车队浩浩荡荡地开进了村子，他从车上跳下来，先检查了一下空房子，与房东大嫂办了交接，然后指挥人们往屋里搬东西。那妇女揣着厚厚一叠钞票，乐呵呵地走了。这时，那位老太太撑着根拐杖走了过来，这回她一言不发，也不理任何人，紧瘪着嘴，睁着一双浑浊的眼睛，从一间屋子走到另一间屋子，细细地打量着，好像一个久违的参观者。杨业知道老人不喜欢他们住这儿，也不敢打搅她，搬东西的时候也小心地避让着她，任由她在屋里走来走去。老人看了好久，又呆立了一会儿，擦了擦眼睛，走了。

"那你们跟我来。"她带着杨业他们七弯八拐，来到了一栋房子前，杨业抬头一看，愣了——这不正是他们刚才看中的那套吗？他下意识地往瓦房那边一望，那老人还站在屋檐下，远远地朝他们这儿望呢！杨业马上摆摆手，说："这套房子不行，我们刚才来过的，那老人说这房子不能出租。"妇女一听，用眼角扫了那老人一眼，把手往腰上一叉，拉开嗓门说："奇了怪了！我的房子我还做不得主了？真是笑话！我看啦，这管闲事的人就是吃饱了撑的！"

这话阴阳怪气的，明眼人都能听出她说的是谁，杨业怕加深她和老太太的矛盾，连忙打圆场说："那位老人

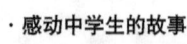

老人走后，杨业松了一口气，开始指挥布置办公室，正忙着呢，突然有人大喊："不好啦！着火了！房子着火了！"大家赶紧跑出去，哎呀，不好！那位老太太的小瓦房着火了！只见那房子浓烟滚滚，火苗子都蹿出来了。杨业大喊道："快去救火！"飞快地跑过去，一脚踹开房门，想把老太太背出来，可找了一会，屋里根本没有老人。那屋子本来就小，厨房跟卧室连在一块，屋里摆满了柴草，东西全都烧起来了，杨业在屋里实在找不到值得抢救的东西，就退了出来。

那火虽然来势大，烧得猛，但是因为发现得早，杨业他们人又多，不一会就把火给灭了。这时候，乡亲们才闻讯赶来。看到越来越多的村民围拢来，杨业有心给大家造成个好印象，搞好与村民的关系，同时也是真心想帮帮那个老人，于是他指着一片狼藉的瓦房，交代身边的副经理："你马上安排人把这房子修缮一下，让老人有个安身之地。"副经理心领神会，响亮地应了一声，马上就开始安排人手。忽然，旁边角落里扑出一个人来，正是那位老奶奶。她提着一个旧包裹，站在人前呼天抢地，号啕大哭："我造孽哟！我的命怎么这么苦啊！"杨业怕她太难过，连忙走过去安慰她说："老人家，您别急，我们会尽快帮

您把屋子修好的！"

谁知老人一听，哭得更厉害了："你们这些帮倒忙的，你们让我一把火烧了它多好！哪个要你救？哪个要你们管我的闲事？"

杨业听了，大吃一惊，简直不敢相信自己的耳朵，疑惑地问："这、这火，是您自个儿放的？您——您为什么要这样做？"

"为什么？"老人坐在地上，老泪纵横地说，"就是因为你们！你们要租她的房子，还要租几年，我哪还有指望哟……"

杨业就像丈二金刚摸不着头脑，他结结巴巴地问："我们怎么了？我们租她的房子，这，干、干您什么事儿？"

老人抹了一把泪，回答道："怎么不干我事？我老了，眼看快动不得了。这屋子漏风又漏雨的，我没力气堵了，想回那房子住住，那么好的房子，我还没住过呢！可是她宁肯租给你们，也不肯让一间给我住！我急得没法子，就下狠心把这破屋子给烧了，这样，或许能让我到那好房子去住一住，毕竟，我是她的娘啊！"

原来是这样，杨业他们全都惊呆了……

（题图、插图：安玉民　梁　丽）

（本栏目欢迎来稿。来稿可从邮局寄发，也可从网上传递。如为电子邮件，请发以下信箱：zjw002@vip.163.com）

证件过硬

□ 湛鹤霞

这天，人事经理王道三到市场招聘人才，他朝着前面一堆人一伸手，说："证件！"很快就收了一大堆证件，这些证件各式各样，都很牛，不过，都不合王道三的心意。

眼看要下班了，王道三还没选中人才，这时，应聘队伍里只剩下两个人：一个白发男子，另一个是主要靠打手势说话的结巴。

王道三示意他们一起上前，把自己的证件亮出来，白发男子得意地说"我有个外号，叫'考证专业户'。"接着，他把手里的证件一字排开，有教师证、医生证、建造师证、美容师证……足足十来个，个个响当当。

轮到结巴了，他哆哆嗦嗦地先拿出五本证件，白发男子一看，"扑哧"一声笑出来。原来，结巴拿在手上的是两本离婚证和三本结婚证。

接着，结巴又拿出两个红本本：一本二级残疾证，一本献血证。

王道三点点头，问："还有吗？"

结巴哆嗦着又从口袋掏出一本证——刑满释放证。

王道三又问："还有吗？"

结巴一咬牙，又拿出一本证——墓地使用证。

王道三一一看完，非常满意，说"你被录用了，明天来公司上班。"

一旁的"考证专业户"很不服气，王道三看看他，说："你别不服气，我这样做是有道理的。你看，他离婚两次，结婚三次，说明他是个斤斤计较的人；他只是说话有点结巴，却弄到了二级残疾证，享受优待政策，说明他有一定的社会关系；他献血，说明他有爱心；他刑满释放，说明他受过牢狱之苦，以后会遵纪守法。还有，他这么年轻就把墓地使用证拿到手，说明他把人生考虑得很周全……"

结巴听了非常激动，问："我什么都不会，你聘我做什么工作呢？"

王道三说："我聘的是门卫……"

四个心

□ 冯普照

赵萍是文学院出了名的冷美人，张旦旦追了她好久，也没打动她的芳心。这天，心灰意冷的张旦旦跑到女生宿舍楼下，大声喊道："赵萍，你要是再不答应，我就再也不理你了！我说话算话！"

宿舍姐妹都劝赵萍，说："快答应他吧，人家心诚着呢！"

赵萍说："光心诚还不行，我还要

看看他是不是够聪明！"说完，赵萍来到阳台上，朝张旦旦喊道："如果你能在四天内，给我找到四个有创意的心，我就答应你！"

张旦旦大叫一声"好"，跑开了。

第一天，张旦旦托人把礼物送到宿舍，赵萍打开一看，是她最爱吃的卤猪心！

第二天，赵萍又收到了张旦旦送来的礼物，是一个大大的幸运星，触摸一下，还能放出动听的音乐，赵萍满意地点点头，说："算你小子有心计！"

第三天一早，赵萍还没起床，张旦旦的礼物就到了，是一颗白色的药片，附着张纸条，上写：适当补充微量元素锌，可减少牙龈出血……赵萍好不激动，想：明天只要他送的东西跟心沾上一点边，我就答应他！

不料一直到了次日下午，赵萍也没等来张旦旦的礼物，却接到张旦旦室友的紧急电话："张旦旦遭遇攻击，正躺在医院里，情况万分危急！"

赵萍急忙赶到医院，只见张旦旦头上缠满了纱布，只露出两个鼻孔吐气，赵萍心疼地问："这是谁下的毒手？也太狠了吧？"

张旦旦吃力地说："我到外面给你找礼物，一直找到中午，在森林公园树下看到一只小猩猩，就想捉回来送给你，谁知刚把它抓在手里，树上就跳下两只大猩猩……"

谁让你是我爹呢

□ 农 秋

老李是一位农民，离开家乡到一家工厂做工。这天，他又接到正上大学的儿子打来的电话。儿子在电话中告诉老李，他在学校找了个女朋友。老李一听，很是高兴："儿子，这是好事，你看着好就行，不用和我商量……"

电话那头儿子乐了，说"我哪是跟你商量这事嘛！是这样的，再过几天就是她的生日，商场里有套衣服很漂亮，我准备作为生日礼物送给她，可这钱——"

老李总算明白是咋回事了，结结巴巴地问："原来还是钱啊！要多少？"

儿子说："我挑的是名牌里最便宜的，而且还在便宜的基础上打了折，只要一千块！可我没钱，只好找你了，谁让你是我爹呢？"

老李吓得张大了嘴巴，我的爹呀，张口就是一千块，我一个月不吃不喝才六百块，赚的一点钱早就一五一十给他了，现在手头上一点积攒都没有。可是，这钱不能不给呀！要是不给，不光要得罪了儿子，还要得罪未来的媳妇，问题相当严重啊！

老李想啊想，头都快想破了，还是没想出辙来，只得感叹，这当儿子的，咋就当得那么理直气壮啊！突然，他脑子灵光一闪：有办法了！

时间不等人，老李连夜往家赶，一到家就直奔他爹的房间，拿起他爹放在床头的那个玛瑙嘴烟杆就往外奔。他爹一把抓住老李，问："我就这烟杆能值俩钱儿，你这是要拿到哪里去？"

老李说"爹呀，我儿子遇上了难事，他办不到，找了他爹，我也办不到，可我也有爹！你说，我不找你，还能找谁啊？"

都是钥匙惹的祸

□ 汪 志

王林早上刚踏进办公室，下夜班的老婆阿丽就来了电话"我的钥匙不见了，快回来给我开门！"

王林赶紧跑回家，一摸裤腰带，傻了眼："老婆，我的钥匙也丢了！"

老婆一跺脚，叫道："咋办啊？"

王林说："老婆，别急，可以找开锁公司的！"说完，他找到一"牛皮癣"广告，一打电话，不一会就来了个小伙子，掏出工具，捣鼓了老半天，门就是不开。

王林正想再打电话，小伙子说："我还有一个办法——系条绳子从楼顶上爬下去，从你们家阳台窗户翻进去，从里面把门打开。"

王林说："我们家阳台窗户有插销，打不开。"

对方说："可以打碎玻璃！"

王林还不放心，问："安全吗？"

小伙子一听就乐了，说："放心，我当过武警，这点事儿，小菜一碟！"

于是，王林和小伙子爬上楼顶，比划好位置，给小伙子绑上绳子，把他放了下去。

不一会儿，只听下面"哗啦"一声巨响，接着是推拉窗户的声音，跟着，下面又传出"嘭"的一声巨响，接着一声惨叫，王林顿时心头一紧，扔下绳子，赶紧往四楼跑。

刚下到四楼，他家隔壁的门就开了，邻居扛着一个人走出来，扯着大嗓门说："现在的小偷胆子真大，大白天的就敢砸我家窗户，哼，被我一巴掌就打晕了！"王林一看，邻居扛着的正是来开锁的那个小伙子，他一下就明白了，这个粗心的小伙子砸的是邻居家的窗户，进的是邻居家，而邻居是省体校的武术教练。

特殊才能

□ 马新敏

白局长上任不久，就发现一件怪事：收发员张苏一没学历，二没能力，但局里几个科长都对他十分巴结，可张苏这人完全没有后台，这件事让白局长很迷惑。

后来，白局长当上了县长，随后不久，县政府办公室主任就把张苏调进了县政府。白县长把办公室主任叫过来，问："为什么要把张苏调进来？据我所知，他的能力十分有限！"主任说："这情况我们也清楚，不过，张苏有特殊才能，对工作有利！"

再后来，白县长又当上了市长。没几天，市府办公厅秘书长给他递上一份进人报告，请求调入张苏。白市长奇怪了，这张苏如影随形老跟着我，咋回事嘛？我的工作从来没有依靠他呀！他叫来秘书长，直截了当地问："为什么我到哪张苏跟到哪？我

告诉你，我和他一点关系也没有！"

秘书长赔着笑脸，说："我知道！办公厅把他调进来完全是为了工作，里面没有一点外来因素，请你放心！"白市长恼了："不对，他调进来绝对跟我有关系！我从政这么多年，一没乱作为，二不搞腐败，业余生活也只是看看书、练练字，绝不能因为这个张苏而让别人议论我。今天你要不说出个理由来，我就不签字！"

秘书长面露难色，嗫嚅半天，终于说道："市长，我们调他进来，是因为他对你的书法有研究！"

白市长一听，愣了半天，说："怪不得！都说官场是非多，领导有一点个人爱好，大家都要千方百计去讨好！可我还是不明白，我练字纯粹自娱自乐，既不出书，又不卖钱，这跟他有什么关系？你不用调他进来了，我以后不练字就是！"

秘书长一听就急了，忙说："我们调他进来，是因为你写的字太潦草，只有张苏才能看明白……"

减肥秘笈

□ 张延艳

阿天和阿瓜是一所大学的舍友，两人都喜欢小梅，一直在明争暗斗，但最近，小梅郑重宣布，阿天是她的男朋友。阿瓜急了，问："阿天那么胖，你怎么选择他呢？"

小梅说："他为了我，半年减了30斤……"

阿瓜一听更急了，说："有啥了不起，我一个小时就能减5斤！"

小梅捂着嘴直乐。

阿瓜见小梅压根不信，当着小梅的面，拍着胸脯向宿舍的兄弟们宣布："我只花5块钱，用一个小时，马上把体重减到100斤以下……"说完，他找来一台体重秤，踏上去一称，体重正好105斤。

接着，阿瓜让大家检查他口袋，里面果然只有5块钱。

阿瓜雄赳赳地出了门，不到一个小时，他兴冲冲地回来，又往体重秤上一称，乖乖，连99斤都不到，这一下，大家全傻眼了。

阿瓜得意地对小梅说："这下你明白了吧？半年减30斤，能叫减肥吗？你再瞧瞧我，去时穿啥衣服，回来还是啥衣服，一件不少……"

大家看得目瞪口呆，觉得阿瓜太神奇了，只有阿天不服气，一口咬定阿瓜作弊，这时，小梅开口了，说"我作证，阿瓜没有作弊，刚才我一直跟在他后面，亲眼看见——"

阿瓜一听，顿时大惊失色，结结巴巴地问小梅："你真的跟着去了？"

小梅说："是啊，我看见你花了5块钱，进了学校的澡堂子……"

这下大家全明白了：阿瓜花5块钱泡了回澡，洗掉了身上的五六斤污垢……

大家一阵哈哈大笑，扬长而去，只听见阿瓜在后面嘟囔着说："我要是搓搓背，准能再多减2斤……"

（本栏题图、插图：包丰一）

445

2009 SEMIMONTHLY 下半月刊

8月

STORIES

欢迎登录本刊主办"故事中国网"（www.storychina.cn）

故事会
—— STORIES ——

2009 年 8 月
下半月刊·绿版

社 长、主编：何承伟
常务副主编：吴 伦
副主编：姚自豪（上半月·红版）
副主编：夏一鸣（下半月·绿版）
本期责任编辑：朱 虹
电子邮箱：zhong98305@sina.com

绿版发稿编辑
夏一鸣 邢 悦 杭 帆
美术编辑：李宝强
电脑制作：郭瑾玮
通 联：归依玲

本社办公室电话：021-64375030
上半月刊编辑部电话：021-64332325
下半月刊编辑部电话：021-64336469
（上海市绍兴路 74 号 邮编：200020）
主管、主办：上海文艺出版（集团）有限公司
出版单位：《故事会》杂志社

制作、发行总监：张 凯
电话：021-64313938
广告业务：上海故事会文化传媒有限公司
广告总监：张 淮
广告业务：021-34010383
广告投诉：021-64333738
广告经营许可证
沪工商广字 3100320050022 号
发行：中国图书进出口上海公司

·笑话·

（本栏插图：李加）

随机应变

兄弟俩在公园晨跑，跑着跑着，突然，哥哥指着前面一个人的背影说："那不是二舅吗？"说着，便和弟弟一起追上前去，边追边喊，"二舅！二舅！"

等跑到近前，那人转过头，兄弟俩一愣，原来认错人了。哥哥尴尬极了，没想到弟弟拉起他的手，迅速从那人身边跑了过去，嘴里还在不停地喊着："二九、三十、三一……"

（谢小英）

急中生智

早上，小刘和老婆吵了一架，气冲冲地出门上班。可他刚把门甩上，就猛地想起皮包和钥匙落在屋里了。

这时要让老婆把门打开，简直比登天还难。小刘灵机一动，大声嚷嚷道"看我把门锁上，让你出不来。"就在这时，门"吱呀"一声开了，只见老婆气势汹汹地冲出来，指着小刘骂道："你敢！"　　　　（李传胜）

秀才送鸭

有个秀才为了贿赂考官，送了一只鸭子给他。

考官装出一副很为难的样子，说："我想接受你的鸭，可又没有食物喂它，鸭子岂不是要饿死？但如果不收的话，又失了礼节，这该怎么办才好呢？"

秀才忙说道："还是请大人收下吧，鸭子饿死事小，失礼事大。再说，如果真没食物喂它，那就让它喂先生吧！"　　　　（蓬安）

钓鱼高手

餐厅里，服务员正在为即将举办的一场特殊宴会做准备。这时，经理走进来，让服务员把所有的椅子都放在离桌子一米远的地方。服务员对这个指示大惑不解，问经理为什么要这么做。

经理解释道："今天晚上是钓鱼协会的年会，出席的嘉宾都是这个协会的精英，他们都是钓鱼高手，习惯于远距离操作。"

（小　谢）

假　发

老王才五十多岁，头发却已经掉光了。这天，他走在路上，突然有个男孩指着他嚷道："大家快看，这个人的脑袋多亮啊，像个灯泡。"老王气坏了。

不一会儿，又碰到一个领着小女孩的女人，只听小女孩说："妈妈，快看，这个人没有头发。"女人应道："人上了年纪都这样，这个爷爷应该有八十多岁了。"老王一听，更生气了。一抬头，正好看到前面有个假发店，于是赶紧进去买了一顶假发戴上。

谁知，老王前脚刚跨出店门，那个男孩和那对母女后脚就进了假发店，男孩冲着店主嚷道："爸爸，我们表演得不错吧，你看，你又卖出了一顶假发。"

（蒙志昌）

特别的婚礼

小丽正在向同事介绍自己的婚礼安排："我要让老公用轿子把我抬过去。你们说，这样的仪式很特别吧？"

正说着，经理走了进来，问："仪式怎么个特别法？"小丽神秘地说："你猜猜看。"

经理问："集体婚礼？"小丽摇摇头。

"网络婚礼？"小丽还是摇头："你越扯越远了。你往以前猜，三四十年代。"

"让我想想。"经理挠着头，自言自语道，"三四十年代……特别的婚礼……难道是刑场上的婚礼？"

（张志强）

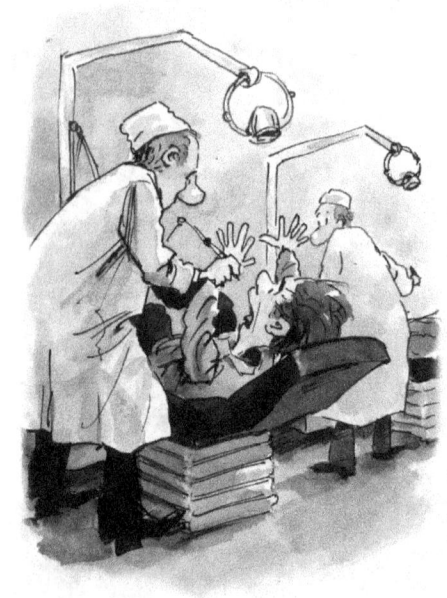

·笑话·

降低高度

罗杰有恐高症。一天他去看牙医，却惊恐地发现牙医诊所位于大楼的12层，而且有两面墙全是用透明玻璃制成的。

罗杰紧张地坐在候诊椅上，双手不住地颤抖。

牙医奇怪地问："你为什么这么紧张呢？拔牙没那么可怕。"

罗杰紧闭着双眼说："哦，我不是怕拔牙，我是不习惯这种高度。"

"哦，对不起！"牙医连连抱歉，然后，他把罗杰的椅子降低了6公分。

（中村宽）

谁做主

父亲下班回家，看见儿子在看电视，于是问道："功课做完了吗？"

儿子目不转睛地盯着电视，回答道："还没做。"

父亲很生气，质问道"那你看什么电视？"

儿子还是盯着电视，说：《我的青春谁做主》。"

父亲拿起遥控器，"啪"地关掉电视机，大声说"你的青春我做主。去，做功课去！"

（山里人）

快上车

小丽长得胖乎乎的，这天她和老公跟着旅游团去爬山。车子开到山脚下，大伙儿下了车，小丽看着老公跃跃欲试的样子，一脸不屑地说："待会儿咱们比比，看谁爬得快。"

这时，只听领队嘱咐大家道"大家准备好以后，把那些不太贵重又比较沉的东西放在车上，就可以出发了。"

话音刚落，小丽就见老公一脸坏笑地看着她说："哎，这位不太贵重又比较沉的同志，你可以上车了！"说罢，便一溜烟地跑了。

（向天歌）

世道变了

有只天鹅很想念自己的情人，于是拨通了手机，对着电话那头娇滴滴地说："亲爱的，我好想你啊！恨不得咬你一口！"

没想到，电话那头却传来一个陌生的声音："你是谁？"

天鹅一惊："我是天鹅，你是谁？"

只听那头说道："我是癞蛤蟆。"

天鹅忙抱歉道："对不起，打错了。"

"这世道都变了，"癞蛤蟆气愤地说，"天鹅居然想吃癞蛤蟆肉！"

（尹树良）

专车接送

老婆去参加同学聚会。晚上回家后，老婆一脸的不高兴，老公忙问她怎么了。

老婆没好气地说："别提了，今天聚会，很多同学都开着车呢。看人家那潇洒劲儿，我都羡慕死了。"

老公忙安慰道："开车有什么好的啊？你看你，经常由我专车接送，多上档次啊！"

老婆哼了一声，说："是啊！今天你不在，我由公交专车接送，司机还给我开门，档次更高呢。"

（翟振祥）

罚单

约翰是著名的魔术师。这天，他驾车外出兜风，没想到因为超速被交警拦下了。

约翰想利用自己名人的身份，让交警免开罚单，于是他提醒道："我可是魔术师约翰。"

谁知，交警头也没抬，他开完罚单，一边递给约翰，一边说："我知道你变魔术很厉害，有本事把罚单也变消失！"

（谢小英）

（本栏目欢迎原创作品、翻译作品。来稿可从邮局寄发，也可从网上传递。如为电子邮件，请发以下信箱：zhong98305@sina.com）

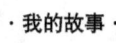

商业头脑

□ 黄宁锋

有句话说得好，先学做人，再做生意。这不，我好不容易运用了一回商业头脑，没想到居然碰上了让我懊悔不已的事。

去年装修房子的时候，有一天，我刚到新房，门外忽然有人敲门。开门一看，是个六七十岁的阿婆，头发全白了，手里拿着把秤和几个蛇皮袋，一看就知道是个收废品的。

阿婆指了指门口的纸箱，问道："你是老板吧？你的纸箱卖不卖？"我点点头，随口问她多少钱一斤。她笑呵呵地说："不会比别人少，六毛一斤。"

我知道这个价很优惠，这儿每天都有好几拨人来收废品，上几拨人开的价都是五毛五。不过，因为纸箱现在还有用，于是，我对她说："阿婆，你过两个月再来吧，六毛钱一斤，我卖给你。"

阿婆十分高兴，连连说好。临走时，她又转头说："我给你十块钱订金，两个月后来收。"说着，从口袋里摸了半天，才摸出十块钱递给我，"如果到时候收不到纸箱，你可要赔我双倍订金哦。"

"可以！"我笑着将钱收进了口袋，心想：这个阿婆真有头脑，她是担心这笔买卖被别人抢了，所以给个订金。

一晃两个月过去了，我搬进了新房，所有的纸箱都放在了杂物房里，等着阿婆来收走。可谁都没想到，因为受金融危机的影响，这两个月里，废品的行情天天往下跌，现在纸箱的收购价只有两毛五了。

一天，有个收废品的来，我心想阿婆肯定不会来收了，就以两毛五一斤的价脱了手，眼不见心不烦。哪知道，才隔了一天，阿婆却找上门来了。

我一看是她，当即愣了愣。阿婆笑着说："老板，还认得我吗？我来收纸箱了。"

我连连点头，说："认得认得，阿婆，不过你来晚喽，昨天我刚刚卖了。"

阿婆一听十分意外："你卖了？你怎么能卖呢？我们说好了，要留给我的。"

我差点想笑出来，这个阿婆怎么算账的，她难道一点都不知道行情吗？我卖了，她应该谢谢我才对哩，还好意思埋怨我。

阿婆把手向我一伸，说："那，老板，把我的订金还给我吧。"我笑着掏出十块钱递过去。谁知，阿婆接了，手却还伸着："不对，是二十。"

我瞪大了眼，提高了声音"你当时就是给了我十块啊！"没想到她也加大了嗓门："老板，我当时说了，我给了你订金，如果你没把纸箱卖给我，要赔二十！"

我当即倒吸一口凉气，没想到阿婆的商业意识竟如此先进，她是在向

我要违约金啊！我越想越火，莫名其妙地赔十块钱给一个阿婆，传出去恐怕会被人笑掉大牙。我心里一动：她这么久没来，昨天自己刚卖了纸箱，她今天就来了，难道他们是一伙的？

这么一想，我更不愿意赔她违约金了，突然灵光一闪，笑眯眯地问她"阿婆，我们说好是六毛钱一斤吧？"阿婆点头说是。

我追着问："现在你没变卦吧？还是收六毛吗？"她想都不想，说："是六毛，当然是六毛，我说话算话。"

我哈哈一笑"阿婆，我刚才是跟你开玩笑的，纸箱我还留着呢，一个没少，就放在楼下的杂物房里。可今天钥匙被老婆拿去了，这样吧，你明天再来，我保证不让你白跑，怎么样？"

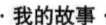

阿婆怔了一下，说："好，好，那明天我再来，订金你还是拿回去吧。"说着，又把钱还给了我。

等阿婆一走，我飞快地出了门，走了两条街，发现了一个废品收购站，老板是个中年男人。我看了看他店里堆积如山的废纸箱，乐了："老板，纸箱什么价？"

老板说"现在不值钱了，三毛一斤。"我对他说，有个亲戚要些废纸箱搬家用，能不能卖给我一百斤，每斤给四毛钱。

老板当然不晓得我的计谋，明摆着送上门的赚头，哪有不乐意的？当即就称了一百斤给我。然后，请人搬进了我的杂物间里。一切搞掂，我拍拍手忍不住笑出来，一转手就能赚二十块，尽管这点钱不值得高兴，可那个阿婆一买进一卖出，她就得亏三十块，谁叫她不识好歹呢！

晚上，我得意地把自己的计谋告诉妻子，满以为她会夸我聪明。谁知她却白我一眼"你这人，平时见你还挺有爱心的，你就当被街上的假乞丐骗了十块钱算了，跟一个老太太较什么真啊！"

我仍然沉浸在自己的小计谋之中，沾沾自喜地说："这不同，她是做生意的。"

第二天，阿婆果然来了，拉着一辆小三轮车。我把杂物间一打开，她探头看了看："哎哟，这么多！"

我心里偷笑，嘴上说是呀，一个也没卖过，都留着呢。

阿婆没再说啥，拿起秤就称起来。一小捆一小捆地称了半天，不用说，重量恰好是一百斤。阿婆说："老板，我身上没有这么多钱，你跟我去拿钱吧。"

我考虑了一下，还真怕她不回来了，就点头同意了。她在前面拉，我在后面帮她推，走着走着，我一看有点不妙，原来她送货的收购站正是我昨天去的那个。

可事到如今，我只有硬着头皮跟了过去。快到门口时，阿婆停下，回头交代我："你先别说话，不管我卖多少钱，都按六毛的价结账给你，不会少你一分钱的。"

我说行啊，心想：我不信你能卖出高价来。

收购站的老板显然也一眼把我认出来了，十分惊讶。我笑着冲他点点头，打了个眼色。

全部过了秤，老板大声说"正好一百斤，阿婆，你这次多少钱收的啊？"阿婆说："两毛。"

老板说"不是吧？阿婆，你没跟我说实话。"阿婆嗫嚅着说"两毛，真是两毛。"

老板摇摇头，说："阿婆，你瞒不了我。这批货肯定是你以前订的吧？"说着，老板向我看过来，嘲讽地说，"这个小伙子昨天刚到我这里买了一百斤纸箱，四毛钱买的，大概就是卖给你了吧？"

我一听，脑袋嗡的一下，真恨不得在地上找条缝钻进去。

阿婆吃惊地瞪着我，接着叹口气说："不管怎么样，我们说好的，我给了他订金，如果他没有纸箱卖给我，就得还我双倍。"

老板问我多少钱卖的。我还没回答，阿婆就抢着说："老板，你就按三毛钱收行了。我知道，你这段时间亏大了。"

老板没理会阿婆，冲我大喝一声："你到底多少钱卖的？"我喃喃地说了句："六毛……"

老板刷地拉开肚皮上的大钱包就开始数钱。阿婆拉着他的手说："算三毛好了，算三毛吧。"

老板把她的手拉开，大声说："我们说好的，你多少钱收的货，我加两毛收进，怎么能说话不算话！按八毛算！"

阿婆这才不再说什么，干瘪的眼窝里却有点湿润起来，她接过老板递来的八十块钱，数了五十块给我。然后拉起车，转身走出几步，举起一只手擦眼睛。

我呆呆地拿着五十块钱，老板拍了一下我，说："小伙子，你不该呀！阿婆多少岁了？要不是她一个人供孙女上学，她能干这种活吗？"

我羞愧无言，没想到最后赚的这钱却是这位老板的。我抽出二十块，想还给老板。可他却把我的手一挡："别！这是你该赚的。"又拍了我一下说，"你很有商业头脑！"

回去的路上，我差点要哭出来了：自以为很有商业头脑，没想到却赚了一笔无法弥补的黑心钱，注定要让我愧疚一辈子了……

（题图、插图：安玉民 梁 丽）

（本栏目欢迎来稿。来稿可从邮局寄发，也可从网上传递。如为电子邮件，请发以下信箱：zhong98305@sina.com)

福尔摩伍的问题
寻找容器

一家酒吧发生了一起谋杀案。探长简单地向福尔摩伍介绍了一下当时的情况。

乔治和两个朋友正在喝酒,酒吧里突然停电了,店里一片漆黑。两三分钟后,侍者端来了蜡烛,三个人继续喝酒,不一会儿,乔治就一头扑倒在桌子上,断了气。警察在乔治的酒杯里发现了一种液体毒药。

福尔摩伍问"这里还有其他客人吗?"

探长回答:"没有,当时只有这三个人。那两个朋友嫌疑很大,但在他们的随身物品中,我们没能找到可以盛液体毒药的容器。"

"能告诉我,他们身上带着什么吗?"

探长把一张物品清单递给福尔摩伍,上面写着两个人的随身物品。

杰克的物品:烟、火柴、手表、感冒药、手机、现金若干。

汤姆的物品:手表、手帕、口香糖、笔记本、钢笔、现金若干。

福尔摩伍思考了一下,指着其中一个人说:这个人有很大嫌疑。

你知道福尔摩伍指的是谁吗?那个可以装液体毒药的东西又是什么呢?

(推荐者:木 木)

超级视觉 心的余像

准备一张白纸。先盯着心形中心的黑点不动,坚持30秒以上,然后迅速将目光移向这张白纸。你将会看到一颗美丽的心。

世界500强面试题

拍卖出价

汤姆和吉米都十分喜欢玩电子游戏,一天他们各自出了100美元,合买了一部游戏机,准备轮流玩。可是没过两天,他们都对这个游戏机上瘾了,都想自己一个人拥有它。于是他们商量用拍卖的方法来决定它的归属。拍卖的规则是:以一美元为单位,两人各自把自己的拍卖价格写在一张纸上,然后一起打开。哪方写的价格高,他就获得这部游戏机,同时把对方所写的价格作为补偿付给对方。

汤姆虽然很想在拍卖中胜出,但他更不想自己吃亏。请问:他究竟该如何出价呢? **(推荐者:紫藤花)**

答案

福尔摩伍的问题

是汤姆。因为汤姆身边带着笔记本和钢笔,身上可以将毒药藏在一根墨管里,然后放入杯中,这样就不会留下容器了。

世界500强面试题

汤姆应出价101美元。如汤姆身边所带现金为100美元,如汤姆为得到这100美元,汤姆将再付给吉米200美元,汤姆则会亏本,一点也不划算。如汤姆出价低于100美元,如出99美元,如吉米也出99美元,当两者相同时则重新竞拍。如汤姆出价101美元,因拍卖前汤姆和吉米各出了100美元买游戏机,所以这笔买卖对于汤姆其实只亏本了1美元,汤姆最想要游戏机的同时又不吃亏。当双方出价相等时,汤姆出101美元,则对方获得游戏机,(为此吉米需要付101美元给汤姆)那汤姆就赚回花销了。

每一户人家，都有一盏灯；每一盏灯背后，都有一个动人的故事……

爱是不灭的灯

□ 宾 炜

无奈的断电

要说这人倒起霉来，连喝水都会塞牙缝。这不，在老城区有个叫老海的男人，最近是霉事一桩接一桩，先是老婆把家当席卷一空跟别人跑了，接着被金融危机一浪冲下岗来，屁股还挂着几笔债。还好，居委会给他定了个低保，这点钱除了吃饭、送女儿读书，还要还债，日子过得可难了。可老海这人硬气，轻易不肯接受别人的帮助，他情愿每天跑到街上找些苦活累活干，挣个十块八块的。

这天吃完晚饭，老海马上收走碗筷，腾出家里唯一的桌子给女儿贝贝做作业。贝贝刚把作业本摆到桌上，突然眼前一黑，原来是电灯灭了。

老海把头凑到小窗口，往外瞧了瞧，发现邻居家都亮着灯，唯独自个儿家不亮。老海一直担心的事终于来了，上个月的电费他还欠着没钱交呢，现在第二个月的电费单又来了，收电费的电工已经催过他了，拖满两个月不交，就要断电了，看来今天期限到了。

好在贝贝很懂事，一点也不慌张，在黑暗中小声问道："爸爸，还有蜡烛吗？"

老海赶紧说："你别动，爸爸找找看。"他猫着腰在屋里摸了半天，却连个蜡烛头也没找到，只好叹了口气说，"今晚别写了吧，明天早上抓紧时间再写吧。"贝贝嗯了一声，但听得出来不大情愿。

在黑咕隆咚的屋子里默默坐了一会儿，老海觉得心像被堵住了一样，越来越难受。于是他站起来，摸索着往外走，出了门口，回头交代贝贝说："你先睡觉吧，我出去走走。"

老海一个人在外面毫无头绪地走着，走出去很远，然后又折回头。快到巷子口时，他忽然看见那儿的路灯下，有个小女孩正趴在一张小凳子上，侧着半边小脸蛋，专心致志地写着什么。他加快脚步走近了一些，看

清楚了，果然是自己的女儿贝贝。老海愣了一下，快步走了过去："贝贝！"

贝贝抬起头一笑"爸爸你看，这里有电灯，比家里还亮，我以后就在这里写作业。"

老海鼻子一酸，眼里滚动着泪水，差点就掉下来。他强笑着点点头，看了看天，现在天气已经非常凉了，他担心女儿受冻，回家去摸了一件衣服出来，给女儿披上，自己的脑子里只有一个念头：再也不能让女儿在路灯下写作业了，我就是拼命，也要挣够钱交电费，让电灯亮起来。

这天之后，贝贝吃了晚饭，就习惯性地拿着小方凳走到巷子口，在路灯下做作业。这一写，就写了好几天。老海呢？虽然他天天拼命地找活干，但仍然凑不够那笔电费。

一天晚上，贝贝又出去写作业了，老海一个人在漆黑的屋子里，闷声不响地坐着。后来他觉得冷了，急忙起身给女儿找了件棉衣。

可走到巷子口，那盏熟悉的路灯下却没有女儿的身影。老海顿时慌了，贝贝会跑到哪条街去写呢？他焦急地沿着路灯一路找，走了很远，也没看见贝贝。

回到家门口时，老海发现屋里闪着烛光，惊喜地推开门一看，贝贝好端端地躺在床上。老海有点气了，问道："你刚才跑到哪儿去了？"

贝贝欣喜地说："我在张大爷家写作业呢！"老海怔了怔："你怎么跑到张大爷家去了？"

贝贝说："张大爷可好呢，他看到我在路灯下写作业，就叫我以后都到他家里去写呢。"

老海点了点头。他知道邻居张大爷是个孤寡老人，大概有八十多岁了，靠低保生活，平时很少跟人交往，而且十分节约，连灯都不大舍得开。

善良的老人

第二天晚上，老海就叫贝贝不要再去张大爷家了。他跟女儿解释说，张大爷家太小了，如果在他家写作业，肯定会给张大爷带来麻烦，影响他休息，张大爷身体本来就有病。

贝贝懂事地点点头，想了想，说"那我还去街上写。"老海说："爸爸陪你写！"走到街上，老海坐在贝贝的左侧，尽量把身体撑大一些，给贝贝挡着风。

写了一会儿，从后面传过来一阵咳嗽声。回头一看，张大爷咚咚咚地敲着拐杖，躬着身子一路咳嗽着走了出来。张大爷看见他们父女俩，叹了口气，说："孩子，你怎么不去我家写呀？"

贝贝迟疑地说："我爸爸……"老海低声说道："张大爷，谢谢您的好意，我不能让孩子影响您休息。"

"唉，这么冷的天……"张大爷又走近了几步，说，"太让孩子遭罪了，你这个爸爸能忍心啊？"

老海没有搭腔，把头压得更低了。张大爷喘了几口气，叫贝贝跟他走。贝贝瞧了一眼爸爸，没动。

张大爷就没再说话了，他重重地叹了口气，摇着头，又一路咳着，缓慢地走了回去。

老海羞愧难当，恨不得把脑袋塞到地底下。他知道，张大爷一定是看穿了他的心事。他不让贝贝去张大爷家，最主要的还是想给自己留点自尊。连孩子做作业，都要靠一个八十多岁老人的施舍借光，他这个父亲实在是太窝囊了。

又过了几天，老海手头终于宽裕了些，马上就去把拖欠的两个月电费补清了。当天晚上，家里重新又变得亮堂堂的，贝贝高兴得又蹦又跳。

很快，新的电费单又来了，老海还是先欠着，毕竟吃饱肚子比什么都重要。同时，第二个月的电费单，也在一天天临近了，他暗暗发起愁来。

这天傍晚，老海从外面回来，看见张大爷一个人孤单地坐在巷子口。见到他，张大爷向他招招手，用微弱苍老的声音喊他的名字。

老海急忙走过去，俯下身问："大爷，回屋去吧，您在这儿等谁呀？"

张大爷说不出话，激烈地咳嗽了一阵，用他那只枯瘦的手紧紧抓住老

海，往自己身上拉。老海把耳朵凑到他嘴边，听到他喉咙里发出一阵嘶哑的声音，好半天才说出一句完整的话："不要怕……电灯总会亮的……"

老海苦笑着摇摇头，说："我不怕，电灯还亮着呢，日子也会好起来的。"张大爷松开手，张着嘴巴，又发出一阵痛苦的咳嗽声。老海赶紧把张大爷送回了家。

第二天一早，老海临出门时，放心不下张大爷，就过去看了看。这一

看才发现，张大爷已经去世了。张大爷没有亲人，老海帮着办了后事。忙了两天后，老海掐指一算，不由心头发慌，断电前的最后期限已经迫在眉睫了。

不灭的明灯

这天早上，老海醒来后，第一个动作就是拉电灯开关。还好，还有电。可出了门一抬头，却见电工踩在一架竹梯上，正在打开墙上的电表箱。老海明白还是躲不过了，只能低下头匆匆走了。

老海仍旧在外忙了一天，今天他只挣了十三块钱，加上全部的钱，就算不吃不喝也不够补清电费。回家的路上，老海走得很慢，一边走，一边胡思乱想：家里现在应该黑乎乎的，我这个爸爸当得太不像样了，怎么还有脸面对女儿呢？干脆死了算了吧。犹豫了半天，他决定回到家再看一眼。不知为什么，他心里始终有个幻想，也许电灯还亮着呢。他对自己说倘若灯还亮着，那我就多活一天；倘若灯灭了，那就立刻掉头找个干脆的死法。

回到巷子口，老海怀着最后一丝希望仰起脖子，拼命往家的方向看。突然，他看到自家的那间小屋竟然还透着电灯的亮光。老海惊呆了，使劲揉了揉眼睛，没错，确实就是自己家。可他记得清清楚楚，电工在白天就把电

断了呀？不管如何，灯总算亮了，老海长长地吐出一口气，朝家里走去。

第二天，老海还是回得很晚。他一路上念叨着：电灯还亮吗？电灯还亮吗？回到家门口一瞧，电灯仍然亮着。他想：那我又多赚了一天。

第三天，灯还亮着……电灯一晚接一晚地亮着，一直亮了下去。老海每晚对着电灯，简直不敢相信。而且，电工再也没有来催他补交电费了，甚至连电费单都没有给他送来。

老海对那个电工充满了感激之情，觉得一定是他在帮忙。于是，老海每天都在提醒自己，等凑够了钱，一定把钱补上，不能让好人吃亏。

有一天，老海收到居委会的通知，有关部门了解了他家的情况，给他安排了一份长期的工作，每个月能挣八百块。领到第一个月工资的当晚，老海买了鱼和肉，煮好了摆上桌，父女俩正要好好地大吃一顿，没想到刚拿起筷子，眼前一暗，没电了。他把头往窗外一看，外面一片漆黑，看来是全区停电。

老海一拍脑袋，自己的电费也该交了，欠得太久啦。

第二天一早，老海揣上钱就往电业公司跑，找到了那个电工，问他："师傅，我到底欠了多少钱电费？这些够了吗？"

电工很意外，愣了一下："没有呀，你没欠电费。"可老海记得，应该

欠了三四个月了。他握着电工的手说："这几个月，你都没有给我送电费单，可我家的灯还亮着，我知道，一定是你在帮助我，真的太感谢了！"

电工的脸红了，尴尬地想了想，说："你不用谢我，真的。你要谢，就谢那位姓张的大爷吧！"

"他？"老海惊讶地说，"张大爷已经去世了呀！"

电工显得很不好意思："当时我已经给你断电了，后来张大爷把我叫去，让我接回去，并马上补清了你的电费。他去世前几天，还把所有的钱都拿去给你预交电费了。"

老海惊讶地"啊"了一声，眼前出现了张大爷去世前那晚的情景：张大爷一个人坐在巷子口，原来是在等他，然后又很认真地跟他说了一句奇怪的话。没想到，张大爷居然把所有的钱都拿去给他预交了电费，而自己第二天就去世了。

电工说："你户头上的钱还多着呢，这几年恐怕都用不完。倒是张大爷，他家最后那个月的电费还没交，公司已经把他家的电给断了。"

老海眼里滚动着泪水，他马上补交了张大爷欠的电费，说："以后我会按时交清电费的，请你把张大爷家的电线接上，我想让张大爷家的灯永远都能亮着！"

（题图、插图：魏忠善）

□魏炜

难调解的
纠纷

高明是福星里社区的责任民警。这天傍晚，他正准备回所，忽然接到程姐打来的电话，电话里，程姐急切地说："兄弟，你快来……快来给我做主呀！我在三街口等你！"高明知道程姐一定是遇到了难处，赶紧往三街口赶去。

这个程姐，住在高明以前负责的一个老社区里，是个外来打工者，人很老实，家里条件很差。高明为人热心，常把家里半成新的衣服送给她，时间久了，程姐张口闭口就叫他"兄弟"，碰上什么麻烦事也总找他。

高明赶到三街口，看到程姐正站在街边，忙跑过去问她："程姐，怎么啦？"

程姐撩起裤脚管给他看，只见她小腿上有两个牙印儿，还渗出血来了，高明忙问她怎么回事。程姐指着旁边的一户人家，怯生生地说，刚才，她提着一袋熟食走过那家门口时，那家的大狗上来抢熟食吃，还把她给咬了，她去理论，那家人蛮不讲理，不肯承认，她只好等高明过来帮她讨个说法。

高明来到那户人家门前，见是一座深宅大院，他最近才开始负责这片社区，也不认得这家的主人。他敲了一阵子门，才有一个打扮妖艳的女人来开了门，笑嘻嘻地问："警察同志，找我有事吗？"高明说："你家的狗把人家给咬了，咱得解决这事儿。"说话间，旁边有条凶狠的大狼狗"汪汪"地叫着，还作势要往上扑，拽得拴着它的铁链子哗啦哗啦直响。

妖艳女人赶紧拽住了铁链子，喝住了狗，脸色一变，撒泼说："我家的狗一直拴着呢，哪会跑出去咬人？谁看到了？"高明灵机一动，凑近女人，小声说："别犯傻了。现在都什么年头了？一做DNA检测就全出来了。你要是不承认，咱就得带着你家的狗去做鉴定。要是DNA证实是你家的狗咬了她，那几千块钱的鉴定费可要由你出啊。"

妖艳女人一听这个，顿时就蔫了脑袋。她家的狗平常拴在院子里，有时候也会跑出去转一圈，刚才她确实看到大狗跑出去了，也听到了一声女人的呼叫，她赶忙把狗喊了回来，又给拴上了。现在人家找上门来了，她只好默认了自家狗咬人的事，也愿意赔偿程姐的损失费。高明一看她这态度，就知道好解决了，转身来找程姐谈赔偿。

程姐一听说妖艳女人愿意赔她钱了，突然有点紧张起来，悄声问高明："兄弟，以往你处理这样的事，大概要赔多少钱？"高明告诉她，打防疫针大约要花三百多块，再加上点误工费和营养费，六七百块也就差不多了。

谁知，程姐一听，拼命地摇头说："六七百块钱？太……太少了！她家那条大狗扑过来，把我吓坏了……她家这么有钱，得多赔点……"高明一愣，觉得程姐今天有点怪怪的，他耐着性子问："那你想要多少？"

程姐支支吾吾地说："四……四千块！"高明一听，惊得瞪大了眼：

"你说、你说多少？"程姐深吸了口气，坚决地说："四千块，一分都不能少！"

妖艳女人一听程姐说要四千块，立马就跳了起来："四千块？你穷疯了吧？告诉你啊，我顶多赔你五百块，多一分都不给！"

高明把程姐拉到一边，小声说："你要的实在太多了，我没办法调解呀。你不如降低一点，给我一个调解的空间，我也好做工作呀。"

程姐急得直跺脚，恳求道："兄弟，你听我的，这个价，就是不能降。你只管调解好了。"高明生气地说："你不降，她不赔，怎么调解呀？我不管了！你们还是到法院去打官司吧！"

程姐着急地拉住了高明的胳膊，说："兄弟，你不能没调解就走啊，要是……要是你就这么走了，我……我就去你们领导那里举报。"高明没想到程姐今天突然变得这么蛮不讲理，还拿出这么一招杀手锏，他只好强压怒火，再去找妖艳女人做工作。但妖艳女人也打定了主意，一分不多给。两边就这么僵持着。

这时，从远处跑过来一个男人，说是程姐的丈夫，叫三牛。他撩起程姐的裤脚管看了看，从鼻子里"哼"了一声，埋怨道："咱贱骨头贱命的，还要哪门子精神损失费呀？赔咱打针钱就行了。"说着，他凑到程姐耳

朵边上，低低地说了几句什么，程姐就不说话了，只是偷眼看了看高明，就深深地埋下头去。

三牛对高明说："我们只有两点要求：第一，让她家赔偿我们打狂犬疫苗的钱；第二，她家的狗没有办证，你们应该把她家的狗给没收了。"

高明一问妖艳女人，那狗果然没办证，按照规定，是要暂时没收的，等到办下证来再还给她。妖艳女人看眼

下的条件是最低的，也就答应了。高明赶紧跟所里联系，让所里派辆车来拉狗。妖艳女人先赔了程姐打针钱，又把大狗拉到了警车上，然后跑回屋里，拿了许多狗粮，要跟着高明一起去派出所。她说，她家的狗经过专门的训练，只吃她喂的狗粮，长时间不喂会饿死的，因此一定要跟着去照顾狗，等第二天再去办证。高明劝不了她，只好让她跟着自己一起回派出所。

到了派出所，高明把狗拉进笼子里，那妖艳女人抓起一把狗粮开始喂狗，高明瞧了一眼，突然打了个激灵，连忙问女人："你刚才说，这狗只吃你喂的狗粮？"女人点了点头。高明一拍脑袋，他突然想起，程姐说是大狗抢她手里的熟食才咬她的。可人家的狗根本就不吃生人的食物，怎么会咬她？难道她腿上的伤是假的？难道这次程姐是专门找人家讹诈的？他气坏了。

高明立马赶到了程姐的住处，但家里没人。这时，他的手机忽然响起了短信提示音。他打开一看，竟然是程姐发给他的短信，只有短短的三个字：看家狗。他心里"咯噔"一下，马上调转车头，直扑妖艳女人家，同时赶紧呼叫同事过去支援。

当高明他们赶到妖艳女人家时，只见几条黑影正要从她家里出来。高明他们马上围了过去，来了个瓮中捉

鳖，把几个贼全都抓住了，这当中有程姐和她的老公三牛。

三牛他们眼见被抓了个人赃俱获，只好交代了他们精心策划的这起盗窃案。妖艳女人家很有钱，他们一直想到她家偷上一笔，但首先得除去她家这条大狗。一开始，他们想用掺了毒药的肉喂狗，可这狗经过了特殊训练，只是闻了闻，根本就不吃。后来他们打听到这狗没办证，就想了个馊主意，先在程姐的小腿上做了个被狗咬伤的假伤口，等到女人家的狗一出来，就假装被它咬了，赶紧报警，请民警来处理，再举报她家无证养狗，民警就会把她家的狗带回派出所。看到大狗和妖艳女人都被带走了，他们就急吼吼地来盗窃了。

高明听完，想了想，把程姐拉到一边，问："程姐，那会儿你坚持要四千块，让我调解不成，就是为了让我留在那儿，让你丈夫无法作案吧？"程姐点了点头。高明又说："你给我发

短信，也是想提醒我吧？"程姐又点了点头。高明不禁高兴起来："我把这些都给你记上，这是你的立功表现啊，可以得到宽大处理。"

程姐一听，连忙说："兄弟呀，我求你了，千万别把这事儿说出去。要是让三牛知道了，我们就没得过了。我不能离婚，不能离开孩子呀。"高明顿时理解了程姐的苦衷，她还要跟三牛过日子，才不敢直接举报三牛他们的罪行，甚至还得跟着他们一起去偷。但有一点，高明还是想不明白，他问道："既然你怕三牛知道，为什么还要提醒我呢？"

程姐低着头，小声说："那一片归你管，要是出了案子，你就得负责。案子要是破不了，人家就会瞧不起你，你哪还抬得起头来？你之前帮过我那么多，我是你姐，你是我弟弟，当姐的哪能让弟弟那么受罪呀？"

（题图、插图：魏忠善）

坐坐｜麻烦你

□ 张洪瑜

大牛这人一向不拘小节，大大咧咧惯了，到城里当了送水工，毛病还是没改掉。他给一些客户送上三五回水，就能跟人家称兄道弟起来，送水去时经常得到抽烟喝水的待遇，有时甚至还能蹭顿饭。

这天，大牛送水到一个年轻女人家里。之前，大牛已经给她送过几回水了，从来没碰见过她老公在家。大牛跟女人聊过几句，知道她叫杨惠，在一个局里上班。

大牛利索地把水桶装到热水器上，热心地问道："妹子，你爱人又不在家呀？有什么重活需要帮忙的，尽管说，别客气啊。"

杨惠说："谢谢了，现在没有什么活。"大牛抹了把汗，感觉嗓子有点干，就说："哎呀，妹子，给口水喝行不行？"

杨惠怔了一下，就给大牛倒了杯刚烧开的水。大牛端着滚烫的水，一边慢慢地喝着，一边饶有兴趣地打量着屋子。忽然他眼前一亮，看到客厅电视里正在播放足球比赛，就走过去看了起来。

杨惠张了几次口，还是说道："大哥，你还不送水去呀，人家都等急了。"

大牛摆摆手，说不急不急，这是今天最后一桶水了。说完，他干脆一屁股坐到了沙发上，津津有味地盯着电视。接着，他烟瘾上来了，一摸口袋，糟糕，只剩一个空烟盒了。他的眼睛不由自主地四处一扫，嘿，一旁的茶几上就摆着一盒烟。他抬头问杨惠："哎，妹子，我抽根烟行不行？"

杨惠慢吞吞地说："你抽吧。"

大牛不客气地拿过烟，一看还没开封呢，噗的一下撕开封条，抽出一根美滋滋地点着。刚好，这时比赛进了一个球，大牛兴奋地一挥手，喊了一声好球。只见那烟灰溅到了漂亮的沙发上，他忙伸手抹了几把。

杨惠皱着眉头，在他面前摆了一个烟灰缸，说："大哥……你咋这么有空呀？"

大牛一点儿没注意人家脸上的变化，兴高采烈地直点头："今天的事儿算完了，嘿嘿，我就爱看足球！你做你的饭吧，不用管我！"看他说的话，似乎把这里当成亲戚家了。

没多大工夫，那盒烟就空了一大半，烟灰缸里乱七八糟塞满了烟头，客厅里烟雾弥漫，都快看不清人影了。杨惠在厨房里出了进，进了出，最后她提高声音喊了一句："大哥，我要出去了！"

大牛扭头应了一声："哦！"一看人家拉开门站着看他，猛然才领悟到人家的意思。他不好意思地挠挠头皮站起来："嘿嘿，看起来都忘时间了，我走了啊，妹子。"两只脚刚迈出门，就听见背后砰的一声巨响。

两个星期后，大牛又送水去杨惠家。装好水桶，他感觉嗓子又渴了，正想开口讨杯水喝，一下想起了上次的事，就收了回去。他想：这个女人不好客，我也识趣点吧。抬腿正要走，杨惠却喊住他"大哥，喝口水再走吧。"说着，快手快脚地倒了杯水递过来。

大牛只好接过来，他想快点喝完走人，可那水烫得很，一不小心，被烫得直翻眼。

杨惠扑哧一声笑了："大哥，你急什么嘛，慢慢喝。来，在这儿坐一下吧，看看电视。"说完，指了指客厅里的沙发。

大牛一看，电视里还是在播足球比赛，两只脚就管不住似的走了过去。杨惠热情洋溢地招呼他坐下，然后转身拿来了一盒烟，摆上来一只烟灰缸。她还亲自拆开烟盒，给大牛敬上一支。

这下，大牛简直有点受宠若惊。他心里直纳闷：怪事！这个女人咋一下变得这么热情好客？可他一向随便惯了，只当人家一番好意，也就不客气地接受下来了。

不知过了多久，足球比赛完了，大牛站起来说："谢谢了，妹子，我该走了。"

杨惠却还热情地挽留他："再坐一会儿嘛，我很快就做好饭，干脆吃了饭再走吧。"大牛听得出来，对方说要留他并不是客气话，而是真心

·中国新传说·

的。他不想违背人家的好意，抓抓头皮，又坐了下来。

又坐了一阵，大牛忽然想起了什么，忙问："妹子，你爱人咋还不回来？"杨惠说："他呀，出差了，可能今晚回不来了。"

大牛一怔，接着感觉有点儿不妥了，人家老公不在家，自己和人家的老婆在家吃饭，算什么事嘛。虽然他平时随便惯了，可在男女这事上，他

还知道分寸。这么一想，他就赶紧掐灭烟头站起来："妹子，我还有事，真得走了。"

话音刚落，门啪嗒一下开了，一个男人走了进来。他显然在门外就听见了屋里的话，进门冷笑一声："急什么，明天再走不迟啊！"原来他就是杨惠的老公。

杨惠说："你回来了，怎么这么晚？我以为你明天才回来呢。"

"是啊，我应该明天才回来。"男人扫了一眼客厅，然后把目光停留在大牛脸上，"这回，被我撞上了吧，你还有什么话可说？"

杨惠急忙解释说："你看到的并不是你想的那样，这位大哥是给咱家送水的，他喜欢看足球，就看了一会儿。"

男人哼了一声："是吗？"

大牛看看他们的脸色，知道这下麻烦了，这个男人肯定误会他们有什么关系了。他忙掏出自己的证件说："对，对，兄弟呀，我只是个送水工，您看，我还有证件呢。"

男人看了看他的证件，又低头看看桌子上的烟灰缸、杯子和香烟。大牛脸一红，说："兄弟，我抽了您的烟，希望您别介意。"

男人望着他，只是嘿嘿冷笑。杨惠走过来，说道："这位大哥送水上来，累得满头大汗，我请人家喝杯水，这总应该吧？""应该。"

杨惠接着说:"水太烫,我总不能让人家站着喝,请他坐坐应该吧?""应该。"

"人家是抽烟的,你的烟又摆在这儿,我应不应该请人家抽根烟?"男人冷笑道:"应该,太应该了!"说完,愤愤地走进房间。

大牛一看这阵势,立刻就慌了,那个男人分明就是怀疑他啊。他心想:此地不宜久留,让他们两口子慢慢说,我还是走为上计吧。于是,急忙跟杨惠说了声,快步走了。

下了楼,大牛呼出一口大气:好在没和女人吃饭,要不然,真是比窦娥还冤哪!

半个月后,大牛又给杨惠家送水。来到门前,他想起上次的事,心里有点打鼓:不知道杨惠的老公还怀不怀疑,如果他也在家,那多尴尬啊。

大牛硬着头皮敲开门,迅速往里扫了一眼,还好,没见到杨惠的老公。他飞快地把水桶装好,转身就想跑。

没想到,杨惠却堵住他,笑眯眯地说:"大哥,喝杯水再走吧。"说着,就倒了杯水递过来。大牛吓一跳:又来这一套,你还敢对我这么热情啊?他望着杯子,犹豫着不敢接。

杨惠扑哧笑了,把杯子往他手里一塞,说:"大哥,喝杯水嘛,别客气。那边有烟,你看看电视吧。"

大牛慌忙一摇头:"不了,不了,我喝完水就走,等你爱人回来,只怕又有误会了。"杨惠含笑说:"别担心,这个误会早就消除了,说起来,我还真要感谢你呢。"

大牛一听,心里的一块石头落了地,不好意思地咧嘴笑了:"嘿嘿,我给你们添麻烦了,怎么说感谢我呢?"

杨惠一脸认真地说:"真的,我老公原来真的怀疑我有外遇,就是你证明了我的清白啊!"

原来,那天大牛第一次在杨惠家抽烟看球,拍拍屁股走人后,杨惠的老公后脚就进门了,一看家里乌烟瘴气的,当即就起了疑心,杨惠怎么解释,老公就是不信,两口子打起了冷战。老公又出差后,杨惠料准他还会搞突然袭击,灵机一动,把大牛喊来送水,然后热情地把他留下,老公跟想象中的"奸夫"见了面,知道他真是个送水工,心里的怀疑立刻消了一半。后来他请私家侦探跟踪大牛,结果证明他们根本就没事,最后好好跟杨惠赔了个不是。

大牛听完这番话,顿时目瞪口呆,原来这捅娄子的还是自己呀!他看看杨惠似笑非笑的表情,脸刷地红到了耳根:看来,自己这大大咧咧的毛病真得改了,有些规矩该守还是得守的,尤其是在城里,这回是闹了误会,下回说不准还得惹上官司哩!

(题图、插图:谭海彦)

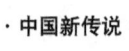

别逼我说话

□ 刘　超

这年头，嘴皮子厉害的人随处可见，可真要说得人人爱听，也得有两把刷子。这水鸟村有个老孙，特别爱说话，也特别会说，三张媒婆的嘴，也比不过他一张嘴。村里人都爱听他说话，那就两个字：过瘾。

这天，老孙到亲戚家喝喜酒，告辞时天都黑了，末班车早没了，他只好站在公路边想拦辆车搭搭。

刚好，后面来了辆大卡车，老孙往公路中间一扬手，车子放慢了下来，却没停。老孙拍着车门追，边追边喊："师傅！师傅！"

司机是个年轻的小伙子，他没好气地说："乱叫什么呀，你想干什么？"老孙嬉皮笑脸地说："师傅，是悟空我呀，您就捎徒儿一程吧，也好有个伴呀！"

司机一乐，果真把车停了。老孙眯着眼仔细一瞧，驾驶室里就一个司机，正好适合蹭车。他刚想拉车门，司机就说："哎，我还没同意呢，你想来硬的呀？"老孙一本正经地说："师傅，说个脑筋急转弯题考考你，你是开车的，前面突然出现一个人和一条狗，请问你是选择撞人呢，还是撞狗？"

小伙子一愣，接着哈哈大笑："太小儿科了，撞人撞狗都不对，我应该刹车！"

"什么？""刹车呀！"

26

"谢谢！"老孙一拉车门就跳了上去，面不改色地坐了下来。小伙子猛拍大腿，知道中计了，这一带的方言，"刹车"跟"上车"差不多。可看样子他一点儿也不恼，好像还挺开心地递了根烟过来："老叔你还真有趣，哎，喝酒了吧，喝了多少？"

老孙叹道："人在江湖走，哪能不喝酒。我酒量马马虎虎，半斤不当酒，一斤扶墙走，斤半墙走我不走。"

小伙子哈哈一笑，一边把车开动起来，一边扭头说，其实他正闷得慌，想多个人说说话聊聊天哩。

说话聊天，这还不是张口就来吗？老孙抽着好烟，心情舒畅，话匣子一打开就收不住了，小伙子听得津津有味，不时哈哈大笑。

老孙正说到兴头上，眼睛不经意地往前面看了看，猛地一拍大腿："哎呀，师傅快停车，水鸟村过了！"

小伙子稳稳地抓着方向盘，没一点停车的意思，说："过了就过了，干脆，我送你到前面白县吧。我这趟车就是到白县的，明天我再送你回来。"

老孙一听，也只能这么办了，说"得，那我就算免费到白县旅游一趟吧！"

天亮后，车才到了目的地，老孙在车上聊了一夜。小伙子在旅馆开了个房间，两人睡了一觉，起来后，又带他去饭店吃饭，然后就开车往回走了。

到了水鸟村，老孙下车时还真有点依依不舍，拍着胸膛对小伙子说："以后，你跑车到了咱们这儿，渴了就下来喝杯茶，困了就下来睡个觉，千万别客气。"

小伙子笑着直点头，还真让老孙给他留了个电话。

过了两天，老孙像往常一样，在村头小卖部吹牛聊天到了晚上十点多，送完最后一位听客离开，小卖部也关了门，这才起身回家准备睡觉。

刚进屋，电话响了，拿起来一听，居然是那个小伙子打来的，说他现在就在村外的公路上，问老孙能不能出去一下。

老孙放下电话，拔腿就往村外跑。到了公路边一瞧，小伙子的大卡车果然停在那儿。

小伙子见了他，开口就说："老孙，快上车，陪我到省城走一趟。"

老孙挠挠头皮，有点为难了："我到省城干什么？"小伙子说："你放心，我会送你回来的，还包你在省城吃住，另外，再给你一百块钱。"

老孙一听愣了，小伙子趁他发愣，一把将他拉上车，马上就开动了。老孙大惑不解地问小伙子，为什么不找个年轻漂亮的姑娘陪他，偏偏要找他这么一个老头子。

小伙子哈哈大笑"找个姑娘，那不是找麻烦吗？我找你陪，就是知道你特别能聊天啊！"他告诉老孙，这

·中国新传说·

辆车的老板舍不得花钱再请一位司机，可他一个人开车，累得很，有好几次差点睡着了，特别危险。那天他回去跟老板提了个建议，想聘请老孙当跟车陪聊员。老板同意了，走一趟车一百块，就是一路上陪司机聊天说话，看司机累了困了，就说点笑话讲个故事，保证不让司机睡着就行了。

老孙一听，笑得合不拢嘴，他情不自禁地摸着自己两片嘴唇，自言自语道："想不到，我这张嘴巴还能打工

赚钱。"

俗话说得好，拿人钱财，替人消灾。老孙知道这次可不比上次了，自己拿了钱，就得有责任聊天，有义务聊好天。于是他抖擞精神，使出浑身解数，一秒钟也不敢让自己的嘴巴闲着。

小伙子有了老孙这个好帮手，一路上始终保持着很好的精神，一点儿睡意也没有，顺利地把货送到目的地。

这之后，小伙子隔三岔五地就会打电话叫老孙上班。下班回来，老孙就把自己关在屋子里，要么睡觉，要么吃饭，为上班养精蓄锐，再也不像过去那样，每天晚上到村头去聊天了。他想，自己如今是靠嘴巴挣钱吃饭的人，哪能随随便便说聊就聊？这会儿聊痛快了，等会儿工作的时候聊不出来，那咋办？

这天晚上，老孙到村头小卖部买点东西，到了那儿一看，好家伙，坐满了人，好像在说什么新鲜事儿，正说得热闹呢。

老孙一看到这样的气氛，就迈不动步子了，站住了听。听了半晌，老孙感觉喉咙痒得不行，肚子里的话虫一个劲地往外钻。他真想放开喉咙好好聊个痛快，可他一想到，等会儿小伙子可能叫他上班，就只得拼命忍住。

后来感觉忍不住了，老孙干脆跑

28

回家躲着。正难受着，一个电话来了，果然又要上班了。老孙昏头昏脑地来到公路边，坐上了车。

小伙子说："老孙啊，我今天感觉有点困，你可得注意点，加把劲啊，别让我睡着。"

老孙一听，心里没来由地一紧，忙点头说是。

可没过多久，老孙就感觉不对劲了，刚才一肚子话差点憋破肚皮，可如今要派上用场了，却反而没什么说话的欲望了。他只得强打精神，东拉西扯地说着些不着边际的话。

听了一会儿，小伙子忽然说："老孙，你今晚怎么回事，说话一点儿都没劲。我快要睡着了，讲讲笑话吧。"

老孙忙说："好，好，讲个笑话。"闭着眼睛搜肠刮肚，好半天也想不起一个笑话来。最后想到一个，也说不利索，结结巴巴的，一点儿没趣。

也不知过了多久，老孙猛然感觉车子激烈地摇晃了几下，往前面一看，好家伙，车子打横停在路中央，车头差点撞上路边一块碑石上。老孙顿时吓了一大跳，小伙子肯定睡着了，自己竟然也打了个盹。

好在有惊无险，小伙子一边发动车重新上路，一边埋怨起来："你怎么睡着了呢？本来叫你防止我睡觉的，你倒好，自己先睡着了。"

老孙使劲掐了把大腿，让自己提起些精神来。车子开了没多远，只见

小伙子眼皮不停地打架，老孙慌了："师傅，你可千万别睡着呀！"

小伙子着急地说："说话呀，你说话呀！""好，好，我说，我说！"

可情急之下，老孙却不知说什么好，憋了好一阵，也找不到一句话说，他急得快要哭了。突然，他灵光一闪说："我给你唱山歌吧。"可没唱多久，他就觉得眼皮子撑不住了。

好不容易熬到目的地，老孙再也坚持不住了，一头歪倒在驾驶室里睡着了。

第二天回到水鸟村，老孙下车时对小伙子说："师傅，不好意思啊，我不干了。"

小伙子一怔："怎么，嫌钱少？"

老孙苦着脸直摇头："拿了钱，我就觉得说话特累，我情愿不赚这嘴巴的钱了，还是痛痛快快多说几年话吧！"

说罢，老孙只觉得全身轻松，径直就往村头小卖部走去。自己当货车陪聊员这事，非得好好说上七天七夜不可！

（题图、插图：谭海彦）

绿版编辑部各编辑邮箱：
夏一鸣 gshxym@163.com
邢 悦 simyyue@126.com
朱 虹 zhong98305@sina.com
杭 帆 hangfan1102@126.com

无痛失恋

□ 式 森

奥斯卡原本是个乡下的穷小子，可前不久，也不知是他哪辈子积来的德，竟然中了彩票的头奖，获得了一笔巨额奖金。有了钱，奥斯卡便搬到城里去住了，又是买房，又是买车，连身上的衣服也都换成了名牌货。

不久，好运再次降临到他头上。奥斯卡认识了一个名叫安娜的金发美女，并且很快就将她的芳心给俘虏了。可好景不长，就在奥斯卡爱得如痴如狂的时候，一天，安娜却突然和他提出分手，任凭奥斯卡怎样哀求她，也没能让她回心转意。

因为失恋，奥斯卡顿时陷入了极度的痛苦之中。他哪儿都不想去，整天把自己关在房间里，喝得烂醉如泥。

这天下午，奥斯卡又喝醉了，嘴里不停地喊着安娜的名字，越喊越痛苦，就从抽屉里找出一把手枪来，对准自己的脑袋。正想扣动扳机时，门铃骤然响了起来。

奥斯卡很不情愿地走过去开了门。门外站着一个推销员模样的男人，手里拎着一个黑皮包，冲他微笑点头道："您好，我叫梅森，是瑞德林医药公司的推销员。这是我的名片。"奥斯卡没有接名片，很不耐烦地说："对不起，我从不接待任何推销员。"

梅森微笑着说："可我是特意来帮您解除痛苦的。"奥斯卡一愣，问道："你怎么知道我痛苦？"

梅森说："我不仅知道您很痛苦，而且还从您的眼神里看出来，您刚失恋不久，对吗？"奥斯卡很惊讶，但还是很生气地说"这是我的隐私，与你无关。"

梅森摇摇头，神秘地说"不，恰恰相反，这正是我的工作。我马上就会让您大开眼界!"说着,就从皮包里掏出一小瓶药来,举到奥斯卡的面前说,"这是我们公司最近推出的一种新药,它的名字叫做'无痛失恋'。也就是说,任何一个失恋者只要服用这种药,就能立刻从痛苦中走出来,彻底恢复正常。"

奥斯卡好奇地看了看瓶子,皱着眉头说:"你不会是在骗我吧?"梅森口若悬河地说:"我当然不会骗您。您知道一个人失恋后,为什么会感到那么痛苦吗?其实,原因很简单,那就是您始终都忘不掉您所爱过的那个人。"

奥斯卡心想:没错,我现在脑海里塞满了安娜的样子,怎么赶也赶不走!梅森像看穿了奥斯卡心事似的,又接着解释道:"而我们所研制出来的这种药,恰恰就能帮助您,把她从您的记忆中彻底删除,而且今后哪怕你们再次碰面,您也肯定记不起她是谁了。"

奥斯卡越听越感兴趣:"真有这么神奇?"梅森大方地说:"为了证明我没说大话,我现在就可以免费提供一片'无痛失恋',让您试用一下。"

奥斯卡心想:试试也无妨。于是他把梅森请进了屋,然后半信半疑地吞下一片"无痛失恋"。片刻之后,奥斯卡突然惊喜地叫道:"太神奇了!我现在真的感到不那么痛苦了,心情好像也比刚才好了许多。不过,我还是忘不掉安娜。"

梅森点点头说:"这是因为药量不够的原因。如果您是第一次失恋,那您只需服用一个疗程的'无痛失恋',就能完全恢复正常了。不过,我们这种药生产成本极高,价格自然不菲,所以,一开始我们就把这种药的推销对象,锁定在像您这样的一些成功人士身上。"

一听这话,奥斯卡更开心了,他一向喜欢别人把他看成成功人士,于是得意地说:"钱不是问题,只要你们能治好我的相思病,花多少钱我都不在乎。"

很快,奥斯卡高高兴兴地买下药,又高高兴兴地送走了梅森。一个月后,他兴高采烈地打电话告诉梅森,他现在不仅从痛苦中走了出来,而且又认识了一个金发美女,两人正处在热恋当中。梅森听了,脸上露出一丝诡异的笑容。

然而,也许是应了乐极生悲那句老话,没过多久,奥斯卡又失恋了,而且这次失恋对他的打击更为猛烈,奥斯卡除了不停地喊那女人的名字外,还发疯似的揪扯自己的头发。他只好再次打电话给梅森,让梅森快点拿"无痛失恋"来救他。

梅森很快赶到了奥斯卡的住所。奥斯卡一见到他,就迫不及待地要买"无痛失恋"。

梅森却不慌不忙地说道:"奥斯卡先生,因为您上次已经服用过这种

药，身体上已经具有某种程度的抗药性，所以，这次如果您还想服用'无痛失恋'，就必须加大剂量，才能完全达到消除痛苦的目的。"然后，他报出了药品的价格，是上次价格的整整五倍。

奥斯卡一听，虽然心疼，但没有办法，为了消除痛苦，他忍痛买下了那些比金子还要贵的"无痛失恋"。

然而，在接下来短短不到一年的时间里，奥斯卡跟走马灯似的，一连谈了七八个女朋友，可结果却无一例外地以失败而告终。一次次的失恋，除了把奥斯卡弄得痛苦不堪之外，还使他的钱包迅速瘪了下来。

一天，梅森又接到了奥斯卡的电

话，约他到某个地方见面。梅森找了半天，才在天桥底下的一个角落里见到了奥斯卡。奥斯卡挤在一群衣衫褴褛的流浪汉中间，梅森问他有什么事，奥斯卡抬起一张脏兮兮的脸，说："我约您来，是想告诉您，'无痛失恋'的确是一种神药，它让我又变成了一个穷光蛋！"梅森忍不住哈哈大笑起来，说："我却和你恰恰相反。"

离开奥斯卡后，梅森驾车回到自己的家中。这时，从厨房里走出来一个金发美女，笑吟吟地迎上前说："亲爱的，奥斯卡是不是又找你买'无痛失恋'？"

梅森冷笑道："不，他现在已经身无分文，哪还买得起'无痛失恋'？"

金发美女笑着说："可怜的奥斯卡，如果我们不说出来，他永远都不会想到，他所爱上的那些女人，其实都是由我一个人扮演的。梅森，你真的太了不起了，竟然能发明这么一种盖世的神药！"

梅森得意地说："这只是成功的开始。下一步我们要对付的目标，名叫比尔，专干偏门生意，钱多得花不光。不过，这次我们得调换一下角色，也就是说，由你来充当推销员，我负责去引诱他。"

金发美女愣了一下，问道："为什么呀，亲爱的？"梅森哈哈一笑，说："因为这家伙是个同性恋。"

（题图、插图：佐　夫）

风筝案

□ 邢东

风筝示警

太平公主是唐高宗和武则天最宠爱的女儿。一天，太平公主正和侍女们在皇宫里嬉戏，突然发现宫墙外的天空中，有一只奇怪的风筝：风筝上画的明明是一只燕子，但颜色却是红彤彤的，而且在空中一摆一摆的。

太平公主心里一惊，大叫道："不好，咱们得出宫一趟，我的小姐姐火燕遇到难事了！"于是，她赶紧带上自己的贴身侍卫雪玉出了皇宫，直奔放风筝的空地。

路上，太平公主告诉雪玉，这火燕是火家风筝店掌柜的女儿，曾跟着父亲到皇宫给她送过风筝，就这么跟她成了玩伴。太平公主曾对火燕说过，要是有人欺负她，就让她放个特

别的燕子风筝，自己一定会帮她出气。

说话间，两人来到了放风筝的空地上，果然看到一个十二三岁的小姑娘，正焦急地望着天空中的风筝。太平公主喊了声"火燕姐姐"，火燕一回头看见太平公主，就像见到了救星一样，跑过来紧紧握住太平公主的手，想说些什么，不料身子一歪，就倒在了太平公主的怀里。

太平公主和雪玉连忙把火燕搀到了附近的客栈，给她灌了些热姜水。不一会儿，火燕醒了过来，太平公主握着火燕的手，问："你这是怎么啦，你爹和你娘呢？"

一提到爹娘，火燕立刻泣不成声。她断断续续地说，昨天晚上她去了姥姥家，今天早晨回家，却发现爹

娘和伙计一夜之间都不见了。情急之下，才想起了和太平公主的约定。

太平公主一听，愣住了：一家与世无争的风筝艺人，会得罪谁呢？看看火燕的情绪渐渐稳定下来，太平公主就让火燕带她们去她家看看。

到了火家，打开大门一看，里面空无一人，不过看上去日常的东西都还在。太平公主四处看了看，说："院子里没有血迹，至少说明他们没有受到伤害，你们家丢什么贵重东西了吗？"

火燕摇了摇头，说"没有。不过，我们家所有做风筝的工具都不见了！"

太平公主仔细找了找，果然，做风筝的工具一件也没有了。她想了想，安慰火燕道："姐姐，别太担心，既然你的爹娘是带着伙计和扎风筝的工具离开的，那么很有可能是他们临时被人找去扎风筝了，说不定过几天就回来了。"

眼看天色渐渐暗了下来，现场再也看不出什么端倪，太平公主把火燕送回客栈，并约好明天一早再碰面，然后就和雪玉回宫了。

寻觅踪迹

第二天一大早，太平公主就带着雪玉来到了客栈，却发现火燕不见了。两人赶紧到客栈外转了转，突然发现街边的墙角上，画着一只小小的燕子，跟火燕风筝上的燕子一模一样，燕子头的方向，正指着街道的南面。太平公主顿时明白了，她和雪玉加快脚步，朝南走去。在拐角的地方，她们又发现了同样的记号，于是追了下去，一直追到城外的一处大宅院边，终于看到了满脸焦急的火燕。

看到太平公主来了，火燕脸上露出了惊喜，她告诉太平公主：今天一早，她在客栈门口看见几辆马车经过，上面装满了制作风筝的材料，这些材料上都带着城南竹木店的标记，而城南竹木店一向只给自己家供货。自己家出事之后，这家竹木店会给谁提供这么多材料呢？眼看马车朝着城外方向驶去，她赶紧留下记号，独自追了上去，一直追到了这所宅院边。

雪玉看了看宅院，说："公主，这是萧淑妃的堂弟萧慎的宅院。"太平公主心里一惊："萧淑妃？是被母后赐死的那个萧淑妃吗？"雪玉点了点头。

突然，从院里传来了说话声，雪玉飞身跃上墙外的一棵大树，朝院子里望去。院子里，几个人正在一群彪形大汉的监视下卸货，这几个人的衣服上分明写着"火记"两个大字，这不就是失踪了的火家人吗？

这时，从正厅里走出来一个相貌儒雅的中年人，正是萧慎，他指着地上的材料说道："接下来就看你们火家的手艺如何了，我要你们给我做两个独一无二的大风筝，十天以后的风筝会上，我萧家要凭这两个风筝一举夺魁！"

看到这里，雪玉从树上跃下，把里面的情形对太平公主她们讲了一遍，然后笑呵呵地对火燕说："小妹妹，别担心，过了十天以后的风筝会，你爹娘就会回来了。"

火燕气愤地说："为了拿个第一，就把我爹我娘抢走，这些人太霸道了！"

掌灯时分，太平公主和雪玉回到了皇宫，太平公主久久不能入睡。她早就听说过，陷害萧淑妃的人，正是自己的母后武则天，萧慎也因此家道中落，他怎么会对参加风筝赛会这么感兴趣？莫非里面另藏玄机？想到这里，她立即把雪玉喊来，一五一十地说出了自己的忧虑，两个人小声商量到半夜，这才休息。

赛会惊变

转眼间风筝赛会到了。整个长安城的风筝艺人全都亮出了自己的绝活，天空中五颜六色的风筝争奇斗艳。可当两只描龙绣凤的巨大风筝升上天空以后，其他风筝一下子黯然失色。这两只大风筝，分别绘着蟠龙腾云图和凤栖梧桐图，风筝上的"神皇万岁"、"圣母齐天"八个大字闪闪发光。更让人惊异的是，每只风筝上还分别带着一个汉子，汉子的腰间挂着一面鼓，正卖力地打着鼓。

谁也没见过风筝能把人带上天去，这两只风筝可谓出尽了风头。高宗皇帝和武则天坐在高台上，笑眯眯

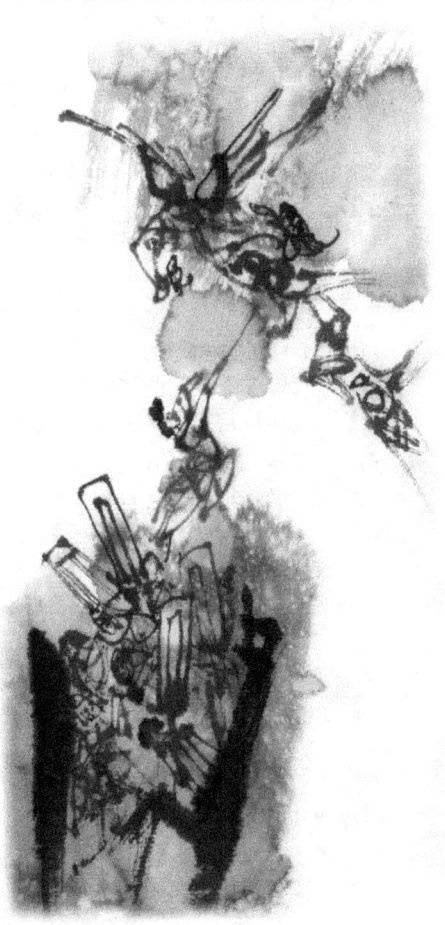

地看着天空，不断地叫好。

这时，只见那两只大风筝在大汉的控制下，竟然晃晃悠悠地朝高宗皇帝这边飞了过来，慢慢地，风筝的高度降低了。突然，两个汉子用双臂朝天空中一挥，无数色彩缤纷的牡丹花瓣从两个汉子的袖中飞落，将两个汉子罩在了花瓣雨中。大家看得如醉如痴，目光都集中到了纷纷扬扬落下的花瓣上。只有太平公主和雪玉一脸的平静，紧紧地盯着花瓣雨中的两只风筝。果然，风筝上的两个汉子突然用鼓槌戳破鼓皮，从里面掏出弓箭，迅速瞄准了高宗和武则天。

"父皇母后小心！"太平公主一声惊呼，可高宗和武则天根本没有听见，还在兴奋地朝天上挥着手，而两支箭已经朝两人呼啸而来。就在这千钧一发之际，突然一条白色的人影噌地蹿了过来，挡在了皇上皇后跟前，只听"当当"两声，两支箭应声落地，箭头被削断了。大家这才看清，替高宗和武则天挡箭的，是手提长剑的雪玉。

"护驾，赶快护驾！"太平公主又高喊了一声，这时御林军才明白出了刺客，立即把皇上皇后围在当中，同时，几十张弓对准了天空，箭像飞蝗一样朝风筝射去，风筝上的两个汉子一下成了刺猬。风筝也失去了控制，一头栽到了地上。

一直站在台下的萧慎见势不妙，转身想往人群里面扎，刚走两步，雪玉已经飞身挡在了他的面前，十几个御林军跟过去，押着萧慎来到了高台前。武则天一看是萧慎，心里立刻明白了，她一挥手，让御林军把萧慎押了下去，就地正法。

不一会儿，几十个御林军带着火家人从人群外走了进来。原来，太平公主早已安排好了人手，趁萧慎倾巢而出之际，把火家人救了出来。火燕看到了亲人，一下就扑了过去。趁着火家团圆的机会，太平公主这才向高宗说明了事情的原委，高宗听了，大为感动，吩咐好好奖赏火家，然后打发他们回去了。

几天之后，武则天突然下了命令，让御林军把火家满门抄斩，原因很简单：整个长安城只有火家会制作能够载人的超大风筝，将来要是被他人利用，借着他们做的风筝飞进皇宫，行刺皇上和皇后，岂不太危险了！

御林军连夜出宫，却扑了个空，原来风筝赛会结束后不久，火家人又神秘地失踪了，这次连制作风筝的工具都没有带走。御林军在火家找到了一面贡锦，上面画了一个大大的鸭梨，武则天看到贡锦，心里一下明白了：这是在告诉火家人赶紧"离"开长安啊，而这贡锦，自己只赏给过太平公主……

（题图、插图：黄全昌）

□ 杨军民

爱的味道

有座小城新开了一家汉堡店，名叫爱心汉堡店。据说汉堡店聘请了国外高级蛋糕师主厨，味道是全城最好的。

奇怪的是，爱心汉堡店有一个特别的规定：凡是父母陪孩子来吃汉堡的，汉堡店给父母每人赠送一个汉堡，但要求父母必须在店里吃完这个汉堡，不许带走，如果要带走，价钱照付，还要现场曝光。

大家对这个规定有很多猜测：有人说，也许这是店主的促销策略；也有人说，如果父母都和孩子一起去，

那老板岂不是要亏本？可猜测归猜测，爱心汉堡店的生意从一开始就很火爆。

这天，店里来了一位老师傅，领着自己上初中的儿子，他给儿子要了一个汉堡、一杯可乐和一袋薯条。根据店里的规定，服务员送给他一个汉堡，并叮嘱老师傅，要在店里把这个赠送的汉堡吃完，老师傅满口答应。

食品一端上桌，老师傅的儿子就狼吞虎咽地开始吃了。老师傅假装在自己的汉堡上咬了一口，同时用眼睛向四周看了一下，然后悄悄把汉堡装进了自己的大口袋里。

老师傅的这个动作自然没能逃过服务员的眼睛。几个服务员立即过来把老师傅围了起来："对不起，老师傅，您可能不知道我们店的规定，如果要把汉堡带回家，请补交费用！"

老师傅把汉堡拿了出来，尴尬地说："我吃不惯这个味道，想带回去给

我的小儿子吃！"

可服务员的语气还是很坚决："对不起，如果你打算带走，请付款！"

老师傅涨红着脸，尴尬地翻动着衣兜，他实在没带更多的钱。

"爸爸，你真丢人！"老师傅的儿子见状，生气地扔下自己手中的汉堡就想离开。这时候，有人拦住了他，大家一看，原来是汉堡店的老板。

老板挥了挥手，让服务员去忙别

的，然后和蔼地问老师傅："老师傅，你肯定有你的苦衷，能跟我说一说吗？"

老师傅不好意思地叹了口气说，他一个人靠烧锅炉拉扯两个孩子，日子过得很艰难，孩子们一直嚷着要吃汉堡，可那东西实在太贵，吃一次汉堡的费用是他两天的菜钱。后来他听说爱心汉堡店有这样一个规定，所以今天他领大儿子来吃汉堡，想把自己的一份留给小儿子。

老师傅沉默了一会儿，又说"对不起，我只是想让小儿子也尝一尝汉堡的味道，虽然家里很穷，但我不想让孩子的生活中缺了一种味道。"

听完老师傅的话，老板向老师傅深深地鞠了一躬，大家发现老板的眼睛居然湿润了，他抬高声音说："大家知道我为什么要定这么一条规定吗？"

老板讲了一个故事。

在这座小城刚有汉堡的那一年，有一个孩子正在上初中，很多同学去吃了汉堡后都在谈论，可这个孩子家庭很贫困，连汉堡店都没进去过，更别说吃了。可毕竟是孩子，越是得不到的东西，他就越期盼。

一天回家，孩子嗫嚅着说："爸爸，我要吃汉堡！"爸爸愣了一下，说："那东西挺贵的！"妈妈说："那是外国人的垃圾食品！"爸爸妈妈不假思索地拒绝了他的要求。孩子觉得很委屈，没说一句话，含着泪走进了自己的房间。

爸爸和妈妈对视了一眼，妈妈轻柔地说："还是带孩子去一次吧，咱们不能让孩子觉得自己比别人缺了什么！"

于是，爸爸走进孩子的房间，说"我们说好了，领你去吃汉堡。不过从下一次开始，你每次取得了好成绩，当上了三好学生，爸爸都领你去吃汉堡！我们把吃汉堡作为一种奖励好吗？"

孩子兴奋地连连点头。汉堡的味道真好，那种味道激励着他，不断取得好成绩。每次坐在雪亮幽雅的餐厅里，爸爸都会点上一支烟，很满足地看着他吃。有时候他会把汉堡举到爸爸鼻子跟前，说："爸爸，你也吃，可好吃了！"爸爸摇摇头，笑眯眯地说："刚有汉堡那会儿，爸爸贪吃，把胃吃伤了，一闻见这味就恶心！"

三年以后，爸爸被查出患有肝癌晚期，弥留之际，孩子和妈妈守在爸爸的病床前。突然，医院楼道中飘过一种熟悉的味道，原来是一个病人捧着热腾腾的汉堡从楼道走过，汉堡的味道在充满来苏尔水的楼道里显得特别刺鼻。

爸爸的眼帘动了一下，喉结蠕动着，妈妈把耳朵凑到爸爸的嘴巴跟前。

忽然，妈妈泪流满面："儿子，快去给你爸爸买个汉堡！"

原来爸爸说的话是："这汉堡到底是啥味道呢？"

孩子疯一般地跑出去，为爸爸买了一个最大的汉堡，爸爸却已闭上了眼睛。

从那时起，孩子就有了一个心愿：他以后要开一家最大的汉堡店，让普天下的父母都吃上汉堡。孩子大学毕业后挣了很多钱，也如愿开了这家汉堡店。孩子知道如果让父母把汉堡带回家，恐怕很多父母还是吃不上的，他们会把汉堡留给孩子或老人，更多的时候，父母其实是从孩子的表情里感受生活的味道的。所以，他才定了那个奇怪的规定。

最后，老板说那个孩子就是他。此时，汉堡店里一片沉寂。

老板动情地对老师傅说："老师傅，你就把这个汉堡吃下去吧，就当是代我的爸爸把它吃下去！你们心疼孩子，孩子也心疼你们呀！"

老师傅红着眼睛咬了一口，忽然有些惊诧地说："这东西很好吃呀，怪不得孩子们都爱吃！"老师傅淳朴的语言有些滑稽，可大家谁也没笑。

此时，汉堡店里飘荡着一股浓郁的味道，大家知道，那是爱的味道。

（题图、插图：谢 颖）

（本栏目欢迎来稿。来稿可从邮局寄发，也可从网上传递。如为电子邮件，请发以下信箱：zhong98305@sina.com）

炮声隆隆

□ 岑秋燕

人不能昧着良心做坏事，否则连一只爆米花炉也不会放过他……

老王是个做爆米花的，经常趁农闲进城去赚点外快。说起他做爆米花的家伙，那可是祖上传下来的老古董：那铁炉子就像个炮弹似的，开炉时声音也像在打炮一样，威力无穷，但爆出来的爆米花却是又香又甜，特别好吃。

这天，老王在城里找了个偏僻的地方，后面正好有个小学，再合适不过了。他刚生起炭火，拉起风箱，摊子前立刻就围了一群孩子。

不一会儿，只听"砰"的一声巨响，爆好了一炉，马上就被孩子们买走了。老王正忙得不亦乐乎，忽然有个男人挤了进来，皱着眉头大声呵斥："谁叫你来这里放炮的？这里是学校，不能在这儿卖，快搬走，快搬走！"

老王一看来人穿着气派，鼻子上挂一副金丝眼镜，心说可能是学校的老师来了，他回头往学校看看，其实教室离他的摊儿还远着哩。可这位老师却不由他分辩，要他立即离开学校的范围。

老王只好赔着笑脸说："好，好，不过，你看这一炉烧到一半了，不好熄火，让我先放了这一炮吧。"

男人生气地挥手说："不行，不行！你马上搬，立刻搬！"说完，居然亲自动手，把老王的东西往三轮车上扔。

老王一瞧没办法了，只好停手熄火，把铁炉子搬上他的破三轮车。往前骑了一阵，回头看看那家伙没跟来，他就停下，把东西又搬了下来。

可刚摆弄好铁炉子，那个男老师就发现了，他气喘吁吁地跑到老王跟前，一把逮住老王拉风箱的手，说："哎，你怎么回事，还不走，快走快走！"

老王嘿嘿笑着说："这儿离学校够远了。""不行，还不够远！至少两公里以外！马上走，要不然我就没收你的东西了！"

老王见他急成这样，又是跺脚，又是挥手的，火怎么也压不住了，瞪他一眼："你是警察呀？警察都不管，你凭什么管我？你试试动我的东西？"

男老师见他这么说，一时倒也不敢发作了，考虑了一下，从口袋里掏出钱包，摸出一百块递上来："师傅，给你一百块，麻烦你搬到别处去卖，行不行？"

老王顿时傻了，男老师把钱塞到他口袋里，也不等他反应过来，马上就动手搬他的东西。

老王乐了，自己辛辛苦苦干一天也赚不到一百块呢，不就是挪个窝，那有什么不行的？他马上快手快脚抬掇好家伙走了。男老师站在原地，

一直看着他的车骑得远远的，看不见了，这才放心地走了。

第二天老王进城时，想起昨天白赚了一百块，心说既然拿了人家的好处，还得自觉点，于是选了个离学校很远的地方开摊。

刚放了两炮，忽然来了个中年男人，长相穿着挺斯文。他买了点爆米花，津津有味地吃了几粒，蹲下来问老王："师傅，你的爆米花很好吃啊。可你这个位置不好，哎，我请你到我们那儿去卖吧，那儿的人都爱吃这玩意儿。"

老王一听正合心意，点头说行，装上家伙就跟着他走。中年男人在前面带路，走着走着，老王看看正是往那个学校去，赶紧叫住他："你说的那个地方在哪儿？"

中年男人一指前面"你看，那儿有个学校，一千多学生呢，保管你卖得快。"

老王连连摇头"不行哟，那儿不让卖呢。"接着就把昨天的事儿说了出来。男人听罢哈哈大笑"老师不让你卖，我让你卖！我就是这个学校的校长。"

老王一听，惊讶地瞪大了眼。男人掏出一个牌子给他看，老王瞧来瞧去，他还真是一个校长哩，姓陈。这下他不明白了，挠起了头皮："校长，你、你跟我开玩笑吧？"

陈校长认真地说："不不，我是说真的，请你到这里来给孩子们做爆米花，还有呢，我喜欢听那一声巨响。"说着，嘿嘿直笑。

老王见他也不像说假话，心里乐坏了。来到学校外，陈校长热心地帮老王把东西搬下来，还亲自帮他选定了一个位置，这儿离教室有一段距离，后面还有一幢新楼隔着，放炮也

不会影响到学生上课。

不一会儿，老王就放了几炮，而且卖得特别快，一出炉就被孩子们买光了。他正忙乎着，突然耳边响起了一个熟悉的声音："爆米花的，你怎么又来了？"

老王一抬头，原来是昨天那位男老师。他怒气冲冲地挤了进来，一把就扯住了老王的手："你是不是尝到甜头了，又想来要钱？"没等老王回答，他就掏出钱包摸出几张百元大票，"算我怕了你了，给你三百块，以后都不许来这儿卖！"

老王瞅着他的钱，迟疑着没接，结结巴巴地说："是、是陈校长请我来的呀！"

"什么？校长？"男老师脸色一变，"真的是陈校长叫你来的？"

老王说是啊，这时陈校长大步从学校里走出来，大声笑道："对对，是我请他来的。"

老王忙说："陈校长，你来得正好，这位老师还是不同意我在这儿卖呀！"陈校长呵呵一笑："师傅，你误会了，这位不是学校的老师，他是建筑公司的李老板啊。"

那男人尴尬地笑笑，把钱收了回去，这意思就是默认了。老王瞧瞧这个，瞧瞧那个，什么意思啊？他扭头问陈校长："那……我还要不要在这里卖啊？"

陈校长一拍手说："卖啊，这里的

地盘是我的,我说了算。"老王兴奋地应一声,手下把风箱拉得更快了,一看那个李老板,却见他正在冲自己挤眉弄眼,衣服下悄悄地伸出五根手指头,朝他直晃。

老王一愣,接着有点儿明白了,这家伙是想给他五百块,让他走人呢。他一扭脑袋,心说不干,陈校长人这么好,这么照顾自己,以后生意还长着哩。

李老板见老王不睬他,满脸焦急,一边心不在焉地和陈校长说着话,一边直抹脸。忽然,他转身打了个电话,然后快步回来,把电话递给陈校长:"教育局黄局长找你。"

陈校长一怔,慢腾腾地接过电话放到耳边。那头的声音很大,连老王都听得清清楚楚:"陈校长吗?听说你亲自请人到学校门口卖爆米花,是吧?这也太荒唐了吧!里面上课,外面放炮,成何体统呀?你马上叫他离开,不得影响学校秩序……"陈校长哦哦哦地应着,不停地点头。

老王听着听着,停下了手,坏了,连局长都来赶他了。他仰起脸问:"陈校长,我还是到别处去卖吧。"

陈校长笑了笑"管他呢,你爆你的米花,他管不着,县官不如现管,这儿还是我做主,以后你就天天在这儿爆吧。"李老板顿时脸色大变,指着陈校长说:"你、你……连黄局长的话,你也不听。"陈校长装作没听见,不理

他。李老板急得是抓耳挠腮,片刻也定不下神来。

老王却更来劲了,过一会儿看看差不多了,就把铁炉移下来,准备开炉。李老板和陈校长急忙捂住了耳朵。一声惊天动地的响声过后,又一炉新鲜的爆米花出来了。

李老板迫不及待地催促老王:"不能再爆了,走吧,走吧!"

话音刚落,忽然后面传来一阵"哗啦啦"的响声,三个人一齐扭头看,怪事了,原来后面那幢刚建成的二层大楼,正在噼里啪啦地往下掉粉尘呢。

"行啦,别再爆了!"李老板忽然一下子精神崩溃了,脸如死灰一般,"我求求你,别再爆了!"

陈校长朝李老板冷笑道:"李老板,害怕了吧?我早说这楼不结实,你却硬说没问题,可你连接受爆米花检验的胆量都没有,你让我们怎么敢在里面上课?刚才只不过是一个人造的小地震,楼就开始往下掉东西了,要真是地震来了,那会怎么样?对不起,你就是请到县长命令我,这楼我也不能接收。"

"算……算你狠!"李老板的脸上比哭还难看,眼光死死盯着老王那个炮弹一样的铁炉子。老王傻了半天,这才说出话来:"我就是爆米花啊,可不关我的事!"

(题图、插图:谭海彦)

最美的母亲

盛夏时节，一家电视台在广场上举办一场最美母亲评选活动。活动一开始，就得到了众人的积极响应。台上的母亲，个个光彩照人，这让评委们犯了难。

就在这时，一位青年撑着残疾的双腿，摇晃着艰难地走上台，说："我想推荐我母亲，参加最美母亲的评选活动！"说着，摇晃着走下台，拉着一位中年妇女，又艰难地走上台。大家定睛一看，忍不住爆笑起来。原来，这位残疾青年的母亲身材非常魁梧，甚至有点男性化，实在没有任何美感。

大家的嘲笑声并没有将青年击退半步，他替母亲捋了捋头发，说："我一生下来就是这个样子，父亲很早就过世了，正是我母亲，独自撑起了这个家，她每天背着我上学放学。随着我年龄的增长，体重也在一天天增加，母亲为了能背起我，她也一天天地增加她的'块头'。就这样，母亲背了我二十多年，我家可是住在没有电梯的8楼啊……"

青年在台上讲述着，台下刚才还躁动的人群渐渐安静了下来。

突然，青年眼含热泪说道"你们知道吗？我的母亲，在背我之前可是一位身材极好的健美教练！"

听到这儿，大家都愣住了。接着，一个个眼眶里都有了感动的泪花，大家纷纷向这位母亲报以热烈的掌声！

最后，大家一致通过，最美母亲的殊荣属于这位光荣的胖母亲！

（作者：朱胜喜）

布永远会赢石头

有一对孪生兄弟，小时候家里很穷，常常两个人才分到一块糖，于是，他们就用"石头、剪子、布"的办法来解决。不过，落败的一方永远是哥哥，他总是固执地出石头。

后来，兄弟俩一起初中毕业，家里没有钱让他们一起读高中。哥哥问弟弟："这次你出什么？"弟弟说："布。"一、二、三，弟弟果然出布，哥哥出的仍然是石头。哥哥背过身去，已是泪雨滂沱。

之后，哥哥去城里打工，弟弟却在高考中名落孙山。一年后，弟弟也来到哥哥打工的厂里工作。

一天晚上，车间里突然火光冲天，里面有个大锅炉，那锅炉一旦爆炸，等于点燃了几百公斤烈性炸药。兄弟俩同时冲向大火。

兄弟俩为消防队争取了时间，大火被扑灭时，锅炉安然无恙，工厂保住了。可是，两个人都受了伤，住进了同一间病房。

为了表示感谢，厂长决定奖给他们一套带户口的房子，但只能奖给他们其中一个。

病房里，哥哥看着弟弟的手，说："我们开始吧。"弟弟苦笑道："这次，你肯定可以赢我。"

哥哥笑了笑，说："这么多年了，也该让我赢你一次了。"

一、二、三，哥哥仍然出石头。这一次，他还是输了。弟弟的表情凝固了，突然他高喊一声："哥！"然后号啕大哭。

那一天，其实弟弟特别想输给哥哥。可他不得不赢：他的两个胳膊都缠满了绷带，手指不能弯曲。他和哥哥都知道，那一天，他只能出布……

（作者：伍 俊；推荐者：邓长青）

特殊的评委

小镇上有两个作家：小吕和小方。每个月，邮递员都会给他们送去很多邮包和汇款单。时间一长，两人都会把多余的样刊送给邮递员。邮递员很高兴，因为他八岁的女儿也喜欢写作。

这年夏天，小吕和小方同时入围了小说界的年度最佳新人奖。当晚，邮递员悄悄对女儿说，他猜小方会得奖！女儿不信。

年底喜讯传来，小方果然获得年度最佳新人奖。女儿诧异地问："爸爸，你怎么猜得那么准？"

邮递员说："我可不是猜的！还记得，他们送给你的样刊吗？每次，小方都会送给我崭新的那本。而小吕，却将看过的那本给我，皱巴巴的，页码还不全。还有，每次等我走远，小方才会轻轻地关上房门；我路上淋雨，小方会热心地塞给我一件雨披；我冬天送信，小方会递上一杯热腾腾的开水……道理其实很简单，那就是，文如其人！"

（作者：无 量）

（本栏插图：安玉民 梁 丽）

学写作文，从读故事开始

□ 曲凡杰

如此赌鬼

辱妻得银

马大河是镇上有名的赌鬼，白天在码头上打零工，晚上揣着血汗钱进赌场。偏偏手气不好，总是输多赢少。这天晚上，马大河又赌了一夜，到天亮时输得个精光，只好灰头土脸地走出赌场。

料不到的是，这赌鬼也有时来运转的时候。在路边的草窝边，马大河捡到了一张银票！

这张银票，出自附近的一个钱庄，面额为纹银二两，储户名叫张三。

这张三是外地人，三十多岁，光棍一条，常年在这个码头打工，与马大河是互相认识的。而钱庄的老板，对马大河和张三也不陌生。也就是说，这张银票马大河捡了也是白捡。对于干苦力的人来说，二两银子不是一个小数目，那张三可能已经挂失；就算张三没有挂失，钱庄老板也不会把银子随便给马大河的。

但是，见钱眼开的马大河岂肯把到嘴的肥肉吐出来？他眼珠子一转就有了主意。他快步来到钱庄，钱庄还没开门，却见张三早早地站在门口。不用说，张三是来挂失的。张三看见马大河，还先打了个招呼，马大河点点头算是回了礼。

终于等到钱庄老板开了门。老板说："二位早，里边请！"

马大河先一步进了门，把那张银票"啪"一下拍在柜台上，说："取钱！"

老板暗自皱了一下眉头，心想：不记得马大河在我这里存过钱呀。他这样的赌鬼，只要有一分钱，都要送给赌场的。不存钱，哪里来的银票？老板拿过银票扫了一眼，不由又是一怔，这不是张三的银票吗？老板看了看张三，并把银票拿给他看，那意思很明白：怎么回事呀？

张三也是满脸疑惑：这马大河也太大胆了，捡到了我的银票，居然敢当着我的面取钱？可是还没等他开口，马大河使劲拍了一下柜台，怒气冲冲地说："老板不明白是怎么回事吧？听我给你说！我在赌场泡了一夜，天明回去想让老婆给暖暖身子，却在老婆的枕边发现了这张银票！木已成舟，这绿帽子是给我戴上了！谁叫我穷呢，老板，你就笑贫别笑娼吧！"

闹半天，是张三睡了马大河的老婆，这二两银子，是张三留下的嫖资。既然两厢情愿，大清早的张三又跑来作证，钱庄老板就收了银票，拿出二两银子给马大河，还挥挥手让马大河快走，今天的第一笔生意竟然和嫖资有关，老板觉得很晦气，很恶心。

马大河刚出门，老板就说起了张三："你小子挺舍得的啊。不过也值，马大河那老婆长得还挺漂亮。"

直到这时，张三才回过神来，一个劲地叫屈："我根本不知道马大河家在哪儿，更没有碰过他老婆！我那张银票昨晚弄丢了，这大清早过来是要挂失的！"

老板很是惊诧："真的吗？你怎么不早说！"

张三说："现在找他讨回银子，就晚了吗？"

老板摇摇头说："哎，是有点晚了。他那样的赌鬼，为了区区二两银子，不惜侮辱自己的老婆，还硬把绿帽子往自己头上戴，已经成了无赖，还会顺顺当当把银子还给你？你找官府打官司，花钱还耽误工夫，还不如你在码头上多加几个班？"

张三想想也是，只好自认晦气。

不过这事儿很快在码头上传开了，都知道马大河的老婆被人嫖了。不过，马大河却不在乎：你再丢张银票试试，我照样愿担绿帽子的虚名。

回家偷钱

在赌场里，二两银子不过是沧海一粟，没过半夜，又被马大河输得分文不剩。

可马大河的赌瘾还没过足，他还想翻本捞一把。可去哪里弄钱呢？马大河想到了偷。嗜赌如命的他，早就养成了偷鸡摸狗的坏毛病。可是今天晚上偷鸡不行，偷狗也不行，因为现在是深更半夜，偷来的鸡、狗不能立刻变成现钱，而他是恨不得马上就拿着现钱重回赌场。马大河急得拿拳头捶脑袋，"咚咚"几下，竟然捶出了一个主意：何不回去偷自家的钱！

其实马大河的家里也没多少积蓄。马大河打零工的收入，都被他送进了赌场。家里还有七十岁的老娘、六岁的儿子，几个人的吃穿用度，全靠他老婆屈氏的一架纺车来维持。屈氏就是没日没夜的操劳，能攒下几个钱？但马大河知道，眼下家里确有几十文钱。他记得前天他老婆卖了一筐线穗，说要攒钱送儿子去学馆开蒙，那钱就在老婆的枕头下面！

人说狗急跳墙，这赌徒，就是油锅里的钱也要捞出来使的。马大河熟门熟路回到家里，悄悄打量动静。东屋黑灯瞎火，估计奶奶搂着孙子已经睡熟；西屋里还有一灯如豆，"嗡嗡"之声在静夜里传得很远，那是屈氏还在纺线。老婆不睡，马大河是不好公然进屋拿钱的，因为老婆把那钱看得比命还金贵，老婆挣的钱也是决不许他染指的。这可怎么办，如果老婆纺线到天明，还不把人急死！

也是天遂人愿，没过一会儿，屈氏竟然起身出门，进了院角的茅厕。马大河闪身进屋，伸手去枕头下摸钱。怪了，枕头下空空如也。马大河不死心，又掀开了铺被的一角，几十文钱赫然在目。马大河眼疾手快，一把将钱塞进了兜里。不巧的是，门外脚步渐响，老婆方便完回来了。马大河当然不能束手就擒，纵身攀上了屋梁。虽然闹出一些响动，但这屋里时常有老鼠出没，屈氏不以为意，坐下来继续纺线。这可苦了马大河，拿着钱却去不了赌场，他心里比热锅上的蚂蚁还要急！马大河突然记起，自家的晚饭一年四季都稀得能照见人影，老婆喝一肚子稀饭，也就得不断地去茅厕方便。既然如此，那就耐心地等待。

料不到的是，马大河眯了一会儿眼，老婆的身后居然站着一个蒙面男人！这还了得，想想自己常常夜不归宿，老婆竟然真的红杏出墙，勾上了野男人。多亏今天晚上回家偷钱，不然的话，这绿帽子还不知要戴多久呢。马大河当即就想跳下去，将这对狗男女教训一顿。可又一想，俗话说得好，捉奸捉双，等这狗男女有所行动，自己再动手不迟，把那奸夫打个半死，然后再让他赔出一笔钱来。

那人故意"咴"了一声，好像在挑逗屈氏。屈氏没回头，却厉声喝道："你是哪个，想干什么？"那人贼笑了几声，说："我也想学学张三，给你送几个钱用。"屈氏质问道："什么张三李四，你把话说明白！"

那人就把码头上的传言介绍了一遍，然后说："我可比张三出手大方！还有，张三是外地人，不定哪天就走了。我就是咱们镇上的，时时刻刻都能帮你……"

屈氏没停手里的活儿，朝身后"呸"了一声说："快滚！我根本不认识张三，更不会跟你胡来。我活得好好的，谁要你的帮忙！"

那人冷笑道："你丈夫是个赌鬼，从来不顾家，也从来不知道心疼你。你每晚纺线到半夜，一天三顿喝稀饭，一年四季没有吃过馍，这也叫好吗？"

这话说到了屈氏的痛处，她竟呜咽着哭了起来。那人趁热打铁："来吧，让我在床上疼你！"说着就动手拉屈氏。

屈氏一把抹去泪水，说"滚，你就死了那条心吧，我就是穷死也不会拿身子换钱！"说着，"呼"地站起来，抡起小凳子就砸那人，"快滚，你再这样，我可喊人了！"

那人没有想到屈氏会守身如玉，只好抱头鼠窜。屈氏追到院外，那人早已跑得不见踪影。

躲在屋梁上的马大河把这一切都看在了眼里，可他非但没有感谢老婆，反而觉得有这样的老婆守家，自己可真是没有后顾之忧了，更应该放开手脚去赌一把。他趁机翻下屋梁，溜了出去。

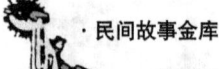

弄假成真

隔了一个月，屈氏又卖了一筐线穗，估计凑够了儿子一年的学费，就想把上次卖线穗的钱拿出来，送儿子去学馆读书。谁料掀开被角，却是空空如也！屈氏发了疯一样跑到码头，找到马大河，要他速去县衙报案，追回被盗的银两。

马大河自然不会贼喊捉贼，可又怕老婆独自跑到县衙闹得满城风雨，干脆就对老婆直说了："那钱是我拿了！"老婆不信，马大河就举出事实证明：那天晚上有个蒙面人来调戏你，他怎么说，你怎么答，等等，说得丝毫不差。这下屈氏相信了。可面对这样一个赌鬼丈夫，她又能怎样？从此，屈氏以泪洗面，整夜整夜地纺线，只是把卖线的钱藏得更严实一些罢了。

有一天夜晚，屈氏纺线到四更天，突然有人敲门，说是有人得了疾病，要讨一碗水服药。屈氏家徒四壁，连土匪也不怕的，就去灶房烧了一碗水。烧水的时候，来人就问屈氏，看你无精打采的，何以整夜纺线，有急用吗？一提这事儿，屈氏就伤心落泪，忍不住把赌鬼丈夫的所作所为一股脑儿地倒了出来。来人立时血脉贲张，咬牙切齿地说："这样的人，死有余辜！"

令屈氏想不到的是，这伙人恰恰就是土匪。刚才他们的一个小头领得了心绞痛，急需一碗开水服用烟土缓解，就顺着灯火叫开了屈氏的门。听了屈氏的哭诉，土匪动了恻隐之心，立刻去赌场找到马大河，一刀了结了他的性命！

马大河死于非命，屈氏也没有多少悲伤，倒像去掉了一个包袱，身上反而轻松了许多。

那位钱庄老板倒是留了心，亲自登门牵线，把张三介绍给屈氏，让他做一个倒插门的丈夫。两个人虽然未曾谋面，但因为马大河"辱妻得银"的缘故，早就相互有了一些了解。因此一拍即合，很快结为夫妻。

新婚之夜，两个人感慨良多，说得最多的一句话就是：想想这结局，还真得感谢那赌鬼，不然的话，咱们怎么能走到一起？

（题图、插图：谢 颖）

您手中有没有得意之作？本刊辟有二十多个原创性栏目，如中国新传说、我的故事、情感故事、16岁故事、海外故事和中篇故事等；您读到或听到什么有趣事可以和大家一起分享吗？3分钟典藏故事、开卷故事、财富故事、第一推荐、外国文学故事鉴赏和快乐辞典等都是本刊推荐性栏目。热忱欢迎来稿，可从邮局寄发，也可从网上传递。邮寄地址：上海绍兴路74号《故事会》杂志社，邮编：200020；如为电子邮件，本期责任编辑信箱：zhong98305@sina.com。

屋顶上的

窟窿

□ 何 燕

室，只见学生们都端坐在座位上，讲台上方的屋顶上有个窟窿，地上散落着几块破碎的瓦片。

李炜生气地问道："这是哪个同学打破的？"教室里一片寂静，没有人回答。李炜扫了一眼，发现班里那个最活跃的调皮王，脸上正带着一丝洋洋得意的表情。这个调皮王，绝对有多动症，从没安稳地上过一节课，额头上还有一道疤痕，听说是地震时被砸伤的。

李炜把目光定格在调皮王身上，说："我不批评打破石棉瓦的同学，但我希望他能自觉地站起来承认错误。"教室里鸦雀无声，就是没人站起来。

李炜继续说："做错事能改还是好学生，大家给点掌声，鼓励做错事的同学站起来！"一阵掌声如潮水般响了起来，掌声过后，还是没人站起来。李炜不禁绷起了脸，全班学生你看看我，我看看你。

大学毕业后，李炜毅然选择去四川地震灾区的一个山村小学实习。学校的新教室还没建好，现在的教室是临时搭建的一间石棉瓦房。李炜对这样的环境并没有怨言，倒是他任教的这班学生经常搞小破坏，让他头疼不已。

这天，上课铃声还没敲响，就有学生跑来报告说，有人打破了教室屋顶的石棉瓦。李炜一听，赶紧赶到教

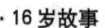

"老师，是他！"班长突然低着头站了起来，转身指着调皮王。大家的眼光齐刷刷地朝调皮王扫去。调皮王红着脸站起来，说："老师，我就想试试石棉瓦有多厚……"说完，看了班长一眼，眼里充满着怨恨。

原来刚才下课时，班长在擦黑板时，无意间说了句讲台顶上的石棉瓦会不会很厚，这话正好被在一旁玩弹弓的调皮王听到了，他拿起一块鹅卵

石，"啪"的一下就朝上打了出去，石棉瓦就这样被打破了。

李炜无奈地摇摇头，又跟往常一样，和学生们讲起不能搞破坏的道理。可天公不作美，不一会儿，天就下起了雨，雨水不停地从窟窿里漏进来，李炜只好拿了个垃圾桶，放在窟窿底下接水，然后走到教室的中间给大家上课。

第二天，李炜早早地拿着梯子和一块石棉瓦来到学校，准备盖住讲台上面那个窟窿。可当他一打开教室的门，一股怒气立刻堵在了胸口，差点让他窒息。这教室中间居然又出现了一个窟窿，而且比讲台上的窟窿更大。李炜抬起头细看，石棉瓦像是被捅烂的，地上残留着打扫后留下的瓦沫。

学生们陆续来了，看见屋顶上又有了个窟窿，不禁叽叽喳喳地讨论了起来："不会是余震震落的吧？""不可能，这个时候哪来的余震！""就是，真有也是震落一大片！"

是谁呢？既要捅破石棉瓦，又要偷偷地打扫？李炜看看屋顶的窟窿，又看看窟窿下的桌子，脑中马上跳出"调皮王"三个字，肯定是他！因为窟窿的位置不偏不倚，刚好就在班长座位的上面。调皮王肯定是因为昨天被班长检举了，怀恨在心而搞的恶作剧。看来自己平时对学生，尤其是对调皮王的思想教育还远远不够。

于是，等学生们到齐后，李炜严肃地说："今天咱们不上课！咱们以'报恩'为主题开一个班会。"李炜从地震的灾难到残垣断壁中的救人，再到五湖四海的救援，一一给学生声情并茂地讲述着，"我们今天吃的每一粒米饭，穿的每一件衣服，为我们遮风挡雨的每一片瓦，都充满着全国人民的深情厚意，可我们呢？我们坐在这瓦下都干了些什么？砸玻璃？捅石棉瓦？"李炜越说越激动，说着说着，眼泪就流了下来，学生们先是啜泣，慢慢地，教室里哭声一片！

这之后，学生们仿佛一下子懂事了很多，作业做得前所未有的整洁，读书声响彻整个小山村，连调皮王也收敛了很多。看着学生们脱胎换骨的变化，李炜感觉比喝了蜜还要甜。

中午放学后，李炜爬上梯子，用石棉瓦盖住了教室中间的那个窟窿，打算吃完午饭再拿一块过来盖住讲台上面的窟窿。因此，他把梯子留在教室里，赶回去吃饭了。

吃完饭，李炜没有休息，拿着石棉瓦匆匆往学校赶。就在他快到学校时，突然看到一个人影在屋顶晃动。李炜心想，肯定又是调皮王在搞破坏了，看我这次还不亲手逮住你！想到这儿，李炜蹑手蹑脚地走过去，顺着梯子慢慢地往上爬，可当他爬上梯子顶端，看见屋顶上的人时，不由得大吃一惊，屋顶上的人竟是班长！

只见班长在窟窿的周围不停地敲着，窟窿越来越大，敲了一会儿，班长又在窟窿处盖上了一块白色的薄膜，薄膜的周围还用一些小石头压住。李炜觉得很奇怪，班长是在用薄膜盖窟窿呢，可他为什么又要把窟窿弄大呢？就在李炜百思不得其解时，班长无意间转过身，突然发现有人在那儿，不由吓得惊叫起来，身子晃动了几下。李炜见状，急着想爬上去扶他，可一不小心脚下踩了空，连人带梯子一齐摔了下去。

尽管地上是草皮，但李炜还是摔伤了。李炜躺在病床上，学生们都来看他。李炜对班长说"你虽然是干好事，可我还是要批评你，你这么小，怎么能爬到屋顶上去呢？"班长低下了头。李炜又对其他学生说："如果你们个个都像班长这么爱护公物，老师就不会躺在这儿了！"李炜的话音刚落，学生中竟出现了抽泣声，大家一看，是班长！

班长哭着说："老师，你骂我吧，其实……其实屋顶的窟窿是我捅的！"大家一听，都惊讶地张大了嘴巴。

班长抽噎着继续说道："我……我怕，我怕哪天再地震，上面的瓦片震下来会砸到你，所以……所以我就想，如果你头顶上有个窟窿，地震时就不会有东西砸到你头上了！"班长

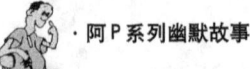

阿**P**罚款

□ 李东东

最近，阿 P 成为县卫生清洁工程执法队的一员。刚上岗，领导就把罚款任务分摊到执法队人头上，每人每月五百块，不完成任务就没奖金拿。

这下，可把阿 P 愁坏了，他本来就脸皮薄，底气不足，现在要他单枪匹马去罚钱，难度还真不小呀。

这天，阿 P 一大早就爬起来，赶到分配给他的那条街道开始执法。经过几天的实战，阿 P 悟出了一点窍门，那就是不能让人家知道自己是罚款的，出其不意才能克敌制胜！

在街上来回转了几趟后，阿 P 就

说到这儿，全班同学都哭了起来。班长继续哭着说："我们原来的赵老师，就是因为地震时，被讲台上方屋顶上的瓦片砸中头部而死的……"

李炜震惊了，他终于明白班长为什么要在窟窿上"捣乱"了，原来他是在用最简单、甚至有些天真的方法来"保护"他的老师！

李炜看看哭泣的班长，看看调皮王额头的伤疤，不禁叹了口气，这些经历了大地震的孩子，心里都有一个打不开的结！他想起了赵老师，也就是这班学生原来的老师，其实和李炜

是无话不聊的网友。去年地震时，李炜只知道赵老师在教室里遇难了，但具体是怎么遇难的，直到班长刚才说了才知道。当初毕业实习时，李炜说什么都要来这个学校，就是想来看看赵老师所说的这群懂事的孩子。

几天后，李炜的伤好了，他马不停蹄地赶回了自己的大学。一星期后，李炜带着两个心理学专业的师兄，一起回来了。李炜觉得，他们不但要给孩子们补好屋顶上的窟窿，还要给孩子们补好心里的"窟窿"！

（题图、插图：谭海彦）

有了发现。一个高大威猛的男人从一家店里走出来，随手啪地扔下一个空烟盒。阿P连忙跑过去，大声说："乱扔垃圾，罚款五块！"

男人转过身，眼一瞪："你说什么？"

阿P一看男人的个头和气势，心下先怯了几分，舌头也不利索了："乱、乱扔垃圾，罚款……五块。"

男人骂道："罚你的头，吃饱了跑大街上消遣来了。"

阿P怕对方不了解自己的身份，手忙脚乱地把藏在衣服里的执法小牌牌翻出来："我是……我是卫生执法队的。"说完，心想：这下你怕了吧。

谁想那男人瞟了两眼，哈哈一笑，随手一扯，竟然把那小牌牌扯了过去，说："你回去照照镜子，吓鬼呀，再跟老子吼，老子先把这牌牌撕了！"

阿P急了，下意识地伸手拦住："别撕，别撕，我还靠这吃饭哩。"

男人见状，得意地问："那你还罚不罚我？"阿P知道，不要说自己，就是领导也惹不起这样的人，到时候自己还不是吃不了兜着走。这么一想，阿P满脸通红地低下了脑袋。

男人见阿P投降了，又是哈哈一笑，把小牌牌往他胸膛里一塞，拍拍他的肩膀扬长而去。

发了半天呆，阿P默默地从地上捡起空烟盒，放进自己的口袋，然后把小牌牌藏好，又去寻找新的目标。

走了一段路，果然又发现了新情况，只见一个小伙子手里拿着一支冰棍，边走边啃。冰棍已经剩下不多了，而这几十米内又没有垃圾箱，这小伙子很有可能会把冰棍随手扔到地上。为了保险起见，阿P反复打量着这小伙子，只见他瘦巴巴的像只猴子，还戴着眼镜，一看就不像恶人。这种人自己惹得起，阿P不动声色地跟在他后面。

跟了几步，那小伙子忽然站住，左右张望了一下，一屁股蹲在街边不走了。阿P也隔着他十来米站住，见旁边刚好有个公共汽车站牌，就下意识地把背靠在那个站牌上，装作在等车的样子。其实，他眼睛一眨也不眨地盯着小伙子，心里打定了主意：这回豁出去了，只要这个家伙把冰棍一扔，说什么也得把钱罚到手。

那小伙子似乎有意无意地瞟了阿 P 一眼，接着津津有味地继续啃他的冰棍。不一会儿，冰棍就只剩下一根光棍子了。

阿 P 看到这儿，心一下提到了喉咙口，眼巴巴地盼着他把棍子扔到地上。可等了一会儿，小伙子还拿着棍子，东一下、西一下地划拉着玩儿，就好像在指挥音乐演奏一样。

阿 P 在一旁看着干着急，这小子玩什么不好，冰棍子也拿来玩！

又等了好一阵，那小子既不走，也不扔棍子，后来居然把棍子又放进

嘴里含着，还扭头看了阿 P 一眼。阿 P 一惊，这家伙难道识破了自己的身份，故意在捉弄自己吗？

虽然阿 P 双脚都已经站得发麻了，但他不甘心，仍然一动不动地站着，心想：我就不信你能把棍子吃下去。

也不知等了多久，那个小伙子一挥手。阿 P 精神一振，等着他把棍子扔掉。可没想到，那小子竟然把棍子放进了口袋里。

阿 P 不禁大失所望，真倒霉啊，白白守了半天。他正想走开，谁知人刚一挪窝，靠着的站牌却"哗"一声倒了下来，压在他身上。阿 P 吓了一跳，急忙转身用双手扶住站牌，心想这站牌也太老了，怎么这么不经碰？

说时迟那时快，只见那个小伙子一个箭步蹿过来："别动！终于让我逮到了吧？我就不信你能在这儿站一天，哈哈！"

阿 P 吃一惊："逮、逮什么？"

"罚款！"小伙子指了指站牌，说，"破坏公共财物，罚款二十！"

阿 P 两眼瞪得滚圆："原来你也是执法队的？"小伙子得意洋洋，从衣服里面翻出一个小牌牌，阿 P 一看，牌子上印的是"打击破坏公共财物执法队"。阿 P 不由倒抽一口凉气，连忙哭丧着脸解释"兄弟，这个站牌早就坏了，我只靠了一下，它就散了。"

小伙子不管那么多，掏出票子就要撕罚单。

"慢！"阿P情急之下，连忙翻出自己的小牌牌，"你看，我也是执法队的，自家人不打自家人。"

小伙子一怔，想不到还是同一个战壕的战友，但也就是停了几秒钟，他还是毫不迟疑地在罚单上刷刷刷填上日期，说："对不起了，我得完成任务啊。你看刑警和交警只差一个字，刑警乱停车，交警也要开罚单哩。"

阿P气得干着急，怎么说也无法通融，最后只好赔着笑脸哀求道："罚十块行了吧，不用给票了，真的，我不会说出去的。"

小伙子一脸严肃地拒绝了："不行不行，你想贿赂我呀？没门！"说着，"刷"地撕下二十块的票递过来。阿P火气上来了，脚一跺，气呼呼地说："二十就二十，下次你小子不要让我碰到！"

小伙子眉开眼笑地收了罚款，把票递过来："喏，票拿着，回去找老婆报销。"

阿P没接，摆摆手说："不要了，你拿着再罚一个吧。"说罢抬脚就要走。

小伙子一把扯住他："你想害我呀！故意不要票，然后就去告我贪污，嘿嘿！你到底要不要？"

阿P咬牙切齿地说："不要！"

"你不要，也害不到我！"小伙子哈哈一笑，"我现在就当着你的面把票撕了。"说着刷刷几下，把票撕得粉碎，狠狠地往地上一扔。

"罚款！"阿P一下蹦得老高，指着地上的碎纸，嚷道，"乱扔垃圾，罚款十块！"

小伙子望着地上的碎纸片，不由得傻了眼。

阿P从小伙子那里罚回来十块钱，虽说到底还是白白损失了十块钱，怪心疼的，但转念一想，毕竟自己也扬眉吐气地罚了一回款，回到队里多少有个交代。这么一想，阿P又把小牌牌藏进衣服里，背着两只手，神气活现地在他的地盘上巡视起来。

（题图、插图：顾子易）

·本刊信息传真·

第一推荐：2008年最具人气的故事集

这是一本从千余篇2008年《故事会》刊发的优秀作品中，精心挑选的24则最具人气的故事，代表了2008年《故事会》的整体水平。它们或写实社会，令你直面人生；或幽默诙谐，令你忍俊不禁；或情真意切，令你怦然心动；或富含哲理，令你掩卷深思……

一痘三解

□ 曲 剧

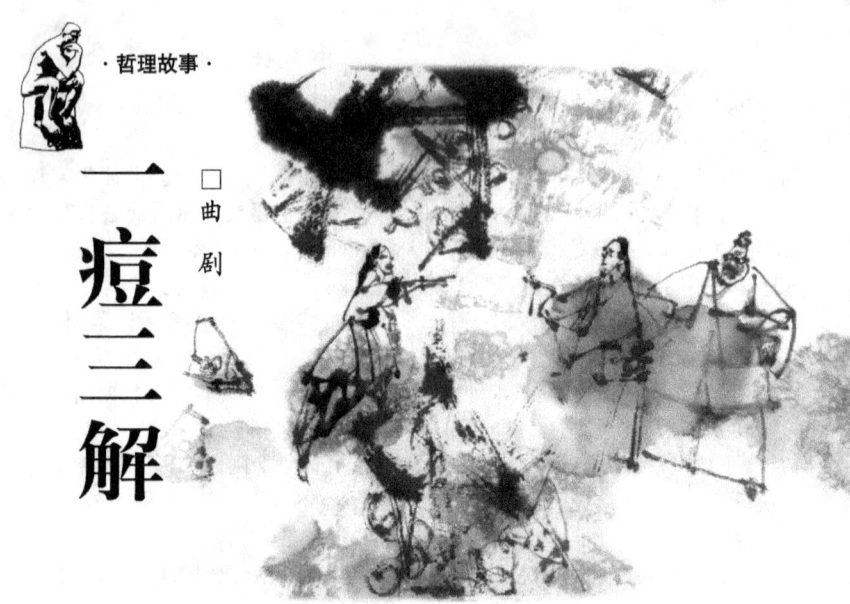

江南名医叶天士，年轻时博闻强记，读书几乎是过目成诵。他听说山东有位名医金先生，于是不远千里过去投奔。金先生问了他一些病理、药理，见叶天士天资不错，就答应收他为徒。

这天早晨，金先生正在吃早饭，连着接到两个病家请求，要金先生为他们的小儿解痘。所谓痘，其实就是天花，无论男女老幼，都有可能染上此病。出痘并不可怕，只要施以药物，加以护理，一般都无大碍。可怕的是"闭痘"，就是痘潜伏在身体里不肯出来，那会要命的。因此，作为医生，必须遇痘就"解"，一刻也不能耽搁。于是，金先生立刻放下饭碗，带了叶天士就走。

金先生先来到第一家，看了小儿的病情，吩咐速把后院的一间柴房打开，在地上铺了一张席子，把小儿脱光放上去。然后让小儿的父母锁了房门，并要过钥匙装进自己兜里，嘱咐道："我去邻村看另一个患儿，去去就来。我不回来，这间柴房不准打开，任凭小儿如何哭闹都不准打开！"小儿的母亲满腹狐疑，问："如果擅自开门，后果如何？"金先生斩钉截铁地说："那样的话，小儿就没命了！"

交代完毕，金先生师徒二人立刻去了邻村。金先生查看了患儿，吩咐马上找来两张方桌，用两只手掌在一张方桌上反复搓磨，待搓到手掌发热，迅疾把患儿赤身放在方桌上，并让叶天士如法炮制，用手掌搓磨另一张方桌，待搓到手掌发热，就把患儿换过去。如此反复十几次，再看患儿，渐渐地就有小痘拱出了皮肤。金先生松了一口气，对叶天士说："病家报得及时，他这个痘只须用热木烫一下就行了。"

忙出一身大汗，金先生正要坐下来喝口茶，却见第一个小儿的母亲哭叫着一路寻来，还没进门就嚷嚷："金先生，你快去看看，我那小儿要死了！"

金先生抬头看看天，说："没事的，我喝了这碗茶就走。"

那位母亲顿足叫道："怎么会没事？我那小儿哭闹不止，眼看就要背过气了！"

金先生依然不紧不慢地喝茶："我说没事就没事，你先回去吧。"

金先生今天的态度，让叶天士感到很意外。他来到这里已经半年了，金先生一直是拿病人当亲人的，今天这是怎么了？

那位母亲忍无可忍，抓着金先生的衣领吼道："我不让你为小儿看病了，快把柴房的钥匙还给我！"

金先生叹口气说："其实我正在为你家小儿治病，只是时辰未到而已。走，我跟你回去。"

那位母亲箭步如飞，把金先生他们落下好远。等金先生和叶天士赶到那家，那位母亲已经砸开了房门，把儿子抱到了怀里。金先生要过小儿查

看，只见小儿身上出了许多米粒似的小痘，颗颗饱满，红艳如血。金先生对小儿的父母说："这患儿闭痘过紧，非人力、药力可以催出，因此必须借助蚊虫，叮破他的皮肤，才可以引出痘来。只是你们痛子过甚，抱出的时机过早，还有一些痘藏在体内没有出来，使这小儿还要多受一些折磨。"说罢，留下一张药方，叹息着和叶天士走了。

走了一会儿，两人看见前面路边，有个年轻的妇人在摘桃。那妇人二十多岁，红衫绿裤，煞是惹眼。金先生走了过去，对着摘桃的妇人出神。妇人发觉有人打量，停下活计，迎面走来，笑吟吟地问道："客人可是要买桃？"

金先生点点头，朝前跨了一步，冷不防朝妇人的胸部捏了一把。事发突然，把叶天士吓了一大跳，德高望重的金先生怎么会有这样的举动？他一时不知道怎么办才好。

那妇人回过神来，满脸涨红，怒火中烧，口中骂着老流氓，劈手就甩过来一巴掌。

金先生似乎早有防备，一步闪到叶天士身后，叫道："快拦住她！"

叶天士横在二人中间，赔着笑脸劝道："大姐息怒。"

那妇人柳眉倒竖，杏眼圆睁，不依不饶"光天化日的，这老畜生竟敢调戏妇女，我非拉他见官不可！"

金先生躲在叶天士的背后说："我是一名大夫，并非刻意调戏，实是为你治病啊！"

叶天士虽然还是一头雾水，但也只能跟着帮腔"大姐，他就是大名鼎鼎的金先生，只会救死扶伤，不会侮辱妇人的！"

那妇人说："一派胡言！我体壮

如牛，哪里有病？"

金先生说："你自己将起衣袖看看，那痘已经出来了！"

妇人虽然半信半疑，但还是将起了衣袖。果不其然，有一些小痘冒了出来。再背过身子掀开衣襟，白净的肚皮上也拱出了不少小痘痘！

金先生说"我观察你多时了，凭我的经验，看出你体内有痘潜伏，若不及时引出，后果不堪设想。你是一个成年女子，只有突然遭到非礼，让你恼羞成怒，才能逼出痘来。为了给你治病，我才迫不得已出此下策。姑娘，恕老朽无礼了。"

那妇人恍然大悟，跪倒在地"谢金先生救命之恩！"

金先生亲手扶起对方，说"待会儿去我那里抓包药调理一下，包你痊愈。"

走在路上，金先生感叹道："为了治病，有时难免被人误解。做医生的，要有一些思想准备才好。"

叶天士连连点头："弟子刻骨铭心，谨记不忘。"

忙了一个上午，金先生很是劳累，回去就吩咐家人，中午做炖肉吃。

到了吃饭的时候，厨子端上一碗炖肉，叶天士忙毕恭毕敬地推到金先生面前："先生请用！"

金先生说"这一碗是给你的，你先用吧。"

叶天士一怔："咱们吃饭没有分

编读往来：你的问题我来答

湖北读者刘晓晨： 我是一名中学生，也是《故事会》的粉丝，想趁暑假多读些故事书，编辑老师可否帮我推荐几种？

绿版编辑部： 在此特向你推荐几种我刊精心编辑的故事类读物：1.《青春读本》系列，每册收录了感动中学生的100个故事；2.《滴水藏海》系列，每册收录了300个借事寓理、托事言志的精彩故事；3.故事会5元精品系列，按照主题不同分为《名著故事》、《谜案故事》、《16岁故事》等等，你可以随意挑选自己喜欢的故事类型；4.《故事中国》一书，收录了30年来流传在老百姓心中的99则故事。详情请见《故事会》2009年7月上半月刊，第16页，也可登录本刊主办的"故事中国网"（www.storychina.cn）查询。

四川读者胡宁： 我今年刚刚参加完高考，有希望能进入梦寐以求的大学读书。我想请教的问题是："大学"一词是怎么来的？中国古代有"大学"吗？

绿版编辑部： "大学"一词由来已久。它的本义，一是典籍之名，一是国家最高学府。作为典籍，《大学》是儒家经典《礼记》中的一篇；作为最高学府的大学就是"太学"，太学是中国古代高等教育的一部分。中国古代的高等教育体系，分为官学和私学两个系统。官学由政府设立，私学由私人创办。相比之下，私学的影响较官学更大，因为私学不仅比官学普及，而且更持久。宋代出现的书院意味着中国民间高等学校的诞生。书院以研究、讨论和讲学为要务，可称得上是古代的研究生院。

（本栏目欢迎读者提供新鲜活泼、有代表性的问题，一经采用，即致薄酬。）

过先后啊？"

金先生说："可今天吃的是炖肉，那就要分个先后了。你年轻，牙口好，所以这一碗肉只炖到九成熟；可我那一碗，就要炖到十成熟了。"

等那一碗肉也端上来，金先生又让家人开了一坛酒，他抿了一口酒，语重心长地对叶天士说："同样是一碗肉，炖的程度还要因人而异，何况给人开方治病？今天上午是赶巧了，同时为三个人解痘，因为他们闭痘的程度不同，所以解痘的方法也不一样。就是两个相同的病人，可是他们的性情不同，用药也应有所差别。因

此，如想用一张药方对付所有的病人，那是万万不可的。记住，医理万千，重在差异，运用之妙，存乎一心。"

金先生一痘三解，让叶天士明白了医理的奥妙。出师以后，他又在实践中细心体会，终成一代圣手名医。

哲学先生评曰： 哲人说过，世界上没有两片完全相同的树叶，说的就是事物之间的差异性。古人在医理中尚且悟到了其中的奥秘，那么我们在现实生活中，更要懂得因人而异，灵活变通，具体问题具体分析。

（题图、插图：黄全昌）

喝出来的

奖金

□杨勇编写

5月18日这天，是张勇结婚的大喜日子。张勇请了许多亲朋好友，在小有名气的"同江春"酒店摆了好几桌。

在张勇的朋友当中，有两个见面就斗嘴的"死对头"，一个叫侯宾，一个叫尚奇。两人平时就谁也不服谁，这次更是早就约好了在婚宴上好好拼一下酒量。

刚开始，他们还挺规矩的，推杯换盏，暗暗较劲。不一会儿，两人就各喝了五瓶啤酒。喝着喝着，侯宾突然来了劲儿，站起身来说："啤酒没意思，是男人就喝白酒！"尚奇也一下子站起来，抓起桌上的白酒，说"好，干脆一人一瓶，看谁先倒。"侯宾一看，白酒只有一瓶，一回身，看到身后那桌多数都是女士，白酒还没有开封，就和那边打了声招呼，把那瓶白酒拿了过来。

尚奇动作迅速，早在酒杯里倒满了白酒，侯宾见状，连忙把刚拿过来的白酒打开，把瓶盖往地上一扔，也把自己的酒杯倒满了。就在这几秒钟的时间里，事情出现了戏剧性的变化。原来，尚奇眼尖，一弯腰把侯宾刚扔到地上的瓶盖拾了起来，仔细一看，不由得开怀大笑，哈哈，瓶盖里写着一行小字：奖金五千元。大家都明白，这一定是这家白酒厂搞的有奖销售，尚奇的运气真是好得不能再好，拾的瓶盖居然中了大奖。

到底是五千元啊，侯宾眼睛红了，他一把就抢过尚奇手里的瓶盖，说："这瓶酒是我打开的，中的奖应该是我的！"尚奇立刻脸红脖子粗地大吼："你已经把瓶盖扔到地上了，我是在地上拾的，应该是我的！"

第四届 "梅陇杯" 全国法律知识故事征文暨评奖启事

为鼓励创作,更好地发挥故事在法制宣传教育中的作用,司法部法宣司、上海市法宣办、《故事会》杂志社在上海市闵行区梅陇镇人民政府的大力支持下,决定举办第四届"梅陇杯"全国法律知识故事征文暨评奖活动。

征文时间: 即日起至 2009 年 12 月 31 日结束。

评奖范围: 1. 2008 年 10 (上) 至 2009 年 12 (下) 发表在《故事会》上的法律知识故事;2. 所有法律知识故事征文稿。

征文要求: 来稿要符合口头文学特点,必须包含明确的法律知识点。尽可能依据现实生活中已经发生的案例或者可能发生的涉法事件进行创作,重点关注那些在日常生活中为人们所忽视或不易掌握的法律知识或法律程序。有关稿件的具体要求,请参考发表在《故事会》上的"法律知识故事"。

奖项设置: 本次评选活动设一等奖 1 名,奖金 5000 元;二等奖 2 名,奖金各 3000 元;三等奖 3 名,奖金各 2000 元;优秀奖 30 名,奖金各 500 元。

来稿请详细注明作者姓名、地址以及邮政编码,并在信封上注明"法律知识故事征文"字样。本刊地址: 上海市绍兴路 74 号,邮编:200020; 也可通过电子邮件发送给: wulun@vip.sohu.net。

"是我的!""是我的!"两人你一言我一语,早把喝酒的事情忘得一干二净。旁边围了不少人,听来听去也动了心,有几个人接过话茬说:"你的酒是从我们桌上拿过去的,这酒是新郎送给我们桌的,中的奖应该是我们桌的人共同所有。"说着也上来抢瓶盖。

新郎新娘见这边热闹起来,连忙过来看个究竟。等了解了事情的原委,新郎说:"我请你们喝酒,又没请你们喝瓶盖,这酒是我买的,中的奖当然属于我。"

这下可好了,婚礼也没法再进行下去了,大家你一句,我一句,争来争去就动起了手。最后一直闹到了法院。

不久法院受理了这起案件,经审理,法院判决中奖者是新郎张勇,理由很简单,根据《合同法》、《物权法》有关规定,具体解释,我们还是请律师说吧……

律师点评:

《喝出来的奖金》这个故事主要说明一个关键性法律问题,即"赠与"与"宴请"是两个不同概念。如果将酒作为礼物送人了,这酒当然包括其他一切附带在酒上的东西,都通过"赠与"这一行为,将所有权转移到他人,那么,瓶盖以及由瓶盖上产生的奖金作为"射幸孳息"(通过偶然事件得到的收益)就有了改变。但请人喝酒就不一样了,这酒的所有权没有发生改变,仍是主人张勇所有,张勇招待客人的是酒,不包括酒之外的东西,且兑奖依据不是酒而是酒瓶盖,所以,奖金理应归请喝酒的张勇所有。

(题图: 佐 夫)

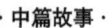

谁都不会想到，在远离闹市、荒无人烟的油田上，一场正义与邪恶的殊死较量正在上演……

一网打尽

□ 石 兵

1.孤身守井

李钢是个高大壮实的小伙子，他从部队转业后，就来到油田，开始了自己的新工作——看油井。李钢一想到自己是个守护油田的卫士，心里就觉得挺自豪的。

这天，队上开会，队长说离队部五十多里外的盘河边上，刚开了一口油井，产量很高，必须要有专人看管，可这井离队部太远，一个人要自己做饭，安排生活，日夜守着，没什么上下班。队长说了这些，为难地看着满屋子的职工，说："谁要是愿去，谁就报名，如果都不愿去，队上就安排人轮流去看这口井。"

队长话音刚落，李钢呼地站了起来，对队长说："我愿意去！"

队长一看有人主动要求去，高兴坏了，走过去用巴掌一拍李钢的肩膀，说："好，好，有什么要求，有什么困难，尽管提！"

李钢腰板一正，说："报告队长，没有困难。"

队长先是一愣，接着哈哈大笑道："行！真不愧是当过兵的，放心吧，我到矿上给你挑两个最齐整的铁皮房子，给你配最好的伙食，不过，有一条你得记住了，工作千万不能打马虎！"

李钢忙说："你放心吧，队长，我保证完成任务。"说完，李钢竟板板正正地行了个军礼，惹得全队职工一阵大笑。

第二天上午，李钢和队长一起坐

上队部的吉普车，带着两辆装有铁皮房子的大板车和一辆大吊车，浩浩荡荡地去了那口盘河边上的新井：盘一井。

一路上磕磕撞撞、七拐八拐，终于来到了目的地。李钢一见眼前的情景，禁不住倒吸了一口凉气，只见东南北三面是一望无际光秃秃的黄土地，西边不远处就是盘河，河面宽阔，波涛汹涌，浊浪翻滚，河的两岸长满了足有一人多高的杂草，离河道二十多米远的大坝旁边，一座巨大的抽油机正缓慢地摇摆着，好像是在欢迎他这个新来的看井人。李钢举目四望，视力所及竟然看不到半点人烟，看来这里是名副其实的荒郊野外了。

队长对李钢说："这里一个星期拉一次油，你在这里的任务，一是要看好井，别让井出毛病；再一个要看好油，别让油耗子把油给偷了。"

接着，队长递给李钢一个报话机，说："调到一频道，直接喊矿调度就行，信号不好你就到大坝上去喊，你先试试。"

三天之后，李钢带着全部家当从队上宿舍搬到了盘一井上。两座铁皮房子已经架好，他把两座房子打扫得干干净净，一座当库房，一座当卧室兼值班室。搭好床后，还在窗户上装了窗帘，那天晚上，李钢听着外面抽油机低沉的歌声，兴奋得几乎一宿没睡着。

过了一个星期，队长带着拉油车来了，他还带来了一些蔬菜、面粉和肉，队长看着整洁干净的井场和值班室，满意地对李钢说："干得不错！"

中午，队长就在值班室里吃了顿饭，他居然带了一瓶白酒，两个男人干了几杯，都有些酒酣耳热，话也多了起来，三教九流说得不亦乐乎，可李钢总觉得队长似乎是在掩饰着什么，心想：莫非队长有什么事不好说。

果然，要走的时侯，队长突然低声说："钢子，最近有一伙油耗子流窜到这边来了，他们是干一票就窜的那种，带的都是十吨以上的大罐车，手里都有家伙，一个个都是心狠手辣的亡命徒。如果遇上了，能管就管，管不了千万不要意气用事！"

李钢望着队长严肃的样子，似懂非懂地点了点头。

说来也怪，队长走的当天下午，就有一个不速之客突然造访了。

2. 不速之客

只见来人个儿不高，黑瘦黑瘦的，浑身脏兮兮，头发乱蓬蓬，脸色通红，满嘴酒气，尤其是一双小眼睛，滴溜溜地转，一看就是村里的二溜子。来人自我介绍说，他叫三凿子，住在离这里最近的罗家村，他说这一片都由他罩着，如果有什么事跟他说就行。

李钢看着醉醺醺的三凿子，心里说不出的厌恶，可又不好发作，只好硬着头皮陪他有一搭没一搭地聊了半天，一直聊到天全黑了，三凿子才一步三回头地跨上一辆破摩托车走了。

从此，三凿子成了盘一井的常客，隔三岔五地就来一趟，但和头次来不同的是，每次来，他都会带点吃的东西，有时带一只烧鸡，有时带三两花生米，这些都是下酒菜，当然少不了再带上一瓶二锅头。李钢虽然一再跟他解释说，自己在值班，不能喝酒，可这家伙死皮赖脸地每次都得让李钢喝上几杯。伸手不打笑脸人，李钢虽然知道他不怀好意，但也只好敷衍着他。

这段时间队长又来了一回，他听李钢说了三凿子的事以后，沉着脸半天没说话，沉思了好一会儿，才对李钢说："这个三凿子是乡里有名的村

痞，以前曾蹲过班房，他肯定不会闲着没事来套近乎的，这个情况我会向矿上汇报的，你先注意着点，我想法子替你申请配一部手机。"

手机还没批下来，这里却先多了一个成员：一条叫小青的狼狗。这狼狗是李钢县城里的叔父送来的，叔父听说李钢上班的地方又远又荒凉，就把小青送给了他。这狼狗原本从小就跟着李钢长大，李钢出去当兵才把它送给了叔父，现在看到它又回到自己身边了，李钢心里说不出的高兴，他不由得心里一动：有了小青，自己的战斗力可就是提高不止一个档次了。

李钢当兵时是快速反应部队的，那可是战争爆发时的第一梯队，里面的士兵无论是身手还是思想觉悟，在军队里都是拔尖的，李钢每年的测评成绩都是优秀，更是尖子中的尖子，还曾荣立过二等功，虽然现在转了业，可这些功夫都没落下，像三凿子那样的，李钢相信自己一个能对付仨，更何况现在又有了狼狗小青。

通过这段时间对三凿子的观察，李钢已经确定他就是冲着油来的，三凿子喝酒聊天时，总是装作漫不经心地问起有关油井的情况：比如一天能出多少油？多长时间来一回车拉油？每次能拉多少油？报话机能

喊多远？在铁皮房子里报话机能有信号吗？

过了几天，队长带来了一部崭新的手机，说是矿上配的，然后把队上的电话和矿调度室的电话输进了手机里，他对李钢说，这手机信号很强，在铁皮房子里也能听得清清楚楚。李钢攥着手机，信心更足了。

三凿子还是时不时地就来坐坐，一双滴溜溜的小眼睛也是越来越不老实，东瞅瞅，西看看，有一天甚至爬到大油罐上面，说是要看看远处的村庄。

转眼一个月过去了，有一天晚上，三凿子又喝得满脸通红，看来这次喝得特别多，说起话来都有些口齿不清了，他突然对李钢说："钢子，哥不是说你，咋守着个金元宝还讨饭吃呀？"

李钢显得有点心不在焉，因为他发现，最近狼狗小青有点不正常，经常一大清早就跑得无影无踪，直到深更半夜才回来，李钢训它，它也不听，李钢又舍不得打它。小青不在，可就缺了一个有力的帮手，这是个急待解决的问题。

李钢想着自个儿的心事，所以三凿子说的什么话他也没注意听，三凿子见李钢沉默不语，还以为他是默许了，更加兴高采烈地说道："钢子，你外面罐里那些原油现在市面上一吨卖一千多块呢，这地方平常也没人来，

不如咱哥俩商量一下搞点油换两个零花钱花花。"

一听这话，李钢一下子清醒过来，虽然早有预料，可真听到这话从三凿子嘴里说出来时，李钢的心还是惊得怦怦乱跳，他心想：耗了这么长时间，终于说到正题了，你恐怕不是想只搞点零花钱吧。

三凿子死死盯着李钢，嘴里喷出浓浓的酒气，说："钢子，怎么样？你什么也不用管，一切由哥来联系，你只管收钱就行！"

李钢假装想了想，然后对三凿子说："凿子哥，这可是犯法的事，兄弟我又没权又没势，就是有这心也没这胆啊。"

三凿子一听有戏，顿时满脸堆笑道："兄弟，哥还能亏了你吗？不瞒你说，哥可不是那种小打小闹的毛贼，哥有人有车，听说过最近那些用大罐车放油的人吧，哥能联系上他们。他们都是外地人，来无影去无踪，打一枪换一个地方，都干了好几年了，从来没出过什么事。"

看到李钢流露出半信半疑的表情，三凿子计上心来。

这天，两个人一直喝到十一点多，三凿子走的时侯对李钢说："兄弟，我知道你不大相信，放心，哥会让你相信的。"

送走了三凿子，李钢刚回屋，就听到院子里传来一声狗叫，他顿时气

不打一处来，眼下都火烧眉毛了，这家伙还到处乱跑，不行，今天一定得好好管教管教它。想到这儿，李钢打开门，正想去拿棍子，一看眼前的情景，顿时呆了。

只见小青身后跟着一只异常高大的狼狗，两只狗嘴里呵呵吐着白气，看来是一路飞跑回来的。李钢恍然大悟：原来，这家伙是出去相亲了。

3. 斗智斗勇

三凿子这回离开足足一个星期才再次露面，那天晚上都十一点了，李钢正准备休息一会儿，突然听到远处传来了摩托车的声音，不到五分钟，三凿子就到了，不过这回他不是一个人来的，他的摩托车后座上还坐着个五大三粗的汉子。

三凿子停下车，冲着李钢满脸堆笑说："钢子，哥今天给你带了个朋友来，大伙认识认识。"

三凿子后面那个大汉走了过来，跟李钢抱了抱拳，说了几句客套话，听了这人说话的口音，李钢心里一紧：这个人不是本地人。

李钢带着他们进了值班室，然后泡上一壶茶，三个人聊了起来。聊了一会儿，三凿子突然压低声音说："钢子，这位刘三哥，手下有十来号人，五辆十吨的大罐车，我知道你不信我，所以我把刘三哥带来了，咱这个井产量这么高，刘三哥准备做回大的，要不然也不会跟我来了。"

刘三哥看了看李钢，说："兄弟，一会儿车就过来，咱们初次合作，以后一起发财的机会还很多。"

李钢心里又是一紧：一会儿就来，坏了，这可怎么办？

这时，一旁的三凿子说话了："三哥，咱们这次来，不是说只是见见面吗？这点还没踩好，就来车放油，安全吗？"

刘三哥看了一眼三凿子，慢腾腾地说："凿子，咱们一起在号子里呆了三年，你还不了解三哥，三哥做事什么时候出过差错，我已经安排人在几条路上望风了。"

三凿子不说话了，不过脸色显得不大好看，看样子这次直接放油的事，刘三哥事先并没有告诉他，显然还是不大信任他。

趁着两个人说话的工夫，李钢绞尽脑汁地想对策，可事出突然，一时间也想不出什么办法，他正想抄根棍子来硬的，突然看到了墙上的挂钟，时针正指向十一点五十分，突然，他心定了，有办法了。于是，他笑着说："好，我信得过刘三哥和凿子哥，不过你们今天不打个招呼就来车放油，可就显得信不过兄弟了。"

刘三哥眉头一皱，三凿子一看情形不对，忙做和事佬说："钢子，咱做这种事得担大风险的，你放心，这次事成给你五千块钱，顶你半年工资了。"

李钢叹了口气，说："可惜你们来得不巧，今天这油不能放。"

一听这话，三凿子和刘三哥顿时都变了脸色。

李钢忙解释说："这两天公安分处搞集中整治，上午队长打电话来说这口井是重点，今晚可能会来这里巡查。"

三凿子和刘三哥听他这么说，仍然将信将疑。就在这时，床边的工具箱里突然响起了手机铃声，李钢拿起手机，按下接听键，说："啊，是张队啊，我这儿没什么事，啊，一会儿过来看看啊，好的好的，放心我没睡岗。"

三凿子和刘三哥一听这话，顿时急了，刘三哥忙掏出手机，急匆匆走到外面去打电话了。三凿子满脸感激地对李钢说："好险好险，幸亏兄弟提醒。"一会儿工夫，刘三哥回来了，两个人跟李钢打了个招呼，三凿子给李钢留了个手机号，两个人便匆匆骑上摩托车跑了。

看着两个人逃远了，李钢禁不住哈哈大笑起来，原来李钢为了怕自己睡过头耽误巡井，特地在晚上十二点，在手机上设置了闹铃，没想到今晚居然派上了大用场。

李钢立即向队长汇报了刚才发生的情况，队长立刻跟矿上巡逻队和油

区派出所联系了一下，盘一井真的成了重点监控对象。第二天，派出所的张所长还专门来了一趟，他和李钢、队长三个人商议了一下午，定下了一条引蛇出洞的计策。

按照计划，李钢拨通了三凿子留下的电话，接电话的不是三凿子，而是那个刘三哥，李钢告诉他三天之后的晚上十一点过来放油，可以放二十吨，但要给他一万块钱，刘三哥一口就答应了下来。

跟刘三哥约定的日子很快就到了，这天中午，矿上巡逻队和油区派出所的人就到了，他们各自寻找合适的位置隐藏起来，就等油耗子送上门来。

可是一直等到第二天天亮，油耗子也没出现，李钢打刘三哥的电话总是无法接通，看着巡逻队队长阴着脸红着眼睛带着队员们撤退的样子，李钢心里内疚极了。

中午的时侯，李钢的手机突然响了，是刘三哥。电话里，刘三哥的语气显得有些不好意思，他解释说自己的车临时出了点毛病，而且自己的手机也没电了，所以没通知李钢。刘三哥对李钢说，时间改在今天中午，他会把罐车伪装成矿上的拉油车，一会儿就到。

李钢一听，急忙给队长打电话，队长接了电话告诉他，巡逻队员守了

一夜都去睡觉了，而且说巡逻队队长对这消息的真实性表示怀疑，因为还从来没有油耗子在大白天放油的先例。李钢又给派出所张所长打电话，张所长倒是不敢大意，他说他们刚刚回到县里，现在马上返回盘一井。

刚放下电话，铁皮房子外就传来了车子的隆隆声，一辆大罐车徐徐开了过来，李钢看到车上坐着两个人，一个是三凿子，一个是刘三哥。

刘三哥倒车停车，罐口正对着放油管，动作非常熟练，一看就是老手。

三凿子跳下车来找李钢要大罐上防盗闸门的钥匙，李钢犹豫了一下，拿出一大把钥匙交给了三凿子，说就在这堆里面，可他也分不清是哪个。

三凿子捣鼓了半天也没打开锁，只好把李钢叫了过去，李钢装模作样地也捣鼓了半天，还是没打开。这时候刘三哥不耐烦了，他跳下车，来到两人面前，看着李钢和三凿子开锁，看了一会儿，他突然掏出一把枪指着李钢的脑袋。

刘三哥也不说话，他从怀里掏出一根小铁棍，往闸门前一放，铁棍居然被吸住了，他对着目瞪口呆的三凿子说："快，把他手机搜出来！"

三凿子很快从李钢身上搜出了手机，刘三哥接过查看了一下通话记录，突然对三凿子说："妈的，咱们果然被这小子给卖了，咱们刚给他打过

电话，他就给派出所拨电话了。还有这防盗闸门是磁铁式的，除了钥匙还得有一块磁铁才能打开。"

三凿子一听就急了，一脚就把李钢从罐上踹了下去，他掏出随身带的胶皮棍，扑向李钢。

刘三哥暗骂了一声蠢才，举着枪跟了过去，可是三凿子和李钢扭打在一起，他的枪也找不到准星了。

三凿子一个地痞哪是快速反应部队士兵的对手，几个回合，胶皮棍就被李钢夺了过去，李钢随手给了他两棍子，打得他鬼哭狼嚎，可他仍然死缠着李钢。

刘三哥怕伤了三凿子，叫道："三凿子，快滚一边去！"三凿子这才悻悻然滚开了。三凿子一离开，目标就明显了，刘三哥大喝一声不许动，举着枪冲了过去。李钢听说过这帮油耗子的残忍，刚想跟他拼了，突然看到一个黑影在刘三哥的身后一闪，李钢心中一动，忙叫了一声："慢着！"

刘三哥一愣，李钢说："你们凭什么怀疑我，我昨天等了你们一晚上，也从来没怀疑过你们，这样咱们怎么合作？"

刘三哥狞笑起来，说："妈的，你小子死到临头，还他妈的胡说八道想糊弄我，我实话告诉你，我刚才查到你拨的电话了，是派出所所长的手机号，告诉你，我早就杀过人了，再多一个也不嫌多，你去死吧。"说着又

跨前两步，就要扣动扳机。

说时迟，那时快，就在这千钧一发之际，只见一道黑影迅疾无比地从刘三哥侧后方冲了过来，一口咬住了他的手腕，这正是跟着小青跑回来的那条大狼狗。刘三哥手腕上立刻淌下了鲜红的血，他疼得大叫一声，枪也掉在了地上，李钢趁机一个箭步冲上前去，一棍就把刘三哥砸晕了。

收拾了刘三哥，李钢正想转身去拿枪，却听见一个颤抖的声音在后面说："不许动。"李钢一转头，只见三凿子已经拾起了地上的枪，黑洞洞的枪口正对准了自己，大狼狗呜呜叫着要冲上去，李钢忙阻止了它。

李钢见三凿子一副紧张害怕的样子，就知道这小子没用过枪，他想了想，说："三凿子，我知道你跟他们关系不大，听我的，自首吧。"说着试探着向前走了两步。

三凿子一见吓得大喊起来："你别往前走了，再走我就开枪了。"

李钢刚想说话，却听到啾的一声，不由得吓了一跳，原来三凿子手里的枪走火了。

李钢赶紧停下了脚步。他觉得碰见这样一个不会使枪的家伙确实很危险，闹不好he胡乱开枪，这里到处都是油气，万一子弹击中了大油罐，可就坏大事了。

三凿子见李钢不动，胆子顿时大了起来，他对李钢喊道："快，快把刘三哥扶到车上去，把那狗弄一边去，要不我先崩了它。"

李钢没办法，只好把刘三哥拖到大罐车旁，把他搬上车，三凿子则从另一侧车门上了车，迅速发动车子，一溜烟地跑了。

4. 生死恶战

过了一会儿，派出所的张所长带着人赶来了，听李钢说了事情的经过，张所长后悔得直拍大腿。

李钢却悄悄把张所长拉到一边，说："张所长，我觉得从时间和道路来看，你们应该能碰到那辆车，而且从昨晚的情况来看，很可能有人走漏了

消息,也就是说,咱们的人里,有人给油耗子通风报信。"

张所长一愣,连连摆手说:"不可能不可能,我看也许是凑巧了,也许是油耗子耍的花招,我们的人一直都在车上,而且执行任务时是不准私自打电话的。"

见张所长说得斩钉截铁,李钢也不好多说什么了,不过他还是觉得这事有问题:这个计划只有他、张所长和队长三个人知道,其他人只知道来抓人,却不知要抓什么人。还有,今天油耗子的车就是顺着派出所来车的路走的,从时间上推算,他们一定能够遇到,除非,有人事先通知了油耗子改道。这时,他突然想起了另一件事,那个刘三哥居然知道张所长的手机号,一想到这儿,他更肯定这其中有问题,看着面前不容置疑的张所长,他的脑海中突然浮现出一个人来。

这个人就是队长,李钢想起自己是先打电话给队长的,但队长却推说巡逻队不愿来,自己又给张所长打了电话,队长知道整个计划,而且队长也肯定知道张所长的手机号。李钢又想起队长曾经悄悄对自己说过的话:"他们是干一票就溜的那种,手里都有家伙,一个个心狠手辣,如果遇上了,能管就管,管不了千万不要意气用事!"

送走了派出所的人,李钢越想越觉得队长有问题。过了一会儿,队长也赶到了井上,见到李钢就关心地问起情况。可李钢心里有了疙瘩,他虽然觉得没什么证据,可现在看起队长来,怎么看怎么觉得别扭。他暗暗对自己说:今后有关油井上盗油的事,还是尽量直接与张所长联系为妙。

经过这次闹腾,油耗子似乎害怕了,整整两个月没有露面,派出所和巡逻队也不像以前那么重视这里了。

一天晚上,李钢听收音机,知道晚上有月全食,他长这么大还没看见过月全食,所以很期待。吃完晚饭,他就坐在铁皮房子前面,呆呆地看月亮。突然,远处传来一阵摩托车的突突声,李钢心里一紧,他听出来了,这是三凿子那辆破摩托车的马达声。

李钢连忙跑到屋里想拿手机打电话,不料刚到屋里,身后就有一个人冷冷地说:"别动,站好了。"

李钢一听就知道是刘三哥到了,原来这小子早就带人悄悄溜过来了。

刘三哥上去就给了李钢两巴掌,这时他身边一个光头中年男人说话了:"别打了,刘三,把他绑了,搜搜身,再查查这屋里有没有什么通讯工具,齐老二,你去找防盗锁钥匙和磁铁,我来和这小子摊摊牌。"说罢,他走到李钢面前,阴笑道,"小子,实话对你说吧,上次,我料你们设的是陷阱,就来了个将计就计,先让你们白忙活一宿，然后又出其不意地白天来和你们玩玩。今天可不一样了，本人亲自出马，是来真的。"说完得意地大笑着走了出去。

刘三哥似乎挺怕这个光头，乖乖地找出根绳子把李钢绑在了床角上，仔细地搜了李钢的身，又把屋里大大小小的角落都搜了一遍，当他从床下面的小抽屉里搜出报话机和手机时，忍不住对着李钢嘿嘿冷笑了好几声，随后他打开窗子，把手机和报话机远远地扔了出去。

刘三哥把李钢反锁在屋里就出去了。不久李钢听到外面传来轰隆隆的车声，看来这次来的是大车，而且不止一辆。

情急之中，李钢受过四年军事训练的功底就显露出来了，那个绳扣根本难不住他，他用脚慢慢地从地上挪过一根断锯条，再用力一挣，拖着床向前挪了几下，把身体换了个位置，手正好够着了断锯条。

不到两分钟，李钢就锯断了麻绳。他悄悄跑到铁皮房子的北墙角，小声地敲了几下地面。不到十秒，小青就跑到了房子的后窗下面，李钢指着刚才刘三哥扔手机的位置，对着小青打了个手势。小青心领神会，迅速跑了过去，

不一会儿就叼着一个长方形的东西回来了，这东西正是那个手机。

李钢把手伸出窗外，接过手机，可他沮丧地发现，手机摔坏了，根本打不出去。他悄悄拉开前窗的窗帘，只见罐下面足足停着五辆大罐车，有几个人正在大油罐上面放油，油放得哗哗响，听得李钢心急如焚。他偷偷看着大罐上的那几个人，试图借助月光看清那些人的模样，今晚虽然满天星斗，可月亮竟然特别暗。李钢心里一动，忙仰视天空，只见那个刚才还浑圆发亮的月亮如今只剩下一弯小月牙了，原来，月全食已经开始了。

突然，李钢听到车上马达起动的声音，坏了，这帮油耗子都是惯犯，手法娴熟，现在已经放了一罐油了，紧接着另一辆车上的马达也响了起来。李钢急了，脑子里的军人血性一下子

冒了出来，他不顾一切地一脚踹开门，抄起屋后的铁锹就冲了过去。外面一共是七个人，五个人已经上了罐车，那个光头在罐上指挥放油，只有三凿子正在下面发动他那辆破摩托。李钢一个箭步冲了过去，一铁锹把目瞪口呆的三凿子拍倒在地上，那些人一看出了事，都从车上跳了下来。

这几个人手里都拿着半米多长的铁棒，一个个凶神恶煞般朝李钢扑了过来。微弱的月光下，只见李钢稳稳地站在原地，挺直腰板，双手横握铁锹，就像抗战时期的战斗英雄，他双眼圆瞪，紧紧盯住几个油耗子，等油耗子离他只有三四米的时候，李钢突然起动，挥着铁锹冲了上去，手起锹落，把冲在最前面的一个油耗子打得趴在了地上。

这场看起来完全不公平的战斗，一开始就打得如火如荼。这个时候，李钢完全展现了他的军事素质，他迅速判断了形势，决定只守不攻，充分发挥手中铁锹属于长兵器的优点，把它挥舞得虎虎生风，一时间几个油耗子都近不了他的身，这一耗就过了将近十分钟。

这时，站在罐上的光头不耐烦了，他冲着那几个油耗子大骂了几声，油耗子们突然跟吃了鸦片一样来了精神，几个人拼着挨上一铁锹的风险，逼近李钢。一不小心，李钢的铁锹被铁棒打折了，他只好挥着一根木棒跟几个拿铁棒的人周旋起来。

本来就是以寡敌众，现在兵器又占不了便宜，李钢就是三头六臂也难敌对手。转眼之间，他就挨了好几棒，身上也见了血。他边抵挡边想，这样下去可不是办法。突然，他灵机一动，猛地挥了几下木棒，然后箭一般地跑到盘一井的井口，等那几个油耗子追近时，李钢突然打开了井口的套管闸门，顿时，高达两兆帕的套管气夹杂着原油冲了出来，一下子就把几个油耗子喷成了黑人。

李钢一边喷，一边大声地喊着："想死的就过来，老子这里有火，这油一点就着，烧死你们这帮油耗子！"

听了这话，油耗子们蒙了。俗话说，硬的怕横，横的怕不要命的，碰上李钢这个不要命的主，那帮油耗子虽然人多势众，却也没讨到什么便宜。眼见几个人浑身是油，虽然不知道李钢说的是真是假，但也真不敢拿小命开玩笑。况且打了这么长时间，自己这一方也是损失惨重，连三凿子在内已经有三个人倒在地上动弹不了了，一想到这些，油耗子的气焰顿时灭了一大半。

5.峰回路转

就在双方对峙的时候，光头从罐上跳了下来，他挥手把几个油耗子叫到身边，低声说了几句话，几个油耗子迅速脱下外衣，随后和光头一起向李钢走了过去，他们这次是从套管的侧面走过去的，李钢就是打开闸门也喷不到他们。

光头边走边喊："你小子不是横吗？你要敢再开闸门我就放火烧，不把你烧死，也得把这个井烧烂了，妈的，老子就不信收拾不了你！"

李钢一听这话，顿时心急如焚，没办法了，只能舍命拼了。想到这里，李钢抄起木棒大叫一声又冲了过去。

这次可是实打实的交锋，双方都杀红了眼。打斗一开始，李钢就冒着右肩挨上一棒的危险，夺过了一根铁棒，顿时李钢气势逼人，高接低挡，很有几分战场上和鬼子拼刺刀的劲头。月光下，铁棒相撞叮当作响，一场正义与邪恶之间的较量进入了白热化。

然而，李钢终究不是钢做的，三个油耗子围着他打了二十多分钟，虽然付出了又一个油耗子被打趴下的代价，但最终还是抓住了李钢。两个油耗子一左一右架着李钢，那个一直在旁边观战的光头，手里握着一把枪，慢慢走了过来。

此时，李钢已经浑身是血，但意识还很清醒，他觉得有件事很奇怪，为什么小青和那条狼狗不来帮忙呢？

光头对李钢说："看不出你小子还是条硬汉，不过可惜了，我们每个人的模样都被你看清楚了，你还伤了我几个兄弟，我想不杀你都不行了。"

光头正要举枪，突然身后一个人喊了一声："慢着。"

光头回头一看，只见三凿子捂着淌血的脑袋从地上爬了起来，中年男人哼了一声，说："怎么了？"

三凿子忙说："大哥，这里油气太重了，你要开枪容易着火，要是为了杀这小子，把自己也烧着了，可犯不着啊。"

光头点了点头，说："也对，我是被这小子气昏了。"

三凿子忙凑上来说："大哥，我入了伙以后还一直没立过什么功呢，这小子就让我宰了吧，就算我上梁山纳的投名状。"

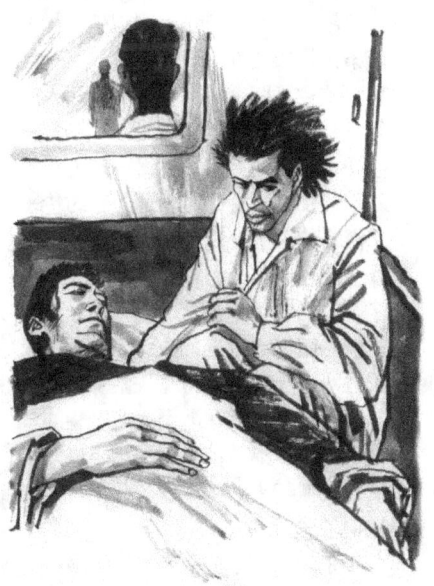

光头一听乐了，说："行，你不说我还忘了。咱们都是有命案在身的，你小子不杀个人，难免以后干起事来不利索，好，这小子就交给你办了。"

三凿子从地上拾起一根铁棒，满脸狞笑着慢慢朝李钢走了过去，李钢毫不畏惧地两眼喷火，盯着三凿子。三凿子走到近前，突然大喊了一声："去死吧！"然后高高举起铁棒，李钢闭上双眼，心里却充满了不甘。转眼间三凿子手起棒落，但李钢竟然没感觉到疼痛，却听到身旁传来一声闷响，他睁开眼一看，只见那个光头脑袋开花，已经倒在地上不省人事了。

就在李钢和两个油耗子目瞪口呆的时候，三凿子打了一声唿哨，只见两条黑影嗖地窜了出来，一边一个，狠狠咬住了两个油耗子的手，两人痛得立马放开了李钢。这时，李钢再也坚持不下去了，他只觉得一阵天旋地转就晕了过去。此时，远处隐约传来了汽车的声音。

终于，队长和派出所张所长赶到了，他们看到了惨烈的一幕，只见地上躺着四个血淋淋的人，还有两个人正被两只大狼狗咬得鬼哭狼嚎。队长一眼就看见了倒在地上昏迷不醒的李钢，他的眼泪一下子就涌了出来，悲愤地大喊起来："车呢，车呢，快，快把钢子送医院去。"

张所长却上前两步握住了另一个人的手，说："幸亏你了，三凿子。"

李钢在车上苏醒了，他惊奇地看着身边的三凿子，三凿子嘿嘿地笑了，他说："钢子，对不起啊，其实我是卧底，张所长是我当年服刑时的监狱长，刘三哥是我当时的狱友。张所长知道刘三哥就是这帮油耗子中的一个，但没有证据，而且张所长一直想逮住他们的头儿，将他们一网打尽，所以就安排我混进去，还故意把自己的手机号透露给他们。不过这帮油耗子，尤其是那个光头老大，还真是狡猾，他始终对我不大信任，不肯亲自出马，这次差点就出了大事。幸亏你一上来就先给我一棍，不然我也很难找到机会，打手机通知张所长了。"

李钢一听，更是惊讶得说不出话来，三凿子挠了挠头，不好意思地继续说道："兄弟，别怪我不出手，我是在等待最佳时机。不过这次也多亏有你了，要不是你拦了他们这么长时间，张所长他们也不能及时赶到。还有，那条跟小青跑回来的狼狗可不一般，那是条警犬，神出鬼没，十分机灵，它和我一样，也是卧底，呵呵。"

李钢恍然大悟，他看了看旁边双眼通红一脸关切的队长，心里涌起一阵愧疚，又看了看嘿嘿笑着的三凿子，突然吃力地抬起右手，给了三凿子一拳，然后笑了。

（题图、插图：杨宏富）

九百九十九个草蚱蜢

□ 张春风

如今，喜欢旅游的人越来越多了，魏晓东就是个旅游爱好者。这天，他来到一座著名的江南古城。

清晨，古城里游客稀少。魏晓东背着旅行包，一个人在石板路上慢慢地走着。这时，迎面走来一个十三四岁的小女孩，她扎着两条麻花辫，穿着红色的背带裤，怯怯地问："叔叔，你需要导游吗？"魏晓东愣了一下，问："什么？"小女孩红着脸说："叔叔，如果你愿意的话，我想免费当你的导游。"

魏晓东正愁没有导游呢。可是，天下哪有免费的午餐呢？就在不久前，他有个同学去外地游玩，遇上了一个卖野山参的小孩，同学只是拿在手里看了看，野山参竟然断了。后来，愣是被小孩和他的同伙敲诈了两千块钱。

可魏晓东转念一想，自己身上也没多少钱，小女孩又能怎么骗呢？更何况，他现在已经什么也不怕了。想到这里，魏晓东笑着问："你这个小导游，知道的多不多呢？"小女孩迫不及待地说："放心吧，叔叔，我在这里土生土长，比专业的导游还专业呢。"魏晓东点了点头，说："那好，你来给我讲讲吧。"

小女孩听罢，欢天喜地地跑在前面。转眼，到了一个叫仙女桥的地方。小女孩调皮地问："叔叔，你有没有发觉这座石桥有什么不同？"

魏晓东摇了摇头。小女孩指了指桥栏杆，说："这上面有个隐秘的小孔，只要对着它吹一口气，就会发出长长的叹息声。传说古时候，有个仙女爱上了凡间的书生。可是，玉皇大帝强行拆散了他们。那叹息声悠长而

凄苦，正是仙女对凡间的留恋呢！"

魏晓东忍不住蹲下身子，对着小孔吹了一口气，果然，传出了一种悲伤的声音。想起自己的遭遇，魏晓东心中也是一阵酸楚。

小女孩没发觉魏晓东的异常，笑嘻嘻地说："据说，每年的七夕之夜，河面上会映出仙女的倩影，那是她下凡和书生团聚呢！"

就这样，不知不觉，魏晓东跟着小女孩走了三四里路。还别说，小女孩对这里的历史真是熟悉。尤其是，她从孩子的视角加入了许多天真的想象。魏晓东觉得，这个小导游还真没白请。转眼间，到了古城的最后一个

景点"小荷庄"了。魏晓东掏出五十块钱，递给小女孩，说："谢谢你，这是给你的小费！剩下的路我想自己一个人走。"

谁知，小女孩惊慌地摇了摇头，说："叔叔，我说过的，免费给你当导游！"魏晓东显出急于摆脱小女孩的样子，又掏出了两块巧克力，说："那这个给你，可好吃呢。"小女孩望了望巧克力，仍旧摇了摇头，说："叔叔，这个我也不要。"魏晓东尴尬地笑了笑，转身匆匆走了。

魏晓东往前走了几步，在一棵大树下坐了下来。然后，他从包里掏出一张照片，凝视了很久。过了一会儿，他慢慢拧开了矿泉水的瓶盖，手继续从包里掏东西。突然，小女孩又出现在他面前。

魏晓东停住手，诧异地问："你还有什么事吗？"小女孩低着头，尴尬地说："叔叔，我……还有个小小的请求，希望你能答应……"魏晓东一听，心中不禁生出几分厌恶：她拐弯抹角的，还不是要回报吗？

魏晓东冷冷地说："什么请求？"小女孩迟疑地说："叔叔，我能继续帮你介绍'小荷庄'吗？放心吧，也是免费的。"魏晓东疲惫地说："谢谢你，可是，我真的想休息一下，下次你再介绍好吗？"

谁知，小女孩紧紧地拽住了他的衣袖，说："不行，我之前费了那么多

魏晓东下意识地问"这个多少钱？"小男孩茫然地望着姐姐，有点不知所措。小女孩摇摇头说："叔叔，这个也是免费的，为什么你就是不信呢？"魏晓东尴尬地笑了笑，说："好，那开始讲解吧。"

小女孩拍拍小男孩的肩，鼓励道："弟弟，说吧。"小男孩挺了挺胸，昂着头说："小……荷……荷庄，以前……前是个……"魏晓东不禁愣住了。这个小男孩不仅大舌头，而且傻乎乎的。一句简单的话，他要费力地重复好几遍。小男孩讲解的时候，小女孩一直紧张地望着魏晓东，目光中充满着哀求。魏晓东有点于心不忍，只好耐心地听着。

大约半个小时后，小男孩终于讲解完了。小女孩立刻鼓掌道："弟弟，你真是太棒了！"魏晓东也笑着鼓起了掌。小男孩很高兴，一蹦一跳地去山坡上玩了。

小男孩走后，小女孩感激地说："叔叔，谢谢你！我弟弟生下来就和别人不一样。可是，我希望他能流利地说话，这样将来才能照顾自己。所以，每到周末，我就带他来这里免费当导游！"

魏晓东恍然大悟道"原来，你之前三个小时卖力地解说，就是想为弟弟赢得半小时的机会？"小女孩点了点头，说："是的！我要努力做到最好，这样，游客们才会耐心听弟弟的

口舌，就是为了这一刻！"魏晓东愣住了，他更加确定小女孩设了一个圈套，可是，究竟是怎样的圈套呢？这么一想，魏晓东还真来了兴趣，说："行，你继续讲解吧。"

小女孩听罢，脸上立刻露出了笑容，说："叔叔，其实介绍'小荷庄'的导游不是我！可是，你一定要先答应我，不管怎样你都耐心地听下去，好吗？"魏晓东点了点头。小女孩很高兴，朝边上的一个山坡大喊道："弟弟，你可以出来了！"

话音未落，一个七八岁的小男孩从山坡后探出了脑袋。他身上脏脏的，手里举着几个干草编织的蚂蚱。小女孩牵着他的手，轻声说："知道吗？这位叔叔大老远跑来，就想听听你的解说呢。"小男孩望了望魏晓东，羞涩地递给他一个草蚂蚱。

解说。刚开始，弟弟吓得一句话也不敢说，现在，他已经勇敢多了。虽然，他说话还是结结巴巴的，但是，他每天都在进步。瞧，这是弟弟亲手编织的草蚱蜢。每次来一个游客，他都会送出去一个！"

魏晓东看了半天，诧异地问"草蚱蜢？"小女孩笑着说"这里有一个民间传说：从前，有个瞎婆婆，什么也看不见。后来，有个游方的道士点化她，只要她每天编一个草蚱蜢，编完九百九十九个，眼睛就能看得见了。后来，瞎婆婆真的恢复了光明。所以，我告诉弟弟，等送完九百九十九个草蚱蜢，他就能和我一样流利地说话了。叔叔，你相信吗？"那一刻，魏晓东不禁有些哽咽："我相信！"

望着两个孩子快乐的身影，魏晓东不禁自惭形秽起来，他没有告诉小女孩，原本，这座江南古城是他最后的旅行。

一周前，魏晓东的父母去国外旅游。谁知，途中飞机失事。得知父母遇难，魏晓东觉得整个天都塌下来了，他再也没有勇气独自生活下去。于是，他决定找一个父母生前最喜欢的地方，完成最后一次旅行，然后在这里悄悄结束自己的生命。刚才，魏晓东正想从包里掏出安眠药，谁知，小女孩无意中打断了他的计划。

但此刻，魏晓东的心中燃起了希望，小女孩的故事鼓舞了他。他终于明白，人生不可能总是一帆风顺，在困难面前，要学会勇敢和坚强。另外，魏晓东有了一个新计划：回去后上网发几个帖子，发动更多的游客来到这里，倾听小男孩的解说。

（题图、插图：安玉民　梁　丽）

2009 年中国最佳故事评选

为了繁荣故事文学、推动故事创作，2009 年，故事中国网（www.storychina.cn）举办年度中国最佳故事评选。

评选标准：在情节性、艺术性、思想性、文学性方面有突出表现，能够代表年度故事创作最高水平的各类故事作品。参选条件：2009 年 1 月 1 日至 2009 年 12 月 31 日期间在国内正规报刊（省级以上）发表的故事作品均可参加，不限题材、风格、篇幅。

参加方法：1.作者本人登录故事中国网提交作品；2.推荐别人的作品，需事先征得作者本人的同意，再通过故事中国网提交；3.各家故事报刊编辑部可直接向故事中国网推荐作品，推荐信箱：storychina@gmail.com。

评选将邀请由资深故事编辑、专家、学者组成的评审组进行投票，评出年度最佳故事一篇，优秀作品若干。年度最佳故事作者获得特别荣誉证书及奖金 3000 元，并受邀前来上海领奖；所有优秀作品将结集出版《2009 年度中国最佳故事》一书，并支付稿费。更多详情，请登录故事中国网查看。

有道是血浓于水，再怎么艰难也割舍不断……

沉重的记号

□ 杨尚霖

狠心弃子

永平镇有个叫大川的男人，独自带着一对儿女过日子。儿子阿宝是傻的，发起病来，连老爸都不认得；不发病时，倒也勉强上了几年学，只是除了会画个小蝌蚪、小乌龟，大字不识一个。女儿是大川早几年捡的，指望老了好歹有个依靠。

一眨眼女儿就上学了，老师说是个大学生的苗子，于是大川铁了心要让女儿有出息。可他瞅着瞅着阿宝，不禁犯起了愁：有这个累赘在，自己哪能一心一意送女儿上大学呀？左思右想，大川一狠心，脑袋里蹦出个念头：把儿子带到一个远远的地方去，让他自生自灭吧！

过了几天，大川就收拾好衣物行李，带着阿宝出门了。他对阿宝说，要带他去很远很远的大城市玩。阿宝十分兴奋，接着又傻乎乎地问他，认得回家的路吗？

大川点点头，心想：你去了就不要回来了，是死是活，看你自己的造化吧。走到村口上大路时，阿宝从口袋里掏出一块木炭，在一棵树上"刷刷刷"划了几下。大川瞅了一眼，没吭声。儿子这是在给自己回家的路留记号呢，这办法还是他教给儿子的。

来到火车站，大川买了两张到省城的火车票。他觉得省城是个大城市，阿宝在那儿说不定能碰到好心人收留他。再说，省城离这儿有六百多里，够远了，肯定不会有谁认识他们父子俩。

阿宝当然不知道，他走的是一条有去无回的路，他兴奋地拿着木炭，这儿划一下，那儿划一下，连火车上的厕所都不放过。大川也没管他，由着他划。

到省城下了火车，大川带着阿宝径直出了车站，尽拣偏僻的地方走。他在火车上计划好了，先带着阿宝把头转晕了，然后找个没人的地方脱身，阿宝就是脑袋不傻，也不可能追得上他。

走了两条街，大川一看阿宝仍然拿着木炭，一路上不停地留下记号。大川眉头一皱，还真不能让他再留记号了，万一这傻瓜真的能跟着这些记号跑回火车站，而自己又还没有上火车，那这一趟就白跑了。

这么一想，大川把手一伸说："阿宝，把木炭拿来，这里不准乱划，被人瞧见要罚款。"

阿宝不想交出木炭，把双手藏在背后。大川把他揪过来，硬把木炭从他手上抢过来，啪地扔进了一个垃圾箱。

又走了一会儿，大川带着阿宝拐进了一片胡同里，在里面胡乱转了半天，连自己都觉得晕了。一看前面有个米粉店，就进去要了两碗米粉。

等阿宝吃饱喝足，大川带着他来到一条十分僻静的小巷。大川一看前后左右都没有人，心想：好了，咱们就在这分手吧。于是就让阿宝在这儿等着别动，自己到前面去买点东西。

走出小巷，大川忍不住回头看了儿子最后一眼，只见阿宝惊恐不安地蹲在墙角，正朝他张望着。大川心一狠，扭过了头。

这时，刚好看见一辆载客三轮车开过，大川忙喊停，跳上去说："快，到火车站。"

后悔不迭

到了车站，大川捂着胸口在台阶上坐了下来。他明白，从现在起，这辈子永远也见不到儿子了。他在地上呆呆地坐了好久，这才慢慢站起身，走去售票厅买票。

要掏钱的时候，大川猛地一惊，

这一找，彻底让大川迷了路，他就像一只无头苍蝇一样，在街上乱走乱撞，不一会儿，天就黑了。大川没有钱住店，随便找了个地方躺下，可他哪能睡得着？睁着两只眼睛，脑子里想着儿子，眼泪止不住地往下掉。上次阿宝失踪几天的时候，他也是这样睡不着觉，可这回，是他自己把儿子丢掉的啊！

想着想着，大川啪啪啪给了自己几巴掌，泪流满面，喃喃自语："老天爷，保佑我找到阿宝，我再也不做傻事了！以后的日子再苦，两个孩子我都要！"

第二天，大川又足足在街上走了一整天，却还是没能转回到那个地方。

触目惊心

到了第三天，大川仅有的那点钱已经花光了，饿着肚子从早上走到中午，突然看见一个电话亭上阿宝留下的记号：一个小圆再加一条歪歪扭扭的线。

这是只有大川才看得懂的记号，顿时他惊喜交集，知道自己终于撞对了地方，跟着记号往前走，很快就走到了扔掉木炭的地方。他在垃圾箱里翻了翻，竟然找到了扔掉的木炭，就装进了口袋。

再往前，就走进了那片胡同。大川在里面转了几圈，忽然看见了那个

掏尽了全身里里外外的口袋，只找到十几块钱，远远不够一张火车票钱。他这才想起来，钱都留在阿宝带着的袋子里了。出发时，他在那个袋子里塞了几百块钱，打算到时候拿出一百回家就行了，其余的都留给阿宝，可刚才脱身时太紧张了，居然忘了拿钱。

大川傻了半晌，额头不由得冒着大汗。没有钱，岂不是连自己都回不了家了？他跑出去四处找，却怎么也找不见刚才那辆三轮车了，而且，那个司机是什么模样，他一点儿也没留意，要不然，还能让他把自己送回刚才的地方去。

没办法，大川只好凭着一点点记忆，顺着来时的大街找回去。

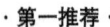

米粉店。这下他的心乱跳个不停，加快脚步找过去，很快走到了丢掉阿宝的那条小巷子，可瞪大眼一看，阿宝却不在这儿了。

阿宝一定是等不到他回来，就自己走了，这样的一个傻子，一走就再也不可能找到这里了。倘若阿宝手里还有一块木炭，一路上留着记号，那倒还有几分希望，可木炭早被大川扔掉了啊。

大川呆呆地站了一会儿，突然间一阵天旋地转，一屁股跌在地上。过了好久，他一骨碌爬起来就走，心里只怀着一个念头：一定要找到阿宝！

大川走到小巷口，就在他脱身时回头最后一眼看阿宝的地方，他下意识地往墙角望了一眼，猛地眼睛一跳，死死地盯着那儿看，渐渐地眼睛瞪得滚圆。

墙角有个不起眼的小红色印痕，不仔细看发现不了。圆圆的一点，是用手指头点的，下面拉着一条线，扭了两扭，像个小蝌蚪。大川又惊又喜，这不是阿宝画的吗？阿宝上学只学会了画画，却什么也画不像，就会画个简单的小蝌蚪找妈妈，家里的门和桌子，甚至被子衣服，都被他密密麻麻地画满了小蝌蚪和青蛙。当然，那小蝌蚪的妈妈画得也不像，只是一个大圆圈，旁边四个小圆圈。

大川伸出手指摸了摸，凑近闻了闻，心里又喜又悲。这竟然是用血画的，而且还很新。他一路留意着继续往前走，果然又在一个拐弯的地方发现了同样的记号。大川相信了，这就是阿宝留的记号，他知道可以在这个地方见到爸爸，还想着要走回来。

大川望着那只用血画成的小蝌蚪，心里直打哆嗦，他拿出木炭，颤抖着在旁边重重地画了一个记号。他跟着记号往前走啊找，期盼着前面突然出现阿宝的身影，可找了好久，前面仍然是一个个的记号。每多看见一个记号，大川的心就像被针刺一样痛，这可是阿宝用血画上去的啊！

找着找着，仿佛又绕回了老地方。大川正疑惑地张望着，突然听见阿宝在后面喊："爸爸！爸爸！"

大川猛地回头，只见阿宝哭哭啼啼地向他扑过来，搂着他直喊爸爸。大川泪如雨下，抓起阿宝的手一看，有一只手指已经是血肉模糊了。接着他一惊，阿宝两只手空空的，袋子呢？

阿宝含糊不清地说："袋子丢了……没了，不见了。"大川怔了怔，这下怎么回去？

阿宝两只手死死地搂住大川，任他怎么哄也不肯松手，嘴里只是说道："爸爸别丢下阿宝，回家！爸爸别丢下阿宝，回家！"

大川仰天大哭一声："回家！爸爸就是背，也要把阿宝背回家！"

（题图、插图：安玉民 梁 丽）

你一定要告诉我

□ 张正祥

阿强新买了辆自行车，怕一般的锁不保险，特意骑到防盗锁专卖店去配锁。

这家店刚开不久，老板是个漂亮的姑娘。阿强一边挑锁，一边东拉西扯地跟姑娘套起了近乎。聊得差不多了，阿强特意挑了把最贵的锁，恋恋不舍地走了。

谁知阿强刚跨上自行车，姑娘就追了出来，羞答答地递给他一个纸条，说："大哥，这是我的电话号码，如果……我是说如果啊，你的车被偷了，你一定要告诉我！"

阿强诧异地接过纸条，心想：没见过配车锁还有这样的售后服务，难道丢了车还管赔？但看那姑娘含羞的样子，他心里突然一亮：傻呀，人家姑娘给电话，八成是另有意思，于是，阿强笑道："放心，我一定会告诉你的！"

一路上，阿强甭提有多开心，越想越觉得自己是撞了桃花运，一边哼着小调，一边开始琢磨如何跟姑娘进一步"亲密接触"。

第二天一早，阿强发现刚买来的车居然不见了，那把新锁孤零零地呆在地上。阿强气得直跺脚，大骂小偷没良心。不过，骂着骂着，他突然记起姑娘的话，心想：说不定是老天给了他与姑娘"亲密接触"的机会，他索性电话也不打了，直接来到了店里。

阿强进了店门，却没看到姑娘，只有一个小伙子。小伙子问阿强要买什么。阿强嗫嚅道："昨天那姑娘呢？"

"姑娘？"小伙子突然笑道，"你是说我老婆啊，找她有事吗？"

一听这话，阿强心凉了半截，暗骂自己自作多情，不过他转念一想：既然这样，那姑娘的意思就是要赔自己一辆车了，那也不错啊。于是，就对小伙子说："我昨天在这里买了把最贵的车锁，还没用满一天，车就被人偷了！"

小伙子说："哦，原来是这事，那我得慎重对待！"说着从抽屉里拿出一张单子，又是勾又是划地填写起来。

阿强往单子上扫了一眼，果然看到了"售后"、"丢车"这些字样，心说，这家店服务还真是到位。

过了好一会儿，小伙子填完后将资料放入抽屉，说："大哥，真是太感谢你了！"

阿强说："感谢我啥？应该我感谢你们才对，现在像你们这样对消费者负责的商家是越来越少了！"

小伙子叹口气，说："现在生意不好做，我们这样做也是迫不得已啊！"

阿强深有同感，很大度地说："老板，我那辆车花了580，你们赔我500就行了，大家要相互体谅嘛！"

小伙子诧异道："大哥，我们可没说要赔你的车呀？"

一听这话，阿强顿时像被戏弄了一样，恼羞成怒道："你们两口子有病啊？不赔车叫我告诉你们干啥？"

老板拿出刚填好的单子，说："大哥，这是我们店的进货单，我们店才开，不知道各种锁的质量如何，于是每一样都进了一把……"

阿强纳闷道："这又能说明什么？"

小伙子说："你的车被偷，说明这家厂的锁不行，以后我们就不进他家的货了！"

(本栏目欢迎来稿。来稿可从邮局寄发，也可从网上传递。如为电子邮件，请发以下信箱：zhong98305@sina.com)

金蝉脱壳

□ 熊 萍

影星丹尼尔最近在国际电影节上捧了个金牛奖，这天晚上，他正和一帮朋友在酒吧庆祝。殊不知，此时他家已经被小偷瞄上了。

半夜，小偷沃克溜进了丹尼尔的别墅，很快撬开了密室的门，一眼就看到了那只金牛奖杯。沃克乐坏了，赶紧裹好奖杯，走到窗户前观察环境。情况不妙！铁栅栏外面，有个身材高大的黑衣人，在路灯下徘徊，看样子是丹尼尔的保安。见鬼，踩点时咋没发现？

正当沃克一筹莫展时，突然从旋转楼梯的小窗户里，挤进来一个鬼鬼祟祟的瘦个子。原来是个同行。

沃克眼珠一转，走上前小声说："年轻人，别怕，我是这里的园艺师。"沃克很注重个人形象，咋看都是有教养的人。

瘦个子一听，吓得手脚发抖，求饶道："好心人，饶了我吧！我啥都没得手呢！"

沃克叹了口气，无奈地说："看在都是穷人的份上，我倒没什么。但是楼下那位，脾气可大啦！"瘦个子往楼下一瞟，黑衣人正伸长脖子向这边张望，瘦个子两腿一软，抱住沃克的大腿说："救救我吧，先生！"

沃克心里一阵偷笑，他扶起瘦个子，突然发现，瘦个子穿的新款皮夹克很适合自己的身材，于是说道："这样吧，这里有件我干粗活穿的大衣，你换上它，从大门出去，楼下那个黑衣人肯定会把你当作我。千万记住，往东边跑。"说着，拿起墙角一件破大衣递给瘦个子。

瘦个子感激地连连点头，换上那件破大衣，慌忙下楼，往东一溜烟狂奔。果然，黑衣人立即追了上去。瘦个子吓得一下子瘫倒在地，黑衣人喘着粗气追到跟前，递过一张纸片，说"丹尼尔先生，这么晚您穿着戏装要去哪里？给我签个名吧。"

再说沃克，看到瘦个子逃跑的狼狈相，他捋着胡须笑了，自己真是太聪明了。他穿上瘦个子的皮夹克，裹着金牛，赶紧往西逃。

刚跑出五十米，街角钻出一个彪形大汉，一把掐住沃克的脖子，几记重拳就把沃克放倒在地，粗暴地吼道："老子看你进去的，等了你很久，快把金牛交出来！"

疑难杂症

□ 闻春国　编译

天早晨，中年男子施特劳斯照镜子时，突然发现自己眼球凸出，两耳向外隆起。他吓坏了，赶紧去看医生。医生告诉他，他得了一种罕见的疾病，需要经过几个月的治疗时间才能痊愈，而在治疗过程中，他

的头发会掉光。

然而，经过几个月的治疗后，施特劳斯的病症仍不见好转，还是眼球凸出，两耳隆起，并且他那头浓密的头发如今已所剩无几。

施特劳斯只好去找另一位医生。可这位医生却告诉他，他的前列腺有问题，必须做切除手术。然而，手术做了几个月后，他的病症依然如此：眼球凸出，两耳隆起。

施特劳斯感到非常失望，他决定去查个水落石出。于是，他找到了第三位医生。这位医生告诉他，他的病症是由于他的手部神经压迫视觉和听觉神经末梢，唯一的解决办法就是做截肢手术。就这样，可怜的施特劳斯被无情地截去了双手。

可在几个月后的一次回访中，这位医生无意中告诉施特劳斯，他们在做截肢手术时，发现他得了晚期癌症，最多只能活几个月了。

听到这个消息，施特劳斯犹如五雷轰顶。在一阵歇斯底里的发泄之后，他决定要改变自己，既然只能活几个月了，那就要活个痛快，活个潇洒。于是，他出去买了一栋豪华的别墅，一套新的家具，还准备去裁缝店定做一套高级的衬衣。

在裁缝店量尺寸时，裁缝告诉施特劳斯，他的领口要17英寸。施特劳斯惊讶地说："不，我一直都穿15英寸领口的衬衣。"

出身汗

好困难

□一杰

这天，刘老汉在城里的女儿带着女婿回家。不料早上刚到，女婿下午就病倒了。

刘老汉略通医术，给女婿一把脉，说："小意思，就是个感冒，出身大汗就好了。"他指了指院子里那担粪，说："你把这担粪挑到田里，保证出身大汗。"

女婿一瞅那担粪，情不自禁地摸了摸肩膀，皱起了眉头。女儿说："爸，他哪是那个料呀？换个别的吧。"

刘老汉挠挠头，说："那就劈柴吧，正好家里缺柴呢。"

女婿望着那把亮晃晃的斧子，不由自主地看了看手，又苦起了脸。女儿心疼老公，又要老爸再想别的。

刘老汉一口气说了几样出汗的活，女婿不是愁眉苦脸，就是摇头晃脑。最后，刘老汉叫他去爬村外那座山，女婿这才勉强同意，蔫头蔫脑地走了出去。

过了一个小时，女婿回来了，额头上有一层亮晶晶的汗。女儿高兴地说："爸，他出汗了！"

刘老汉在女婿额上一抹，摇摇头说："不行，这算什么出汗。"

女婿只好又绕着村子跑步，可三圈跑下来，出的汗还是少得可怜。

刘老汉瞪着眼说"怪事，难道你的皮肤跟我们不一样，咋就没汗

裁缝摇摇头说："不，先生，你的衣领需要17英寸。"施特劳斯生气地说："听着，我今年45岁，过去30年来，我一直都穿15英寸领口的衬衣。"

裁缝无奈地说："哦，那好吧，我一切照办。不过，你知道领口太小会出现什么样的后果吗？"

施特劳斯诧异地问："什么后果？"裁缝说："它会使你的眼球凸出，使你的耳朵隆起。"

呢?"想了想,又明白了,"你在城里出门坐车,进屋有空调,冷不着,热不着,又不参加劳动,时间一长,出汗的功能都退化了。"

女儿说:"算了吧,别折腾他了,让他睡一觉可能就好了。"

女婿巴不得这句话,一头扎到床上睡了。

第二天,女婿的感冒还没好,赖在床上睡大觉。刘老汉老两口在屋外搭草棚,他在架子上扎,老伴在下面把禾秆扔上去。

草棚越搭越高,老伴的力气不够,扔上去的禾秆掉了几捆下来。刘老汉在上面气得大叫:"看,又跌下去了!你用点力呀!"

老伴使出吃奶的劲,可禾秆还是接二连三往下掉。刘老汉气呼呼地骂个不停:"跌了!又跌了!全跌了!"骂着骂着,脚下不稳,一不小心摔倒在地上的禾秆堆里。

刘老汉赶紧钻出来,却见女婿脸色惨白地站在眼前,脸上汗如雨下,头发都在往下滴水。

刘老汉一拍大腿说:"好,终于出汗了!好大一身汗啊!"

谁知,女婿火烧火燎地说:"别跌了,再跌就出人命了。"

刘老汉正纳闷,只见女儿慌慌张张地跑出来,大喊道:"爸,你别再喊跌跌跌了,我们去年买的三十万基金,现在跌成十万了!"

(本栏题图、插图:顾子易 包丰一)

让笑话给你的生活增添色彩

"故事会精品笑话丛书"是《故事会》几十年来精品幽默笑话的再度精选,是一套极具特色的作品集,是当之无愧的幽默精品。此套丛书以笑话为载体,讲述了人生百态,幽默诙谐,令你忍俊不禁,让你在轻松幽默的氛围中品味人生、领悟真理。

● 《小笑话 大健康:身体笑话》 —— 开口一笑,全身的细胞都会跟着快乐
● 《小笑话 大道理:另类笑话》 —— 在笑声中享受经典
● 《小笑话 大情感:男女笑话》 —— 让笑声吹暖你爱人的心
● 《小笑话 大财富:家庭笑话》 —— 管家的秘诀,在于把握笑的魅力
● 《小笑话 大趣味:荒诞笑话》 —— 快乐不需要理由
● 《小笑话 大时尚:休闲笑话》 —— 是它让平淡的生活多一种味道
● 《小笑话 大创意:餐桌笑话》 —— 笑话,才是餐桌上的主菜
● 《小笑话 大人生:金色笑话》 —— 笑声伴你跨进金色的年代
● 《小笑话 大成功:职场笑话》 —— 上班就要偷着乐
● 《小笑话 大自然:动物笑话》 —— 动物一思考,人类就笑了
● 《小笑话 大视野:课间笑话》 —— 孔子说,上课不亦乐乎;我们说,下课不亦乐乎!
● 《小笑话 大智慧:机智笑话》 —— 智者,让人笑得更久,想得更多

www.ingramcontent.com/pod-product-compliance
Lightning Source LLC
Chambersburg PA
CBHW051933220626
47052CB00004B/665